mtb

Jennifer L. Armentrout

Golden Dynasty – Größer als Verlangen

Roman

Aus dem Englischen von
Sabine Schilasky

mtb

MIRA® TASCHENBUCH

1. Auflage: Februar 2019
Deutsche Erstausgabe

Originaltitel: »Moonlight Sins«
Erschienen bei: Avon Books, New York

Umschlaggestaltung: zero-media.net, München
Umschlagabbildung: FinePic / München
Satz: GGP Media GmbH, Pößneck
Printed in Germany
Dieses Buch wurde auf FSC®-zertifiziertem Papier gedruckt.
ISBN 978-3-95649-868-8

www.mira-taschenbuch.de

Werden Sie Fan von MIRA Taschenbuch auf Facebook!

An alle Leser,
die dieses Buch in die Hand nehmen:
Danke!

1. Kapitel

»Stimmt es, was über die Frauen gesagt wird, die hierherkommen?« Rot lackierte Fingernägel strichen über Lucian de Vincents Bauch und zogen sein Hemd vorne aus dem Hosenbund. »Dass sie … wahnsinnig werden?«

Lucian zog eine Augenbraue hoch.

»Ich habe nämlich das Gefühl, ein bisschen wahnsinnig zu werden, etwas außer Kontrolle zu geraten. Ich will dich schon so lange.« Lippen in derselben Farbe wie die Fingernägel streiften durch das kürzere Haar um sein Ohr. »Aber du hast mich nie beachtet. Bis heute Abend.«

»Das stimmt nicht«, raunte er und griff nach der Flasche Old Rip. Er hatte sie mehr als einmal angesehen. Gewiss auch einige Male abgecheckt. Dieses blonde Haar, dieser Körper in dem tief ausgeschnittenen Kleid, nein, garantiert hatte er das, so wie die Hälfte der anderen Gäste im Red Stallion auch. Verdammt, wahrscheinlich hatten an die neunzig Prozent von ihnen, männlich wie weiblich, mehr als einmal in ihre Richtung geschaut, und das wusste sie.

»Doch du warst immer anderweitig beschäftigt«, fuhr sie fort, und er konnte förmlich vor sich sehen, wie sie einen Schmollmund machte.

Er goss sich von dem zwanzig Jahre alten Bourbon ein, während er sich zu erinnern versuchte, wen er sonst noch abgecheckt haben könnte. Da waren unzählige Optionen, nur hatte er nie genau genug hingeschaut, als dass er jemanden Bestimmtes hätte nennen können.

Tatsache war, dass er nicht einmal richtig auf die Frau hinter sich achtete, auch jetzt nicht, als sie das, was sich wie wundervolle Brüste anfühlte, an seinen Rücken presste und mit einer Hand unter sein Hemd glitt. Sie gab diesen Laut von sich, ein kehliges Stöhnen, das keinerlei Wirkung auf ihn hatte. Gleichzeitig legte sie die flache Hand auf seine unteren Bauchmuskeln.

Es hatte eine Zeit gegeben, in der nur ein wissendes Lächeln und eine heiße Stimme vonnöten gewesen waren, damit er so hart wurde, dass er eine Wand hätte durchbohren können. Als er noch weniger brauchte, um sich für einen Moment in einer heißen Nummer zu verlieren.

Aber jetzt?

Eher nicht.

Ihre scharfen kleinen Zähne fingen sein Ohrläppchen ein und ihre Hand wanderte tiefer, bis ihre Finger seine Gürtelschnalle erreichten. »Aber weißt du was, Lucian?«

»Was?« Er hob das niedrige, schwere Glas an seine Lippen und stürzte die rauchige Flüssigkeit hinunter, ohne auch nur mit der Wimper zu zucken. Der Bourbon floss durch seine Kehle und wärmte seinen Bauch, während er das Gemälde über der Bar betrachtete. Es war nicht das beste hier, doch etwas an den Flammen gefiel ihm, erinnerte ihn an dieses brennende Abgleiten in den Wahnsinn.

Sie öffnete seinen Gürtel. »Ich werde dafür sorgen, dass du nie wieder an eine andere denkst.«

»Wirst du …?« Er verstummte, runzelte die Stirn und versuchte, sich zu erinnern.

Mist.

Er hatte ihren Namen vergessen.

O Mann, verdammt, wie hieß die Frau? Die violett-roten Flammen auf dem Bild verrieten es ihm nicht. Er holte tief Luft und erstickte fast an ihrem schweren Parfüm. Es war, als hätte er einen Erdbeerstrauch im Mund.

Sein Hosenknopf sprang auf und er hörte, wie das Ratschen des Reißverschlusses den ganzen Raum ausfüllte. Keine Sekunde später war ihre Hand unter dem Bund seiner Boxershorts, da, wo sein Schwanz ruhte.

Ihre Hand erstarrte nur sehr kurz. Sie schien den Atem anzuhalten. »Lucian?«, fragte sie und schlang ihre Finger um seinen halb erigierten Schaft.

Das offensichtliche Desinteresse seines Körpers ließ Lucian angewidert den Mund verziehen. Was, verflucht noch mal, stimmte denn mit ihm nicht? Er war hier mit einer wunderschönen Frau, die seinen Schwanz berührte, und war ungefähr so erregt wie ein Schuljunge in einem Raum voller Nonnen.

Er war … verflucht, er war gelangweilt. Gelangweilt von ihr, von sich – von alldem hier. Eigentlich entsprach diese Frau seinem Beuteschema: Mit ihr könnte er ein bisschen Spaß haben und sie danach vergessen. Er war nie mehr als einmal mit einer Frau zusammen, weil es, fing man einmal damit an, sich öfter zu sehen, zu einer Gewohnheit wurde, mit der sich schwer brechen ließ. Einer von beiden entwickelte Gefühle, und das war nicht er, niemals er. Er hatte bestenfalls das Gefühl, dass er … *damit* durch war.

Und dieses Gefühl, drüber hinweg zu sein, über alles, begleitete ihn schon seit ein paar Monaten, lag praktisch wie die Pest über seinem gottverdammten Leben. Die Rastlosigkeit hatte sich tief in ihn eingegraben, wucherte in ihm wie der beknackte Efeu, der die ganze Hausfassade einnahm.

Und er hatte sich schon lange, bevor alles auf den Kopf gestellt wurde, so gefühlt.

Die Frau ließ ihre andere Hand unter seinem Hemd nach oben wandern und griff unten fester zu. »Du lässt mich richtig arbeiten für diesen Schwanz, was?«

Fast hätte er gelacht.

Mist.

Bedachte man, wo er in Gedanken war, müsste sie sich enorm anstrengen. Er stellte sein Glas zurück auf die Bar, ließ den Kopf nach hinten sinken und schloss die Augen, zwang seinen Geist, Ruhe zu geben. Sie war zum Glück still, während sie ihn mit der Hand verwöhnte.

Mehr denn je brauchte er das hier jetzt, dieses gedankenlose Entspannen, und sie – Clare? Clara? Irgendwas mit C, da war er sich sicher. Jedenfalls wusste sie, was sie tat. Mit jeder Sekunde wurde er härter, doch sein Kopf … tja, sein Kopf war nicht bei der Sache.

Seit wann musste er mit dem Kopf dabei sein?

Er stellte die Beine weiter auseinander, gab ihr etwas mehr Spielraum, während er blind nach der teuren Flasche Bourbon griff. Heute Nacht ging es darum, sich zu verlieren, das Gefühl zu haben, er würde tatsächlich leben. Was für jede andere Nacht auch galt, doch ganz besonders heute, denn morgen müsste er sich um einige Dinge kümmern.

Aber im Moment brauchte er nicht zu denken. Er brauchte auch nichts anderes zu fühlen als ihre Hand, dann ihren Mund und vielleicht die Art wie …

Die leisen, kaum hörbaren Schritte im Stockwerk über ihnen zwangen ihn, die Augen zu öffnen. Er neigte den Kopf zur Seite, glaubte bereits, dass er sich das Geräusch eingebildet hatte, doch da war es wieder. Eindeutig Schritte.

Wie zum Teufel konnte das sein? Er fing ihr Handgelenk ein, um sie zu stoppen. Was ihr gar nicht gefiel. Sie bewegte die Hand, rieb ihn fester und härter. Er übte gerade genug Druck auf ihre Hand aus, dass sie innehalten musste.

»Lucian?« Sie klang verwirrt.

Er antwortete nicht, sondern lauschte angestrengt. Unmöglich konnte er gehört haben, was er zu hören meinte. Es konnte niemand in den Zimmern oben sein, niemand sonst war hier.

Nachts war kein Personal im Haus. Sie alle weigerten sich, im Herrenhaus der de Vincents zu bleiben, sobald der Mond aufgegangen war.

Nichts als Stille vernahm er, möglich also, dass er sich Dinge einbildete und dafür dem verfluchten Bourbon danken durfte.

Mann, vielleicht war er derjenige, der den Verstand verlor.

Er zog ihre Hand aus seiner Hose und drehte sich zu der Frau um. Sie war wirklich schön, dachte er, als er ihr Gesicht betrachtete. Allerdings hatte er schon vor langer Zeit erkannt, dass Schönheit ein zufälliges Geschenk war, gedankenlos verteilt. In den meisten Fällen war sie nur oberflächlich und oft nicht einmal echt, sondern mit ärztlicher Hilfe und viel Geschick erzeugt.

Er legte eine Hand in ihren Nacken und fragte sich, wie tief ihre Schönheit reichte und wo die Hässlichkeit begann. Mit dem Daumen fühlte er ihren Puls, gespannt darauf, wann er sich beschleunigen würde.

Sie öffnete den Mund leicht und senkte die Lider über ihre Augen in der Farbe der Iris, die gerade überall in Louisiana blühte. Er wollte wetten, dass bei ihr zu Hause eine oder zwei Kronen lagerten, zusammen mit den passenden Schärpen, die sie als eine der vielen Schönheiten der Südstaaten auswiesen.

Langsam senkte Lucian den Kopf, da klingelte sein Handy auf der Bar. Sofort ließ er die Frau los und wandte sich um. Sie stieß ein enttäuschtes Murmeln aus. Er ging zu seinem Handy und war verwundert, als er den Namen seines Bruders auf dem Display sah. Es war spät, und außerdem lag der goldene Junge doch schon irgendwo in diesem Haus in seinem Bett. Dev wäre zu dieser Uhrzeit nicht mal mit seiner Verlobten zusammen und würde die Nacht durchvögeln, wie Lucian es sich bei normalen, glücklichen Paaren vorstellte.

Andererseits konnte er sich auch schwerlich vorstellen, dass die makellose Sabrina irgendwen vögelte.

Über die Männer und Frauen der de Vincents wurde so manches geredet. Ein Gerücht jedoch schien absolut falsch: Ihre Urgroßmutter hatte einst behauptet, wenn sich ein de Vincent verliebte, dann tat er es schnell und intensiv, ohne Verstand und ohne zu zögern.

Das war totaler Blödsinn.

Der Einzige von ihnen allen, der sich jemals verliebt hatte, war ihr Bruder Gabe gewesen, und was war dabei herausgekommen? Ein verdammtes Chaos.

»Was?«, fragte Lucian, als er das Gespräch annahm und erneut nach der Flasche griff.

»Du musst sofort nach unten in Vaters Arbeitszimmer kommen«, befahl Dev.

Lucian zog die Augenbrauen hoch, doch sein Bruder hatte schon wieder aufgelegt. Das war eine interessante Anweisung. Er steckte das Handy in seine Tasche, machte seinen Reißverschluss zu, zog den Gürtel aus den Schlaufen und warf ihn auf die nahe stehende Couch. »Bleib hier«, sagte er.

»Was? Du gehst weg?«, fragte sie, wobei es klang, als wäre sie noch nie von einem Mann stehengelassen worden, nachdem sie erst mal ihre Hand an seinem Schwanz hatte.

Er grinste sie an und öffnete die Tür, die zur Veranda im ersten Stock führte. »Ja, und du wirst hier auf mich warten.«

Ihr stand der Mund offen, aber während er hinaus in die kühle Nachtluft trat, wusste er, sie konnte so genervt sein, wie sie wollte, sie würde dennoch dableiben und auf ihn warten.

Er überquerte die Veranda und stieg die daran angeschlossene Treppe hinunter, die die direkt zur hinteren Diele führte. Das Mausoleum von einem Haus war nur schwach beleuchtet und still. Der Fliesenboden unter seinen nackten Füßen wich glattem Parkett.

Es dauerte ein paar Minuten, zum Arbeitszimmer im rechten Flügel zu gelangen, weit entfernt von den neugierigen Blicken derjenigen, die das Heim der de Vincents besuchten. Der Flügel verfügte sogar über eine eigene Zufahrt und Eingangstür.

Lawrence, sein Vater, nahm Privatsphäre extrem ernst.

Lucians Schritte wurden langsamer, als er sich den geschlossenen Türen näherte. Zwar hatte er keinen Schimmer, was ihn in dem Arbeitszimmer erwartete, doch da sein Bruder ihn um diese nächtliche Stunde kaum wegen nichts rufen würde, machte er sich auf alles gefasst.

Die schweren Eichentüren schwangen lautlos auf, und Lucian blieb direkt im Eingang des hell erleuchteten Raumes abrupt stehen. »Ach du Scheiße.«

Zwei Beine schwangen leicht hin und her, und die Brooks-Brother-Slipper aus Alligatorenleder hingen mehre Zentimeter über dem Boden. Darunter befand sich eine kleine Pfütze. Der grässliche Gestank verriet Lucian, um was es sich handelte.

»Deshalb habe ich dich gerufen«, sagte Dev matt irgendwo im Zimmer.

Lucian betrachtete die dunkle Hose, deren Beine an der Innenseite nass waren. Darüber ein türkisblaues Hemd, halb aus dem Bund gezogen. Hände und Arme hingen schlaff herunter, die Schultern waren eingesunken, und der Hals befand sich in einem merkwürdigen Winkel.

Wahrscheinlich lag es an dem Gürtel, der um ihn geschlungen war. Jener war oben am Deckenventilator befestigt, der vor gut einem Monat aus Indien importiert und hier eingebaut worden war. Mit jeder Bewegung des baumelnden Körpers hörte sich die Deckenbefestigung wie eine alte, tickende Standuhr an.

»Mein Gott«, stieß Lucian knurrend aus, ließ die Hände sinken und blickte sich rasch im Zimmer um. Die Urinlache breitete sich in Richtung des beige-goldenen Perserteppichs aus.

Würde seine Mutter noch leben, hätte sie entsetzt ihre Perlenkette umklammert.

Bei dem Gedanken trat ein verbittertes Grinsen auf seine Züge. Bei Gott, er vermisste seine Mutter an jedem einzelnen verdammten Tag, seit sie ihn – sie alle – in jener stürmischen, drückend schwülen Nacht verlassen hatte. Seine Mom hatte es gemocht, wenn Dinge schön, alters- und makellos waren. Auf eine traurige Art passte es, dass sie diese Erde genauso verließ.

Diese Gedanken setzten ihm mehr zu als der Tote in diesem Raum, weshalb er nach rechts schritt und sich in einen der Ledersessel fallen ließ. In ebendiesem Sessel hatte er als Kind gehockt und stumm einer der vielen, vielen Ausführungen gelauscht, weshalb er eine solch grandiose Enttäuschung war. Nun saß er mit gespreizten Beinen da. Er brauchte keinen Spiegel, um zu wissen, dass sein blondes Haar, anders als das dunkle seines Bruders, aussah, als wären ein Dutzend Hände hindurchgefahren. Er brauchte auch nicht tief einzuatmen, um den extrem blumigen Parfümduft wahrzunehmen, der in seiner Kleidung hing.

Hätte Lawrence ihn so gesehen, er hätte angewidert die Oberlippe gekräuselt. Doch nie wieder würde Lawrence ihn so anschauen, denn er baumelte am Deckenventilator wie an einem Schlachterhaken.

»Hat jemand die Polizei gerufen?«, fragte Lucian, wobei er mit seinen langen Fingern auf der Armlehne trommelte.

»Das will ich doch hoffen«, antwortete Gabriel. Er lehnte sich an die polierte Kirschholzanrichte. Kristallgläser stießen klirrend gegeneinander, aber die Karaffen, gefüllt mit Brandy und feinem Whiskey, bewegten sich kaum.

Gabe, der als der *normalere* Bruder der de-Vincent-Horde galt, schien noch halb zu schlafen. Er trug lediglich eine Jogginghose und rieb sich das Kinn, während er die Beine beäugte. Sein Gesicht war blass und eingefallen.

Doch wer Gabriel für normal hielt, kannte ihn nicht wirklich.

»Ich habe Troy angerufen«, erklärte Dev grimmig von der anderen Seite des Arbeitszimmers. Er entsprach ganz dem Bild des ältesten Sohnes – der nun offenbar über die gesamte Dynastie herrschte: das dunkle Haar sorgfältig gekämmt, glatt rasiert und keine einzige verfluchte Falte in der Baumwollhose, in der er geschlafen hatte. Wahrscheinlich hatte er sie sogar gebügelt, ehe er herkam.

»Ich habe ihm erzählt, was passiert ist«, fuhr Dev fort. »Er ist unterwegs.«

Lucian sah hinüber zu Dev. »Hast du ihn gefunden?«

»Ich konnte nicht schlafen, deshalb bin ich aufgestanden und nach unten gegangen. Ich bemerkte, dass Licht brannte, und da habe ich ihn gefunden.« Dev verschränkte die Arme vor der Brust. »Wann bist du nach Hause gekommen, Lucian?«

»Was spielt das denn für eine Rolle?«

»Beantworte einfach die Frage.«

Lucian grinste träge, denn er begriff, worauf sein Bruder hinauswollte. »Denkst du, ich habe irgendwas mit dem gegenwärtigen Zustand des lieben alten Dad zu tun?«

Devlin schwieg. Er wartete. Was typisch für ihn war. Still und kalt wie ein frisch ausgehobenes Grab. Er hatte nichts mit Lucian gemein. *Nichts*. Es war Gabe, der Lucian beobachtete, als erriete er die Wahrheit, als wisse er es besser.

Lucian verdrehte die Augen. »Ich habe nicht mal gewusst, dass er wach und hier unten war, als ich nach Hause gekommen bin. Ich habe meinen eigenen Eingang benutzt und bin fröhlich mit anderem beschäftigt gewesen, bis du mich angerufen hast.«

»Ich werfe dir ja nichts vor«, erwiderte Dev in demselben Tonfall, mit dem er in ihrer Kindheit schon hunderte Male am Tag mit ihnen gesprochen hatte. »Klingt aber verdächtig danach.« Wie verkorkst war das denn? Ihr Vater baumelte an seinem Sechshundert-Dollar-Gürtel am Deckenventilator, und Dev fragte Lucian, wo er gewesen war? Seine trommelnden Finger auf der Armlehne stoppten und er bemerkte den roten Schmierstreifen an seinem Zeigefinger. Er ballte die Hand. »Und wo wart ihr zwei?«

Dev zog die Brauen hoch.

Gabe wandte das Gesicht ab.

Kopfschüttelnd lachte Lucian leise. »Hört mal, ich bin kein Forensiker, aber es sieht aus, als hätte er sich selbst erhängt.«

»Es ist ein unbeabsichtigter Tod«, behauptete Gabe, und Lucian fragte sich, aus welcher Krimiserie er diesen Ausdruck hatte. »Sie werden es dennoch untersuchen. Vor allem, weil er anscheinend keinen … keinen Abschiedsbrief hinterlassen hat.« Er wies mit dem Kinn zum leeren Schreibtisch. »Allerdings hat bisher auch noch keiner von uns richtig gesucht. Mist. Ich fasse das nicht …«

Lucian blickte wieder zur Leiche seines Vaters. Er konnte es genauso wenig fassen. »Du hast Troy angerufen?« Er sah Dev an. »Der wird wahrscheinlich eine verdammte Party schmeißen. Zum Teufel, wir sollten feiern.«

»Besitzt du überhaupt keinen Anstand?«, entgegnete Dev.

»Stellst du mir ernsthaft diese Frage? Wir reden hier über *unseren* Vater!«

Devs Züge verhärteten sich leicht – eine kaum merkliche Gefühlsreaktion. »Hast du eine Ahnung, was die Leute hierzu sagen werden?«

»Vermittelt dir mein Gesichtsausdruck den Eindruck, dass es mich interessiert, was andere denken?«, erwiderte Lucian ruhig. »Oder dass es mich jemals interessiert hat?«

»Dich schert es vielleicht nicht, aber das Letzte, was unsere Familie braucht, ist, schon wieder durch den Dreck gezogen zu werden.«

Es gab eine Menge Dinge, die ihre Familie nicht brauchte, doch ein weiterer dunkler Fleck auf der alles andere als weißen Weste war ihre geringste Sorge.

»Vielleicht hätte unser Vater das bedenken sollen, bevor …« Er verstummte und deutete mit dem Kopf auf die Leiche.

Dev verkniff den Mund, und Lucian wusste, dass es seinen Bruder seine gesamte Selbstbeherrschung kostete, nichts zu erwidern. Aber schließlich hatte Dev jahrelange Übung darin, nicht auf Lucians Provokation anzuspringen.

Dev schwieg, schritt einfach um die Beine ihres Vaters herum aus dem Arbeitszimmer und schloss *leise* die Türen hinter sich.

»Habe ich irgendwas gesagt?«, überlegte Luc laut.

Gabe bedachte ihn mit einem strengen Blick. »Warum musst du das tun?«

Gleichgültig zuckte er mit einer Schulter. »Warum nicht?«

»Du weißt, wie er sein kann.«

Der springende Punkt war, dass Luc sehr wohl wusste, wie Dev sein konnte, aber tat *Gabe* es? Das glaubte er weniger. Wahrscheinlich, weil Gabe nicht sehen wollte, wie Dev wirklich sein konnte, wenn diese einstudierte Gefasstheit einen Riss bekam.

Gabe starrte abermals zu den verdammten Beinen, und er klang grimmig, als er fragte: »Glaubst du tatsächlich, unser Vater hat das getan?«

»Für mich sieht es so aus«, antwortete Lucian, während er sich auf die gespenstisch weißen Hände konzentrierte, eingefroren für alle Zeit.

»Es gibt nur sehr weniges, was mich bei ihm tatsächlich überrascht hätte, aber dass er sich erhängt?« Gabe strich sich mit den Fingern durchs Haar. »Das ist nicht sein … Stil.«

Luc musste ihm zustimmen. Es sah Lawrence überhaupt nicht ähnlich, ihnen den Gefallen zu tun und sie alle in Ruhe zu lassen. »Vielleicht ist es der Fluch.«

»Meinst du das ernst?« Gabe fluchte leise. »Du hörst dich schon an wie Livie.«

Bei dem Gedanken an ihre Haushälterin kehrte Lucians Grinsen zurück. Mrs. Olivia Besson war wie eine zweite Mutter für sie, gehörte so fest zu diesem Haus wie die Mauern und das Dach, aber die Frau war auch abergläubisch wie Matrosen auf stürmischer See. Das Grinsen verschwand.

Eine schwere Stille senkte sich über sie, während sie beide ihren Vater anstarrten. Es war Gabe, der das Schweigen brach, indem er flüsternd, als fürchtete er, belauscht zu werden, sagte: »Ich bin aufgewacht, bevor Dev mich gerufen hat. Ich dachte, dass ich jemanden im obersten Stock höre.«

Lucian stockte der Atem.

»Ich bin nach oben gegangen, aber …« Gabes Brust hob und senkte sich unter einem tiefen Atemzug. »Weißt du noch, was du morgen vorhattest? Das wird jetzt nicht mehr möglich sein.«

»Warum nicht?«

»Warum nicht?«, wiederholte Gabe ungläubig lachend. »Du kannst das Anwesen nicht einen Tag nach dem Tod unseres Vaters verlassen.«

Lucian sah darin kein Problem.

»Dev würde ausflippen.«

»Dev hat keine Ahnung, was ich tue«, erwiderte er. »Sicher wird er gar nicht merken, wenn ich weg bin. Und am nächsten Morgen bin ich wieder da.«

»Lucian …«

»Es ist wichtig, dass ich das mache, und das weißt du. Ich vertraue nicht … ich vertraue nicht darauf, dass Dev die richtige Person ausgesucht hat. Auf keinen Fall werde ich mich zurücklehnen und ihn das übernehmen lassen.« Sein Ton duldete keine Widerrede. »Dev mag sich so viel er will einbilden, dass er derjenige ist, der alles regelt. Ist mir egal. Aber ich werde hier ein Wort mitreden.«

Gabe seufzte erschöpft und ließ einen Moment verstreichen. »Dann sorg lieber dafür, dass dein *Gast* vollends begreift, wie wichtig es ist, dass sie keine Silbe über das verliert, was hier geschehen ist.«

»Natürlich«, murmelte Lucian und erhob sich träge. Ihn wunderte nicht, dass sein Bruder von dem Besuch wusste, den er mit nach Hause gebracht hatte.

Dieses Haus hatte Augen und Ohren.

Gabe lief zur Tür. »Ich suche Dev.«

Lucian schaute seinem Bruder nach, ehe er sich wieder zu seinem toten Vater umdrehte, in sich hineinhörte und hoffte, irgendwas, egal was, zu fühlen. Der Schock, den er beim Betreten des Zimmers empfunden hatte, war schon verflogen gewesen, bevor er in ihm nachwirken konnte. Dieser Mann, der am Deckenventilator hing, hatte ihn aufgezogen, und Lucian konnte keinen Funken Trauer aufbringen. Achtundzwanzig Jahre hatte er unter der Fuchtel dieses Mannes gelebt, und da war nichts. Nicht mal Erleichterung. Schlicht ein Abgrund von Nichts.

Wieder blickte er zum Deckenventilator.

Hatte Lawrence de Vincent sich erhängt? Der Patriarch der Familie hätte sie alle aus purem Trotz überlebt.

Doch wenn er es nicht gewesen war, bedeutete es, dass jemand anders ihn getötet und es wie Selbstmord hatte aussehen lassen. Was nicht auszuschließen war. Verrücktere Sachen passierten. Lucian dachte an die Schritte, die er gehört hatte. Es konnte nicht sein …

Für einen Moment schloss er die Augen und stieß einen Fluch aus. Dies würde eine lange Nacht, und das nicht im spaßigen Sinne. Der morgige Tag würde noch länger. Als er das Zimmer verließ, bückte er sich und rollte den schweren Teppich ein Stück auf, damit die Lache ihn nicht erreichte.

2. Kapitel

Auf dem Weg die dämmrige Treppe hinauf übersprang Lucian mal eine, mal zwei Stufen. Sein Wohnbereich war nicht der erste Halt. Stattdessen eilte er auch die dritte Treppe hinauf und durch den überdachten Gang in den Korridor. Wandleuchten erhellten den Weg gerade so, dass er wenige Schritte vor sich etwas sehen konnte.

Er kam an mehreren geschlossenen Türen von Zimmern vorbei, die das Personal aus diversen verschrobenen Gründen nicht betreten wollte, und blieb am Ende des Korridors stehen. Seine Rückenmuskeln spannten sich an, als er die grauweiße Tür ansah.

Der Knauf lag kalt in seiner Hand. Lucian drehte ihn und öffnete die Tür, woraufhin diese lautlos über den dicken Teppichboden glitt. Rosenduft umwehte Lucian. In dem Zimmer brannte Licht. Eine der kleinen Nachttischlampen mit pastellfarbenem Schirm war angeschaltet. Die Gestalt, die in dem großen Bett mit den handgedrechselten Pfosten lag, wirkte unglaublich klein und zerbrechlich. Kein bisschen so, wie sie früher gewesen war.

»Maddie?«, rief er, was sogar in seinen eigenen Ohren schroff klang.

Im Bett rührte sich nichts. Kein Geräusch. Nichts, das ihm verraten könnte, ob sie wach war oder ihn wahrnahm. Sein Brustkorb verengte sich unter einem Druck, den noch so viel Trinken und Vögeln nicht lindern konnten.

Unmöglich konnten jene Schritte ihre gewesen sein.

Er blickte in das Bett, schaute sie für einen Moment an; dann trat er zurück und schloss die Tür hinter sich. Während er sich mit einer Hand übers Gesicht fuhr, steuerte er auf den Durchgang zu und stieg eine Treppe tiefer. Dort passierte er das leere Gästezimmer schräg gegenüber von seinen Zimmern.

Eine andere Form von Anspannung überfiel ihn, als er die Tür zu seinen Räumen aufriss. Drinnen blieb er direkt wieder stehen.

Sein *Gast* stand von der Couch auf, vollständig nackt bis auf schwarze Vögel-mich-Schuhe. O Mann. Sein Blick wanderte nach unten, der Hand mit den rot lackierten Fingernägeln folgend zwischen den Brüsten hindurch und tiefer, zwischen ihre Schenkel.

»Du hast zu lange gebraucht«, sagte sie und biss auf ihre Unterlippe, als er wieder in ihr Gesicht sah. »Da habe ich schon mal alleine angefangen.«

Klang für ihn nach einer super Art, sich die Zeit zu vertreiben.

Ein Teil von ihm wollte die Tür hinter sich zu treten und vergessen, was unten los war. Verdammt, er war ein Mann, und vor ihm verwöhnte sich eine sehr attraktive und sehr nackte Frau selbst, aber …

Verflucht.

Er durfte sich nicht erlauben, diesen vergnüglichen Pfad einzuschlagen.

Also konzentrierte er sich auf ihre Nase, die er für unverfänglich hielt. »Süße, ich tue das nur sehr ungern …«

Sie stürzte sich wie ein Tiger auf ihn, sprang regelrecht einen guten halben Meter oder gar weiter durch die Luft.

Vor lauter Schreck fing er sie auf, er konnte sie ja schlecht auf dem Boden aufschlagen lassen. Er mochte ein Arsch sein, aber ganz so mies war er dann doch nicht.

Lange Beine schlangen sich um seine Hüften, und warme Hände legten sich an seine Wangen. Ehe er auch nur Atem holen konnte, war ihr Mund auf seinem, drängte ihre Zunge zwischen seine Lippen, so wie sie offensichtlich wollte, dass er es zwischen ihren Schenkeln tat.

Anscheinend hatte sie sich etwas aus der Flasche Bourbon genehmigt.

Das schmeckte er.

Er fasste sie an den schmalen Hüften, befreite sich von ihr, als ob er einen Schokoriegel auspacken würde, und stellte sie hin. »O Mann«, raunte er und trat zurück. »Warst du am College im Leichtathletik-Team?«

Sie trat einen Schritt vorwärts und runzelte die Stirn, da er ihr auswich, sich bückte und ihren Slip aufhob. Verwundert beobachtete sie, wie er als Nächstes nach ihrem Kleid griff. »Was machst du?«

»Auch wenn ich die enthusiastische Begrüßung sehr zu schätzen weiß, musst du gehen.« Er hielt ihr ihre Sachen hin.

Sie ließ die Arme an ihrem Körper herunterhängen. »Was?«

Mit einer Geduld, die er für gewöhnlich gar nicht besaß, holte er tief Luft. »Entschuldige, Süße, aber du musst gehen. Es ist etwas dazwischengekommen.«

Ihr Blick glitt zur Tür hinter ihm, und Lucian schwor bei Gott, sollte dort einer seiner Brüder stehen … »Was ist dazwischengekommen?«, fragte sie.

»Nichts, was dich etwas anginge.« Als sie sich weiterhin weigerte, ihre Sachen zu nehmen, warf Lucian sie auf die Couch hinter ihr. »Hör mal, es tut mir leid, doch du musst jetzt sofort verschwinden.«

Ihre Kinnlade fiel herunter, und sie machte keinerlei Anstalten, sich Richtung Couch zu bewegen und sich anzuziehen. »Auf keinen Fall schickst du mich jetzt weg.«

Drückte er sich unverständlich aus?

»Egal, was los ist, ich kann warten …«

»Du kannst nicht warten, und ich habe wirklich keine Zeit hierfür«, fiel er ihr deutlich bestimmter ins Wort.

Einen Moment lang starrte sie ihn an, dann kniff sie die Lippen zusammen. »Du willst mich doch verarschen, oder? Das ist totaler Bullshit.« Ihre Stimme wurde schriller, und Lucian stellte fest, dass er die Antwort auf seine Frage von vorhin bekam. Ihre Schönheit war wirklich nur oberflächlich. »Du schleifst mich den ganzen Weg hier raus, machst mich scharf und setzt mich dann vor die Tür?«

»Dich scharfmachen?« Er lachte. »Ich habe dich kaum berührt.«

»Darum geht es nicht.«

»Ob du deine Klamotten mitnimmst oder nicht, ob du splitternackt gehst oder dir deine verdammten Sachen anziehst, das ist mir ehrlich gesagt scheißegal.« Er trat auf sie zu; diese Unterhaltung war für ihn beendet. »Aber ich habe das Gefühl, dass der Fahrer, der unten auf dich wartet, nicht deinen nackten Arsch auf seinen Polstern haben will.«

Ihre Wangen röteten sich. »Weißt du überhaupt, wie ich heiße?«, fragte sie, während er zur Bar lief.

Ach, verflucht noch eins.

Er schenkte sich einen Drink ein, wohlwissend, dass diese Situation schneller eskalierte, als er gucken konnte.

»Ich heiße übrigens Cindy, du Arschloch.«

Er kippte den Drink herunter und war froh, dass er beim Raten gar nicht mal so weit danebengelegen hatte. Dann drehte er sich wieder zu ihr um.

Cindy zog sich gerade einen schwarzen Fetzen Seide über die Schenkel nach oben. »Hast du einen Schimmer, wie viele Männer buchstäblich sterben würden, um jetzt an deiner Stelle zu sein?«

»Sicher ist es eine lange Liste«, antwortete er trocken.

Sie schnappte sich ihr Kleid von der Couch und sah ihn wütend an. »O ja, du klingst sehr überzeugt.« Das Kleid glitt über ihren Kopf. »Weißt du eigentlich, wer ich bin?«

»Ich weiß sogar genau, wer du bist.«

»Da du nicht mal meinen Namen kanntest, bezweifle ich es.« Sie griff ihre Handtasche vom Beistelltisch und warf ihr blondes Haar über die Schulter. »Aber du wirst es wissen, wenn ich mit dir fertig bin …«

Sie rang nach Luft, als er schneller als erwartet auf sie zukam. Wieder legte er wie vorhin eine Hand in ihrem Nacken. »Zwar erinnerte ich mich nicht an deinen Namen, aber das heißt nicht, dass ich nicht sehr gut weiß, wer du bist.«

»Ach nein?«, flüsterte sie und senkte die Lider.

»Du bist ein wandelnder Treuhandfond und es gewohnt, alles von Daddy zu bekommen, was du dir wünschst. Du verstehst das Wort *Nein* nicht und besitzt kein Fünkchen Verstand, wenn es um pure Selbsterhaltung geht.«

»Und du bist so anders?« Sie beugte sich vor und benetzte ihre Unterlippe. »Denn es hört sich an, als würdest du über dich selbst reden.«

Er neigte den Kopf und blickte ihr in die Augen, während sein Griff in ihrem Nacken fester wurde. »Du weißt einen Scheiß über mich, wenn du das denkst. Es gibt nichts, was du mir oder meiner Familie antun könntest, das ich dir nicht dreimal schlimmer zurückzahlen könnte. Also denk nicht mal dran, deine hübschen kleinen Drohungen zu Ende zu spinnen.«

Ihre Hand landete auf seiner Brust, und sie schloss die Augen. »Bist du dir sicher?«

Verdammt.

Dies hier erregte sie.

Angewidert riss er seine Hand weg und ließ Cindy rückwärts stolpern. »Du warst nicht hier. Du warst heute Nacht nicht einmal in der Nähe dieses Hauses. Solltest du irgendjemandem gegenüber auch nur andeuten, du wärst es gewesen, vernichte ich dich.« Er legte eine Pause ein, um sich zu vergewissern, dass sie zuhörte. »Und bevor du aussprichst, was immer dir auf der Zunge brennt, solltest du dir einen Moment Zeit nehmen, darüber nachzudenken, wer ich bin und was ich tun kann.«

An der Stelle hatte Cindy den Mund geschlossen. Sie begriff und machte ihm keinen Stress mehr.

Sobald sie sicher in dem Wagen saß, der hinterm Haus wartete, ging Lucian zu seinen Brüdern ins Hauptwohnzimmer.

»Hat ja lange genug gedauert«, sagte Dev und musterte ihn. »Und doch hattest du nicht die Zeit, dir Schuhe anzuziehen oder dein bescheuertes Hemd in die Hose zu stecken?«

Lucian verengte die Augen, während er an seinem Bruder vorbeischritt. »Ist dir bewusst, dass es fast fünf Uhr morgens ist? Ich glaube kaum, dass irgendwer darauf achten wird, wie ich angezogen bin.«

»Lucian hat recht«, sagte Gabe, der auf dem Sofa saß und wie üblich den Vermittler spielte. »Es ist richtig spät – oder richtig früh. Da ist es unerheblich.«

Dev neigte den Kopf zur Seite. »Hast du nach ihr gesehen?«

Lucian nickte. »Alles unverändert.«

Gabe strich sich eine Haarsträhne hinters Ohr. Die Spitzen berührten beinahe seine Schultern. Ihr Vater hasste sein langes Haar und behauptete, er sähe damit aus wie – was hatte er noch gleich gesagt – ein *Taugenichts*? »Was machen wir, wenn sie das Haus durchsuchen und sie finden? Nicht einmal Troy weiß von ihr.«

»Es gibt keinen Grund, weshalb sie das Haus durchsuchen sollten«, antwortete Dev. »Genauso wie es keinen Grund gibt, dass Troy von ihr erfährt. Es ist schlimm genug …«

»Was ist schlimm genug?«, unterbrach Lucian ihn. Er spürte, wie Wut in ihm aufflammte. »Dass sie hier ist? Dass sie tatsächlich lebt?«

»Ich wollte sagen, es ist schlimm genug, dass wir Dr. Flores praktisch seine neue Praxis finanzieren mussten, die er schon seit fünf Jahren bauen wollte, um sicherzustellen, dass er die in dieser Situation nötige Diskretion wahrt.« Devs Ton war völlig neutral. Kein Gefühl. Nichts. »Und wer weiß, wie viel Geld …« Sein Blick schweifte zur Tür, und im nächsten Augenblick klopfte es.

Dev hatte diese übernatürliche Fähigkeit, stets zu spüren, wenn jemand in der Nähe war, der nicht zur Familie gehörte. Das war irgendwie unheimlich.

Lucian setzte sich neben Gabe, als Dev das Zimmer verließ, hob die Hände und fuhr sich mit der Hand übers Gesicht. »Fuck.«

»Jap«, antwortete Gabe, und mehr sagte er nicht.

Dev kehrte zurück, gefolgt von Detective Troy LeMere. Troy sah aus, als hätte er glücklich mit seiner frischangetrauten Frau im Bett gelegen, als er den Anruf erhielt. Seine braune Kakihose war so zerknittert, wie sich Lucians Hirn anfühlte. Die dünne Windjacke verbarg die Waffe an seiner Hüfte nicht.

Sie hatten Troy in einem Sommer kennengelernt, als sie vom Internat im Norden, in das man sie gesteckt hatte, während der Ferien nach Hause kamen. Damals schlichen sie sich vom Anwesen und zu den Basketball-Courts einige Meilen weiter. Dort trafen sie Troy, und obgleich sie kaum aus unterschiedlicheren Welten stammen könnten, hatte sich eine starke Freundschaft zwischen ihnen entwickelt. Ihren Vater hatte dieses enge Band gestört, bis Troy zur Polizeiakademie ging. Von da an legte er gesteigerten Wert auf diese Beziehung, um sie nach Kräften zu nutzen.

Manchmal fragte Lucian sich, ob auch Dev nur deshalb bis heute mit Troy zu tun hatte.

»Das ist nicht euer Ernst, Jungs«, sagte Troy und strich sich über das kurz geschorene dunkle Haar. Keine Beileidsbekundung. So dumm war er nicht. »Den ganzen Weg hierher dachte ich, es sei ein kranker Scherz.«

»Warum sollten wir über so etwas Scherze machen?«, fragte Dev. »Um diese Uhrzeit?«

Lucian verdrehte die Augen, während Gabe etwas murmelte, das verdächtig nach »Fick dich« klang.

Troy kannte Dev und beachtete ihn nicht weiter. »Also, er hat sich erhängt?«

»In dem alten Arbeitszimmer.« Dev trat zur Seite. »Vielleicht kommst du mit und siehst es dir selbst an. Ich bringe dich hin.«

Troy ersparte sich den Kommentar, dass er durchaus wusste, wo das Arbeitszimmer war, doch während er an Lucian vorbeiging, warf er ihm einen Blick zu. Lucian schüttelte kaum merklich den Kopf.

Seufzend stand Gabe auf, als die beiden den Flur hinunter Richtung Arbeitszimmer verschwanden. »Ich gehe mich lieber umziehen, ehe Dev merkt, dass ich immer noch kein Hemd anhabe.«

Lucian schnaubte. »Ich bin ziemlich sicher, dass er das schon gemerkt hat, aber es gehört nun mal nicht zu seinen Lieblingsbeschäftigungen, dich zu nerven.«

»Stimmt, trotzdem mache ich es.«

Seinem Bruder nachblickend, lehnte Lucian sich in die Polster zurück und streckte einen Arm auf der Rückenlehne aus.

Troy und Dev blieben nicht lange weg, fünf Minuten vielleicht.

Als sie zurück waren, stellte Dev sich vor einen der vielen nie genutzten Kamine, die Arme vor der Brust verschränkt und die Miene versteinert. Troy wirkte ein wenig erschüttert und schien trotz seiner dunklen Haut blass, als er sich auf die Armlehne eines Sessels hockte. »Ich muss den Gerichtsmediziner herrufen, aber wir können versuchen, die Truppe möglichst klein zu halten.«

»Das wäre sehr gut«, antwortete Dev.

Troy sah ihn einen Moment an. »Bevor alle hier sind und der Zirkus losgeht, wie lautet die Story?«

»Was meinst du?« Dev runzelte die Stirn. »Die habe ich dir schon erzählt. Ich konnte nicht schlafen, also bin ich aufgestanden und sah, dass Licht brannte. Ich habe ihn so gefunden.«

»Erzählst du mir ernsthaft, dass du glaubst, der Mann hat sich umgebracht?«, fragte Troy entgeistert. »Ich kenne euren Vater. Der Mistkerl würde eine Atombombe überleben, bloß um …«

»Nicht«, stieß Dev warnend aus. Seine Nasenflügel blähten sich.

Troys Augen verengten sich.

Lucian mischte sich ein, ehe das Gespräch eskalierte – wie die meisten Unterhaltungen mit Dev. Wobei die Eskalation stets einseitig war. »Wie kann es nicht das sein, wonach es aussieht?«

Sein Freund schaute ihn wissend an. »Wo warst du?«

»Ich war im Red Stallion und gegen kurz nach zwei zu Hause, glaube ich.« Seinen Gast ließ er unerwähnt. Sie musste nicht in diese Sache reingezogen werden. »Ich kam nach unten, nachdem Dev mich anrief.«

»Und Gabe?« Troy blickte sich um. »Wo ist er hin?«

»Er wollte sich etwas anziehen«, antwortete Lucian, stützte die Ellbogen auf die Knie und lehnte sich vor. »Er müsste gleich wieder da sein, aber ich sage dir, so haben wir ihn gefunden.«

Troy sah zu dem Handy an seinem Gürtel und fokussierte sich dann wieder auf sie. »Hört mal, ihr wisst, dass ihr mir vertrauen könnt. Wenn der Gerichtsmediziner mit seinem Team hier ist, werden sie ihn sicher nicht nur herunternehmen und einpacken. Sie werden ihn untersuchen.«

»Schon klar«, entgegnete Dev matt. »Vater war … er hatte in letzter Zeit einige Probleme, vor allem wegen all dem, was mit unserem Onkel passiert. Damit kam er schlecht klar. Du weißt, wie wichtig ihm sein Ruf war.«

Interessant.

Lucian blickte zu seinem Bruder. Ja, ihr Onkel, der erhabene Senator, war in einen hässlichen Skandal um eine vermisste Praktikantin verwickelt … oder zwei. Ihr Vater hatte deswegen nicht sonderlich aufgebracht gewirkt, war hingegen völlig ausgerastet, als er hörte, wer oben im zweiten Stock war, und das war verständlich.

»Habt ihr die Sicherheitsbänder angeschaut?«, fragte Troy.

»Auf den Aufnahmen von draußen war nichts Verdächtiges zu

sehen. Keiner kommt oder geht, bis auf Lucian«, erklärte Dev. »Und die Kameras drinnen funktionieren schon ewig nicht mehr.«

Fragend blickte Troy ihn an. »Tja, das klingt ein bisschen verdächtig.«

»Es stimmt«, sprang Lucian seinem Bruder bei. »Egal, wie oft wir jemanden hier haben, der sich die Anlage ansieht, sie fällt immer wieder aus. Da ist irgendeine Störung. Das Gleiche, wenn jemand hier drinnen eine normale Kamera benutzen will. Das Einzige, was zu funktionieren scheint, sind bekloppte Handy-Kameras.«

Troy runzelte die Stirn, als wolle er darauf hinweisen, wie dämlich sich das anhörte, doch Lucian machte sich nicht über ihn lustig. Die blöden Videoaufzeichnungen brachen dauernd ab, und bisher hatte kein Techniker die Ursache entdecken können. Natürlich waren den Angestellten Erklärungen eingefallen – paranormale. Dies war einer der Gründe, warum sich einige von ihnen in dem Haus unwohl fühlten.

»Eurem Vater war wichtiger, was die Leute von seiner Familie dachten, als die Familie selbst«, sagte Troy nach einer Weile, und Dev konnte das nicht abstreiten, weil es stimmte. »Es wird Fragen geben, Dev. Wie viel sind die Ölraffinerien, die Immobilien und Vincent Industries wert? Milliarden? Wer erbt das alles?«

»Gabe und ich«, antwortete Dev prompt. »So stand es im Testament unseres Vaters. Ich glaube nicht, dass er es geändert hat.«

Troy wies mit dem Kinn zu Lucian. »Was ist mit dir?«

Lucian lachte. »Ich bin schon lange aus dem Familienunternehmen raus, aber keine Sorge. Ich komme mehr als gut zurecht.«

»Fantastisch, da kann ich gleich ruhiger schlafen, weil ich das weiß.« Troy wandte sich wieder zu Dev. »Worauf ich hinauswill, ist, dass die Leute Fragen stellen werden. Es wird sich nicht verschweigen lassen.«

»Gewiss nicht.« Dev zog eine Augenbraue hoch. »Und es wird bekannt werden, dass er eines natürlichen Todes gestorben ist.«

Troy stieß ein Lachen aus, als er seine Augen weit aufriss. »Verarschst du mich?«

»Sieht er so aus, als würde er dich verarschen?«, konterte Lucian trocken.

»Klar kann ich ein paar Strippen ziehen, aber das wäre eine höllisch dicke Strippe, die nichtsdestotrotz sehr schnell aufribbeln könnte.« Troy schüttelte den Kopf. »Der Gerichtsmediziner wird einen Suizid nicht als natürliche Todesursache verzeichnen.«

Dev hob eine Augenbraue. »Du würdest dich wundern, was Leute alles zu tun bereit sind.«

Der verblüffte Gesichtsausdruck von Troy verschwand, und er starrte Dev an, als wäre er drauf und dran, ihm eine zu verpassen. »Tatsächlich wundert mich nicht mehr vieles, Devlin.«

»Wir verstehen, dass du deinen Job erledigen musst«, mischte Lucian sich wieder ein, die plötzlich scharfe, warnende Miene seines Bruders ignorierend. »Und wir möchten nicht, dass du etwas aufs Spiel setzt. Wir können damit umgehen … mit was auch immer die Leute sagen oder denken werden.«

»Gut zu wissen, denn einige von uns sind nicht im Begriff, ein Milliarden-Dollar-Unternehmen zu erben«, antwortete Troy, wobei er Dev einen vernichtenden Blick zu warf. »Glück für dich.«

In diesem Moment tat Dev etwas, das Lucian schon länger nicht mehr erlebt hatte.

Der Teufel lächelte.

Die Morgendämmerung verdrängte die Schatten, während Lucian im Wohnzimmer wartete. Die Leute, die im Arbeitszimmer seines Vaters ein- und ausgingen, waren leise, und wenn sie überhaupt sprachen, dann mit gedämpften Stimmen. Draußen waren keine Blaulichter und man stellte den drei Brüdern nur die allernötigsten Fragen. Dev war noch bei Troy, höchstwahrscheinlich, um sicher zu gehen, dass auch genau die Geschichte nach draußen durchsickerte, die er erzählte.

Lucian wandte seinen Blick vom Kamin ab und dem Team an Leuten zu, das im Zimmer erschien. Auf dem schwarzen Polohemd von einem der Männer, die eine Trage schoben, stand »Gerichtsmediziner«.

Das Bild erinnerte ihn an eine andere Nacht mit dem gleichen Ausgang.

Wenn er ehrlich sein sollte, erinnerte es ihn an viele Nächte.

Eine Frau schrie. Lucian erhob sich und drehte sich zur Tür. Dort stand Mrs. Besson und klammerte sich an den Arm ihres Mannes. Beide waren blass. »Was ist los?«

Lucian trat auf sie zu, nahm Richard beim Arm und führte beide in eines der vielen ungenutzten Wohnzimmer, weit weg vom Arbeitszimmer.

»Lucian, was ist passiert?«, fragte Richard und sah ihn besorgt an.

Lucian rollte die Schultern. Er war unsicher, wie er es ihnen sagen sollte. Nicht, dass sie um Lawrence trauern würden, dennoch war er ihr Arbeitgeber gewesen und mithin ein wichtiger Bestandteil ihres Lebens. »Es gab einen Vorfall.«

Richard legte einen Arm um die Taille seiner Frau, als ihre Hand hinauf zu ihrem Kopf wanderte und ihren ohnedies glatten silbergrauen Haarknoten noch glatter strich. »Ich habe das Gefühl, dass du schamlos untertreibst, Junge.«

»Ja, könnte man sagen.« Lucian blickte zur Tür und drückte Richards Schulter. Livie war ihre Haushälterin, hatte den Überblick über das Personal, das tagsüber kam und ging, und über alles andere. Ihr Mann war eine Art Butler, Hausmeister und Haustechniker in einer Person. Das Paar war schon so lange bei ihnen, wie Lucian denken konnte, und er wusste, dass sie absolut verlässlich waren, ungeachtet ihrer Ansichten über das Anwesen. Das mussten sie letztlich auch sein, um für die de Vincents zu arbeiten und Teil der Familie zu sein; sie waren mehr für die Jungen da gewesen, als es deren Eltern je waren. Ihre Tochter war als Kind durch diese Flure gelaufen und wie eine zweite Schwester für die Jungen gewesen. Inzwischen hatte Lucian Nicolette seit Jahren nicht gesehen. Nicht mehr, seit sie aufs College ging.

»Lawrence hat sich im Arbeitszimmer erhängt«, sagte er.

Kleine Falten gruben sich in Livies Gesicht, als sie die Augen zukniff und etwas murmelte, das sich wie ein Gebet anhörte. Ihr Mann starrte Lucian bloß an und fragte: »Ist das wahr?«

»Scheint so.« Es war deutlich zu erkennen, was Richards Gesichtsausdruck bedeutete. Er glich Troys und entsprach dem, was sie im Grunde alle dachten. Auf einmal war Lucian völlig erledigt und strich sich mit einer Hand durchs Haar.

»Lucian!«, rief Gabe aus dem Korridor. Seine Züge waren verhärtet. »Wir müssen mit dir reden.«

Er ging um das Paar herum. »Falls ihr ein bisschen Zeit braucht …«

»Nein«, erklärte Livie und schaute ihn mit ihren braunen Augen an. »Uns geht es gut. Wir sind für euch Jungs da.«

Er lächelte müde. »Danke«, sagte er aufrichtig. »Ich würde mich nur vorerst von Vaters Arbeitszimmer fernhalten.«

Richard nickte. »Willst du immer noch heute weg?«

»Ich muss.«

»Weiß ich.« Richard klopfte ihm auf die Schulter und lächelte entschlossen. »Ich halte hier die Stellung für dich, solange ich kann.«

Lucian ergriff die Hand des Älteren und drückte sie sanft, bevor er die beiden allein ließ und zu seinem Bruder lief. Als er sich Gabe näherte, bemerkte er, dass Troy im Flur auf sie wartete. Dev war nicht zu sehen. »Will ich überhaupt wissen, was ihr zu sagen habt?«

Gabe schüttelte den Kopf. »Ganz sicher nicht.«

Troy sprach mit gesenkter Stimme. »Als sie die Leiche vom Ventilator nahmen, zogen sie auch den Gürtel ab. Euch ist das vermutlich nicht aufgefallen, so wie er hing, und wegen des Gürtels, aber …«

Ein kalter Schauer rann Lucian über den Rücken, als er seinen Bruder ansah. »Was aber?«

»Da waren Spuren an seinem Hals.« Troy holte tief Luft. »Ungefähr da, wo der Gürtel war. Die sehen wie Kratzer aus. Was zweierlei bedeuten kann. Entweder ist er rauf und hat es sich dann anders überlegt, oder er hat sich den Gürtel nie selbst um den Hals gelegt.«

3. Kapitel

»Warum musst du mich verlassen?«, rief Anna. Sie stampfte mit einem Fuß auf und schob die Unterlippe vor, während der leuchtend blaue Drink über den Rand ihres Glases schwappte. »Wer soll sich die Klagen über meine höllischen Nachbarn oder meine sehr sachlichen Bemerkungen über richtig scharfe Pharmavertreter anhören?«

Julia Hughes lachte über ihre Kollegin – oder seit zwei Stunden vielmehr ihre Ex-Kollegin. Sie beide und mehrere andere Schwestern und Mitarbeiter aus dem Center waren in einer Bar wenige Blocks von ihrer Arbeitsstelle entfernt und feierten eine kleine Abschiedsparty. Die sich mittlerweile in einen Wettbewerb verwandelte, wer morgen am übelsten verkatert sein würde.

Julia setzte auf Anna.

»Du hast ja noch Susan. Sie hört sich mit Vorliebe deine trübsinnigen Geschichten an und checkt die Vertreter genauso gerne ab.«

»Tut doch jeder, doch du warst als Einzige noch Single bei uns. Jetzt muss ich mit der Fantasie auskommen, wie du mit denen ausgehst und so irren Sex hast, dass du hinterher nur noch komisch laufen kannst.«

Julia verschluckte sich fast an ihrem Drink und nahm ihr Glas herunter.

Anna grinste, bevor sie einen kräftigen Schluck trank. »Und ich kann nicht mal versuchen, Susan mit einem von ihnen zu verkuppeln.«

»Die Glückliche. Vergiss nicht, dass keines von den Dates ein gutes Ende genommen hat«, erinnerte Julia sie. Tatsächlich waren sie entweder sehr langweilig gewesen oder sie war versetzt worden. Es hatte nichts dazwischen gegeben, und irren Sex, nach dem sie am nächsten Tag eine Schmerztablette brauchte, erst recht nicht.

Julia beugte sich vor und stützte die Ellbogen auf den runden Stehtisch. Die Rockmusik wurde lauter, während sich ihre Gruppe in der Bar verteilte. Der Kuchen, den jemand mitgebracht hatte, war innerhalb von Minuten verputzt gewesen. »Ich werde auch alle vermissen«, sagte sie und holte tief Luft.

»Ich fasse immer noch nicht, dass du das machst.« Seufzend lehnte Anna sich an sie.

Wenn sie ehrlich sein sollte, fasste Julia selbst nicht recht, dass sie ihre Festanstellung als Krankenschwester sausen ließ und mehrere Bundesstaaten weit entfernt in einer anderen Zeitzone eine Stelle als freiberufliche Schwester antrat. Die Entscheidung war so untypisch für sie gewesen, dass ihre Eltern dachten, sie litte unter einer verfrühten Midlife-Crisis.

Den Ansporn zur Bewerbung für den Job hatte eine geleerte Flasche Wein gegeben und … der verzweifelte, geradezu überwältigende Wunsch, dass sich etwas, irgendetwas in ihrem Leben änderte. Sie hatte schon beinahe vergessen, dass sie sich überhaupt beworben hatte, und so war der Anruf von der Agentur letzte Woche ein Schock gewesen: Es gab einen Job in Louisiana, in einem Privathaushalt, und als sie hörte, was dort gezahlt würde, wäre sie beinahe umgefallen.

Julias erste Reaktion war abzulehnen, doch sie hatte nicht auf diese dumpfe Stimme gehört, die sie bis spät in die Nacht wachhielt und dafür sorgte, dass sie bedächtig und übervorsichtig handelte. Und so war, nach dem Ausfüllen eines Berges an Formularen – einschließlich eines Stapels von Vertraulichkeitsvereinbarungen, die laut Agentur in gewissen Situationen gang und gäbe waren –, heute ihr letzter Arbeitstag in der Pflegeeinrichtung gewesen, in der sie die letzten drei Jahre gearbeitet hatte. Für sie war es auch der letzte Tag Normalität gewesen, denn sie hatte das Undenkbare getan.

Nun, zumindest für sie bisher undenkbar, denn sie hatte stets wie in Angst gelebt.

Keine Furcht vor etwas Bestimmten, aber so ziemlich vor allem, was da draußen lauerte. Sie hatte sich davor geängstigt, aus ihrem Elternhaus auszuziehen, um aufs College zu gehen; Angst vor dem Ende ihrer Ausbildung und dem ersten »richtigen« Job; Angst vorm Fliegen; Angst vor Autobahnfahrten. Sie hatte sich vor jenem ersten Date vor Jahren gefürchtet, das sich als eine ihrer miesesten Entscheidungen entpuppte. Und sie hatte sich geängstigt, den einen Menschen zu verlassen, der ihr tagtäglich kleine Stücke ihres Lebens raubte.

Angst zu haben, bedeutete nicht, dass sie sich nicht zwang, sie zu überwinden, doch für gewöhnlich hieß es, dass sie vor jeder Entscheidung endlos alles analysierte und viel grübelte. Was alles schwieriger machte, und die Dinge zu schaffen, umso wichtiger.

So wollte sie nicht mehr leben – nicht mehr wie eine Siebzigjährige, die vor drei Jahren die Liebe ihres Lebens beerdigt hatte, anstatt sich von ihr scheiden zu lassen, wie sie es tatsächlich getan hatte. Die letzten drei Jahre hatten sich angefühlt, als hätte sie aufgegeben und würde leise einschlummern.

Damit war jetzt Schluss.

Die meisten ihrer Sachen hatte sie schon vorausgeschickt und morgen würde sie in den Flieger steigen.

»Ich bin stolz auf dich«, sagte Anna und drehte sich halb zu Julia um. »Ich werde dich schrecklich vermissen, aber ich bin stolz auf dich.«

»Danke«, antwortete Julia und blinzelte ihre Tränen weg. Sie und Anna waren sich im Laufe der Jahre sehr nahegekommen. Anna wusste, was Julia mit ihrem Ex durchgemacht hatte. Und ihr war klar, was für eine große Sache dies hier für sie war.

Sie neigte sich zu Julia und gab ihr einen Kuss auf die Wange. Dann stützte sie ihr Kinn auf Julias Schulter. »Wann geht dein Flug?«

»Um zehn, und ich muss früh los zum Flughafen.«

»Aber du musst nicht frühmorgens zur Arbeit, und was heißt das?« Sie richtete sich auf und schob Julias Glas an deren Mund. »Zeit, auszutrinken und durchzudrehen, ehe wir beide noch heulend in der Ecke enden wie zwei Loser. Das wollen wir doch nicht.«

»Niemand will das.« Grinsend gehorchte sie dem Befehl. Nun, zumindest in etwa. Julia war keine große Trinkerin, weil ihr die Vorstellung missfiel, keine Kontrolle über sich zu haben. Deshalb hielt sie sich meist an Wein. Nun trank sie ihr Glas aus, und bei der Hälfte des zweiten Glases summte es schon angenehm in ihr.

Einige andere Schwestern kamen an ihren Tisch und Anna verschwand, um auf der anderen Seite der Bar eine Runde Darts zu spielen. Julia versuchte, sie im Blick zu behalten, doch es war spät geworden und in der Bar wurde es voller. Hin und wieder sah sie ihre zierliche blonde Freundin und den Mann, mit dem sie Darts spielte. Er war groß; andererseits wirkte jeder Mann neben Anna groß. Sein dunkles Hemd spannte sich über breite Schultern, wenn er den Arm anhob, um einen Pfeil zu werfen. Selbst aus der Entfernung erkannte Julia, wie wohlgeformt seine Bizepse waren.

Wer er auch sein mochte, er hatte einen netten Rücken.

Kopfschüttelnd konzentrierte sie sich wieder auf das Gewimmel um sich herum. Anna war verheiratet – und das glücklich. Sie war einfach nur sehr kontaktfreudig und fand überall neue Freunde.

Alle redeten über die neuen Eigentümer des Pflegeheims, die es zu Jahresanfang übernommen hatten. Sie hatten sich Sorgen gemacht, waren unsicher gewesen, was der Leitungswechsel langfristig bedeutete. Offensichtlich musste Julia sich nicht mehr sorgen, freute sich jedoch für ihre Kollegen, dass die neuen Besitzer zu wissen schienen, was sie taten.

Da Julia noch nie als freiberufliche Schwester gearbeitet hatte und unsicher war, ob sie es nach diesem Auftrag weiter sein würde, hatte sie keine Ahnung, was sie bei ihren neuen Arbeitgebern erwartete. Sie unterstand der Agentur, durch die sie engagiert worden war, aber auch der Familie, für die sie arbeiten würde.

Sie spielte mit dem dünnen Stiel ihres Glases und verdrängte die Gedanken daran, was morgen passieren würde. Sie war nervös, verständlicherweise, aber sie durfte nicht ausflippen. Andernfalls würde sie Panik bekommen und an sich selbst zweifeln. Jetzt war es ohnehin zu spät, noch irgendwas …

»Julia!«, rief Anna eine Sekunde, bevor sie Julias Arm von hinten umfasste. »Hier ist jemand, denn ich dir *unbedingt* vorstellen muss.«

O Gott.

Wenn Anna ihr unbedingt jemanden vorstellen musste, handelte es sich meist um irgendeinen exzentrischen Fremden, über den Anna buchstäblich eben erst gestolpert war und den Julia wirklich nicht kennenlernen wollte. Sie unterdrückte ein Stöhnen, drehte sich langsam um und ließ beinahe ihr Glas fallen, als ihr Blick von Annas gerötetem, strahlendem Gesicht zu dem Mann neben ihr wanderte.

Julias Augen wurden größer, während sie den Fremden musterte. Heiliger Bimbam … Ihr Hirn schien einen Kurzschluss erlitten zu haben, der sämtliche nützlichen Gedanken vernichtet hatte. Es war der Mann, mit dem Anna Darts gespielt hatte. Das erkannte Julia an dem dunklen Hemd, das sich als Thermoshirt entpuppte, dessen Ärmel bis zu den Ellbogen hochgeschoben waren. Und der Mann war groß. Nicht nur, weil er momentan neben einer verrückten Elfe stand, sondern er war mindestens einen Kopf größer als Julia, und sie war nicht klein.

Dieser Mann, wer er auch sein mochte, war absolut atemberaubend.

Er hatte etwas Verwegenes an sich. Hohe, breite Wangenknochen und einen wohlgeformten Mund mit einem perfekten Amorbogen. Leichte Bartstoppeln an einem Kinn, das wie aus Marmor gemeißelt wirkte. Sein goldbraunes Haar war oben wellig und an den Seiten kürzer. Julia wettete, dass es bei Tageslicht fast so blond war wie Annas. Und nach dem zu urteilen, was sie sich unter dem Shirt und der dunklen Jeans verbarg, dürfte sein Körper genauso fantastisch sein wie sein Gesicht.

Und diese Augen mit den unglaublich dichten Wimpern? Sie waren eine wunderbare Mischung aus Blau und Grün und erinnerten Julia an warmes Meer und Sommer.

Er stand da, blickte sie an, die Schultern locker, und dennoch hatte sie das seltsame Gefühl, dass er komplett angespannt und bereit war, jederzeit durchzustarten, obwohl alles an ihm entspannt wirkte.

Hatte Anna dieses Prachtexemplar von einem Mann an der Dartscheibe kennengelernt? Julia sollte sich weit häufiger bei diesen Dingern aufhalten, wenn die Typen dort so waren …

»Julia – Julia, das ist …« Annas blaue Augen blitzten vor Aufregung, als sie Julia zu dem schönsten Mann drehte, den diese jemals gesehen hatte. »Entschuldige, wie heißt du noch mal?«

Wie in aller Welt konnte Anna seinen Namen vergessen? Wenn Julia ihn erst einmal gehört hatte, würde er sich auf ewig in ihr Hirn einbrennen.

Nun lächelte er, und Julia nahm es mit jeder Faser ihres Körpers wahr, vom Kopf bis zu den Zehenspitzen, und ganz besonders an all den lange nicht beachteten Stellen dazwischen. Bei seinem schiefen Lächeln zog sich der linke Mundwinkel etwas weiter nach oben als der rechte, was vollends hinreißend war. »Taylor.«

O Mann.

Seine Stimme.

Tief und samtig mit dem Hauch eines Akzents. Südstaaten? Julia wusste es nicht, aber Taylor wurde immer besser und besser.

»Taylor, richtig.« Anna grinste wie eine Katze, die eben einen Schwarm Kanarienvögel vertilgt hatte. »Jedenfalls ist dies die wunderbare und sehr ledige Julia, von der ich dir erzählt habe.«

Hatte sie das wirklich gesagt? *Sehr ledige?* War Anna betrunken? Sah sie nicht, wie der Typ aussah? Nicht, dass Julia wie eine menschgewordene Müllhalde aussah. Sie hatte das, was ihre Mutter als »symmetrische Züge« bezeichnete. Ihr Gesicht war gleichmäßig proportioniert und viele Leute fanden ihr Haar großartig. Sehr viele. Manche wollten es gar anfassen, was ziemlich schräg war. Es war lang und fiel in dicken Wellen bis über ihre Brüste. Momentan war es zu einem losen Knoten aufgesteckt. Julia hatte gerade genug Zeit gehabt, sich nach der Arbeit umzuziehen; fürs Frisieren war keine mehr übrig gewesen. Jedenfalls *wusste* sie, dass sie passabel aussah, aber gewiss nicht wie ein Model – nicht wie die Frauen, die sie sich gut an Taylors Seite vorstellen konnte. Die Art Frau, die entweder groß oder winzig war, aber definitiv schlank mit Kurven an den richtigen Stellen. Die Art Figur, wie Julia sie hatte, war schon nicht mehr in gewesen, als sie damit geboren wurde.

»Hi.« Taylor reichte ihr die Hand. »Freut mich, dich kennenzulernen.«

Ihr Blick wanderte von seinem Gesicht zu seiner Hand und wieder zurück. Sein schiefes Grinsen wurde breiter, als er wartete, während sie nur dastand und ihn idiotisch anglotzte. Sie erwachte aus ihrer Starre und schaffte es, ihre Hand zu heben. »Freut mich auch.«

Seine Finger umschlossen ihre fest. »Darf ich dir etwas zu trinken spendieren?«

»Ja«, antwortete Anna für sie. »Das darfst du ganz sicher.«

Sie würde Anna umbringen.

Taylor lächelte. »Was hättest du gern?«

Sie murmelte den Namen irgendeines Getränks, von dem sie nicht mal sicher war, ob sie es jemals probiert hatte, und bemerkte, dass er immer noch ihre Hand hielt.

Er trat einen Schritt näher und beugte sich vor, bis sein Mund neben ihrem Ohr war. Als er sprach, strich sein Atem durch ihr Haar und ihr jagte ein Schauer über den Rücken. »Lauf nicht weg.«

Ihr Atem stockte. »Mache ich nicht.«

»Versprochen?« Er drückte ihre Hand sanft.

»Versprochen«, bestätigte sie.

»Gut.« Er wich zurück und schaute ihr für einen Moment in die Augen. »Bin gleich wieder da.«

Jetzt erst ließ er ihre Hand los.

Vollkommen benommen schaute sie zu, wie er sich umdrehte und zum Tresen ging. Die Menge teilte sich für ihn, als sei er so etwas wie ein Gott. In ihren siebenundzwanzig Jahren hatte Julia noch nie einen solch attraktiven Menschen gesehen.

»O mein Gott, ich glaube, ich habe eben einen Orgasmus nur vom Hinsehen gehabt«, sagte Anna.

Julia starrte sie mit großen Augen an, und Anna hüpfte klatschend auf und ab.

»Wo hast du den gefunden?«, fragte Julia. »Hast du ihn bei einem Versand bestellt, der zufällig ›Wie Träume aussehen‹ heißt?«

Anna lachte. »Ich hatte mir etwas zu trinken geholt – Wasser, wie ich hinzufügen möchte – und er hat mich gefragt, ob ich Darts spiele. Natürlich habe ich Ja gesagt. Das musste ich, weil ich wissen wollte, ob er wirklich real ist.«

Was Julia gut verstand. Ihr fiel es ebenfalls schwer zu glauben, dass er real war.

»Jedenfalls habe ich eine Runde mit ihm gespielt, und rate mal, was passiert ist!«

»Was?« Julia blickte über Annas Kopf hinweg und sah, dass Taylor noch an der Bar stand.

Erneut fasste Anna sie am Arm. »Er hat nach dir gefragt, Julia.«

»Was?«

Sie nickte. »Er wollte wissen, wer die schöne Frau ist, mit der ich vorher geredet habe, und die warst du. Keine andere. Und deshalb hatte er mich zum Dartspielen ausgesucht. Ich wurde benutzt.« Sie grinste. »Und das ist in Ordnung für mich. Weißt du, warum?«

Julia hatte Mühe, alles zu begreifen. »Warum?«

»Weil er an dir interessiert ist und es deine letzte Nacht in der Stadt ist, also wirst du mitgehen, wohin er will, und tun, was immer er will. Sprich: alles.« Sie beugte sich vor und senkte die Stimme. »Sogar anal, das würde ich erlauben. O ja.«

»O mein Gott.« Julia lachte. »Du bist wahnsinnig. Ich kenne ihn nicht mal …«

»Mein süßes Sonnenkind«, sagte Anna und Julia runzelte die Stirn. »Du musst ihn nicht kennen, um dich mit ihm zu vergnügen. Der Mann ist fantastisch. Er sieht übermenschlich gut aus und die ganze Zeit über, in der wir Darts gespielt haben, hat er immer wieder zu dir gesehen.«

Hatte er? »Das … das kann nicht wahr sein.«

»Ist es. Julia, ich weiß, dass du eine Durststrecke durchgemacht hast – eine richtig lange Durststrecke – und dass dein Ex ein Arsch war, aber es wird Zeit für dich, deine scharfen Flügel auszubreiten und zu fliegen, Baby. Dieser Mann, dieser sexy Mann ist …«

»Stopp!« Ihr Herz machte einen Hüpfer, als sie sah, wie Taylor auf sie zukam. »Er kommt zurück.«

Anna klappte den Mund zu, doch ihr Blick sagte Julia, dass sie ihr nie verzeihen würde, sollte sie dies hier vermasseln. Ihr blieb keine Zeit, alles richtig zu durchdenken, denn Taylor trat bereits um Anna herum und reichte Julia einen Drink, der fruchtig roch.

»Ich bin froh, dass du noch da stehst, wo ich dich zuletzt gesehen habe«, sagte er und lehnte sich an den Tisch. »Denn ich war in Sorge, dass du wegläufst.«

»Nein«, entgegnete sie und blickte hilflos zu Anna.
»Klar«, erwiderte er grinsend.
Was sollte sie jetzt sagen? Oder tun? Gott sei Dank hatte sie sich ein niedliches schwarzes Kleid angezogen, das eine Empire-Taille und Ärmel bis zum Ellbogen hatte. Es war ein altes Kleid, in dem sie sich seit jeher wohlgefühlt hatte. Wäre sie nur vorausschauend genug gewesen, nicht den Baumwollslip mit den *Totenköpfen* drauf anzuziehen!
Hilfe.
Warum dachte sie das überhaupt?
Dieser Typ würde ihren Schädelslip nicht zu Gesicht bekommen.
Julia bemerkte, dass Anna sich dezent zurückzog und sie allein ließ. Sie nippte an ihrem Drink und überlegte, was sie sagen könnte, das nicht grenzenlos blöd klang. »Warum solltest du das denken?«
Etwas Besseres fiel ihr nicht ein.
»Ehrlich?« Er senkte die Lider, sodass seine fantastischen Augen kurz abgeschirmt waren. »Du wirkst ein bisschen ängstlich.«
Ihre Wangen wurden heiß. »Ist es so offensichtlich?«
»Dann hast du Angst?«, fragte er und hob die Bierflasche an seinen Mund.
So unmöglich es schien, spürte sie, wie sie noch mehr errötete. »Ich würde nicht behaupten, dass ich Angst habe. Ich bin nur … nur überrascht.«
»Das verstehe ich nicht«, antwortete er und trank einen Schluck. »Du bist mir in dem Moment aufgefallen, in dem ich reinkam. Und ganz sicher nicht nur mir. Du bist total umwerfend.«
Okay.
Dieser Typ war gut, *richtig* gut. So wie er es sagte, klang es wie die Wahrheit. Gewöhnlich wirkten Schmeicheleien bei ihr nicht, aber von ihm? Könnte gut sein. »Das ist süß von dir«, meinte sie und nahm einen großen Schluck von dem, was auch immer sie bestellt hatte.
»Ich bin nicht süß, sondern sage die Wahrheit.« Er drehte sich ganz zu ihr und stellte sein Bier auf dem Tisch ab. »Deine Freundin hat erzählt, dass ihr alle Krankenschwestern seid.«
Sie nickte und ermahnte sich, dass sie es mit dem Drink langsam

angehen musste, denn sie schmeckte den hochprozentigen Alkohol darin. »Ja, wir arbeiten in einem Pflegeheim ganz in der Nähe – na ja, ich jetzt nicht mehr. Heute ist mein letzter Tag gewesen.«

»So etwas erwähnte sie«, erwiderte er. »Dass es deine Abschiedsparty ist.«

»Ja.« Sie nippte an ihrem Drink. »Ich verlasse die Stadt – den Bundesstaat morgen.«

»Im Ernst? Wo gehst du hin?« Er wirkte interessiert.

Um ein Haar hätte sie Louisiana geantwortet, konnte sich aber in letzter Sekunde bremsen. Erstens kannte sie Zu-scharf-um-wahr-zu-sein-Taylor nicht und zweitens hatte sie eine Vertraulichkeitsvereinbarung unterschrieben, die sich gewaschen hatte. Die einzigen Menschen, die wussten, in welche Stadt und welchen Bundesstaat sie zog, waren ihre Eltern. Anna wusste lediglich, dass sie nach Louisiana ging.

»Ich fange einen neuen Job im Süden an«, antwortete sie schließlich und wechselte rasch das Thema. »Was ist mit dir? Wohnst du in dieser Gegend?«

Kopfschüttelnd hob er seine Bierflasche an. »Ich bin beruflich in der Stadt. Zu Forschungszwecken.«

»Forschungszwecke?« War er Mediziner oder Journalist? Vielleicht ein Autor?

Er trank einen Schluck Bier. »Hast du schon immer in der Pflege gearbeitet?«

»Nein. Nach dem College war ich in der Notaufnahme eines Krankenhauses«, erzählte sie und schaute sich über die Schulter um. Anna war nirgends zu entdecken. »Da war ich knapp drei Jahre.«

»Wow. Das muss heftig gewesen sein.«

»Konnte es manchmal. Ich meine, es gibt Nächte, in denen man nichts als Bauchschmerzpatienten bekommt, die ab und zu ernste Fälle werden können, aber deren Beschwerden normalerweise keine anderen Ursachen haben als Infekte oder das falsche Essen. Und dann sind da Nächte, die ziemlich hart sind.«

Er betrachtete sie auf eine solch intensive Art, dass sie ein wenig atemlos wurde, als er ihr erneut in die Augen blickte. »Und warum bist da weg?«

Sie schluckte, hob ihr Glas an und trank noch einen Schluck. Auf keinen Fall konnte sie ihm erzählen, dass sie, als sie ihren Mann verließ, die Stadt und ihren Job wechseln musste. Was Adam nicht davon abgehalten hatte, pünktlich alle paar Monate zu versuchen, Kontakt mit ihr aufzunehmen. Es hatte erst aufgehört, nachdem sie ihre Telefonnummer gewechselt und sie an niemanden der gemeinsamen Freunde gegeben hatte. Tief im Innern hatte sie gewusst, dass er ausrasten würde, wenn er merkte, dass sie weg war, denn so war er eben. Bei dem Gedanken daran wurde ihr flau.

Verdammt, das war ein echter Stimmungskiller.

Sie schob die dunklen Gedanken beiseite. »Ich wollte mal etwas anderes machen und näher bei meiner Familie sein.«

»Ist dir deine Familie wichtig?«

»Ja. Ich bin ein Einzelkind, also wurde ich verwöhnt.« In ihrem Bauch kribbelte es seltsam, als er lachte, aber es war ein gutes Gefühl. Taylors Lachen war tief und *nett*. Es fühlte sich an wie in der Achterbahn, wenn man ganz oben steht und gleich in die Tiefe stürzen wird. »Okay, ich wurde eigentlich nicht verwöhnt, aber ich stehe meinen Eltern sehr nahe. Sie sind tolle Menschen.«

»Dann hast du Glück. Das können nicht viele Leute von sich sagen.«

»Was ist mit dir?«

»Ich bin keiner von diesen Menschen.«

»Oh.« Sie blinzelte. »Tut mir leid.«

Er neigte den Kopf zur Seite und musterte sie aufmerksam. »Du klingst, als würdest du es wirklich ernst meinen.«

»Weil ich es tue?«

»Du hast Mitgefühl mit Wildfremden?«

»Natürlich. Das sollte jeder.« Sie trat zur Seite, um jemanden vorbeizulassen, wobei das breite Armband mit ihrem Handy darin an ihre Hüfte gepresst wurde. »Meine ich zumindest.«

»Dem stimme ich zu.«

»Schön zu hören, denn …« Sie verstummte, da er eine Hand ausstreckte, um eine Strähne einzufangen, die sich aus ihrem Knoten gelöst hatte. Er strich sie ihr hinters Ohr, und Julia rang nach Luft.

»Alles wieder gut«, sagte er und ließ seine Hand sinken, bis seine

Fingerspitzen seitlich an ihrem Hals verharrten. »Obwohl ich wette, dass dein Haar offen sagenhaft aussieht.«

Ihre Wangen wurden wieder wärmer. Sie hatte keinen Schimmer, wie sie reagieren sollte, zumal seine Finger federleicht über ihre Haut strichen.

»Wolltest du schon immer Krankenschwester werden?«, fragte er.

Es verging eine kurze Weile, ehe sie antworten konnte. »Früher … früher wollte ich Tierärztin werden, weil mein Vater Tierarzt ist, doch ich kam nicht damit klar, Tiere einschläfern zu müssen.«

»Ja, das ist heftig. Ich könnte es auch nicht.«

»Hast du … hast du Haustiere?«, fragte sie und kam sich sofort blöd vor. War das nicht ähnlich lahm wie die Frage, welches Sportteam er mochte? Sie hoffte inständig, dass sich das Gespräch nicht in diese Richtung entwickelte, denn sie verstand nichts von Sport.

»Nein, habe ich nicht. Ich bin zu selten zu Hause. Was ist mit dir?«

»Auch nicht, aber irgendwann würde ich gerne welche haben. Ich habe diesen Traum von einem eigenen Tierheim.« Wieder lachte sie, diesmal ein bisschen unsicher, denn sie begriff nicht, warum sie davon plapperte. »Du weißt schon, wenn ich im Lotto gewinne und Millionen Dollar habe, die ich nicht brauche.«

Ein Grinsen umspielte seine Lippen. »Dafür würdest du Millionen ausgeben?«

»Ja. Na ja, wofür würde ich das Geld sonst brauchen?« Obwohl sie auch ein Faible für Designer-Handtaschen hatte, die sie sich nicht leisten konnte, doch das musste er nicht wissen.

»Was für Tiere würdest du retten?«

»Alle möglichen.«

»Auch Goldfische?«

»Wenn sie gerettet werden müssen, ja«, antwortete sie grinsend.

Er rückte näher an sie heran. »Was ist mit Schlangen?«

»Auch die, ja, sogar Nagetiere. Jedes Leben ist wertvoll.«

Verwundert zog er die Augenbrauen hoch. »Okay, also bist du entweder vegan, religiös oder machst Aikido?«

Lächelnd schüttelte sie den Kopf und sah zur Seite. »Nein, das habe ich in einer Folge von *The Walking Dead* gehört. Bedaure.

Ich esse Fleisch, bin nicht sehr religiös und erst recht nicht so tiefsinnig, philosophisch.«

Taylor lachte, und sie musste sich anstrengen, nicht zu seufzen. Es war so ein schönes Lachen. »Mist. Aber freut mich, dass nichts von den drei Sachen zutrifft.«

Sie blickte sich in der Bar um und konnte Anna immer noch nicht in der anwachsenden Menschenmenge ausmachen. Wo war sie denn?

»Gefällt dir die Arbeit in der Pflegeeinrichtung?«, fragte er, und als sie wieder zu ihm sah, fiel ihr Blick auf seinen Mund. Sie versuchte, sich nicht auszumalen, wie er sich auf ihrem anfühlen würde … und an *anderen* Stellen.

Ihr wurde am ganzen Körper heiß. Gott, sie konnte sich nicht erinnern, wann sie das letzte Mal so auf jemanden reagiert hatte, der sie nicht einmal anfasste. Es hatte immer nur Adam gegeben, und auch wenn der Sex mit ihm in Ordnung gewesen war, hatte allein der Gedanke daran nie bewirkt, dass ihr Puls so wild hämmerte wie jetzt.

»Miss Hughes?« Taylor grinste.

Sie holte tief Luft und beschloss, dass sie lieber jetzt aufhörte zu trinken, damit sie die Chance hatte, ihre Hormone zu zügeln. »Ja, tut sie.«

»Warum?«

Mann, er hatte wahrlich einen Haufen Fragen! Sie stellte ihren Drink auf den Tisch. »Irgendwie bin ich da mehr oder minder reingeschlittert. Als ich wieder herzog, war es eine der ersten Stellen, die ich fand«, gestand sie und strich mit dem Finger am Glasboden entlang. »Und es hat einfach gepasst.«

»Es muss eine schwere Arbeit sein.« Er stützte die Ellbogen auf den Tisch und lehnte sich darauf. »Ich meine, viele der Patienten sind doch, nun ja, nicht sehr ansprechbar, oder? Ist das der richtige Ausdruck?«

»Manche von ihnen, aber es gibt unterschiedliche Ausprägungen.« Sie schaute ihn an und bemerkte, dass er sie nach wie vor aufmerksam betrachtete. Sehr intensiv. Was ihr das Gefühl gab, dass er jedes Wort mitbekam, das sie sagte. Er schenkte ihr seine ungeteilte Aufmerksamkeit. »Es gibt Patienten, die bei den grundlegendsten Dingen Hilfe brauchen, und andere, die da sind, aber … aber nicht ganz.«

Bedächtig nickte er. »Und was hat dich überzeugt, in dem Bereich zu bleiben?«

Diese Frage war nicht leicht zu beantworten. »Ich denke, es hat mit der Tatsache zu tun, dass einige der Patienten niemanden sonst haben. Es ist nicht so, dass ihre Familien sich nicht für sie interessieren oder nicht da sind, doch viele Menschen wissen nicht, wie man mit jemandem umgeht, der so krank ist. Deshalb brauchen sie jemanden, der es versteht, weißt du? Selbst wenn jemand nicht kommunizieren oder reagieren kann, heißt das nicht, dass er nicht hört, was man sagt. Dass er nicht irgendwo da drinnen ist und denkt …«

»Manche von deinen Patienten können nicht kommunizieren, dich aber hören?«

»Ja. Es sind unterschiedliche Krankheiten. Es gibt Syndrome, bei denen die Leute in sich eingesperrt sind. Ein ganzer Forschungszweig vertritt die These, dass Menschen bei bestimmten Arten von Komata die Leute um sich herum hören«, erklärte sie. »Andere nicht, aber so oder so brauchen sie Menschen, die … die einfach bereit sind, sich um sie zu kümmern.« Sie wurde ein bisschen rot, weil ihr ihre Worte schmalzig erschienen.

»Und das tust du? Dich um sie kümmern?«

Das tat Julia. Manchmal mehr, als sie sollte. Es war schwierig, die menschliche Natur auszuschalten. Patienten zu verlieren, war bis heute etwas, mit dem sie schlecht fertig wurde. »Ja.«

Er sah sie einen Moment lang an, und dann lächelte er strahlend. Es war atemberaubend. Zahnpastamodels wären neidisch. »Tja, wenn ich ehrlich bin, ist mir noch nie eine Krankenschwester begegnet, die wie du aussah, wenn ich mal beim Arzt war.« Er zwinkerte, und das stand ihm verflixt gut. »Wahrscheinlich besser so, sonst hätte ich mir alle erdenklichen Gründe ausgedacht, um wiederzukommen.«

Ihr entfuhr ein Lachen. »Ja, sicher doch!«

»Nein, ich meine es ernst. Ich würde mit Bauchweh anfangen und mir einen oder zwei Finger verstauchen und behaupten, sie wären gebrochen.«

Wieder lachte sie und schüttelte den Kopf. »Du musst richtig gut versichert sein.«

»So in der Art.« Und plötzlich war er noch näher, nicht mal mehr einen Schritt entfernt. »Ich werde jetzt sagen, was mir durch den Kopf geht. Bist du bereit dafür?«

»Kann sein.« Sie umklammerte ihr Glas, und ihr Herz schlug wie verrückt. Was würde er sagen?

Erneut neigte er den Kopf, sodass sein Mund an ihrem Ohr war. Julia durchliefen Schauer, als sie ein würziges Eau de Toilette und frische Seife roch, die eine verblüffend berauschende Mixtur ergaben. »Seit wir hier stehen und reden, frage ich mich, wie deine wundervollen Lippen schmecken.«

Ihr Herz vollführte einen Purzelbaum, während ihr Gehirn zu verarbeiten versuchte, dass er das ernsthaft gesagt hatte.

»Und ich denke auch die ganze Zeit daran, dass deine Lippen nicht das Einzige sind, was ich schmecken möchte.«

Ach du Schreck.

Jedwedes klare Denken verabschiedete sich per Flickflack aus ihrem Gehirn.

Er wich nur wenige Zentimeter zurück, bis ihre Münder so dicht beieinander waren, dass sich ihr Atem vermengte.

»War das zu direkt?«

Ja.

Nein.

Julia schüttelte den Kopf. Sie hatte keine Kontrolle über ihn.

»Freut mich zu hören.« Taylor wich weiter zurück, und zog beim Grinsen einen Mundwinkel nach oben.

Julia zuckte vor Schreck zusammen, als ihr Handy an ihrer Seite zu vibrieren begann. »Entschuldige«, murmelte sie verlegen, allerdings dankbar für die Ablenkung, denn sie war viel zu sehr darauf konzentriert, dass er ihre Lippen und anderes mehr schmecken wollte.

Umständlich holte sie das Telefon aus der kleinen Hülle. Auf dem Display leuchtete eine Textnachricht auf. Sie kam von Anna. Julia musste sie zweimal lesen, denn sie traute ihren Augen nicht.

Wollte euch zwei nicht stören. Bin auf dem Heimweg zu meinem Mann. Lass dich von dem Scharfen fahren und danach ... Hab dich lieb!

»Mist«, murmelte Julia. Sie würde Anna umbringen.

»Das klingt nicht gut.«

Sie war hin und her gerissen zwischen Lachen und abermals Fluchen. »Ist nichts weiter.«

»So hört es sich nicht an.« Er stieß seinen Arm gegen ihren. »Was ist los?«

Sie atmete pustend aus und steckte das Handy in ihre Handtasche. »Meine Freundin Anna? Die, mit der du Darts gespielt hast? Sie hat mich irgendwie hängen gelassen.«

»Lass mich raten. Sie sollte dich nach Hause fahren?«, fragte er, senkte das Kinn, als er sich wieder näher lehnte, und ließ seinen Arm direkt an ihrem liegen.

»Ja.« Julia rückte nicht weg.

Da war es wieder, das schiefe Grinsen. »Ich kann dich nach Hause bringen. Ich hatte nur dieses eine Bier.«

Sie sah ihn an, und tief in ihrem Bauch zogen sich die Muskeln zusammen. Sich von ihm nach Hause bringen lassen? Hätte er vor … sie zu schmecken? Okay. Sie musste wirklich aufhören, über all das nachzudenken. »Danke, aber ist schon gut. Ich kann ein Taxi nehmen oder …«

»Oder du kannst dich von mir fahren lassen. Ist es nicht das, was deine kluge Freundin wollte, als sie verschwunden ist?« Er nahm eine Hand herunter und tippte mit dem Finger auf Julias Handrücken. »Zumindest hoffe ich, dass es ihr Grund war.«

Sie öffnete den Mund ein wenig, als sie ihn anstarrte.

»Tatsächlich würde ich dich sehr gerne nach Hause fahren, Julia.« Seine Fingerspitze glitt über ihr Handgelenk bis zum Ärmelsaum ihres Kleides. »Ich möchte noch ein bisschen mehr Zeit mit dir verbringen.«

Julias Herz klopfte wie wild. Sie sah ihm in die Augen und verlor sich darin. Ihr war bewusst, dass er ihr nicht nur eine Mitfahrgelegenheit anbot, was wiederum bewirkte, dass sich das Pochen aus ihrem Brustkorb sehr viel tiefer verlegte. Ihr wurde von oben bis unten heiß.

»Sag ja«, bat er und strich mit dem Finger über ihren Arm nach unten. Dort malte er die Konturen ihres Handgelenks nach.

Ihr Mund war trocken. Ja zu sagen wäre das Letzte, was sie normalerweise tun würde. Das Allerletzte. Dennoch schrie eine kleine Stimme in ihrem Hinterkopf genau das und verlangte, dass sie nicht tat, was sie sonst tun würde.

Dass sie stattdessen machte, was Anna ihr befohlen hatte, ihre scharfen Flügel ausbreiten und ein wenig fliegen. Konnte sie das? Dann bewegten sich ihre Lippen und ihre Zunge, ehe sie begriff, was sie tat.

Julia sagte Ja.

4. Kapitel

Dies hier geschah.

Es passierte wirklich.

Etwas anderes konnte sie auf der eher kurzen, fast zu kurzen Fahrt zu ihrem Apartment nicht denken. Taylor hatte sich offensichtlich einen Mietwagen genommen. Wenigstens hoffte Julia es, denn der Wagen war viel zu sauber, um einem menschlichen Wesen zu gehören, das eine Seele besaß. Er redete während der ganzen Fahrt, schien merklich entspannt in dieser Situation.

So sehr entspannt, dass er sogar auf halber Strecke zu ihrem Wohnblock eine Hand über ihre legte, damit sie aufhörte, an ihrem Kleidersaum zu zupfen. Was er nicht ansprach, sondern nur ihre Finger mit seinen langen warmen umfing und sie festhielt.

Es war nett und erinnerte Julia an erste Verabredungen und die süße Vorfreude auf *alles*, was folgen sollte, nur war dies kein Date. Es war ein Abschleppen. Sie war von einem Mann abgeschleppt worden, der aussah, als gehörte er auf die Leinwand.

Als sie den Parkplatz überquerten und anschließend die Treppe hinaufgingen, verlangsamte er seine Schritte deutlich, damit sie mit ihm mithalten konnte. Er lief neben ihr her, eine Hand unten an ihrem Rücken, während ihre Hände zitterten.

Ja, sie zitterten tatsächlich.

Die Male in ihrem Leben, die sie so nervös und aufgeregt gewesen war, konnte sie an einer Hand abzählen. Ihre Gefühle waren ein einziges Wirrwarr. An der Tür verfehlte sie das Schloss beim ersten

Anlauf und stieß den Schlüssel gegen das Metall.

»Ich mach schon«, bot Taylor an und nahm den Schlüssel aus ihren tauben Fingern. Sie starrte auf seine Hand, während er den Schlüssel ins Schloss steckte, ihn aber nicht umdrehte. »Julia?«

Sie atmete flach ein und zwang ihren Blick zurück zu seinem Gesicht. »Ja?«

Er schaute ihr in die Augen. »Ich muss ihn nicht umdrehen. Das kannst du machen. Und wir können uns jetzt Gute Nacht sagen. Oder ich drehe diesen Schlüssel um und du lässt mich herein, auf dass wir eine richtig gute Nacht miteinander verbringen. Es ist deine Entscheidung.«

Ihre Entscheidung.

Natürlich war es ihre.

Und Julia wollte dies hier – was auch immer hinter der Tür geschehen würde. Nur hatte sie so etwas nie zuvor getan. Niemals. Es hatte keinen außer ihrem Ex gegeben. Sie hatten jung geheiratet, als sie auf dem College waren, und Julia hatte nie einen One-Night-Stand oder die Chance auf unkomplizierten, unverbindlichen Sex gehabt. Nicht, dass sie es seit der Scheidung nicht gewollt hätte; vielmehr hatte sie nie eingehender darüber nachgedacht, sich nie Gelegenheit dazu gegeben.

Sex … Sex war eine große Sache.

Julia fehlte es an Erfahrung auf dem Gebiet, und man musste kein Pornostar sein, um zu erkennen, dass Taylor in diesen Dingen recht versiert war.

Entsprechend war Julia bewusst, dass er in einer ganz anderen Liga spielte.

Dennoch wollte sie sich nicht verabschieden. Sie wollte ihn nicht gehen lassen, denn dann sähe sie ihn nie wieder. Morgen zog sie weg und er würde gehen, wohin auch immer er musste. Es gäbe keine zweite Chance, und sie … sie wollte diese Nacht mit diesem Mann nicht auf die Liste all der Dinge setzen, von denen sie sich nachträglich wünschte, sie hätte sie getan.

Also nahm sie all ihren Mut zusammen, streckte einen Arm aus, umfing seine Hand und drehte den Schlüssel um. »Ich möchte, dass du mit reinkommst.«

Taylors Brust dehnte sich unter dem dunklen Thermo-Shirt. »Du hast mir den Abend gerettet.«

Sie spürte, wie ihre Mundwinkel zuckten, als sie die Tür öffnete und zur Seite trat. »Ähm, die meisten Sachen sind schon gepackt, natürlich mit Ausnahme der Möbel.« Sie zeigte zur Couch, während sie die Tür hinter sich schloss. »Die werden eingelagert.«

Taylor ging einige Schritte vor und blickte sich in dem kleinen Apartment um. Viel war nicht zu sehen, bloß ein Wohnzimmer und ein kleiner Essbereich vor der Küchenzeile.

»Mein Vater kümmert sich um das Einlagern, weil die Möbelpacker nicht vor dem Wochenende kommen konnten«, fuhr sie fort und schritt an ihm vorbei. »Das Bad ist rechts den Flur da hinunter.« Sie legte ihr Armband auf dem Küchentresen ab und drehte sich um. Hatte sie noch Zeit, ihren Slip gegen einen etwas reizvolleren zu tauschen? Das meiste war nicht mehr hier, doch vielleicht fand sich noch etwas Netteres in ihrem Handgepäck? »Ich habe nicht viel zu trinken da, aber sicher …«

Julia verstummte, als ihr Blick seinem begegnete. Sie beobachtete, wie Taylor mit den Händen nach dem Kragen seines Shirts griff. Wortlos zog er es sich über den Kopf und die Arme. Dann warf er es auf die Rückenlehne der Couch und nahm die Arme herunter.

»Oh«, flüsterte sie und musterte ihn. »O Mann …«

Taylor war wunderschön.

Seine Haut hatte einen bräunlichen Goldton, und da war eine Menge Haut zu sehen, angefangen bei den breiten Schultern bis hin zu diesen faszinierenden Einbuchtungen zu beiden Seiten seiner Hüften und der leicht vorstehenden Ader, die unter seine Jeans verschwand. Seine Brustmuskeln waren so klar definiert wie seine Bizepse. Und sein Bauch … Er war nicht übertrieben muskulös, hatte aber ein sehr amtliches Sixpack.

Irgendwo in ihrem Hinterkopf registrierte Julia vage, dass es das erste Sixpack war, das sie in natura sah.

Als ihr Blick wieder weiter nach oben wanderte, war das schiefe Grinsen zurück. »Es mag wie ein Klischee klingen, doch ich bin froh, dass dir gefällt, was du siehst.«

»Wem würde es nicht gefallen?«, fragte sie ehrlich neugierig.

Das Grinsen wurde breiter. »Weiß ich nicht. Mich interessiert nur deine Meinung.«

»Dir fallen immer die richtigen Worte ein, was?«

»Eigentlich nicht.« Taylor kam ein Stück näher, wobei er nicht ging, er *pirschte* sich an. »Ich bin nur ehrlich.«

»Tatsächlich?« Sie trat zurück und stieß gegen den Küchentresen.

»Tatsächlich.« Dicht vor ihr blieb er stehen, und sein Blick schien sie zu versengen. Ein Moment verstrich, während sie sich darauf konzentrierte, gleichmäßig zu atmen. »Du darfst mich berühren, wenn du willst«, sagte er. »Und ich hoffe sehr, dass du willst.«

Julia nickte. Oder zumindest glaubte sie, dass sie es tat, denn er umfing sanft ihren Unterarm und führte ihre Hand an seinen Oberkörper. Ihr stockte der Atem.

Ihre Hand landete auf seiner Brust, bevor er mit seiner freien über ihren Arm nach unten und unter den Ärmel ihres Kleides glitt. Sie spreizte ihre Hand auf seiner warmen Haut. Ihr wurde ein wenig schwindlig, während er ihre Finger über die Wölbungen und Tiefen seiner Brust führte.

»Wie?«, platzte sie heraus, ehe sie sich bremsen konnte.

Er zog eine Augenbraue hoch. »Wie was?«

Gott, was dachte sie denn? Ihre Hand kribbelte und krümmte sich auf seiner Haut. »Wie … wie konnten wir hier landen?«

»Tjaaa«, meinte er gedehnt, während er seine Hand erneut auf ihre schob. »Wir sind aus der Bar ins Auto und hergefahren, aber ich schätze, das ist nicht die Frage.«

»War aber schon gut geraten.«

Er neigte den Kopf, bis seine Stirn an ihrer lehnte. »Wir sind hier, weil ich dich gesehen habe und dich besser kennenlernen wollte. Was ich tat. Und als ich mit dir geredet habe, beschloss ich, dich *richtig* kennenlernen zu wollen.« Wieder begann er, ihre Hand zu bewegen. Ihre Fingerspitzen streiften seinen Gürtel. »So sind wir hier gelandet.«

Ein Flattern durchzog sie, und ihr fielen die Augen zu. »Und du hast keine andere Frau entdeckt, bei der du dachtest, die würdest du gerne näher kennenlernen?«

Seine Stirn rieb an ihrer, als er den Kopf leicht zur Seite neigte.

Seine Nase streifte ihre. »Ich habe andere Frauen gesehen.« Er verstummte, und ihr fiel der Kopf zur Seite, als sein Mund über ihre Wange strich. »Frauen, an denen ich sonst interessiert wäre. Frauen, die ganz und gar nicht sind wie du.«

Sie erstarrte und riss die Augen auf. »Wow! Das war vielleicht ein bisschen zu ehrlich.«

»Es ist keine Beleidigung«, erwiderte er und legte eine Hand in ihren Nacken. »Glaub mir.«

»Ich … ich habe keinen Schimmer, was ich darauf antworten soll«, gestand sie.

Sein leises Lachen sandte ihr einen wohligen Schauer über den Rücken. »Eventuell musst du gar nichts sagen?«

»Kann sein.«

Taylor bewegte sich wieder, und sie fühlte zuerst seinen Atem unterhalb ihres Ohres, dann seine Lippen. Er küsste ihren Puls, bevor er an ihrer Haut knabberte. Mit seiner Zunge strich er über die Stelle, und Julia stieg ein Stöhnen in der Kehle auf.

Hitze schoss durch ihre Adern, jagte pures Verlangen durch sie, bis beinahe ihre Beine nachgaben. Dann führte Taylor ihre Hand nach unten, unterhalb seines Gürtels.

Julia rang nach Luft.

Du meine Güte, sie konnte ihn *fühlen*, hart und groß unter seiner Jeans. Solch eine Reaktion konnte man nicht vortäuschen. Vielleicht war sie normalerweise nicht der Typ Frau, auf den er flog, doch dies hier gefiel ihm.

Er wich zurück. »Fühlst du das?«

Da sie nicht sprechen konnte, nickte sie.

»Also begreifst du jetzt, wie wir hier gelandet sind? Warum ich hier bin?«, fragte er. »Mein Schwanz ist hart für dich, für keine sonst in der Bar.« Er presste ihre Hand auf sich, bog ihre Finger um die Wölbung. »Das ist alles für dich.«

Sie merkte, dass sie feuerrot wurde.

Taylor hielt inne und sah sie an. Zunächst schien er überrascht, dann verstand er. »Du hast das wirklich noch nie gemacht, oder?« Er hob ihre Hand von seiner Jeans und drückte sie wieder an seine Brust. »Die ganze Aufreißnummer?«

Sie schüttelte den Kopf und fragte sich, ob ihr Gesicht verbrennen würde. »Habe ich wirklich nicht.«

»Verstehe.« Er sog seine Unterlippe zwischen die Zähne und streichelte mit einer Fingerspitze über ihren Hals. »Du bist also ein artiges Mädchen. Das gefällt mir.«

Sie blickte zu ihm auf, während ihr Herz im Begriff war, ihren Brustkorb zu sprengen.

»Aber weißt du, was ich noch besser finde?« Er neigte den Kopf und streifte ihre Wange mit seinen Lippen, als er sagte: »Ich weiß, dass da drinnen ein ganz böses Mädchen steckt, das zum Spielen rauskommen will.«

Es konnte sehr gut sein, dass sie es wollte.

Für einen Moment senkte er die Lider, bevor er sie wieder mit seinem beunruhigenden Blick fixierte. »Ich werde etwas tun, das du richtig genießen wirst, okay?«

Sie würde gleich einen Herzinfarkt bekommen. »Okay.«

Ein Lächeln umspielte seinen Mund und verschwand wieder. Plötzlich waren seine Hände an ihren Armen, und ohne Vorwarnung drehte er sie herum. Sie rang erneut nach Luft, da er sie zurück an sich drückte, sodass sein harter Körper an ihren gepresst war.

Bevor sie fragen konnte, was er vorhatte, war sein Mund in ihrem Nacken. Er zog eine Spur von winzigen, heißen Küssen über ihren Nacken, während seine Hände von ihren Armen glitten. Julia hatte die Augen weit aufgerissen und starrte die dunklen Schranktüren ihr gegenüber an, als seine Handflächen ihre Brüste erreichten. Sofort wurden sie prall, wurden die Spitzen beinahe schmerzhaft hart. Julia bog die Hüften nach hinten, gegen seine, und biss sich auf die Unterlippe, kaum dass sie ein tiefes, kehliges Stöhnen hörte.

O Gott, noch nie hatte sie einen Mann erlebt, der solch einen Laut von sich gab. Nicht so. Nicht, als sei er im Begriff, sie zu verschlingen.

Er bewegte seine Hände weiter, an ihren Seiten nach unten und über ihre Hüften. Dort raffte er ihr Kleid zusammen und schob es hoch. Er glitt mit den Fingern außen über ihre Oberschenkel, während er an der Haut in ihrem Nacken knabberte und mit der Zunge darüberstrich.

Ihr Herz schien überall in ihr zu pochen, als er den Mund von ihrem Nacken nahm und sich unvermittelt hinter ihr hinhockte. Zuerst hatte sie keine Ahnung, was er tat. Sie wollte sich zu ihm drehen, ließ es jedoch, als er den Saum ihres Slips einfing und ihn nach unten zog.

Himmel.

»Zieh ihn aus«, befahl er. Seine Stimme klang streng in dem stillen Apartment.

Julia gehorchte, stützte eine Hand auf den Tresen, um das Gleichgewicht zu halten, während sie erst das eine, dann das andere Bein hob. Innerhalb von Sekunden war der Slip vergessen, und Taylor richtete sich wieder auf, wobei er mit den Händen an ihren Beinen nach oben wanderte. Sein Bauch stieß wieder an ihrem Rücken. Er ließ eine Hand auf ihrer entblößten Hüfte und fuhr mit der anderen hinauf zum Ausschnitt ihres Kleides.

»Wie sauer wirst du, wenn ich dieses Kleid ruiniere?«, fragte er.

»Nicht ... sehr.«

»Fantastisch«, murmelte er und packte ihr Kleid vorn. Sie zuckte zusammen.

Julia konnte kaum noch atmen, denn ihr ganzer Leib pulsierte bei dem Geräusch des reißenden Stoffes. Sie blickte nach unten, als ihr kühle Luft über die Brust strich. Der Riss entblößte ihren BH. Zum Glück war der niedlich, aus schwarzer Spitze, und formte ein großartiges Dekolleté.

Er schien ebenfalls gut zu finden, was er über ihre Schultern hinweg sah. »Verdammt, sind die schön, Julia.« Er ließ ihr Kleid los, und der Stoff klaffte noch weiter auseinander. »Du bist wunderschön.«

Sie senkte den Kopf nach hinten an seine Brust, während er eine Hand unter eines der Körbchen legte. Unter den Wimpern hindurch beobachtete sie, wie er es zur Seite schob, um die Brust zu enthüllen.

Taylors Stöhnen jagte einen weiteren Lustschauer durch ihren Körper. »Siehst du zu?«

Sie wollte nicht antworten.

»Julia?«

Sie befeuchtete ihre Lippen. »Ja.«

»Gut.« Er umfasste ihre Brust. »Ich möchte nicht, dass du auch nur eine Sekunde hiervon verpasst.«

Das würde definitiv nicht geschehen.

Sie konnte gar nicht wegschauen, als sein Daumen über die rosige Haut und dann die Brustspitze strich. Diesmal war das Stöhnen nicht zu bremsen, und der Laut wurde zu seinem Namen. Sie war von Sinnen, während er ihre Brust streichelte und sich dann der zweiten widmete. Hier verfuhr er genauso, schob den Stoff beiseite und entblößte sie.

Er schlang seinen Arm um ihren Bauch und ertastete die schmerzende Spitze. Die fing er zwischen Daumen und Zeigefinger ein, um etwas zu tun, das ihren Körper von oben bis unten erbeben ließ und feuchte Hitze zwischen ihren Schenkeln auslöste.

»O Gott«, hauchte sie.

»Mmm.« Wieder liebkoste er ihren Nacken. »Das hat dir gefallen.«

Sie brauchte nicht zu antworten, denn er wusste es bereits. Er tat es wieder, und im Reflex bewegten sich ihre Hüften, blühte ein neues Verlangen in ihr auf. Taylor musste es gespürt haben. Mit einem Bein spreizte er ihre Schenkel. Jeder Muskel in ihr spannte sich an, als er mit der Hand von ihrer Hüfte zu ihrem Innenschenkel glitt.

»Du hältst den Atem an«, flüsterte er in ihr Ohr.

Und ob sie das tat!

»Süß.«

Ein Zittern durchfuhr sie, sobald seine Fingerknöchel ihre Schamlippen streiften. Dann fühlte sie eine sehr zarte Bewegung, ein träges Vor und Zurück, neckend und herausfordernd. »Sie sind sehr feucht, Miss Hughes.«

Julia war jenseits von Scham und kein bisschen geschockt von seinen direkten Worten. Sie konnte lediglich etwas stöhnen, das entfernt nach Zustimmung klang.

»Da sollten wir etwas tun«, schlug er vor, während er seinen Daumen zum Einsatz brachte, um die äußerst empfindliche Stelle zu reizen. »Was meinst du?«

Sie schnappte nach Luft und versuchte, ihre Zunge zu kontrollieren. »Ich denke … das sollten wir.«

Taylor belohnte ihre Antwort, indem er sich jener Stelle besonders widmete. Julia schrie auf und bog sich seiner Hand entgegen. Er umfing ihre Scham und drückte sie wieder an sich, und, bei Gott, das war enorm heiß. Sie konnte ihn unten an ihrem Rücken pulsieren fühlen und wurde immer feuchter.

Im selben Moment, in dem sie seine Zähne an ihrem Ohrläppchen fühlte, drang er mit einem Finger in sie. Ein erstickter Laut entfuhr ihr. Eine Hand bewegte sich auf ihrer Brust, die andere glitt quälend langsam in sie hinein und wieder heraus.

Ihr Herz hämmerte in ihrer Brust und es raubte ihr den Atem, wie leicht er nur mit seinen Händen, seinen *Fingern* die völlige Kontrolle über ihren Körper übernommen hatte. Vor allem erstaunte sie, wie schnell sie sich gehen ließ und aufhörte zu denken.

Julias Körper bewegte sich, drängte sich gegen seine Hände und sie umklammerte seine Handgelenke, hielt sich fest und ihn bei ihr. Als er mit einem zweiten Finger in sie drang, stöhnte er. In Julia regten sich erste Vorboten eines nahenden Orgasmus. Ihre Hüften bewegten sich schneller.

»So ist es gut.« Seine Stimme war ein heißes Flüstern an ihrem Ohr. »Reite meine Finger.«

Ihr Herzschlag schoss durch die Decke, sowie sich die sündigen Worte so tief in sie eingruben wie seine Finger. Julia fielen die Augen zu, während sie genau das tat, sich rhythmisch an ihm rieb. Er steigerte das Tempo, neigte sein Kinn und vergrub seinen Mund in ihrer Halsbeuge.

Die Spannung wuchs, nahm immer weiter zu, bis sie zu groß wurde. »O Gott, ich kann nicht …« Sie zog an seiner Hand.

»Du kannst.« Er machte weiter, verweigerte ihr die Bitte. »Und du wirst.«

Es war zu viel, zu intensiv, und es gab kein Entkommen vor diesem wahnsinnigen Rausch. Julia brannte förmlich innerlich. Lava floss durch ihre Adern, und während sie dachte, sie würde sicher in Flammen aufgehen, krümmte er seine Finger tief in ihr, und die Spannung explodierte.

»So ist es gut.« Seine Stimme klang heiser und belegt.

»O … o Gott«, schrie sie. Ihr gesamter Körper erbebte durch den atemraubenden Höhepunkt. Als würden Blitze durch ihren Kreislauf zucken und sich an jedem Nervenende entladen.

Es war die süßeste Qual überhaupt und vernichtete sie, raubte ihr den Verstand. Der Orgasmus durchströmte sie heftig, ehe er verebbte. Erschöpft und verwundert sank sie schwer atmend an Taylors Brust. Sie wäre wohl direkt zu Boden gesackt, hätte er ihr nicht einen Arm um die Taille geschlungen.

Julias Kopf kippte zur Seite, und für wenige Momente rührte sie sich nicht, fühlte nur Taylors Herzschlag an ihrem Rücken. Seine Finger waren noch in ihr, und als er sie behutsam herausnahm, spürte sie ein tiefes Pochen.

Angestrengt schluckte sie. »Ich … das war sagenhaft.«

Taylor küsste sie stumm seitlich auf den Hals und glitt mit der Hand unter ihrem Kleid hervor. Dann hielt er abermals still und Julia fühlte ihn unten an ihrem Rücken. Die Erkenntnis, dass noch mehr kommen würde, schaffte sie beinahe. Wenn er das mit seinen Fingern konnte, was könnte er dann erst *damit*?

Wow.

Er würde sie auf die bestmögliche Weise umbringen.

Doch nun tat er etwas äußerst Seltsames. Er richtete ihren BH und drehte sie zu sich um. Zögerlich öffnete sie die Augen und stellte fest, dass er sie mit seinen blaugrünen fixierte. »Taylor?«

Er hob die Hände an ihre Wangen. Mit dem Daumen strich er über ihre Unterlippe, während er sie betrachtete. Er neigte sich vor, wobei sein warmer Atem seinem Blick folgte, über ihre Wangen und ihre Augen glitt, ehe er auf ihren Lippen verharrte.

Endlich würde er sie küssen. Vorfreude wallte wieder in ihr auf und sie senkte die Lider. Falls er so küsste, wie er sie berührt hatte, würde sie auf der Stelle implodieren.

»Danke«, sagte er, und sie stutzte. Er dankte ihr? Dann küsste er sie – auf die Stirn.

Julia riss die Augen auf.

Das schiefe Grinsen war zurück, und eine Weile lang starrte Taylor sie nur an. Sie hatte keinen Schimmer, was vor sich ging, doch er neigte den Mund zu ihrem Ohr und flüsterte etwas, das sie nicht richtig hören könnte; oder zumindest ergab es keinen Sinn.

Und dann ließ er sie los und wich zurück, ohne den Blick von ihr abzuwenden. Julia stand da – während er die Tür öffnete und hinausging.

Weg.

Ihr Gehirn war noch Brei von dem sensationellen Orgasmus, weshalb sie nichts weiter tun konnte, als dazustehen und auf die Stelle zu starren, an der er eben noch gewesen war. Taylor war gegangen, ohne, nun ja, gekommen zu sein. Und er war gegangen, ohne Telefonnummern auszutauschen, ohne einen Kuss, aber nicht ohne Abschied.

Julia glaubte, dass er »Bis zum nächsten Mal« geflüstert hatte, was unlogisch schien. Total. Er musste etwas anderes gesagt und ihr benebelter Verstand es falsch verstanden haben. Letzteres konnte ihr niemand vorwerfen, denn …

Moment!

Er hatte ihren Nachnamen gesagt. Mehrmals.

Julia sank blinzelnd gegen den Tresen. Sofern Anna ihm ihren Nachnamen nicht gesagt hatte, woher in aller Welt hatte er ihn gewusst?

5. Kapitel

Die letzte Nacht war kein Fehler.

Das sagte sie sich immer wieder, als sie im Morgengrauen aufstand und zum Flughafen fuhr, nachdem sie sich von ihren Eltern verabschiedet hatte und während sie auf dem eher kurzen Flug immer wieder einnickte. Die letzte Nacht war anders als andere und hatte ein wenig eigenartig geendet, aber sie war kein Fehler gewesen. Sie hatte keine Ahnung, warum er gegangen war, nachdem er sie zum Höhepunkt gebracht hatte, ohne dass er auch gekommen war, aber darüber würde sie nicht wie verrückt grübeln, denn ihr neurotischer Verstand würde es höchstens so verdrehen, dass es ein negatives Licht auf sie warf.

Und was dieser wundervolle Mann mit ihr getan hatte, war zu … zu fantastisch gewesen, um es zu beflecken.

Ehe sie ins Flugzeug stieg, hatte sie Anna ein kurzes Update gegeben. Sie nannte keine Details, sehr zum Verdruss ihrer Freundin, aber sie fragte Anna, ob die ihm ihren Nachnamen verraten hatte. Als der Flieger landete, war Annas Antwort da.

Soweit sie sich erinnere, habe sie Julias Nachnamen ihm gegenüber nicht erwähnt.

Das war unglaublich bizarr, aber sie hatte momentan keine Hirnkapazität übrig, um sich deshalb weitere Gedanken zu machen. Ihre Eltern waren in Sorge um sie. Sie hörte ihnen heute Morgen an, dass sie ihre Entscheidung für falsch hielten. Vielleicht war der Entschluss, einen Schwesternjob in einem tausende Meilen entfernten Bundesstaat anzunehmen, wirklich ein riesiger Fehler. Wer wollte das wissen? Es war ohne Frage und definitiv das Verrückteste, was sie je getan hatte.

Nun, die letzte Nacht rangierte wohl gleich dahinter auf dem zweiten Platz.

Bisher war die weiteste Reise, die sie von ihrem Heimatort Chambersburg aus unternommen hatte, ein kurzer Flug vor fünf Jahren mit ihrem Ex Adam nach Cleveland gewesen, um seine Familie zu besuchen. Einen Job anzunehmen, der voraussetzte, dass sie – und sei es nur für einige Zeit – in einen kleinen Ort außerhalb von New Orleans übersiedelte, von dem sie nie zuvor gehört hatte, war das genaue Gegenteil dessen, was für Julia normal war.

Der Ort klang nicht mal, als hätte er einen richtigen Namen. LaPlace? Julia schüttelte den Kopf ein wenig, als sie auf der Rolltreppe zur Gepäckausgabe fuhr, wo sie einem Mr. Besson zufolge der Fahrer erwartete, um sie zum Haus zu bringen. Mr. Besson hatte ihr schlichtweg untersagt, sich einen Wagen mieten, und behauptet, das Anwesen sei selbst mit Navi nicht zu finden.

Wie beruhigend.

Wäre dieser Mr. Besson nicht von der Agentur überprüft worden, hätte Julia befürchtet, dass sie einem Serienkiller auf dem Silbertablett serviert werden sollte.

Sie inhalierte den muffigen Geruch, der sämtliche Nischen und Winkel des Flughafens auszufüllen schien. Na ja, ein bisschen besorgt war sie noch. Wie es sich anhörte, würde sie hinaus ins Sumpfland von Louisiana gefahren werden, bei dem es sich, wie sie unlängst erfahren hatte, nicht um einen herkömmlichen Sumpf handelte. Wer hätte das gedacht?

Eine Hand fest am Griff des kleinen Rollkoffers, den sie schon seit Ewigkeiten besaß, strich sie sich eine verirrte braune Haarsträhne hinters Ohr, während sie das Gedränge an den Gepäckausgaben betrachtete.

Unten an der Rolltreppe trat sie zur Seite und schluckte angestrengt. Ein nervöses Kribbeln regte sich in ihrem Bauch. Sie ließ den Blick über die Männer in dunklen Anzügen und mit Namensschildern schweifen und sagte sich, dass es zu spät war, jetzt noch Bedenken zu hegen.

Sie hatte ihren festen Job in der Pflegeeinrichtung aufgegeben.

Ihr Mietvertrag für das Apartment war gekündigt.

Ihr Auto war verkauft und das Geld auf ein Sparkonto überwiesen, das Julia auf keinen Fall anrühren wollte, da Mr. Besson ihr versichert hatte, dass man ihr einen Wagen zur Verfügung stellen würde.

Es gab kein Zurück mehr, und das war gut, denn sie hatte weggemusst. Anna verstand es; Julias Mutter wollte es nicht verstehen, es nicht sehen. Und ihr Vater würde es hoffentlich nie herausfinden.

Das unangenehme Kribbeln in ihrem Bauch wurde stärker. Sie würde nicht an Adam denken. Nicht jetzt. Hoffentlich nie wieder.

Sie zupfte an ihrer weiten, blassrosa Bluse und schritt auf die Gepäckausgabe zu, blieb jedoch gleich wieder erschrocken stehen. Ungläubig las sie JULIA HUGHES auf einem dieser gigantischen Tablets, die so viel kosteten wie eine Hypothekenrate.

Ein junger Mann, der wie der Fahrer eines Diplomaten zu einem wichtigen Meeting gekleidet war, wartete auf sie. Er trug einen maßgeschneiderten schwarzen Anzug und Schuhe glänzender als Diamanten. Unmöglich konnte er ihr Fahrer sein. Da musste eine bizarre …

»Miss Hughes?«, fragte der Mann, klemmte sich das Tablet unter den Arm und kam auf sie zu. Sein Blick fiel auf ihren Koffer. »Ist das Ihr einziges Gepäckstück?«

Wie hatte er sie erkannt? Unsicher schaute sie sich um, auch wenn sie nicht wusste, nach was oder wem. »Ja. Das … das ist mein einziges Gepäck. Ich hatte …«

»Die meisten Sachen vorausgeschickt«, beendete er den Satz für sie, was nur marginal beruhigend war. »Ich bin Brett und ich fahre Sie heute. Darf ich?«

Julia blinzelte verwirrt.

Lächelnd griff er nach ihrem Koffer und konnte ihr erfolgreich den Griff entwinden. »Möchten Sie sich vorher noch frisch machen? Wir fahren ungefähr eine Stunde von hier.«

»Ja. Nein, alles gut«, korrigierte sie sich und merkte, dass sie rot wurde. »Entschuldigung. Ich bin gerade etwas durcheinander. Es war ein langer Morgen.«

»Verständlich.« Er lächelte ihr kurz, aber warmherzig zu. »Wenn Sie mir folgen wollen?«

Und das tat sie. Sie folgte dem munteren jungen Mann an den Gepäckbändern vorbei und war froh, dass sie flache Schuhe angezogen hatte. Da sie unsicher gewesen war, wie sie bei der ersten Begegnung mit ihren neuen Arbeitgebern gekleidet sein sollte, hatte sie sich für die einzige schwarze Hose entschieden, die sich nicht anfühlte, als würde sie binnen Minuten die Durchblutung ihrer unteren Körperhälfte stoppen. Noch lieber wäre ihr eine bequeme Leggings für den Flug gewesen.

Warme, schwüle Luft schlug ihr entgegen, als sie hinaus ins Parkhaus traten. »Wow«, sagte sie und hielt den Riemen ihrer Handtasche fester umklammert. »Das ist ganz schön heiß.«

»Und das ist noch nichts. Warten Sie, bis es richtig Sommer wird«, antwortete Brett und angelte die Autoschlüssel aus seiner Hosentasche. »Da werden Sie für Temperaturen um die dreißig Grad beten.«

Julia hatte alles über die berüchtigte feuchte Hitze in und um New Orleans gelesen. Sie war nicht empfindlich und sie bekam nie prompt eine Erkältung, sobald die Temperaturen unter zehn Grad sanken, anders als ihr Vater, der eher dünn als schlank war. Julia besaß eine kleine, zusätzliche Isolierschicht. Okay, vielleicht mehr als eine kleine, und es würde auch keine Diät und kein Training je etwas an dem Umfang ihrer Hüften oder Schenkel ändern, weshalb sie sich mehr oder minder damit abgefunden hatte, dass sie aus dem Leim ging wie die Hexe im Zauberer von Oz.

Scheinwerfer leuchteten auf, und Brett blieb stehen … hinter einem …

War das ein … Mercedes?

Julia starrte den Wagen mit offenem Mund an. Was in aller Welt sollte das sein? In ihrem ganzen Leben hatte sie noch nie in solch einem Wagen gesessen. Anscheinend begaffte sie das Auto, das sicher mehr kostete als ihre gesamten Ersparnisse, ein bisschen zu lange, denn Brett ging zur hinteren Wagentür und öffnete sie ihr.

»Miss Hughes?«

Sie kam sich selten dämlich vor, eilte zum Wagen und setzte sich auf die Rückbank – nicht ganz so elegant, wie es einem Mercedes gebührte, aber immerhin verfrachtete sie ihren Hintern hinein, ohne sich zur Idiotin zu machen.

Und dann blickte sie sich im Innern verdutzt wie eine Idiotin um, widerstand gerade so dem Drang, mit der Hand über das elegante Interieur zu streichen. Es roch so, wie Julia es sich bei einem Neuwagen vorstellte, nach Holz und Leder.

Alles fühlte sich surreal an.

Brett saß hinterm Steuer, und der Motor schnurrte los. Schnell fuhren sie aus dem Parkhaus, und Julias Gesicht klebte förmlich am getönten Seitenfenster, als sie sich vom Flughafengelände und auf die Autobahn schlängelten, die sie nur aus den Nachrichten kannte.

Bisher war sie, wenn überhaupt, mit ihrer Familie oder Freunden irgendwohin gefahren, weshalb sie die Stille im Wagen beunruhigend fand. »Also, ähm, fahren Sie Mr. Besson oft?«

Brett lachte leise. »Nicht oft, Gott sei Dank.«

Sie sah ihn verwundert an.

»Normalerweise machen die ihr eigenes Ding, er und seine Frau, und ich fahre für gewöhnlich nicht. Mein Vater macht das, aber er hatte heute einen Termin«, erklärte er. »Unsere Familien arbeiten schon seit, wow, Generationen zusammen.«

Seit Generationen? Julia lehnte sich zurück und überkreuzte locker die Arme auf ihrem Schoß, während sie dachte, dass das wohl so ein Südstaatending sein musste.

»Ich bin Vollzeit auf der Loyola, also schadet das bisschen zusätzliche Geld nicht.« Er fädelte sich auf der Überholspur ein.

»Ah, was studieren Sie?«

»Business Management, aber vielleicht wechsle ich das Hauptfach noch. Ich bin erst seit zwei Jahren dabei, also habe ich noch nicht viele Kurse gemacht.«

Sie plauderten, während Julias Gedanken mit einer Million Meilen die Sekunde unterwegs waren. Sie wusste sehr wenig über Mr. Besson, ihren baldigen Patienten, abgesehen von dessen Verfassung und der Bezahlung – die höher als normal angesetzt war. Wenn sie ehrlich sein sollte, hatte sie sich auf die Stelle beworben, als sie halb betrunken von einer Flasche Wein und quasi im Zucker-High von fast einer ganzen Tüte Dove-Schogetten gewesen war; das Ganze in einer Nacht, in der ihr Kopf keine Ruhe geben wollte und sie partout nicht schlafen konnte. Nie hätte sie gedacht, dass sie von ihnen hören würde, geschweige denn den Job angeboten bekäme. Folglich war sie fast aus den Latschen gekippt, als die Agentur sie zwei Tage später anrief und zu einem Telefon-Interview mit Mr. Besson bat.

Sie war staatlich geprüfte Krankenschwester mit Erfahrung in Notfallmedizin, hatte sich allerdings die letzten Jahre auf Vollpflege spezialisiert. Jedenfalls wusste sie, dass es andere Bewerberinnen geben musste, die viel mehr Erfahrung vorweisen konnten. Trotzdem bekam sie das Angebot, und nun war sie hier, wurde in einem *Mercedes* weiß der Himmel wohin gefahren.

Falls sie am Ende tot war, könnte sie zumindest diesen Punkt von ihrer »Was ich noch gemacht haben will«-Liste streichen, die sie gar nicht führte.

Sie rutschte unbehaglich auf der Rückbank hin und her. Alles ging ihr zu schnell: Von dem Moment an, in dem sie sich angetrunken um den Job beworben hatte, bis jetzt waren gerade mal gute anderthalb Wochen vergangen. Noch nie hatte Julia solche wegweisenden Entscheidungen so Hals über Kopf und gedankenlos gefällt.

Es gibt kein Zurück.

Daran erinnerte sie sich einfach immer wieder.

Brett hatte recht gehabt mit der Fahrtzeit. Ungefähr eine Stunde später und einige Meilen von der Autobahn entfernt bog er in eine Straße ein, zu der es, soweit Julia sehen konnte, kein Schild gab. Neugierig spähte sie durch die Windschutzscheibe und war sofort verzaubert. Hohe Eichen säumten die breite asphaltierte Zufahrt. Es waren Bäume, die seit Jahrhunderten hier stehen mussten, die wahrscheinlich schon gestanden hatten, ehe das Land besiedelt wurde. Louisianamoos bedeckte die Bäume und bildete einen dichten Baldachin, durch den selbst an den sonnigsten Tagen kein Licht dringen würde.

Die Straße zog sich endlos hin, und als sich die Bäume lichteten, waren sanfte grüne Hügel zu sehen. Doch es ging noch weiter, und bald fuhren sie erneut durch dichte Bäume, bis sie zu einem großen Tor mit einem kleinen, verlassen anmutenden Gebäude daneben gelangten.

War das hier eine bewachte Wohnanlage? Julia wusste es nicht. Das Tor schwang auf, als Brett etwas an der Sonnenblende antippte. Dann setzte der Wagen sich abermals in Bewegung und fuhr langsam die sich schlängelnde Straße hinauf. Schließlich sah Julia es – das Monstrum von einem Haus.

Ihr stand der Mund offen, als sie sich von der Rückbank vorbeugte und es ungläubig mit großen Augen betrachtete.

Von einem Haus konnte man eigentlich nicht sprechen. Dies war eher eine riesige Villa – oder ein Herrenhaus ähnlich den alten Plantagenhäusern, die Julia im Internet gesehen hatte, allerdings dem 21. Jahrhundert angepasst ... und wie.

Der Hauptteil war drei Stockwerke hoch und seitlich von zweigeschossigen Flügeln flankiert. Auf jedem Geschoss befanden sich umlaufende Veranden, teils überdacht, teils offen. Vom Wagen aus konnte sie Deckenventilatoren sehen, die sich innen träge drehten.

Hohe Säulen rahmten die Haustür und setzten sich entlang der Veranden fort, sodass es anmutete, als würden sie das Gebäude stützen. Die Fensterläden waren schwarz, bunte Blumen hingen von den gusseisernen Balkonbrüstungen, und etwas hier war besonders.

Das gesamte Haus war von Weinranken bedeckt.

Julia staunte, wie das sein konnte, denn zugleich schien es, als sei das Haus erst in den letzten zehn Jahren renoviert worden. Natürlich hatte sie keine Ahnung, wie schnell oder langsam Weinranken wuchsen, doch es gab keinen Zentimeter, der nicht von ihnen überwuchert war.

Und woher kamen die überhaupt? Große Eichen umstanden das Haus, und Julia konnte nicht sehen, was dahinter lag, aber wie konnte dieser Wein so wachsen? Es schien völlig ungewöhnlich, dennoch verlieh es dem Haus zusätzliche Schönheit und ein beinahe antikes Aussehen.

»Ist dies das richtige Haus?«, fragte sie.

Brett lachte und blickte sie im Rückspiegel an. »Das will ich doch hoffen, denn sonst würde es ganz schnell peinlich.«

Sie begriff, dass er scherzte; dennoch war sie verblüfft. »Das ... das muss ein Irrtum sein. Ich meine, ich hatte nicht den Eindruck, dass Mr. Besson so wohnt.«

Jetzt begriff er anscheinend. Er bog in die geschwungene Einfahrt und passierte einen schwarzen SUV und einen anderen eleganten Wagen, auch in so einem hatte sie noch nie gesessen. »Ihnen wird alles klar werden, wenn Sie Mr. de Vincent kennenlernen.«

»Mr. de Vincent? Ich habe mit einem Mr. Besson gesprochen«, sagte sie und klammerte sich an die Sitzkante. Ihre Gedanken überschlugen sich. Der Name de Vincent kam ihr vage bekannt vor. Der Grund lag ihr auf der Zunge. »Verzeihung, aber wem gehört dieses Haus?«

Einen Moment lang dachte sie, er würde nicht antworten. »Dies ist der Familiensitz der de Vincents. Für sie werden Sie arbeiten.« Er hielt den Wagen an und drehte sich zu ihr um. »Sie haben mit Mr. Besson gesprochen, weil die de Vincents … nun ja, sie leben sehr zurückgezogen und schätzen ein gewisses Maß an Diskretion, wenn es um Privatangelegenheiten geht.«

Sie hatte eine Menge Vertraulichkeitserklärungen unterschrieben, mit denen sie sich verpflichtet hatte, Stillschweigen zu wahren, was die Familie und ihren Patienten betraf; bei Verstoß drohten ihr hohe Geldstrafen. Gleichzeitig hatte die Agentur ihr versichert, dass solche Vorkehrungen üblich waren. Die meisten Familien, die sich eine private Krankenschwester leisten konnten, hatten ein Image zu schützen, und außerdem hatte sie nicht …

Nun fiel es ihr ein.

Und sie bekam einen Schock, sowie ihr bewusst wurde, warum ihr der Name de Vincent bekannt vorkam.

O mein Gott, sie wusste, wer die de Vincents waren!

Jeder wusste es.

Wie erstarrt hockte sie auf dem Rücksitz und umfasste die Kopflehne vor sich so fest, dass ihr die Fingerknöchel wehtaten. Die de Vincents waren eine der reichsten Familien der USA, und zwar reich im Sinne von: Sie besaßen geradezu lachhaft viel Geld. Ein Vermögen, wie es sich Julia und 99,9 Prozent der übrigen Bevölkerung nicht einmal vorstellen konnten.

Und das war nicht der einzige Grund, weshalb sie schon von ihnen gehört hatte. Sie las selten Klatschmagazine, doch hin und wieder sah sie sich eines im Supermarkt an, und dort stand praktisch immer etwas über einen der Brüder, zumeist über den Ältesten.

Apropos …

Sie ließ die Kopflehne los, griff nach ihrer Tasche auf der Rückbank und zog die zusammengerollte Zeitschrift heraus, die sie sich am Flughafen in Philadelphia gekauft hatte. Hastig blätterte sie zu dem Artikel, den sie vorhin erst gelesen hatte.

Begehrtester Junggeselle mit reicher Erbin verlobt.

Den Text hatte sie eher überflogen, während sie wie gebannt auf das Foto des ältesten Bruders, Devlin, und dessen Verlobter gestarrt hatte. Wer konnte es ihr verdenken? Er war groß, dunkelhaarig und umwerfend, und sie war eine zarte, blonde Schönheit. Solche Paare sah man nie im wirklichen Leben, nur in Zeitschriften oder Filmen.

Ihr Herz pochte wild. Dies war nicht real. Das konnte es nicht sein.

Die de Vincents wurden als die Kennedys der Südstaaten bezeichnet, alter amerikanischer Geldadel. Zumindest nannte die Klatschpresse sie so, wenn sie über ihre Rolle in der Politik und ihre Skandale berichtete. Von Letzteren gab es nicht wenige, denn die Söhne … Wie waren noch die Spitznamen? Es gab drei, wenn Julia es richtig erinnerte. Und ihre Spitznamen waren irgendwie morbide und bizarr, passend zu ihrem wilden, fast unglaublichen Verhalten. Julia schlug das Herz bis zum Hals. Jetzt wusste sie es wieder.

Lucifer.

Demon.

Devil.

6. Kapitel

Laut gähnend fuhr Lucian sich mit den Fingern durchs Haar und ließ die Hand auf seinen Oberschenkel sinken, während Troy sich darauf konzentrierte, Dev von der anderen Seite des Schreibtisches aus anzustieren.

Selbstverständlich saßen sie nicht im Arbeitszimmer ihres Vaters.

Livie hatte einen professionellen Reinigungsdienst kommen lassen, sobald das Zimmer freigegeben worden war. Sämtliche Spuren dessen, was dort geschehen war, waren weggeschrubbt gewesen, als Lucian am frühen Morgen nach Hause kam. Ein Tag, und Lawrence' Arbeitszimmer war nur ein weiterer abgesperrter Ort im Haus, als könne man das Geschehene wegschließen und vergessen wie böse Erinnerungen.

Alles Geschäftliche wurde nun von Devs Büro aus dirigiert, das er sich vor mehreren Jahren im zweiten Stock hatte ausbauen lassen. Es handelte sich um das Eckzimmer mit Blick auf den überwucherten Rosengarten, um den sich ihre Mutter früher gekümmert hatte.

Bei diesem spontanen Meeting fehlte nur Gabe, er war kurz nach Lucians Rückkehr verschwunden – wahrscheinlich zu seinem Lagerhaus. Lucian bezweifelte, dass sie ihn heute noch wiedersehen würden.

Und Lucian war nur aus einem Grund da, der nichts mit seinem verstorbenen Vater oder Troys Anwesenheit zu tun hatte. Er wartete ziemlich ungeduldig auf eine sehr wichtige Ankunft.

Er hatte keinen Schimmer, was passieren würde, doch zum ersten

Mal seit wer weiß wie lange war er tatsächlich nervös vor Vorfreude. Er wusste, wann das Flugzeug landen sollte, also müsste es jeden Moment so weit sein.

In den letzten vierundzwanzig Stunden hatte es einige »Premieren« für ihn gegeben.

»Du siehst beschissen aus«, bemerkte Troy mit Blick zu ihm.

Lucian zuckte nur mit der Schulter. Was sollte er sagen? Letzte Nacht hatte er nicht besonders viel Schlaf bekommen.

»Ich denke, ihr wisst, wieso ich hier bin«, begann Troy. »Und mir ist klar, dass ihr eine Menge um die Ohren habt, aber ich konnte nicht mehr warten.«

Dev lehnte sich in dem Ledersessel zurück und verschränkte lose die Arme. »Das verstehe ich, doch an dem, was wir in der Nacht des Vorfalls besprochen haben, hat sich nichts geändert.«

Lucian schloss die Augen, rückte auf seinem Stuhl hin und her und rieb sich die Brauen mit seinen Zeigefingern. So sehr er Troy auch mochte, musste der verschwinden.

»Tja, also das Problem ist, dass der Chief einen Furz quersitzen hat und dringend diese Ermittlung vorantreiben will. Wahrscheinlich hat es mit der Horde von Anwälten zu tun, die nur Stunden, nachdem euer Vater tot aufgefunden wurde, beim Revier aufkreuzte.« Er tippte mit einer Hand auf den aufgeräumten, blank polierten Schreibtisch. »Und ich glaube, er sagte etwas in Richtung ›Die de Vincents mögen die Welt beherrschen, aber ganz sicher nicht meine Dienststelle‹.«

»Interessant«, antwortete Dev in einem Tonfall, der keinen Funken Interesse erkennen ließ.

»Das hört nicht einfach auf.«

»Der Chief darf denken, was immer er will, aber was geschehen ist, scheint mir ziemlich klar.« Dev griff nach seinem Glas. »Er hat sich erhängt.«

»Es gibt Kratzer an seinem Hals, als hätte er versucht, den Gürtel abzureißen«, stellte Troy klar. »Und das ist ein wenig verdächtig. Ich behaupte nicht, dass er es sich anders überlegt haben könnte, aber es ist ungewöhnlich. Die Autopsie wird heute noch vorgenommen. Auch wenn ich nicht andeuten will, dass sie irgendwas ergibt, würde ich tippen, dass wir hinterher mehr Fragen als Antworten haben. Und das ist für den Chief in dieser Situation wie Weihnachten.«

Dev trank einen Schluck und kippte das Handgelenk leicht, als er sein Glas wieder hinstellte, sodass die braune Flüssigkeit darin schwappte. »Ich weiß wirklich nicht, was ich dazu sagen soll.«

»Natürlich nicht«, murmelte Troy trocken. »Ich versuche, euch zu helfen, Leute.«

»Wissen wir«, mischte sich Lucian mit einem warnenden Blick zu seinem Bruder ein.

»Tut ihr das?« Troys Blick blieb auf Dev gerichtet. »Ich muss alles wissen, damit ich vorbereitet bin.«

»Du weißt alles«, antwortete Dev gelassen.

Lucian wurde wütend. Tatsache war, dass Troy einen Dreck wusste, und aus purer Loyalität zu ihnen würde er seine Marke riskieren. Derweil hockte Dev hinter seinem Schreibtisch und pfiff darauf, was es für den Polizisten bedeutete.

Ganz sicher hatte Troy keine Ahnung, wer im Obergeschoss war. Dev hatte alles getan, um das zu verheimlichen, und Lucian hatte sich einverstanden erklärt, weil er die Alternative inakzeptabel fand.

Wie ein Geist erschien Richard an der Tür. Sein Gesichtsausdruck verriet Lucian, dass der lang ersehnte Moment endlich da war. Er setzte sich auf und sämtliche Anzeichen von Müdigkeit waren verschwunden.

»Verzeiht die Störung«, sagte Richard, der die Hände auf dem Rücken verschränkt hatte, »aber du hast ein Meeting, zu dem du dich nicht verspäten darfst, Dev.«

»Entschuldige, Troy, aber ich muss gehen. Genau wie mein Bruder.« Dev stand auf und richtete seine Manschetten. »Können wir das hier später fortsetzen?«

Für einen Moment saß Troy perplex da, bevor er sich kopfschüttelnd erhob. »Erwartet nicht, dass sich das von selbst erledigt«, warnte er die beiden Brüder. »So wird es diesmal nicht sein.«

Dev neigte den Kopf. »Selbstverständlich nicht.«

Troy wandte sich zur Tür, blieb jedoch vor Lucian stehen. »Mach deinem Dickschädel von Bruder klar, wie ernst die Sache werden kann.«

Lucian nickte, auch wenn er vermutete, dass es Dev durchaus klar war.

»Bis später«, murmelte Troy.

Richard begleitete ihn nach draußen, um sicherzugehen, dass der Polizist sich nicht in Bereiche des Hauses verirrte, in denen er nichts zu suchen hatte. Lucian war schon halb bei der Tür, als Dev ihn bremste.

»Wo warst du gestern?«

Lucian hob eine Schulter an und senkte sie wieder. »Nirgends.«

»Demnach war es ein geradezu grotesk überflüssiger Ausflug.« Dev kam um seinen Schreibtisch herum. »Hast du mal überlegt, wie das aussieht, wenn du am Morgen nach dem tragischen Selbstmord unseres Vaters verschwindest?«

Lucian grinste zynisch. »Ich glaube nicht, dass irgendwer etwas anderes erwartet hätte.«

»Und darauf bist du auch noch stolz?«

»Meistens ja«, antwortete Lucian.

Dev seufzte und ließ endlich von seinen Manschetten ab. »Mir ist immer noch nicht wohl bei der Sache.«

Lucians Genick verspannte sich, als er sich zu seinem Bruder umwandte. Er wusste genau, was sein Bruder meinte. »Dir ist bei *gar nichts* wohl. Warum sollte es hierbei anders sein?«

Dev verschränkte die Arme vor der Brust. »Du weißt, was ich meine. Nach dem, was gerade passiert ist, holen wir jemanden ins Haus? Das ist gefährlich.«

»Wir hatten die Entscheidung getroffen, bevor das mit unserem Vater geschah.« Er hielt dem Blick seines älteren Bruders stand. »Aber verrate mir, was daran so gefährlich ist, Dev? Verheimlichst du irgendwas und sorgst dich, jemand könnte es herausfinden?«

Dev zuckte nicht mal mit der Wimper. »Du weißt, wovon ich rede.«

Lucian begriff, was er andeutete, ohne dass Dev Einzelheiten nennen musste. »Nun, ich dachte, du hättest gesagt, unser Vater hatte Probleme mit dem, was seinem Bruder gerade widerfährt«, erinnerte er ihn.

Dev schwieg.

Lucian ballte die Fäuste. »Es ist ausgeschlossen, dass sie mit dem zu tun hatte, was mit Lawrence passiert ist, *falls* er es nicht selbst war. Du hast gesehen, in welcher Verfassung sie ist, und gehört, was der Arzt gesagt hat. Gott allein weiß, wo sie gewesen oder was mit ihr geschehen ist, und dich interessiert bloß, was die Leute von uns denken.«

»Du hast keinen Schimmer, was mich interessiert, aber lass mich dir eines erklären. Ja, ich sorge mich darum, was die Leute denken, denn was glaubst du wohl, werden Troy oder dieser verfluchte Chief meinen, wenn sie mitbekommen, dass sie wieder da ist – dass sie auftauchte, kurz bevor unser Vater unter verdächtigen Umständen zu Tode kam?«

Kopfschüttelnd sah Lucian ihn an. »Tu nicht so, als wärst du um sie besorgt. Mir machst du nichts vor. Dir geht es nicht darum, unsere Schwester zu beschützen.«

»Kennst du mich besser?« Devs blaugrüne Augen, von derselben Farbe wie Lucians, glühten förmlich. »Glaubst du, mich so gut zu kennen? Dass ich nicht versuche, sie zu schützen?«

Lucian grinste abfällig. »Ja, bedaure, ich kann das nicht für voll nehmen, nachdem du sie in ein Krankenhaus weit weg verfrachten wolltest, sie einsperren und vergessen.«

Ein Muskel in Devs Wange zuckte: das erste echte Anzeichen eines Gefühls. »Würde ich sie wegsperren und vergessen wollen, hätte ich genau das getan.«

Das würde Lucian unter keinen Umständen zulassen. »Was ist deine Sorge? Du hast die Krankenschwester doch gründlich überprüft, oder nicht?« Obwohl Dev es ihm nicht erzählt hatte, war Lucian sicher, dass Dev sie niemals ohne umfassende Überprüfung ins Haus lassen würde. »Wahrscheinlich weißt du sogar, was sie letzten Monat zum Abendessen hatte. Du hast sie durchgecheckt.«

»Habe ich«, erwiderte Dev knurrend.

Lucian trat so dicht an ihn heran, dass seine Schuhe die teuren Slipper seines Bruders streiften. Sie waren beinahe identisch mit denen, die ihr Vater in der Nacht trug, in der sie ihn am Ventilator baumelnd gefunden hatten. »Also, ich frage noch mal, warum bist du so besorgt?«

Dev sah ihn stumm an.

»Jungs«, rief Richard hinter ihnen. »Euer Gast wartet.«

Beide strahlten eine Anspannung aus, die den gesamten Raum ausfüllte. Keiner von ihnen rührte sich. Schließlich trat Dev zurück und sagte: »Hast du nichts zu tun? Zum Beispiel jemanden zu vögeln?«

Ein beinahe grausames Lächeln umspielte Lucians Mund. »Nein, im Moment nicht.«

»Ein Jammer«, sagte Devlin und schritt an ihm vorbei.

Auf keinen Fall würde Lucian zulassen, dass Dev als Erster jenes Zimmer betrat, und genauso wenig würde Dev dieses Gespräch allein führen. Wer wusste, was Dev über ihre Schwester sagte?

Maddie brauchte jemanden, der mitfühlend war, der Geduld aufbrachte und ihr ernsthaft helfen wollte, wieder gesund zu werden, solange sie zu ergründen versuchten, was mit ihr geschehen war. Lucian würde nicht dulden, dass Dev das gefährdete.

Vor allem nicht, seit er verblüfft feststellen musste, dass sein Bruder tatsächlich jemanden mit den nötigen Eigenschaften angeheuert hatte.

»Wo ist sie?«, fragte Lucian.

»Sie wartet im unteren Salon«, antwortete Richard.

Da sein Bruder gemessenen Tempos ging, überholte Lucian ihn und Richard leicht und war bereits auf der Treppe nach unten, bevor Dev sie oben erreicht hatte.

Er machte große Schritte, bei denen seine lächerlich teuren Stefano-Bemer-Schuhe keinerlei Geräusch auf dem Parkett verursachten, und begab sich zu demselben Zimmer, in dem er Richard und Livie die Nachricht vom *Ableben* seines Vaters mitgeteilt hatte. Als er sich dem offenen Türbogen näherte, blieb er abrupt stehen.

Für einen Sekundenbruchteil wurde ihm klar, dass dieser Moment einen Einschnitt darstellen, die Zeit in eine Phase vor ihm und eine nach ihm unterteilen würde. Ungefähr so hatte er auch gestern Abend empfunden, als er in die kleine Bar trat und erstmals die Krankenschwester sah, die Dev eingestellt hatte.

Sie wiederzusehen wäre wie ein zweites erstes Mal.

Lucian hatte keine Ahnung, was er erwartet hatte, als er Miss Julia Hughes zum ersten Mal sah. Jemanden Älteres? Möglicherweise eine

Matrone? Wer weiß? Jedenfalls war er nun genauso schockstarr wie gestern Abend.

Auf der viktorianischen Couch und gänzlich ahnungslos, was seine Anwesenheit betraf, saß die Frau, in der er keine zwölf Stunden zuvor seine Finger gehabt hatte.

Sie war … Mist, sie war *wunderschön*.

Schön auf eine Weise, wie man es heute nicht mehr oft sah. Eine Schönheit aus vergangenen Epochen.

Ihr dunkelbraunes Haar war zu einem ordentlichen Knoten aufgesteckt, aus dem nur eine Strähne weich über ihre Wange fiel. Es war dieselbe Strähne, die er gestern Abend nach hinten gestrichen hatte. *Immer noch* wünschte er sich, ihr Haar offen zu sehen, um zu erfahren, ob er mit seiner Vermutung richtig lag. Er wusste einfach, dass es lang und dick sein musste.

Ihr Gesicht hatte eine perfekte Herzform. Zarte Brauen bogen sich über Augen, von denen er wusste, dass sie einen warmen Whiskey-Ton hatten. Eine kecke Nase und hohe Wangenknochen, die noch hübscher waren, wenn sich ihre Wangen röteten, und ihr Mund … o Mann, dieser Mund war ein Kunstwerk. Lippen so voll, dass ein Mann sein Leben gäbe für die Ehre, sie zu kosten oder zu erfahren, wie sie sich an seinem Mund oder um seinen Schwanz anfühlten.

Ja, er dachte sich einen unglaublichen Schrott zusammen.

Und dabei hatte er sie nicht mal gekostet.

Wie beim ersten Mal, als er sie gesehen hatte, konnte er sich ihr Gesicht auf Leinwand gebannt vorstellen. Leicht wäre es nicht. Er wusste, dass sich eine Menge Emotionen in diesen Zügen spiegelten, und die in Farbe festzuhalten, war stets schwierig. Schon das minimale Stirnrunzeln wäre schwer wiederzugeben.

Es wäre eine Herausforderung.

Eine *Ehre*.

Obwohl sie steif auf der Sofakante hockte, wusste er, dass sie einen traumhaften Körper hatte. Wohlgerundet, weich und seidig an all den Stellen, die er erforschen wollte.

Es ging ein Summen durch seine Adern, als er sie ansah, und Hitze verbrannte ihn von innen nach außen. Flammen, die ihn verschlingen würden, und was für ein Brennen das wäre!

Miss Julia Hughes war eine überaus angenehme Überraschung gewesen.

Im Gegensatz zu seinem Bruder war Lucian ein zupackender Typ. Er hatte keinen Privatdetektiv engagiert, sondern die Feldforschung selbst übernommen. Der Sinn und Zweck seiner Reise nach Philadelphia war der gewesen, sie aufzuspüren, da er online nichts über sie finden konnte. Also ging er zu ihrer Arbeitsstelle und gab vor, die Unterbringung eines Angehörigen dort zu erwägen. Er brauchte bloß zu lächeln und wenige blumige Worte zu sagen, schon bekam er einige Informationen über sie von ihrer alten Chefin.

Ausgezeichnete Mitarbeiterin.

Beliebt bei Kollegen und Patienten.

Sie würde sehr fehlen.

Und während er dort war, hatte er mitbekommen, dass die freundliche Blondine von der Party sprach. Reines Glück hatte ihn zur richtigen Zeit an den richtigen Ort geführt, ohne gesehen zu werden. Er war in der Absicht in die Bar gegangen, sie in ein Gespräch zu verwickeln, einen Eindruck von ihr zu bekommen und, ganz ehrlich, sonst nichts.

Aber dann sah er sie.

Dann redete er mit ihr.

Und dann wollte er sie.

Ihm wurde vage bewusst, dass sein Bruder ihn erreicht hatte. Zwar wusste er, dass er wegsehen sollte, aber er konnte es nicht und wollte es nicht.

»Lucian«, warnte Dev ihn.

Dieser ignorierte seinen Bruder, während er näher an den Türbogen herantrat. Als er sie gestern Abend erblickte, hatte er völlig primitiv auf sie reagiert, was schon sehr lange nicht mehr beim Anblick einer Frau vorgekommen war. Zu lange.

»Ich meine es ernst.« Devs leise Worte klangen gereizt. »Denk nicht mal dran.«

Er wünschte, sein Bruder würde die Klappe halten und ihn seine Krankenschwester in Ruhe angaffen lassen. »Woher willst du wissen, was ich denke?«

»Das fragst du?«, konterte Dev raunend. »Dich interessieren nur zwei Sachen, und eine davon ist, dir den Rest deines Gehirns wegzuvögeln.«

Lucian sah ihn an und zog eine Braue hoch, denn widersprechen konnte er ihm nicht. »Und was ist das andere, das mich interessiert? Verrate es mir, wenn du doch anscheinend mehr über mich weißt als ich.«

Sein Bruder runzelte die Stirn. »Der Grund, aus dem sie hier ist.«

»Stimmt«, murmelte er, denn auch dem konnte er nicht widersprechen.

Aber als er wieder zu Julia sah, war seine Schwester – Gott vergebe ihm – das Letzte, woran er dachte.

Lucian wollte … er wollte sie malen.

Und er erinnerte sich nicht, wann er das zuletzt gewollt hatte. Diesen Drang hatte er schon seit Langem nicht mehr verspürt, jetzt juckte es ihm in den Fingern.

Zum ersten Mal seit, nun ja, überhaupt, sah er eine Frau und dachte an das, was seine Urgroßmutter einst über die Männer der de Vincent-Familie gesagt hatte. Vielleicht hatte sie gemeint, dass sie schnell und mit Haut und Haaren in Lust verfielen, ohne jede Vernunft, ohne zu zögern.

Denn, o ja, er verspürte eine unermessliche Lust. Letzte Nacht von ihr wegzugehen, war das Verrückteste und Untypischste gewesen, was er je getan hatte.

»Lucian«, wiederholte Dev. »Ich will, dass du sie in Ruhe lässt.«

»Dafür ist es zu spät«, erwiderte er.

Dev wurde stockstarr, sah ihn an, und dann weiteten sich seine Augen ein wenig. »Wo warst du gestern?«

Lucian zwinkerte seinem Bruder zu und ging ins Zimmer, ließ Dev mit seinen Sorgen auf dem Flur zurück, wo sie hingehörten.

Miss Hughes zuckte zusammen, als sie seine Schritte hörte, und endlich, *endlich* hob sie ihr Kinn und die Lider mit den dichten Wimpern. Er sah, wie sie große Augen machte, und die Verwirrung, die aus ihnen sprach, als sie ihn erkannte. Und als sich ihre unglaublichen Lippen ein wenig öffneten und sie leise einatmete, fuhr es ihm direkt in seinen Schwanz.

Er konnte nichts dagegen tun.

Lucian verneigte sich so vor ihr, dass jeder Adlige neidisch geworden wäre, und reichte ihr die Hand.

Ihre warmen braunen Augen richteten den Blick auf seine Hand, dann auf sein Gesicht. Gleichzeitig röteten sich ihre Wangen. Sie schüttelte kaum merklich den Kopf, wirkte vollkommen ungläubig.

Wie durch einen Tunnel hörte er seinen Bruder nochmals seinen Namen sagen, diesmal näher und mehr als dezent warnend. Aber das scherte ihn nicht. Schließlich war dies hier Devs Verschulden, denn was zum Teufel hatte sein Bruder sich dabei gedacht, sie anzuheuern? Nicht, dass er sich beschwerte, aber … im Ernst? Hatte Dev denn nie ein Foto von ihr gesehen, als er sie überprüfte, und sich überlegt, dass es vielleicht keine kluge Idee war?

Nun war es zu spät.

Er wusste, dass er sie letzte Nacht hätte haben können.

Er wollte sie immer noch.

Und Lucian bekam ausnahmslos immer, was er wollte.

Das konnte nicht wahr sein.

Dieser Gedanke ging Julia durch den Kopf, als sie beobachtete, wie Taylor sich vor ihr verbeugte. Es musste eine Art Traum sein. Vielleicht war sie noch in ihrem Apartment, in ihrem Bett. Oder sie war auf dem Flughafen gestürzt und hatte sich übel den Kopf angeschlagen. Unmöglich konnte Taylor hier sein.

Der Schock war so überwältigend, dass sie kaum registrierte, wie er ihre Hand nahm.

»Miss Hughes?«, fragte er mit jener tiefen Stimme, die ihr feine Schauer über den Rücken jagte.

Ihr Mund wurde trocken.

»Erlauben Sie, dass ich mich vorstellen?«, fuhr er fort und kräuselte dabei die Lippen ein wenig, was alles Mögliche bedeuten konnte.

Julia blinzelte langsam. Was zur Hölle …? Sie wusste, wer er war. *Sehr gut*. Ausgesprochen gut sogar, was indes nicht beantwortete, warum er hier war.

Sie öffnete den Mund und rang nach Luft, die ihre Lunge nicht zu erreichen schien. Bei dem Versuch aufzustehen musste sie feststellen, dass ihre Beine sich nicht bewegen wollten. Als doch etwas Sauerstoff in ihre Lunge gelangte, drohte er sie zu versengen. Dies hier durfte nicht wahr sein. Sie hatte Taylor eben erst in Pennsylvania gesehen, und er war … er war nur irgendein scharfer Typ gewesen, den sie in einer Bar kennengelernt hatte. Er konnte nicht hier, tausende Meilen weit weg, vor ihr stehen.

»Vielleicht solltest du atmen«, sagte er so leise, dass nur sie es hören konnte.

Reflexartig holte sie Luft, während ihr Sichtfeld am Rand verschwamm.

»So ist es besser.« Und lauter sagte er: »Ich bin Lucian *Taylor* de Vincent.«

O Hölle und Weltuntergang, er war Lucian de Vincent?

Warum zum Teufel hatte sie ihn gestern Abend nicht erkannt? Wobei, sie erinnerte sich nicht, wann sie zuletzt ein Bild von ihm in einem der Klatschmagazine gesehen hatte, und natürlich hätte sie niemals erwartet, dass ausgerechnet er in eine Bar in einem Nest marschierte, das förmlich »Walachei« schrie. Aber er war es, der jüngste Bruder – genannt …

»Lucifer«, platzte sie heraus.

Seine Augenbrauen bewegten sich ungefähr drei Zentimeter nach oben und sein Lächeln wurde breiter, enthüllte gerade weiße Zähne, und, o ja, es steigerte seine Anziehungskraft um ein Millionenfaches. »Demnach hast du von mir gehört? Ich fühle mich geschmeichelt«, sagte er neckend.

Geschmeichelt?

Julia öffnete erneut den Mund, doch in ihrer Kehle brannte eine ganze Lastwagenladung Schimpfwörter. Solche, die ihm die Schamesröte ins Gesicht treiben würden. Sie begann, ihre Hand zurückzuziehen, ehe sie ihn mit Kraftausdrücken bedachte, die er nie zuvor gehört haben dürfte.

Lucian hielt ihre Hand fest. »Es freut mich, Miss Hughes. Ich hoffe, Sie hatten einen angenehmen Flug nach Louisiana?«

Sie starrte ihn an und spürte, dass sie kurz davor war, den Rest ihres Lebens wegen Mordes im Gefängnis zu verbringen. Und nicht wegen kaltblütigen Mordes. O nein, dies würde ein glühender, zorniger Mord. Um es noch schlimmer zu machen, ergaben plötzlich sehr viele Dinge einen Sinn. Nun begriff sie, warum er ihren Nachnamen kannte. Er hatte sie gestern Abend gezielt aufgegabelt, in ihrem Bundesstaat, tausende Meilen entfernt. *Tausende Meilen.* Er hatte sie dort aufgespürt, und wozu?

Darüber wollte sie nicht einmal nachdenken.

Verbitterung legte sich über ihre Wut, als ihr klar wurde, dass sie nunmehr die Antwort auf die Frage »Warum ich?« bekommen hatte. Gott, sie wollte lachen, nur fürchtete sie, es könnte damit enden, dass sie ihm ins Gesicht schrie.

Und er hielt nach wie vor ihre Hand, weigerte sich, sie freizugeben. Sprachlos vor Wut beobachtete sie, wie er ihre Hand an seinen Mund hob. Er küsste ihren Handrücken, drehte die Hand dann um und küsste auch die Innenfläche, wobei er nicht den Blick von ihr abwandte.

Blanker Zorn tobte in ihr, als sie ihn erbost anfunkelte, und vermengte sich mit der Hitze, die ihre Wangen rot färbte, weil sie sich allzu gut an das Gefühl erinnerte, an ihn gepresst zu sein. Ihr war noch sehr frisch im Gedächtnis, wie ebendiese Hand, die nun ihre hielt, sich zwischen ihren Schenkeln angefühlt hatte, und wie …

Ein Hauch feuchter Wärme wanderte von ihrer Handfläche hinauf und direkt durch ihren Körper hindurch. Hatte er …? Hatte er mit der Zunge …?

Er zwinkerte ihr zu, als er sich wieder aufrichtete, und hielt noch immer ihren Blick.

Ja, er hatte.

O mein Gott! Ein Dutzend Emotionen stürmten auf sie ein. Gekränkt, angewidert, zornig. Und weil irgendwas in ihrem blöden Körper ernstlich gestört und kaputt war, fühlte sie auch noch aufkeimende Erregung tief in ihrem Bauch. Sie war *erregt*, obwohl ihr Verstand nachgerade schrie »Unterdrücken, unterdrücken«, sie anbrüllte, augenblicklich aufzustehen, Taylor einen Hieb zu verpassen und zum Flughafen zurückzurasen, um ihren Hintern zurück nach Pennsylvania zu verfrachten.

Leider versank sie in diesem Blick aus seinen blaugrünen Augen fast – die Art Augen, die Art Blick, die nicht bloß Freuden versprach, von denen Julia bisher bestenfalls gehört hatte, sondern auch solche androhten, von denen man sich wahrscheinlich nie erholte.

Die Art, von der sie *letzte Nacht* eine Kostprobe bekommen hatte.

Julia würde ihn definitiv umbringen.

Ein neuer, leicht beängstigender Gedanke regte sich in ihr. War dies hier überhaupt ein richtiger Job? Wurde sie für etwas ganz anderes eingestellt? Denn nichts hiervon …

Ein Räuspern riss sie aus ihren Gedanken. Als wäre sie aus einer Trance erwacht, zerrte sie ihre Hand zurück und wurde von oben bis unten rot.

Noch ein Mann hatte das eindrucksvolle Zimmer betreten. Er schien das exakte Gegenteil von Lucian zu sein, in etwa gleich groß, aber etwas breiter und gekleidet, als würde er sich auf irgendeiner Chefetage bewegen, nicht in seinem Zuhause. Ihn umgab eine Aura absoluter Autorität, als Lucian beiseitetrat und sich neben Julia auf die Couch fallen ließ.

Es war keine sehr breite Couch.

Folglich drückte sein Knie gegen ihres.

»Ich bin Devlin de Vincent«, sagte der dunklere, ältere Mann. »Und ich entschuldige mich für das Benehmen meines Bruders. Er besitzt die Manieren eines unerzogenen Hundes.«

Ihr Blick schweifte zu Lucian, der sich arrogant neben ihr auf der Couch fläzte, die Schenkel gespreizt und einen Arm lässig auf den hölzernen Rahmen gelegt. Nun wurde sein Grinsen noch ein wenig breiter, und er sah sie mit halb gesenkten Lidern an.

»Und ich habe das Gefühl, dass ich mich für etwas entschuldigen sollte, von dem ich nichts weiß«, fuhr Devlin fort. Ihn nannten sie in der Klatschpresse »Devil«, Teufel. »Anscheinend seid ihr beiden euch schon begegnet.«

Und was sollte sie hierauf antworten? *Oh, ja, Ihr Bruder tauchte gestern in einer kleinen Bar in einem anderen Bundesstaat auf und ließ den Abend mit seinen Fingern zwischen meinen Beinen ausklingen? Ach ja, und ich hatte keine Ahnung, dass Taylor sein zweiter Vorname war, an dem noch de Vincent dranhängt.* Hmm, wohl eher nicht. Sie war so überfordert von der Situation, dass sie nicht mal die simpelsten Sätze zustande brachte.

»Wir sind uns gestern Abend kurz begegnet«, antwortete Lucian überraschend. »Tatsächlich haben wir über ihren Beruf und ihre Entscheidung für diesen Job geplaudert.«

Ihre Nasenflügel blähten sich spürbar, und sie ballte die Hände zu Fäusten. Das war nur teilweise wahr.

»Ach ja?« Devlin hätte kaum ungläubiger wirken können. »Dahin warst du also verschwunden?«

Julia ging auf, dass Devlin keinen Schimmer hatte, was Lucian getan hatte.

Und endlich – Gott sei Dank – hörte Lucian auf, sie anzustarren, und sah stattdessen zu seinem Bruder. »Hast du gedacht, ich lasse dich jemanden einstellen, ohne dass ich diejenige überprüfe?«

Sein Bruder kniff den Mund zusammen. »Dumm von mir.«

Julia schnappte nach Luft, als ihr wie mit einem Hammerschlag klar wurde, was hier ablief. Lucian hatte nach ihr gesucht, um sie abzuchecken, nicht, um mit ihr zu flirten. Er hatte gewusst, wer sie war, dass sie eingestellt worden war, um jemanden zu pflegen – sofern das tatsächlich der Grund war, aus dem sie hier war –, und hatte sie in der Bar aufgespürt, wo er …

Himmel, ihr wurde schlecht.

Nie wieder würde sie ihre scharfen Flügel ausbreiten und losfliegen.

Nein. Nein. Nein.

War der gestrige Abend ein Test gewesen? Um sie auf Moral und Anstand abzuklopfen? Falls ja, hatte sie grandios versagt. Doch was sagte es über Lucian aus, dass er so etwas tat? Nichts davon spielte mehr eine Rolle. Julia fühlte sich über Gebühr bloßgestellt und reingelegt, als wäre sie in eine perverse Falle getappt.

Nein.

Aus und vorbei.

Sie war fertig hiermit.

»Entschuldigung«, sagte sie verbissen, denn mehr zu sagen, traute sie sich nicht. Ihr Rücken versteifte sich, als sie aufstand und nach ihrer Handtasche griff. Ohne abzuwarten, ob einer von beiden irgendwas sagen würde, verließ sie das Zimmer und blickte sich nicht mehr um.

7. Kapitel

Lucian war blitzschnell hochgefahren und schon halb durchs Zimmer, als Dev scharf fragte: »Wird das hier wieder ein Chaos, das ich aufräumen darf?«

Was die falsche Frage war.

Lucian fuhr herum und sah seinen Bruder an. »Was für Chaos musstest du denn schon aufräumen, Dev? Wenn ich mich recht entsinne, warst du es nicht, der das größte von allen aufgeräumt hat, oder?«

»Das ist nicht das Thema.«

»Natürlich nicht. Wenn du bereit bist, dich damit zu befassen, sag mir Bescheid, aber jetzt gerade muss ich Miss Hughes abfangen, bevor sie vom Anwesen rennt und sich im Sumpf verirrt.«

»Sie kommt nicht aus dem Haus«, erwiderte Dev trocken.

Was stimmte, aber darum ging es nicht. Lucian verstand vollkommen, warum Julia so aufgebracht war. Er hatte nicht erwartet, dass sie strahlen und alles fraglos hinnehmen würde, auch wenn es das Leben ungleich leichter gemacht hätte. Wahrscheinlich fühlte sie sich reingelegt, und er musste sich eingestehen, dass er schuldig war.

»Hast du sie gevögelt?«, fragte Devlin.

Lucians rechte Hand formte sich zu einer Faust, als er seinen Bruder anstarrte. Ihn überkam eine unangebrachte Wut. »Das geht dich wahrlich nichts an, aber, nein, habe ich nicht.«

Misstrauen mischte sich in Devs eisernen Blick. »Das wäre ja, als würde ein Junkie eine volle Spritze liegenlassen.«

Lucian grinste hämisch. »Tja, vielleicht kennst du mich doch nicht ganz so gut, wie du dachtest.«

»Was ebenfalls unwahrscheinlich ist«, entgegnete Dev und sah mit einem angewiderten Seufzen auf seine Uhr. »Weißt du, wie schwer es war, eine Pflegekraft zu finden, von der ich nicht denke, dass sie ihre Geschichte sofort an die Regenbogenpresse verkauft? Jetzt kann ich wieder ganz von vorne anfangen. Hast du mal darüber nachgedacht? Für jemanden, der so ungemein besorgt um unsere Schwester ist, hast du erstaunlich wenige Gedanken daran verschwendet, was das alles für sie bedeutet.«

Lucian kniff die Augen ein wenig zusammen. »Es hat sich nichts geändert. Miss Hughes ist ideal für die Stelle.«

»War sie vielleicht, Lucian, aber sie ist es eindeutig nicht mehr.«

»Ist sie noch.«

Dev sah ihn fragend an. »Und wie das, wenn sie, meinem Eindruck nach, in diesem Moment versucht, das Haus zu verlassen?«

»Ich muss nur mit ihr reden«, antwortete Lucian. »Sie wird nicht gehen.«

Sein Bruder neigte den Kopf zur Seite. »Du hast hoffentlich nicht vor, sie gegen ihren Willen hierzubehalten.«

»So etwas würde ich nie tun.«

Nun sah Devlin ihn verständnislos an.

»Hör mal, was ich gesagt habe, ist wahr. Ich fand ihren Namen in den Unterlagen auf deinem Schreibtisch und wollte sie überprüfen. Wir haben darüber geredet, warum sie Krankenschwester ist und so.« Er ließ aus, wie der Abend endete, weil das seinen Bruder wirklich nichts anging. »Sie wusste nicht, wer ich bin. Deshalb ist sie aufgebracht. Ich muss nur … die Wogen glätten, und alles wird gut.«

Dev betrachtete ihn einen Moment lang. »Hast du auch einen eigenen Background-Check gemacht?«

»Ich dachte, den hat sie sicher bestanden, wenn du sie angeheuert hast.«

Mit einem knappen Nicken zog Dev sein Handy hervor. »Falls sie bleibt, ist das in Ordnung für mich. Doch sollte sie Probleme machen, kümmere ich mich um sie.«

Das Letzte, was Dev tun würde, wäre, sich um sie zu kümmern.

Dennoch nickte Lucian, damit er dieses Gespräch beenden konnte. Er drehte sich um und lief aus dem Zimmer. Sein Bruder hatte allerdings recht. Julia war nicht aus dem Haus gekommen. Sie hatte es nicht mal weiter als durch den Flur geschafft.

»Ich weiß, dass Sie bloß Ihren Job machen, aber ich muss wirklich hier raus.« Sie sprach schnell, und ihre Stimme klang höher als gewöhnlich. »Ich muss …«

»Lucian«, sagte Richard sichtlich erleichtert, als dieser um die Ecke bog. »Ich glaube, Miss Hughes möchte mit dir sprechen.«

Sie drehte sich schwungvoll zu ihm um. Ihre Wangen hatten den hübschesten Rotton angenommen, den er je gesehen hatte, und ihre braunen Augen sprühten förmlich Funken. »*Taylor* ist der letzte Mensch, den ich jetzt sprechen möchte!«

Richard sah verwundert zu Lucian.

»Würdest du uns einen Moment allein lassen, Richard?«

Sie packte den Riemen ihrer Handtasche, als wolle sie die Tasche als Waffe benutzen, und drehte sich zurück zu Richard. »Sie müssen uns nicht allein lassen.«

Richard verbarg sein Schmunzeln schlecht, als er sich kurz verneigte und mit der Geschwindigkeit eines sehr viel jüngeren Mannes davonhuschte.

»Miss Hughes …«

»Ich will nicht mit dir reden.« Sie wandte sich wieder zu ihm um. »Das heißt, eigentlich doch.«

Tja, das war vielleicht ein guter Anfang.

»Du bist ein Lügner und ein …«

»Wann habe ich dich belogen?«, fiel er ihr ins Wort und verschränkte die Hände auf dem Rücken. »Taylor ist mein zweiter Vorname. Ich habe nie gesagt, ich sei kein de Vincent, und alles, worüber wir geredet haben, entsprach der Wahrheit.«

»Wag es ja nicht, mir mit Semantik zu kommen! Du hast gewusst, wer ich bin, und so getan, als hättest du keine Ahnung.«

»Ich wusste *von* dir, aber ich kannte dich nicht.«

»Semantik«, erwiderte sie fauchend, trat auf ihn zu und legte den Kopf in den Nacken. »Du bist in die Bar gekommen und hast mit Anna geredet, damit sie dich mir vorstellt.«

»Das stimmt. Ich wollte mit dir reden.«

»Warum?«, fragte sie unerbittlich, kam einer Antwort allerdings zuvor. »Wolltest du mich für diesen Job auf die gruseligste, unangebrachteste Form abklopfen, die man sich vorstellen kann? Anstatt dich einfach vorzustellen, wie es ein normaler Mensch tun würde, und mir all die Fragen zu stellen? Übrigens ergibt es jetzt einen Sinn, warum du dich so für meine beruflichen Entscheidungen interessiert hast.«

»Mich haben deine Antworten wirklich interessiert …«

»Weil deine Familie mich eingestellt hat«, warf sie ein.

»Das, und weil es mich persönlich interessiert.«

»O ja, sicher! Was du getan hast, war so unglaublich mies, dass ich es gar nicht fassen kann. Kapierst du das?«

»Na ja, es klingt nicht sehr angebracht, wenn du es so formulierst«, antwortete er und musste sich ein Grinsen verkneifen. So verdreht es auch anmuten mochte, fand er ihre Wut bezaubernd, genauso wie die Art, mit der sie sich ihm energisch entgegenstellte. »Aber, ja, ich habe dich überprüft.«

Sie stieß ein verbittertes Lachen aus und trat einen Schritt zurück. »Ich nehme an, dass ich durchgefallen bin, also warum bin ich hier? Nur um mich lächerlich zu machen?«

»Was?« Er war so geschockt, als hätte sie einen Eimer Eiswasser über seinem Kopf ausgeschüttet. »Ich muss dir etwas klarmachen. Wärst du durchgefallen, würdest du nicht hier stehen. Du wärst gar nicht erst ins Flugzeug gestiegen, und ich will dich nicht lächerlich machen.«

»Falls du denkst, etwas davon würde mich beruhigen, irrst du«, erwiderte sie. »Ich weiß nicht mal, was ich dazu sagen soll.«

Nun beschloss Lucian, dass Ehrlichkeit die beste Strategie sei, nur war sein Bruder noch in der Nähe. Er legte eine Hand unten an ihren Rücken. »Gehen wir …«

»Fass mich nicht an!«, sagte sie fauchend.

Er neigte den Kopf zur Seite, zog seine Hand weg und sagte leise: »Das hast du letzte Nacht etwas anders gesehen.«

Sie riss die Augen weit auf. »Du Hurens…«

»Meine Mutter war vieles, aber keine Hure. Mein Vater hingegen war ein Mistkerl.« Nun legte er eine Hand auf ihre Schulter, ignorierte ihren Protest ebenso wie ihre Versuche, die Hand abzuschütteln, und schob sie weiter den Flur hinunter. Dann griff er um sie herum, öffnete eine Tür und schob Julia hinein.

»Wie viele Zimmer gibt es in diesem Haus?«, fragte sie und drehte sich langsam im Kreis, während sie die handgedrechselten Möbel beäugte. »Wer braucht so viele Stühle und Sofas?« Sie strich mit den Fingern über eine Armlehne, und Lucian war ein bisschen eifersüchtig auf den Stuhl. »Aber das ist eine fantastische Arbeit.«

Er musste grinsen. »Ehrlich gesagt habe ich den Überblick verloren, aber es sind viele Zimmer.«

Julia ließ ihre Handtasche auf eine Couch fallen, wandte sich zu ihm um und verschränkte die Arme vor ihrem Oberkörper. »Ich muss mal was loswerden.«

Hoffentlich ihre Bluse.

Das behielt er für sich.

»Hätte ich gewusst, wer du bist, ich hätte dich nicht in mein Apartment gelassen oder irgendwas … irgendwas von dem getan.« Ihre Wangen nahmen wieder ein tieferes Rot an, was Lucian daran erinnerte, dass sie so etwas wie gestern Abend nicht oft tat, und das zu wissen freute ihn immer noch sehr.

»Du meinst, ich hätte dir nicht das Kleid zerreißen und dich mit meinen Fingern vögeln dürfen? Meinst du das?«

Sie stieß einen erstickten Laut aus, während sie sich im leeren Zimmer umschaute. »Ich fasse nicht, dass du das sagst. Nein, wirklich nicht.«

»So war es, und ich bereue es nicht. Kein bisschen.«

»Tja, ich schon, offensichtlich.« Sie warf die Arme in die Höhe. »Einmal nehme ich einen Typen mit nach Hause, und der entpuppt sich als mein zukünftiger Boss, der mich für einen Job überprüfen will, für den ich eingestellt wurde.«

»Du bereust es nicht«, sagte er und trat einen Schritt auf sie zu.

Sie blieb eisern. »Dass du deine Finger in mir hattest, heißt nicht, dass du mich kennst.«

»Das könnte stimmen, aber ich weiß, dass du Schlangen und Ratten in deinem Tierheim retten willst.« Er kam noch näher auf sie zu und war begeistert, dass sie nicht zurückwich. Dann senkte er den Kopf, bis sie beinahe auf Augenhöhe waren. »Und ich weiß auch, wie es sich anfühlt, wenn du an meinen Fingern kommst«, fuhr er fort, wobei er beständig leiser wurde. »Und ich kenne diese höllisch heißen Laute, die du dabei von dir gibst. Also, ich weiß, dass du es nicht bereust.«

Sie blickte zur Seite und atmete langsam aus. Mehrere Sekunden verstrichen, ehe sie sagte: »Du bist gegangen, ohne auch nur … Ach, weißt du was? Es ist nicht wichtig.«

»Doch, ist es.« Als sie abermals wegsehen wollte, fing er ihr Kinn ein und lenkte ihren Blick behutsam wieder auf sich. »Ich wollte nichts lieber, als in dir sein. Verdammt, ich konnte an nichts anderes denken, nachdem ich gegangen bin, und egal, wie oft ich es mir danach selbst besorgt habe, es ändert sich nicht.«

Wieder riss sie die Augen weit auf.

»Ich habe dich gestern Abend nicht gesucht, um das zu tun. Es war vollkommen echt. Und ich hatte es nicht von Anfang an vor.« Verflucht, er sagte die Wahrheit. Er war nicht nach Pennsylvania geflogen, um die neu eingestellte Krankenschwester aufzureißen, und er hatte ehrlich keinen Schimmer, warum er nicht dageblieben war, als er sie einmal mehr als willig in seinen Armen hatte. »Wahrscheinlich hätte ich dir gleich sagen sollen, wer ich bin, aber ich bezweifle, dass du in dem Fall hergekommen wärst.«

Sie schluckte und trat zurück, außer Reichweite von ihm. »Das Beste wird wohl sein, wenn du mir den Rückflug bezahlst, damit ich wieder nach Hause kann.«

Das gefiel Lucian gar nicht. »Wohin nach Hause? Du hast deinen Job gekündigt, oder nicht? Du hast nicht mal mehr ein Apartment«, erinnerte er sie. »Du kannst höchstens zu deinen Eltern.«

Sie zog die Augenbrauen hoch. »Auch wenn ich das nicht vergessen habe, nett von dir, mich daran zu erinnern.«

»Dachte ich auch nicht, aber ich möchte dich darauf hinweisen, dass dieser gut bezahlte Job dir gehört, und wenn du ihn nicht annimmst, hast du keinen.«

Kopfschüttelnd presste sie die Lippen zusammen. »Das ist unglaublich. Gibt es überhaupt jemanden, für dessen Pflege ich eingestellt wurde?«

»Ja, selbstverständlich. Und es ist eine Person, an der mir sehr viel liegt, weshalb ich dich überprüfen wollte.« Er stockte nachdenklich, denn sie sollte, nein, sie musste ihn richtig verstehen. »Mein Bruder ist nicht sonderlich gut darin, Entscheidungen zu fällen, bei denen Gefühle berücksichtigt werden müssen. Da musste ich mich vergewissern, dass du die richtige Wahl bist.«

Sie sah ihn an, und wieder verstrich ein Moment, bis sie antwortete. »Mir ist schleierhaft, wie das gehen soll. Ich bin … das ist peinlich«, sagte sie, und der plötzliche Schimmer in ihren Augen verriet ihm, dass sie die Wahrheit sagte. »Ich weiß nicht, wie ich diesen Job nach dem annehmen kann, was passiert ist, denn ich habe das Gefühl, dass ich getäuscht wurde.«

Ein ätzender Knoten bildete sich in seinem Bauch, ein vage vertrautes Gefühl. War das Schuld? Vielleicht Bedauern? Ein Muskel in seiner Wange zuckte. Er musste sich entschuldigen. Und das nicht, weil er es sollte, sondern weil er es dringend wollte.

Er holte tief Luft. »Es tut mir leid.«

»Nicht.« Wieder schüttelte sie den Kopf, drehte sich zur Seite und griff nach ihrer Handtasche.

Einen Fluch raunend, trat Lucian vor und fing ihre Hand ab. »Es tut mir leid. Ich meine es ernst. Mir tut leid, dass ich dir das Gefühl gegeben habe, getäuscht oder reingelegt zu werden. Das war nicht meine Absicht.«

Sie blickte zu ihm, während sie die Finger hilflos in der Luft krümmte.

»Aber ich bereue nicht, was wir hatten.« Fragend sah er ihr in die Augen. »Das werde ich nicht zurücknehmen, denn ich will es absolut nicht.«

Noch etwas anderes war in ihren herrlichen Augen zu sehen. Etwas, das Lucian schon in vielen Frauenaugen gesehen hatte und das doch so vollkommen anders wirkte, wenn er es in ihren wahrnahm.

»Wir haben zwei Möglichkeiten. Wir können reife Erwachsene sein, die einen gemeinsamen Moment hatten und imstande sind, ihn hinter sich zu lassen. Oder du kannst eine richtig schlechte Entscheidung treffen, weil dir unbehaglich ist.«

»Einen Moment?«, flüsterte sie, riss ihre Hand los und reckte ihr Kinn. »Das war *kaum* ein Moment.«

Fast entfuhr ihm ein überraschtes Lachen, als er sie ansah. Verdammt, das gefiel ihm. *Sie* gefiel ihm. Er war klug genug, eine neutrale Miene zu wahren, denn zumindest versuchte sie nicht mehr, ihre Tasche zu schnappen und hinauszustürmen.

Lucian wollte nicht, dass sie ging, und er war nicht blöd. Nein, er würde sich nicht einreden, dass er aus völlig selbstlosen Gründen wollte, dass sie blieb. Seine wahren Gründe nämlich hatten nichts mit seiner Schwester zu tun.

Julia rieb sich die Nasenwurzel und senkte ihr Kinn. Verdammt. Sie war nicht überzeugt. Also tat er, was die de Vincents immer taten. Er versüßte ihr den Deal.

»Wie wäre es, wenn wir dir einen … einen Abschlussbonus anbieten?«, fragte er.

Sie nahm ihre Hand hinunter und blickte zu ihm auf. »Was?«

»Einen Bonus, den du bekommst, wenn dieser Job endet.« Nun hatte er ihre Aufmerksamkeit. »Sobald wir deine Dienste nicht mehr benötigen, erhältst du einen Bonus.«

Julia war still, und er erkannte, dass es in ihrem Kopf arbeitete. »Wie viel?«

Er verkniff sich ein Grinsen, neigte sich vor und flüsterte ihr einen Betrag ins Ohr. Ihr leiser Fluch brachte ihn zum Lachen. Sie wich zurück und starrte ihn entgeistert an. »Wäre das ein angemessener Bonus?«, fragte er. »Immerhin wäre es genug Geld für eine nette Farm mit großem Grundstück, um dein Tierheim darauf zu eröffnen.«

Sie hob eine Hand an ihre Brust. »Du … du machst Witze. Das ist ein Haufen Geld.«

Er zuckte mit einer Schulter. »Eigentlich nicht.«

Sie blinzelte, als würde sie aus einem Traum erwachen. »Für dich vielleicht nicht, aber für mich ist das so viel Geld, dass ich es nicht mal zählen kann.«

Seine Mundwinkel zuckten. »Bleibst du, Miss Hughes?«

»Bekomme ich das mit dem Abschlussbonus schriftlich?«, erwiderte sie.

Kluges Mädchen. »Natürlich. Ich lasse den Vertrag noch heute entsprechend ergänzen.«

Julia betrachtete ihn sekundenlang, und kurzzeitig fürchtete er ernstlich, sie würde ablehnen. Dann müsste er noch mehr drauflegen. Das würde er so lange, bis sie zusagte.

Schließlich atmete sie pustend aus. »Na gut, ich bleibe.«

Lucian öffnete den Mund, doch Julia hob eine Hand, um ihn zu bremsen. »Aber wir sprechen nicht über die letzte Nacht. Nie wieder. In Ordnung? Wir werden so tun, als hätte es sie nicht gegeben.«

Er neigte den Kopf.

Sie verengte die Augen leicht, aber dann drehte sie sich um und griff nach ihrer Tasche. Als sie ihm den Rücken zugewandt hatte, kämpfte Lucian nicht mehr gegen das Lächeln an. Er hatte nicht versprochen, nicht über die letzte Nacht zu reden oder zu tun, als hätte es sie nicht gegeben. Man mochte Lucian eine Menge vorhalten, doch er machte keine leeren Versprechungen.

Während sie Lucian *Taylor* de Vincent zurück zu dem Zimmer folgte, in das man sie ursprünglich geführt hatte, rief Julia im Geiste immer wieder den Geldbetrag auf, den er ihr zugeflüstert hatte. Das konnte nicht sein Ernst sein.

Eine Million Dollar?

Eine Million mochte für ihn nicht viel sein, aber für sie, bedachte sie ihre üblichen Ausgaben, würde so viel Geld reichen, um *Jahrzehnte* davon zu leben.

Sie war benommen, und das schon, seit sie erfahren hatte, dass sie für die de Vincents arbeiten sollte, aber erst recht, seit sie gesehen hatte, wer Lucian war. Und jetzt dies? Eine Million Dollar angeboten zu bekommen, damit sie nicht sagte »Vergesst es« und schnellstens verschwand?

Ganz ehrlich, keine Faser von ihr erwog auch bloß, das Geld abzulehnen. Wer würde das? Im Ernst? Es war ja nicht so, dass er ihr eine Million anbot, damit sie mit ihm ins Bett ging oder jemanden umbrachte.

Und sie hatte momentan nicht mehr die Denkkapazitäten, um zu überlegen, wie er zu dem stand, was letzte Nacht zwischen ihnen gewesen war. Inzwischen wusste sie nicht mal mehr, wie sie sich deswegen fühlte. Heute Morgen war es noch ein entschiedenes »Ich bereue nichts« gewesen, aber nun? Das konnte Julia nicht mehr behaupten. Sie hatte immer noch das Gefühl, getäuscht worden zu sein. Und es war recht viel verlangt, dass sie glauben sollte, er hätte nicht von Anfang an vorgehabt, sie aufzureißen.

Lucians Hand landete wieder sanft auf ihrer Schulter, damit sie nicht an dem Zimmer vorbeilief. Sie warf ihm einen warnenden Blick zu.

Er zwinkerte.

Unausstehlich.

Das war er. Ein unausstehlicher Idiot, der ihr eine Million Dollar zusätzlich für den Job bot, den sie bereits angenommen hatte.

Ein unausstehlicher Idiot, der ihr außerdem den ersten nicht selbst herbeigeführten Orgasmus in vielen Jahren beschert hatte – worauf sie sich nicht konzentrieren würde.

Devlin war noch in dem Zimmer. Er drehte sich zu ihr um, sagte etwas in sein Telefon und steckte es in seine Hosentasche. Erwartungsvoll blickte er sie an.

Julia war bewusst, dass ein Neuanfang gemacht werden musste. Sie atmete einmal tief durch und streckte den Rücken durch. »Versuchen wir es noch mal.« Sie reichte dem ältesten Bruder die Hand. »Ich bin Julia Hughes.«

Dev nahm ihre Hand, schüttelte sie und ließ sie wieder los, wie es normale Menschen taten. »Demnach ist mit meinem Bruder alles … geklärt?«

Sie nickte und betete, dass sie nicht rot wurde.

»Dann setzen Sie sich doch bitte.«

Sie nahm wieder auf der Couch Platz, und zu ihrem Verdruss sank Lucian sogleich wieder neben sie. »Ich bedaure den Zwischenfall. Ich war ein wenig überrascht von, nun ja, allem.« Sie straffte ihre Schultern. »Wie ich es verstanden hatte, würde ich Mr. Bessons Tochter pflegen. Ich hatte keine Ahnung, dass es sich, ähm, dass Sie …« Sie linste zu Lucian. Er beobachtete sie abermals mit diesem Lächeln. »Mir war nicht klar, dass ich für Ihre Familie arbeiten würde.«

»Das ist verständlich.« Devlin setzte sich in den Sessel rechts von ihr und überkreuzte die Beine.

Nun bemerkte sie, dass seine Augen dieselbe Farbe hatten wie Lucians und ebenso intensiv wirkten, wenn nicht noch stärker. Es war eine andere Form von Intensität, die ihr das Gefühl gab, Devlin könne direkt in sie hineinsehen, alle Nettigkeiten beiseiteschieben und ihre tiefsten, dunkelsten Geheimnisse offenlegen.

»Ich nehme an, Sie verstehen, warum wir nicht unseren eigenen Namen benutzt haben«, sagte Dev, und sie wollte schwören, dass sie neben sich ein leises Schnauben hörte. »Wir legen großen Wert auf unsere Privatsphäre und müssen sehr vorsichtig sein, wenn wir Leute einstellen und sie in unser Haus lassen.«

Das verstand Julia. Immerhin waren sie die verdammten de Vincents. Sie nickte. Es rechtfertigte dennoch nicht, was Lucian getan hatte. Für sie war es absolut irrsinnig.

»Hoffentlich schreckt es Sie nicht davon ab, unser Angebot anzunehmen«, sagte Dev.

»Das haben wir bereits geregelt«, antwortete Lucian für sie, und sie erstarrte. »Sie ist eine Million Prozent an Bord. Jetzt zu gehen, würde ihr schwerfallen.«

Devlins Blick glitt von ihr zu seinem Bruder, und seine Lippen wurden schmaler. »Mein Bruder meint, dass Sie schon den weiten Weg hergekommen sind. Aus Pennsylvania, nicht wahr?«

»Ja.« Das hatte Lucian ganz und gar nicht gemeint. »Es ändert nichts. Ich habe den Job angenommen, und ich gehe nirgends hin.«

»Freut mich *sehr*, das zu hören«, murmelte Lucian.

Dev schloss die Augen für volle fünf Sekunden, ehe er sie wieder öffnete.

Julia entschied, dass sie Lucian am besten ignorierte. »Also schätze ich, die Patientin ist nicht Mr. Bessons Tochter?«

»Nein, sie ist unsere Schwester«, antwortete Lucian, und sie sah zu ihm. Seine Schwester? »Du wirst Madeline de Vincent pflegen.«

Von dem Augenblick an, als sie im Wagen saß und erfuhr, dass sie für die de Vincents arbeiten würde, hatte sie gerätselt, wen von ihnen sie pflegen sollte. Die Schwester war ihr nie in den Sinn gekommen, denn sie erinnerte sich an das Drama vor ungefähr zehn

Jahren. Sämtliche Medien hatten sich monatelang darauf gestürzt.

Julia blickte von einem Bruder zum anderen. »Ich dachte … ich dachte, Ihre Schwester wäre vor zehn Jahren verschwunden?«

»Sie wissen von unserer Schwester?«, fragte Dev und klang in etwa so erheitert wie Livie, wenn sie gebeten wurde, länger zu bleiben.

Julia nickte. »Es wurde überall darüber berichtet. Sie ist einfach verschwunden, und das in derselben Nacht …« Sie verstummte, und ihre rosige Zungenspitze schnellte vor, um ihre Lippen zu benetzen.

O verdammt.

Die Erregung überkam Lucian wie ein Fausthieb in den Magen. Er musste wegsehen, das war lächerlich. Sie sprach über ernsten, wahrlich unerotischen Kram, und er wurde hart?

Nervös sah sie zu ihm, und er wusste, was sie dachte, aber nicht aussprach. Also tat er es, während sein Bruder wie üblich stumm blieb. »Unsere Schwester verschwand in derselben Nacht, in der unsere Mutter … starb.«

»Es ist zwingend erforderlich, dass niemand außer der unmittelbaren Familie von ihrer Anwesenheit hier erfährt«, sagte Dev. »Sie ist in einem sehr … fragilen Zustand. Medienaufmerksamkeit würde alles noch verkomplizieren.«

Julia senkte den Blick und schien durchzuatmen. »Verstehe. Sie brauchen sich keine Sorgen zu machen. Patientenschutz hat stets oberste Priorität, ganz gleich ob es um Billy Bob von der Straße oder um eine de Vincent geht.«

»Billy Bob?« Lucian lachte leise, und sie verengte die Augen kaum merklich.

Devs Züge verhärteten sich. »Ich bin froh, das zu hören.«

»Wissen Sie, wo sie gewesen sein oder was sie getan haben könnte?«, fragte Julia.

»Warum müssen Sie das wissen?«, entgegnete Dev.

Lucian öffnete den Mund, um seinen Bruder zu ermahnen, aber Julia kam ihm voraus. Sie reckte ihr Kinn und hielt Devs Blick. »Ich verstehe, dass Ihnen Diskretion überaus wichtig ist, keine Frage. Aber ich werde manche Dinge erfahren müssen, wenn ich effektiv arbeiten soll.«

Dev faltete die Hände vor seinem Knie. Seine Fingerknöchel wurden weiß.

Unwillkürlich musste Lucian ein wenig schmunzeln. Gut zu wissen, dass sie sich von Dev nicht so leicht herumschubsen ließ. Das würde noch sehr … unterhaltsam.

»Sie werden offen und ehrlich zu mir sein müssen«, fuhr sie gänzlich uneingeschüchtert fort. »Andernfalls agiere ich blind, womit niemandem geholfen ist. Solche Dinge zu wissen, könnte bei ihrer Behandlung helfen. Falls sie zum Beispiel längere Zeit ohne Nahrung oder wichtige Nährstoffe war. Unter welchen Umständen sie gelebt haben könnte, würde mir helfen einzuschätzen, was sie braucht.«

»Sie scheint gut versorgt worden zu sein«, antwortete Lucian, was ihm einen schneidenden Blick von Dev eintrug. Auch Julias Aufmerksamkeit war ihm wieder sicher, also hatte er gewonnen. »Sie ist dünner, als ich sie in Erinnerung hatte, aber das war vor zehn Jahren. Und sie ist größer, als ich mich an sie erinnere, aber sie … sie wirkt gesund.«

»Okay. Und ist sie von einem Arzt untersucht worden?« Auf Lucians Nicken hin zog sie die Augenbrauen zusammen. »Stand sie einfach so wieder hier vor der Tür?«

»Nein«, antwortete er, und der Druck auf seiner Brust stellte sich aufs Neue ein. »Gabe … unser Bruder Gabriel fand sie bäuchlings im Pool treibend.«

»O mein Gott.« Sie blinzelte mehrmals und wurde sichtlich blasser. »War Wasser in ihrer Lunge oder …«

»Sie atmete, als Gabe sie rausholte. Unser Arzt sagte, dass nichts auf Lungenschäden hindeute.« Lucian atmete aus. »Wir wissen nicht, wie sie in den Pool kam oder wie lange sie da drin war.«

Julia schien zu überlegen, bevor sie kurz nickte. »Am besten sehe ich sie mir mal an.«

»Doktor Flores wird bald herkommen, um Sie kennenzulernen und Madelines Krankengeschichte mit Ihnen durchzugehen.« Dev löste die Hände und richtete sich auf. »Ich bringe Sie zu ihrem Zimmer. Und, Lucian«, ergänzte er, »warte bitte in meinem Büro auf mich. Wir haben etwas Wichtiges zu besprechen.«

Lucian grinste höhnisch und nickte. »Natürlich.«

Julia stand auf und hob ihre Handtasche hoch, die groß genug war, um ein Baby darin zu verstauen. Möglicherweise sogar ein Kleinkind. Gott sei Dank, dass sie ihn nicht damit geschlagen hatte. Es hätte blaue Flecken hinterlassen.

Sie sah zu ihm und blickte ein wenig finster. Sie sagte nichts, nickte nur und eilte zu Dev, der am Türbogen auf sie wartete. Lucian blickte kein bisschen finster drein, als er beobachtete, wie ihr reizender Hintern hin und her schwang.

Als Julia den Türbogen durchschritt, legte Dev eine Hand unten an ihren Rücken. Sie schien überhaupt nicht auf die höfliche Geste zu reagieren, anders als zuvor bei Lucian.

Dev blickte sich über die Schulter zu Lucian um und zog eine Augenbraue hoch.

Ein Muskel in Lucians Wange zuckte, als er sich zwang, sitzen zu bleiben und nicht hinzurennen, um Devs Hand wegzureißen. Gewaltsam und schmerzhaft. Als würde er ihm die Knochen brechen, Mann, das war doch ein bisschen besorgniserregend.

Denn solch eine Reaktion war übertrieben. Andererseits übertrieb Lucian es in allem.

Ein großer Teil von ihm wusste, dass er sein aufkeimendes Interesse gestern Abend hätte dämpfen müssen und ihm erst recht jetzt nicht mehr nachgeben durfte. Julia war hier, um seine Schwester zu versorgen, und wenn er weiter hinter ihr her war, würde es chaotisch.

Zudem bedeutete seine Schwester ihm alles. Bis zu jener Nacht waren sie unzertrennlich gewesen. Immerhin waren sie Zwillinge. Als sie verschwand, brachte es ihn beinahe um, und das Gleiche noch einmal, als sie in diesem Zustand wiederauftauchte. Dev hatte vorhin *fast* recht gehabt mit seiner Behauptung, sie wäre das einzige andere, was ihn interessierte. Er sollte sich auf etwas – jemanden – anderes konzentrieren. Es waren ja reichlich Optionen verfügbar.

Das wäre eine kluge Maßnahme.

Und das wiederum bedeutete, er würde sich nicht für sie entscheiden.

Er stand von der Couch auf, verließ das Zimmer und stieß kurz danach im Flur auf Richard. »Ich habe eine Aufgabe für dich.«

»Ja?«, antwortete dieser.

Lucian grinste träge. »Bring Miss Hughes' Sachen in den zweiten Stock.«

Bemerkenswert ungerührt fragte er: »Schwebt dir ein bestimmtes Zimmer dort vor?«

»Ja.« Sein Grinsen wurde noch breiter, als er rückwärts auf die Treppe zuging. »Bring sie im Eckzimmer unter.«

8. Kapitel

Julia fiel es schwer, sich nicht zu Lucian umzusehen, als sie das Zimmer verließ. Würde er ihnen folgen? Sie hoffte inständig, er täte es nicht, denn es würde schwierig, sich mit ihm in der Nähe auf ihre Patientin zu konzentrieren. Wenn er sie anstarrte, als wolle er wiederholen, was …

Puh, diesen Gedanken konnte sie nicht beenden.

Zum Glück schien Lucian zurückzubleiben, als Devlin sie zur Innentreppe und in den zweiten Stock hinaufführte. Julia verdrängte alle Gedanken an ihn und konzentrierte sich auf ihre Umgebung. Rasch war sie bezaubert von den Holzarbeiten und der Schönheit des Hauses.

Die Wände waren in einem blassen Gold gehalten, die Zierleisten und das Treppengeländer in Altweiß. Es hingen Gemälde an den Wänden, die Julia noch nie gesehen hatte, so realistisch, dass sie fast den erdigen Duft der Sumpflandschaft atmen und die Geräusche des Jackson Square hören konnte.

»Die Holzarbeiten hier sind fantastisch«, bemerkte sie und glitt mit einer Hand über das Geländer. Weinranken waren in das massive Holz geschnitzt.

»Größtenteils stammen sie von Gabe«, erklärte Dev zu ihrer Überraschung. »Er hat daran etwa in den letzten zehn Jahren gearbeitet.«

»Toll. Er ist sehr talentiert.«

Dev nickte. »Wir essen um halb sieben zu Abend. Wenn Sie möchten, dürfen Sie sich gern zu uns gesellen«, bot er an. Julia hatte keine

Ahnung, ob sie sich tatsächlich zum Essen dazusetzen musste – und wer genau »wir« waren. »Richard wird bald mit Ihnen wegen eines Wagens sprechen. Da Sie keinen festen Dienstplan haben, würden wir Sie lediglich bitten, dass Sie Richard Bescheid geben, wenn Sie wegfahren. Und fühlen Sie sich frei, jederzeit Pause zu machen. Ich weiß, dass die Pflege keine konstante Beobachtung erfordert, aber Dr. Flores wird alles Nähere mit Ihnen besprechen.«

Sie murmelte ein »Alles klar«, während sie mit dem Riemen ihrer Handtasche spielte.

Devlin verstummte wieder.

Sie schaute zu ihm auf. Immer noch war sie leicht geschockt, *den* Devlin de Vincent vor sich zu haben. Es war unfassbar surreal, dass sie erst vor Stunden etwas über ihn und seine Verlobte gelesen hatte und nun vor ihm stand.

Die Fotos waren ihm nicht gerecht geworden.

»Ist der dritte Stock neu?«, fragte sie in die Stille zwischen ihnen.

»Ursprünglich hatte das Haus nur zwei Geschosse, erbaut im späten 18. Jahrhundert«, antwortete er.

Wow, das war wirklich alt. Alt genug, dass es darin spuken könnte. Sie verdrehte die Augen ob ihrer unsinnigen Gedanken. Warum musste ihr Gehirn dauernd Gruseliges hervorzaubern?

Devlin ging weiter die Treppe hinauf. »Meine Familie hat alles vor etwa fünfzehn Jahren renoviert. Es war natürlich vorher schon modernisiert worden – die Strom- und Rohrleitungen, die Isolierung und so weiter. Aber es war mehr nötig. Da wurde die dritte Etage aufgestockt, wobei man dem Stil des bestehenden Hauses treu blieb.«

Im Flur des zweiten Stocks bemerkte sie mehrere Türen. »Führen die hinaus auf den Balkon?«

»Eher auf die Veranda, aber ja. Es gibt mehrere Zugänge vom Flur und von jedem Zimmer aus«, erklärte er, ohne sich zu ihr umzusehen. »Und es gibt noch eine Außentreppe.«

An der Decke rotierten Ventilatoren, die für Belüftung sorgten. Im Hochsommer musste es ein Kampf sein, diese Räume zu kühlen. »Es ist ein wunderschönes Haus.«

War es wirklich, doch da war auch ein … ein dunkler Schatten, der über den Fluren zu hängen schien. Als könnten die Wandleuchten nicht einmal tagsüber hinreichend Licht spenden, um ihn zu vertreiben.

Devlin nickte. »Es war der ganze Stolz meines Vaters.«

War? Julia fand die Formulierung seltsam, denn ihres Wissens lebte der ältere de Vincent noch. Genauso eigenartig war, dass nicht er Madelines Pflege mit ihr besprach. War er vielleicht geschäftlich unterwegs?

Dann wurde Devlin wieder still, und Julia kam zu dem Schluss, dass er wohl nicht sehr gesprächig war, was ihr recht sein sollte. Was sollten sie schon gemeinsam haben, über das sie plaudern könnten?

Nichts.

Sie dachte an Lucian und krümmte sich innerlich zusammen. Gestern Abend war sie verblüfft gewesen, wie leicht es ihnen gefallen war zu reden, aber jetzt? Sie wusste, dass es gespielt gewesen war. Sie kamen aus völlig verschiedenen Welten.

Devlin blieb am Ende des Flurs stehen und öffnete eine Tür, in die hübsche Weinranken geschnitzt waren. Rosenduft wehte ihr entgegen. Devlin trat zur Seite und hielt ihr die Tür auf, während sie eintrat und sich umblickte.

Vor einer Glasflügeltür mit weißen, zurückgezogenen Vorhängen stand ein breiter Sessel, und darin saß eine Frau. Eine dünne blaue Decke verhüllte ihre Beine, an den Hüften und seitlich war sie festgesteckt, als hätte jemand sie ihr liebevoll übergelegt und glatt gestrichen. Unter dem kurzärmligen Baumwollshirt hob und senkte sich die Brust der jungen Frau unter ihren tiefen, regelmäßigen Atemzügen.

»Dies ist unsere Schwester Madeline«, sagte Dev leise. Er sah sie nicht an, sondern lediglich grob in ihre Richtung.

Julia legte ihre Handtasche auf einen Stuhl in der Nähe und ging zu Madeline. Die Ähnlichkeit mit Lucian fiel ihr sofort auf: das gleiche goldblonde Haar, die gleichen definierten Wangenknochen. Ihre Züge entsprachen seinen, nur in einer femininen Version.

Madeline war so schön wie ihr Bruder.

Ihr Blick fixierte ein Gemälde nahe den Balkontüren, durch nichts gab sie zu erkennen, dass sie Julia oder ihren Bruder bemerkte. Die einzige Bewegung war ein langsames Wimpernschlagen, dennoch war sie in weit besserer Verfassung, als Julia erwartet hätte.

»Hi.« Julia kniete sich vor sie und lächelte. »Ich bin Julia. Ich werde ein bisschen hier sein, um dir zu helfen.«

Hinter ihr räusperte Devlin sich. »Sie wird nicht antworten. Seit ihrer Rückkehr hat sie nicht gesprochen.«

»Das ist in Ordnung«, sagte Julia. »Es heißt nicht, dass sie uns nicht hören kann.« Oder auf andere Weise kommunizieren, aber das jetzt anzusprechen, hielt Julia für sinnlos. »Ich möchte ein paar Dinge bei dir überprüfen, einverstanden?«

Es kam keine Antwort oder Reaktion, aber damit hatte Julia auch nicht gerechnet. Es konnte sein, dass Madeline nichts von dem verarbeitete, was ihr gesagt wurde, dennoch musste sie mit Anstand behandelt werden.

Behutsam hob Julia Madelines Handgelenk an. Ihre Haut war kühl und der Puls ein bisschen langsam, aber regelmäßig.

Vorsichtig legte sie Madelines Hand wieder zurück. »Konnte sie zu dem Sessel gehen oder wurde sie hergetragen?«

»Mit Hilfe kann sie sehr kurze Wege gehen. Ich glaube, entweder mein Bruder oder Richard haben sie heute Morgen hingebracht. Sie … scheint es zu mögen.« Es entstand eine Pause, und als er wieder sprach, klang seine Stimme näher. »Dr. Flores sollte gleich hier sein.«

Julia stand auf, drehte sich um und erschrak. Devlin war sehr nahe, keinen halben Meter entfernt. Sie hatte nicht gehört, wie er sich bewegte.

»Dr. Flores wird mehr zu ihrem Zustand sagen können.«

Julia nickte und ging unauffällig hinter den Sessel. Ein kurzer Blick durchs Zimmer ergab, dass hier mehrere Instrumente verteilt lagen, wie man sie auch in einer Arztpraxis fand: Blutdruckmanschette, Fieberthermometer zum Messen im Ohr, ein Sauerstoffmessgerät, Katheterausrüstung. Sie hatte keine Ahnung, womit genau sie es hier zu tun hatte. Wie lautete die Diagnose?

»Würden Sie bitte kurz mit mir nach draußen kommen?«, fragte Devlin. Sie folgte ihm, wobei sie noch einmal zu der Frau im Sessel schaute. Auf dem Flur schloss Devlin leise die Tür. »Miss Hughes …«

»Bitte, ich bin Julia.«

Er nickte. »Ich bin Devlin. Darf ich direkt sein?«

Da er unter vier Augen über seine Schwester reden wollte, war sie bereit, mindestens ein Dutzend der hundert Fragen zu stellen, die ihr gerade durch den Kopf gingen. Zwei davon waren am wichtigsten. Was war bei Madeline diagnostiziert worden? Und welche Untersuchungen hatte man gemacht?

Devlin wandte sich zu ihr, und erneut war er sehr nahe. Sie konnte eine winzige, sichelförmige Narbe unterhalb seines linken Mundwinkels sehen. *So* nahe war er. Wie sein Bruder überragte er sie deutlich, und als er ihr direkt in die Augen sah, wurde ihr mulmig.

Hatte noch keiner in dieser Familie etwas von der Distanzzone gehört?

Julia wollte zurücktreten, beherrschte sich aber. Sie war nicht mehr die Frau, die seinerzeit Adam geheiratet hatte. Sie konnte sich behaupten.

»Ich möchte für einen Moment über meinen Bruder reden.«

O Gott, nein!

»Ich habe keine Ahnung, was wirklich geschehen ist, als er nach Pennsylvania gereist ist, um dich kennenzulernen, und wie ich meinen Bruder kenne, will ich es wohl auch gar nicht wissen. Und obwohl ich fast versucht bin, bei der Agentur anzurufen und Ersatz zu verlangen, sagt mir mein Gefühl, dass du gut in deinem Job bist und ich auf deine Diskretion zählen kann.«

Julia fühlte sich wie damals, als sie zum Schuldirektor gerufen wurde, weil sie im Unterricht geredet hatte – nur deutlich schlimmer.

»Es ist offensichtlich, dass Lucian sich … immer noch für dich interessiert.« Devlin hielt ihren Blick, während jeder Muskel in ihrem Körper blockierte. »Und mein Bruder hat eine Art, einen leicht vergessen zu lassen, wer er ist. Er besitzt ein erstaunliches Talent, andere jeden gesunden Menschenverstand vergessen zu lassen.«

Wärme stieg in ihre Wangen, während sich ihr Rücken noch weiter versteifte. »Ich würde meine Stellung hier nicht gefährden, indem ich …«

»Es geht nicht darum, ob du deinen Job behältst«, fiel er ihr ins Wort. »Was auch immer du in deiner Freizeit zu tun entscheidest oder nicht, geht mich nichts an, solange es deine Arbeit nicht beeinträchtigt.«

Moment mal. Was? Hatte er tatsächlich gerade vorgeschlagen, was sie dachte?

»Ich meine die langfristige Perspektive, wenn deine Arbeit hier beendet ist und du in dein Leben zurückkehrst. Wenn du klug bist, Julia, und ich denke, das bist du, ignorierst du ihn. Halte dich von Lucian fern.«

Lucian saß hinter Devs Schreibtisch, die Füße auf der Platte und die Beine überkreuzt. Endlich kam sein Bruder herein.

Dev blieb gleich an der Tür stehen und machte eine finstere Miene, sowie er Lucian sah. »Was machst du da?«

»Rollenspiel«, antwortete Lucian. Er grinste, weil Dev fast die Gesichtszüge entgleisten.

»Ich glaube nicht, dass ich wissen möchte, mit was für Rollenspielen du dich befasst.«

Er neigte den Kopf zur Seite. »Sei nicht so pervers. Ich versuche mich in der Rolle des goldenen Jungen. Das kennst du doch.«

»Ach ja?« Dev ging zum Kirschholz-Barschrank und öffnete die Glastür.

»Es ist die Geschichte, in der dir die Aufgabe zufällt, eine hübsche Krankenschwester zum Schlafzimmer unserer Schwester zu eskortieren.« Lucian verschränkte lose die Arme, während er beobachtete, wie Dev eine Flasche Bourbon aus dem Schrank nahm. »Ich teste die Rolle nur mal für einen Tag. Mal sehen, ob sie passt.«

»Dieses Gespräch möchte ich kein zweites Mal mit dir führen.« Dev schenkte zwei Gläser ein und stellte die Flasche zurück. »So schwer es dir auch fällt, nicht sämtliche Entscheidungen mit deinem Schwanz zu fällen, möchte ich, dass du es versuchst.«

»Ich treffe nicht *jede* Entscheidung mit meinem Schwanz.«

Dev schloss die Schranktür, brachte die Gläser zum Schreibtisch und stellte eines neben Lucians Knie ab. »Das klingt so glaubwürdig wie die Behauptung, dass du ihr gestern nur Fragen über Patientenbetreuung gestellt hast. Wenn du ihr weiterhin nachstellst, macht es alles nur komplizierter.«

Lucian nahm das schwere Glas auf. »Ist das so?«

Einen Moment lang betrachtete Dev ihn prüfend, dann schien er auf einmal skeptisch. »Du hast sie nicht gevögelt. Andernfalls wärst du nicht mehr interessiert.«

»Du hast keinen Schimmer, wovon du redest.« Er stockte, denn da war ein Anflug von Spott in Devs Zügen auszumachen. »Ich denke, Miss Hughes wird das mit unserer Schwester gut machen.«

»Und diese Information entnimmst du deiner gestrigen Unterhaltung mit ihr? Heute hast du sie eher zehn Minuten lang mit deinen Blicken ausgezogen und weiter nichts.« Dev sank auf den schweren Ledersessel.

»Ich habe sie keine vollen zehn Minuten mit den Augen ausgezogen.« Lucian trank einen Schluck von dem Whiskey. »Es gab ungefähr zwei Minuten, in denen ich tatsächlich eurer Unterhaltung gelauscht habe.«

Dev schnaubte. Es war das Äußerste, was er in Richtung Lachen zustande brachte.

»Aber im Ernst, sie wird gut für Maddie sein.« Lucian fuhr mit dem Daumen über den Glasrand.

»Ich glaube, du hast tatsächlich recht.«

Lucian machte große Augen. »Ach du Schande, kannst du das wiederholen? Warte, lass mich erst mein Handy zücken.«

»Wie witzig. Wo ist Gabe?«, fragte Dev, der sein Glas schon fast geleert hatte, dabei war es nicht mal Mittag.

»Im Lagerhaus«, erinnerte Lucian ihn.

Dev senkte den Blick zu seinem Glas. »Und wollen wir darüber reden?«

»Über was reden?« Lucian nahm sein Glas herunter und hielt es auf seinem Schoß. »Du musst mir schon ein paar Einzelheiten verraten. Es gibt so vieles, über das wir reden könnten.«

Dev antwortete nicht gleich. Stattdessen leerte er sein Glas. »Die Beerdigung. Die Presse. Die Wohltätigkeitsveranstaltung, die unser Vater am Ende des Monats leiten sollte. Die Kratzer an seinem Hals.«

Lucian lachte beinahe. »Wow! Gabe ist nicht hier, also willst du ehrlich mit mir über diese Sachen sprechen?«

»Verzweifelte Zeiten, mein Bruder, verzweifelte Zeiten«, murmelte Dev.

»Jetzt wären meine Gefühle verletzt, so ich denn welche hätte.«

Die Andeutung eines Grinsens erschien auf Devs Gesicht. »Unser Vater mag dich für eine riesige Vergeudung des Namens de Vincent gehalten haben, aber ich weiß es besser.« Dev blickte ihn an. »Habe ich immer. Vergiss das nicht.«

Hierauf erhob Lucian sein Glas. Es verging ein Moment, dann sprach er aus, was sie seit Jahren, seit Jahrzehnten nicht erwähnt hatten. »Vielleicht können wir jetzt aufhören, ihn *unseren* Vater zu nennen. Wir alle kennen die Wahrheit, und das schon seit unserer Kindheit. Genau wie er. Und nicht zuletzt macht sein Testament und wie die Firma aufgeteilt wird, sie hinlänglich klar.«

»Nichts davon ist relevant. Er hat dich und Madeline großgezogen. Ihr beide habt dieselben Rechte wie Gabe und ich. Was das betrifft, besteht kein Diskussionsbedarf.«

Was für Dev natürlich leicht gesagt war.

Nach einer kurzen Weile lehnte Dev seinen Kopf nach hinten. Ein tiefer Seufzer entfuhr ihm. »Die Presse wird das mit Vater herausfinden. Höchstwahrscheinlich bis heute Abend. Wir können es nicht mehr unter Verschluss halten.«

Lucian wunderte, dass es nicht längst durchgesickert war, egal, wie viel Geld vorübergehendes Schweigen sichern mochte. »Tja, du wirst deine Verlobte an deiner Seite haben«, sagte er.

Zunächst schwieg Dev. »Ich habe es ihr noch nicht erzählt.«

Um ein Haar verschluckte Lucian sich an seinem Whiskey. »Du hast deiner Verlobten noch nicht erzählt, dass dein Vater tot ist?«

»Nein.« Dev hob den Kopf und öffnete die Augen. »Ich sah bisher keinen Anlass dazu.«

Lucian starrte seinen Bruder an. »Wow, das ist ja mal eine Liebesheirat, wie sie jeder anstreben sollte.«

»Als hättest du eine blasse Vorstellung von Beziehungen. Wie lautet noch gleich deine Regel?«

Lucian grinste. »Wir reden nicht über mich.«

»Und wir reden auch nicht über Sabrina und mich. Was ich ihr erzähle …«

Schritte brachten sie beide zum Verstummen. Lucian blickte zur Tür und raunte einen Fluch. Dann sagte er lauter: »Ich setze mich mal lieber anständig hin, denn hier kommt ein nationales Kulturgut.«

Dev erlaubte sich ein kleines Grinsen.

Senator Stefan de Vincent stolzierte in Devs Büro, als hätte er jedes Recht dazu, und knöpfte das Jackett seines maßgeschneiderten grauen Dreiteilers auf. Gold blitzte an seinem Handgelenk.

Das Gesicht ihres Onkels – da sie eineiige Zwillinge gewesen waren, war es identisch mit dem ihres Vaters – war wutverzerrt. »Ihr zwei habt mir eine Menge zu erklären.«

Dev schaute von seinem leeren Glas auf. »Da musst du dich schon etwas klarer ausdrücken.«

Mitten im Büro blieb der Senator stehen. »Warum zur Hölle erfahre ich erst jetzt von einem verdammten Anwalt, dass mein Bruder tot ist? War das klar genug?«

»Ja, doch. Das macht es klarer.« Dev stand von seinem Sessel auf. »Möchtest du einen Drink? Du siehst aus, als könntest du einen gebrauchen.«

Leise lachend lehnte Lucian sich auf seinem Sessel zurück und kreuzte den linken Fuß über den rechten.

»Findest du Humor angemessen?«, fragte Stefan und sah Dev an. »Ja, ich hätte gerne einen Drink.«

»Ich finde eine Menge unangemessener Dinge witzig.« Lucian trank einen Schluck. Stefan und Lawrence mochten dem Aussehen nach identisch gewesen sein, aber was auch immer an besonderem Band zwischen Zwillingen bestehen konnte – wie bei ihm und Maddie –, hatte bei den beiden Brüdern vollends gefehlt. Lucian hatte immer geahnt, es tief im Innern all die Jahre gespürt, die sie nur verschwunden war, dass seine Schwester noch lebte.

»Sicher findest du das.« Stefan nahm das Glas von Dev entgegen. »Warum hat mich keiner von euch verständigt?«

Dev setzte sich wieder. »Nun, bedenkt man, dass unser Vater dir bei eurem letzten Gespräch androhte, dich umzubringen, sah ich keinen Grund.«

Leider war Lucian bei dem Streit nicht dabei gewesen.

»Wir hatten unsere Probleme, aber er war immer noch mein Bruder.« Stefan stürzte seinen Bourbon hinunter wie ein Verdurstender. »Ihr habt kein Recht, mir solch eine Information vorzuenthalten.«

»Tja, das ist jetzt ja unerheblich, da du es weißt«, bemerkte Dev.

»Ihr hättet mich sofort verständigen müssen.« Stefan trat ans Fenster und riss den Vorhang zurück. Wütend starrte der ältere Mann nach draußen und hinunter in den Rosengarten, sein leeres Glas fest umklammert in der Hand. »Ich hatte keine Chance, mich …«

Lucian wartete, dass er den Satz beendete, und als Stefan es nicht tat, sah er zu Dev. Sein Bruder beäugte den Senator über den Rand seines Glases hinweg. Letzterer ließ den Vorhang fallen. Seine goldene Armbanduhr spiegelte das Licht, als er sich mit der Hand durchs Haar fuhr, das immer noch pechschwarz und nur an den Schläfen von grauen Fäden durchzogen war. Lucians Vater hatte genauso eine Uhr getragen. Der einzige Unterschied war, dass jeweils ihre Initialen im Mittelstück eingraviert waren. Es war, als hätten die beiden allem ihren Namen aufgestempelt.

»Ich will wissen, was wirklich passiert ist.« Stefan drehte sich um und verschränkte die Arme vor der Brust. »Denn ich weiß, dass nicht stimmt, was mir erzählt wurde.«

»Und was wurde dir erzählt?«, fragte Dev.

Stefan stieß einen verärgerten Laut aus. »Du weißt, was man mir erzählt hat. Dass mein Bruder sich aufgehängt hat.«

»Das ist passiert.« Dev überkreuzte die Beine. »Ich habe ihn gefunden.«

»Auf die Gefahr hin, dass ich mich wiederhole, Devlin. Ich will wissen, was wirklich passiert ist.«

Seufzend stellte Lucian sein Glas auf den Schreibtisch. »Was Dev dir eben gesagt hat, ist wirklich geschehen. Er fand ihn erhängt in seinem Arbeitszimmer. Mehr gibt es nicht zu erzählen.«

»Und das ist kompletter Blödsinn!« Wut färbte Stefans Wangen tiefrot. »Lawrence hätte sich niemals …«

»Unser Vater war sehr unglücklich wegen der jüngsten Entwicklungen in deiner Geschichte mit Miss Andrea Joan«, unterbrach Dev ihn und brachte den Senator wirkungsvoll zum Schweigen. »Er war sehr … verstört angesichts der neuesten Informationen.«

Stefans Züge verhärteten sich. »Und wer genau gab ihm diese neuen Informationen?«

Die Andeutung eines Lächelns erschien auf Devs Gesicht. »Nun, du weißt, wie gern unser Vater Dinge aufstöberte.«

Zunächst schwieg ihr Onkel. »Glaubt ihr ernsthaft, dass ich darauf hereinfalle? Mein Bruder ist tot, und das nur Tage, nachdem dieses – dieses Mädchen zurückkehrt? Denkt ihr …«

»Halt Maddie da raus«, warnte Lucian ihn leise. »Sie hat nichts damit zu tun.«

»Und du bist ein blinder Idiot, wenn du das glaubst«, konterte Stefan scharf. »Ich weiß, was hier los war, bevor …«

»Du weißt einen Scheißdreck!« Lucian nahm die Füße vom Schreibtisch und richtete sich langsam auf. »Du hast genug eigene Probleme, Stefan. An deiner Stelle würde ich nicht herumlaufen und hier herumstochern.«

»Das kann ich nur bekräftigen«, ergänzte Dev.

»Oh, ihr zwei.« Stefan lachte harsch. »Wie Pech und Schwefel, wenn ihr euch gerade mal nicht an die Gurgel geht.«

Lucian lächelte zynisch. »Hast du ein Glück, dass Gabe nicht hier ist.«

»Ich denke, wären wir alle drei hier«, sagte Dev und nahm sein Glas hinunter, »würde sich jemand in die Hosen machen.«

Lucian grinste.

»Jetzt hört mal gut zu, ihr kleinen Rotzlöffel. Wenn ihr denkt, dass ich nicht herauskriege, was tatsächlich mit meinem Bruder passiert ist, habt ihr euch geschnitten.« Stefan stürmte auf den Schreibtisch zu. »Ich gehe dem auf den Grund!«

»Viel Spaß«, bemerkte Dev abfällig.

Stefan knallte die Faust auf den Tisch. »Glaubt ihr, ich habe Angst vor euch? Wartet's nur ab. Ihr habt alle Leichen im Keller, vergesst das nicht.«

Lucian packte Stefans Hand. »Bist du tatsächlich so blöd, uns zu drohen?«

»Ich denke, er ist es«, bemerkte Dev.

Stefan versuchte, seine Hand zurückzuziehen. »Lass mich sofort los!«

Lucian ließ nicht los. Stattdessen verstärkte er seinen Griff, bis er fühlte, wie die Knochen in seiner Hand knirschten. »Was ich dir jetzt sage, solltest du dir sehr gut merken. Droh uns weiter, und du erlebst aus erster Hand, wie frisch die Leichen in unserem Keller sind.«

9. Kapitel

Dr. Flores war ein Mann mittleren Alters mit dunklem Teint, dunklem Haar und einem gewinnenden Lächeln, das nie ganz zu verschwinden schien. Er erschien kurz nach Devlins bizarrer Warnung an Julia, sich von Lucian fernzuhalten. Als wäre die nötig gewesen.

Sie hatte ihre Lektion gelernt.

Nie wieder würde sie für den Moment leben, wenn es um Männer ging, denn das endete nur damit, dass man mit einem der reichsten Söhne der Welt herummachte, der sich dann auch noch als ihr neuer Boss entpuppte.

Argh!

Momentan hatte sie keine Zeit, über die ganze Lucian-Situation nachzudenken. Sie war zu hundert Prozent auf ihre Patientin konzentriert.

Flores hatte erklärt, dass Madeline nach ihrem Wiederauftauchen zunächst unter falschem Namen in das Krankenhaus eingeliefert worden war, in dem er arbeitete. Zahlreiche Tests waren gemacht worden – großes Blutbild einschließlich Toxikologie, Urinuntersuchung, Röntgen, MRT, CT, Ultraschall. Sämtliche Ergebnisse waren normal, folglich gab es hinterher mehr Fragen als Antworten.

»Im Grunde befindet sie sich in einem Zustand zwischen minimalem und wiederkehrendem Bewusstsein, aber es gibt keine Hinweise auf ein Koma oder Hirnschäden. Sie scheint jedoch weder sich noch die Menschen um sich herum wahrzunehmen«, sagte er, während Julia seine Notizen im Krankenblatt durchging. »Aber ihre Vitalfunktionen sind gut, weshalb ich anfangs auf akinetischen Mutismus tippte.«

»Das Locked-in-Syndrom?« Julia runzelte die Stirn. Dabei handelte es sich um eine relativ seltene neurologische Störung.

»Doch es gab keine Anomalien des Pons im Hirnstamm.« Er sah Madeline stirnrunzelnd an, als wäre sie ein Rätsel, das er nicht lösen konnte. Gemeinsam hatten sie Madeline zurück ins Bett geholfen. Die Frau konnte kaum gehen. Im Moment schlief sie. »Sie hat einen normalen Schlaf-Wach-Rhythmus, wie wir ihn auch bei anderen neurologischen Störungen sehen, die auf Locked-in hinweisen können. Aber sie kann mit Hilfe essen und stehen, und sie reagiert auf Reize. Mit dem Gehen funktioniert es mal, mal nicht, und Sie haben ja gesehen, dass sie allein nur wenige Schritte schafft.«

Weshalb die Familie Julia engagiert hatte. Augenscheinlich konnte der Arzt nicht täglich zum Messen von Blutdruck und Puls kommen. Sie brauchten jemanden, der sicherstellte, dass Madeline dreimal am Tag aß und gewaschen und bewegt wurde, damit sie sich nicht wund lag. Den Untersuchungsergebnissen nach brauchte sie allerdings keine Rundumpflege.

Julia klappte die Akte zu und schaute zu Madeline. »Und was denken Sie?«, fragte sie, wobei sie Madeline behutsam eine Haarsträhne aus dem Gesicht strich.

»Tja«, antwortete der Arzt seufzend und trat von dem Bett weg hinüber zu seinem Arztkoffer, den er auf einem ovalen Tisch neben der Tür abgestellt hatte. »Ich denke, dass es ein psychisches Problem ist.«

Julia sah zu ihm. Es gab Tests, mittels derer auch ein Allgemeinmediziner erkennen konnte, ob jemand eine Bewusstlosigkeit vortäuschte. Sie hatte schon gesehen, wie Ärzte Patienten über das Brustbein rieben, um eine Schmerzreaktion auszulösen. Wer nicht bei Bewusstsein war, reagierte darauf nicht. »Sie glauben, dass Sie es spielt?«

»Nein, das eher nicht. Es ist vielmehr wahrscheinlich, dass ihr Zustand auf extremen emotionalen oder mentalen Stress zurückzuführen ist. Das Gehirn kann dem Körper so gut wie alles einreden.« Er wickelte sein Stethoskop auf und steckte es in den Koffer.

»Beispielsweise gibt es Leute, die tatsächlich glauben, sie wären tot. Das Cotard-Syndrom, auch bekannt als nihilistischer Wahn.«

Die Macht des Geistes über den Körper war real und überaus faszinierend. Was Madeline auch widerfahren sein mochte, könnte traumatisch genug gewesen sein, um sie in diesen Zustand zu versetzen. Womöglich verschaffte ihr Verstand sich Zeit, damit sie sich erholte, bevor sie sich mental und emotional dem stellen konnte, was mit ihr geschehen war.

Die arme Frau. Egal, was die Ursache war, dies war kein gutes Leben.

»Gab es eine Vorgeschichte von psychischen Erkrankungen?«, fragte Julia.

Dr. Flores blickte von seinem Arztkoffer auf. »Ist Ihnen klar, dass Ihr Job hier schlicht der ist, unterstützende Pflege zu leisten? Nicht, zu diagnostizieren?«

Hoppla.

Eine annähernd höfliche Ansage, dass sie den Mund halten und ihren Job machen sollte, der kaum notwendig war. »Ich stelle diese Fragen nicht aus Neugier. Ihnen dürfte klar sein, dass ich, je mehr ich über sie weiß, umso mehr helfen und auf Zeichen von Verschlechterung oder Besserung achten kann.«

»Entschuldigung, Sie haben recht«, sagte Dr. Flores und richtete sich in seinem weißen Arztkittel auf. »Ich kenne die de Vincents schon lange und ich … ich wimmle praktisch immerzu Fragen über sie ab.« Er hüstelte, was in ein trockenes Lachen überging. »Anscheinend bin ich zu sehr daran gewöhnt, versteckte Motive zu unterstellen.«

Sie nickte. »Das verstehe ich. Entschuldigung angenommen.«

Er sah wieder zu Madeline. »Es gab schon psychische Erkrankungen in ihrer Familie. Ich habe weder die noch Madeline vor ihrem Verschwinden behandelt, aber …«

»Was aber?«

»Aber mir wurde berichtet, dass es vorher einige Schwierigkeiten mit ihr gab. Sie konnte recht rebellisch und leichtsinnig sein.«

Nun fiel auch Julias Blick wieder auf Madeline. Den Unterlagen zufolge war sie rund ein Jahr älter als Julia. »Sie war ein Teenager, was die Widerspenstigkeit weitestgehend erklären dürfte.«

Dr. Flores antwortete nicht direkt. »Ich bin nicht ganz sicher, was sie getan hat oder nicht. Eine Person sollte es jedoch definitiv wissen, und zwar ihr Zwillingsbruder.«

Julia brauchte nicht zu fragen, wer das war, denn allein ihr Aussehen verriet es. »Sie und Lucian sind Zwillinge?«

»Zweieiige.« Er lächelte ihr zu und ließ den Kofferdeckel einrasten. »Liegt in der Familie. Ihr Vater und Onkel waren eineiige Zwillinge, und soweit ich gehört habe, kamen in der Familie väterlicherseits häufiger Zwillinge vor. Wie dem auch sei, ich muss wieder in die Klinik.« Er ging auf die Tür zu. »Falls Sie Fragen haben oder irgendwas passiert, dürfen Sie sich jederzeit an mich wenden.«

Sie nickte und verabschiedete sich von dem Arzt. Unterdes dachte sie über die neue Information nach und kehrte im Geiste zu einem Punkt zu Beginn ihrer Unterhaltung zurück. Da war etwas, das Julia nicht recht verstand.

Die ganze Welt glaubte, dass Madeline nach wie vor als vermisst galt.

Julia hatte Dr. Flores nicht gefragt, ob die Polizei von Madelines Rückkehr wusste, da sie vermutete, dass es ihnen nicht erzählt worden war. Wozu eine solche Geheimniskrämerei? Sie sah ja ein, dass die Familie wenig erpicht auf das Medieninteresse war, das diese Nachricht zweifellos wecken würde, aber es hätte gegenwärtig überhaupt keine Auswirkungen auf Madeline.

Hingegen musste irgendjemand da draußen wissen, was mit ihr passiert war, wo sie die ganze Zeit gewesen war. Wollte die Familie nicht erfahren, was ihr zugestoßen war?

Würden sie nicht wollen, dass die Polizei es untersuchte, denjenigen fand, der für Madelines Verfassung verantwortlich war, und ihn zur Rechenschaft zog?

Von einem Rätsel zu sprechen, wäre maßlos untertrieben, dachte Julia, als sie die Tür schloss.

In ihrem Kopf schwirrten unzählige Fragen, und gleichzeitig regte sich Mitgefühl für die Familie in ihr. Die Brüder hatten ihre Schwester und ihre Mutter in derselben Nacht verloren, und Gott allein wusste, was Madeline angetan worden war. Auch wenn die de Vincents unverschämt reich waren, blieben sie doch Menschen.

Den Tod kümmerte nicht, wie reich man war, ebenso wenig wie körperliche und psychische Krankheiten.

Bei den tief greifendsten Dingen des Lebens gab es keine Klassenunterschiede.

Julia atmete langsam aus und wandte sich zurück zum Bett. Prompt blieb ihr die Luft weg und ihr Herz setzte kurzzeitig aus.

Madeline schaute sie direkt an.

Eine halbe Sekunde lang war Julia wie erstarrt, bevor sie rasch zum Bett trat. »Madeline?«

Die Frau sah sie an, der Blick glasig und … leer. Sie *blickte* Julia nicht an, sondern war einfach aufgewacht, wobei ihr Kopf zur Seite gekippt sein musste.

»O Mann«, murmelte Julia. Es könnte gut sein, dass sie vor lauter Dummheit noch einen Herzinfarkt bekam. Was für ein klassischer Anfängerfehler, sich so zu erschrecken, doch Julia fühlte sich in diesem Haus – und in diesem Zimmer – nicht in ihrem Element.

Überdies war sie seit dem Morgengrauen auf den Beinen, hatte nicht nur eine, sondern gleich zwei riesige Überraschungen erlebt und sich geradewegs in die Arbeit gestürzt. Keiner könnte ihr verübeln, dass sie unsicher war.

Julia war nicht lange mit Madeline allein geblieben. Um kurz nach zwei war eine ältere Frau mit einem niedlichen kleinen Teewagen aufgekreuzt. Darauf hatten mehrere abgedeckte Teller gestanden, ein Mittagessen für Madeline und genügend Essen für Julia, um den Rest des Tages zu überstehen. Die Frau hatte sich als Richards Frau vorgestellt und Julia sogleich angeboten, sie Livie zu nennen, *»so wie die Jungs.«*

Jungs war ein Ausdruck, den Julia nicht für die beiden de Vincents benutzen würde, die sie bisher kennengelernt hatte. Sie wusste, dass irgendwo draußen noch ein weiterer von ihnen lauerte.

Mittlerweile hatte Julia alles gefunden, was sie für Madelines Pflege brauchen würde. Da sie wusste, dass manche Patienten trotz ihres vegetativen Zustandes die gewöhnlichen Hirnfunktionen eines Erwachsenen hatten, kümmerte sie sich zügig und möglichst diskret um Madelines Hygiene und ihren Blasenkatheter. Für Julia spielte es keine Rolle, ob ihr Zustand körperlich oder psychologisch begründet war; Madeline verdiente eine würdevolle Behandlung.

Es war ihr gelungen, Madeline eine halbe Schale Brühe mit Nudeln zu füttern, nachdem sie ihr ein Trockenbad gegönnt hatte. Angesichts ihrer Krankenakte sorgte Julia sich, dass Madeline zu wenig aß und entsprechend mangelhaft mit Nährstoffen und Vitaminen versorgt wurde. Die meisten Patienten in Madelines Verfassung bekamen irgendwann eine Magensonde.

Etwa eine halbe Stunde nach dem Essen schien Madeline eingeschlafen zu sein, wodurch Julia Gelegenheit hatte, sich ein wenig umzuschauen.

Und genau das tat sie jetzt.

Vorhin hatte sie entdeckt, dass die Türen, auf die Madeline fixiert gewesen war, zu einer kleinen Kammer führten, in der die meisten Vorräte gelagert wurden. Links vom Bett hing ein Flachbildfernseher an der Wand, den Julia jedoch nicht eingeschaltet hatte. Es gab mehrere Stühle und Sessel im Zimmer, von denen einer bei Julias Ankunft neben dem Bett gestanden hatte. Nun, da sie allein war, bemerkte sie ein Buch auf dem Nachttisch.

Sie bückte sich, hob den schweren Leinenband hoch und erkannte das grüne Cover mit dem bebrillten Jungen.

Jemand, vielleicht einer der Brüder, las Madeline *Harry Potter* vor.

Das war wirklich süß. Julia musste grinsen.

Es klopfte leise an der Tür, und Julia legte hastig das Buch zurück, ehe sie um das Bett herum eilte, um zu öffnen.

Auf dem Flur stand Mr. Besson, der in seinem schwarzen Jackett mit den langen Rockschößen wie in Trauer gekleidet aussah. Er hatte einen Frack an! Julia wollte lachen, schätzte indes, dass das höchst unangemessen wäre. Schräg. Eindeutig schräg. Immerhin trug er keine weißen Handschuhe.

»Falls Madeline ruht, dachte ich, ich könnte Ihnen vor dem Dinner Ihre Räume zeigen«, bot er an.

»Ah, das wäre reizend.« Sie blickte sich über die Schulter um. »Sie schläft, also wäre es jetzt ideal.«

Er wartete, so lange sie ihre Handtasche und den Teller mit den Resten vom Mittagessen holte. Die würden ihr Abendessen sein, denn auf keinen Fall würde sie sich zum Dinner zur Familie setzen.

Sie folgte Mr. Besson den Flur hinunter, vorbei an mehreren geschlossenen Türen. Eigentlich hatte sie erwartet, dass man sie nahe bei Madeline unterbringen würde, doch als sie die Treppe hinunter in den ersten Stock gingen, wurde ihr klar, dass das nicht vorgesehen war.

»Die vorausgeschickten Sachen sind eingetroffen«, erklärte er, während sie durch den unteren Flur gingen. Eine der Wandleuchten flackerte und erlosch.

Mr. Besson seufzte.

Julia sagte nichts. Sie näherten sich dem Ende des Korridors, wo Mr. Besson vor einer Tür stehen blieb. Anscheinend befanden sich schräg gegenüber ein Ausgang zur Außentreppe sowie ein weiteres Zimmer.

»Livie hat die meisten Ihrer Sachen eingeräumt«, sagte er, öffnete die Tür und trat beiseite. »Sie hat auch Ihren Kühlschrank befüllt.«

Beides erstaunte Julia. Sie war dankbar, fand es allerdings auch ein wenig seltsam, dass jemand anders ihre Unterwäsche verstaute. Aber zumindest musste sie das nun nicht machen. »Vielen Dank, Mr. Besson.«

»Sagen Sie Richard, so wie die …«

»Die Jungs«, beendete sie den Satz für ihn.

Er lächelte nickend. »Sie werden sehen, dass Sie Ihr eigenes Bad und einen kleinen Küchenbereich für sich haben. Falls Sie etwas eingekauft haben möchten, sagen Sie uns Bescheid. Wir kaufen montags und donnerstags ein.«

Julia betrat das geräumige Zimmer und ließ die Handtasche an ihren Fingerspitzen baumeln. Der Raum ähnelte dem von Madeline. Ein großes Bett mit wunderschönen Schnitzereien stand an einer Wand, gegenüber führten Glasflügeltüren auf die Veranda. Es gab zwei weitere Türen, von denen Julia annahm, dass sich hinter ihnen das Bad und eine Ankleide befanden. Das Zimmer verfügte über eine kleine Kochnische samt Bistrotisch, Kühlschrank und einer Mikrowelle.

»Ich hoffe, es entspricht Ihren Erwartungen.«

»Oh, es übertrifft sie, ehrlich.« Julia stellte den abgedeckten Teller auf den Tisch, legte ihre Handtasche aufs Bett und wandte sich zu

Richard um. »Genau genommen hatte ich keine großen Erwartungen. Mir wurde gesagt, dass ich mein eigenes Zimmer bekäme, mehr nicht. Dies ist mehr als ausreichend.«

Richard neigte den Kopf. »Auf dem Tisch liegt eine Karte mit Telefonnummern und Information zum Betreten und Verlassen des Hauses. Morgen zeige ich Ihnen, welchen Wagen Sie nutzen können.«

Insgeheim hoffte sie, dass es kein Mercedes wäre, denn sie musste wahrlich nicht hinterm Steuer solch eines Autos sitzen.

»Auf der Karte steht auch unsere Nummer, die von Livie und mir. Nach dem Dinner, wenn alles abgeräumt ist, ist kein Personal mehr im Haus. Nicht über Nacht. Falls Sie etwas brauchen, Miss Hughes, egal was, egal um welche Zeit, scheuen Sie sich nicht anzurufen.«

»Oh.« Sie lächelte verhalten. Das war ein nettes, aber irgendwie merkwürdiges Angebot. »Danke.«

Er nickte abermals, erinnerte sie, um welche Zeit das Dinner serviert wurde, verließ das Zimmer und schloss die Tür hinter sich.

»Alles klar«, sagte Julia laut, bevor sie sich im Kreis drehte. »Ich mache das hier tatsächlich.«

Die Lippen geschürzt, schaute sie sich im Zimmer um und entdeckte einen Stapel Zeitschriften neben dem Bett. Als hätte jemand gewusst, dass sie die brauchen würde; in ihrem Job würde es viel Freizeit geben.

Als Erstes holte sie ihr Handy und das Ladegerät aus der Tasche. Sie fand eine Steckdose neben dem Bett und stöpselte den Akku ein. Das Display meldete einen verpassten Anruf ihrer Mutter. Später würde sie ihr eine Textnachricht schicken.

Sie streifte ihre flachen Schuhe ab und ging hinüber zu den beiden Türen. Die erste gehörte zu einer Ankleide, und ja, ihre Sachen waren aufgehängt und in eine breite Kommode geräumt worden.

In deren unteren zwei Schubladen fand sie Kittel und Schwesternhosen. Es gab hier keinen Dresscode, aber wenn man Patienten wusch und ihnen bei Toilettengängen half, wollte man nicht in Straßenkleidung sein.

Die zweite Tür führte in ein Badezimmer, mit dem sie in einer Million Jahre nicht gerechnet hatte. Es war mit einer übergroßen

Klauenfuß-Wanne und einer separaten Duschkabine mit Regendusche und Massagedüsen ausgestattet.

Massagedüsen.

O ja, in diesem Bad würde sie es aushalten!

Sie konnte es kaum erwarten, die Dusche auszuprobieren, nachdem sie heute Abend Madeline versorgt haben würde.

Da ihr noch ein paar Minuten blieben, ehe sie zurück zu Madeline ging, beschloss sie, ihre Neugier zu befriedigen, und öffnete die Glasflügeltüren nach draußen. Die schwüle Wärme traf sie so unerwartet, dass es sie fast erschlug. Zwar war sie seit mehreren Stunden nicht mehr draußen gewesen, aber verdammt! Sie spürte förmlich, wie ihr die Bluse schon an der Haut klebte, und der satte erdige Geruch erinnerte an frisch umgegrabene Gartenerde.

Sie schlenderte an zwei Korbstühlen und einem Tisch vorbei zur weinberankten Brüstung, um nach unten zur Gartenanlage zu sehen.

Julia stand der Mund offen vor Staunen, als sie die Hände auf die Brüstung stützte.

Zum ersten Mal sah sie das Gelände hinter dem Haus. Hier lag ein weitläufiger Garten, der rechts am Haus entlang verlief und in dem ein Meer strahlender roter Blumen blühte. Und sie schien die Quelle des Weins gefunden zu haben. Julia erkannte, wo die Ranken weit hinten im Garten sprossen.

Von der Terrasse führte ein Weg zu einem Swimmingpool, der Olympiaausmaße bot.

Und damit nicht genug. Neben dem Pool waren ein Beachvolleyballplatz und dahinter ein Basketballplatz. In der Ferne erblickte sie etwas, das wie eine hohe Betonmauer aussah und … und eine Rollbahn?

»Ist das ein *Flugzeug*?«, fragte sie laut.

Ach du Schande, das *war* ein Flugzeug.

Julia hatte keine Ahnung, wie lange sie dastand und hinaus auf das Grundstück starrte – zu dem Flugzeug. Das Haus war riesig, groß genug für eine dreißigköpfige Familie, und die Außenanlage mutete wie ein Spielplatz für Erwachsene an.

»Reiche«, flüsterte sie kopfschüttelnd.

Angesichts all dessen hatte sie keinerlei Bedenken mehr, eine Million von Lucian anzunehmen. Wenn sie es recht bedachte, wollte sie …

Sie riss ruckartig die Hände von der Brüstung, rang erschrocken nach Luft und starrte hinunter zum Balkongeländer. Was zum …? Es hatte sich angefühlt, als hätte sich der Wein unter ihren Händen *bewegt*. Das war lächerlich, aber …

Es musste am Wind liegen. Julia hob den Kopf und schaute sich auf der Veranda um. Es herrschte kein Wind. Ihr Blick wanderte zum Wein, während sie beide Hände an ihre Brust hob. Ein Schauer lief ihr über den Rücken. Schnell wandte sie sich ab, lief nach drinnen und verriegelte die Türen hinter sich.

Über den Rand seines Glases hinweg beobachtete Lucian den Esszimmereingang. Ungeduldig trommelte er mit den Fingern seiner freien Hand auf der Tischkante. Vor Sekunden waren Grillhähnchen, würzige Kartoffeln und andere Köstlichkeiten serviert worden, die ihn allerdings kaum interessierten.

Er wartete.

Er *hatte* gewartet.

Sein Nachmittag und früher Abend waren von Plänen verschlungen worden. Dass der Senator geblieben und *immer noch* hier war, trotz des kleinen Showdowns in Devs Büro, war wenig überraschend. Falls die Behauptung stimmte, dass dysfunktionale Familien einen besonderen Zusammenhalt bewiesen, könnten sich die de Vincents dieses Motto als Markenzeichen sichern lassen.

Devs endloses Gefasel, wie sie mit der Nachricht von Lawrence' Tod verfahren wollten, hatte sich vermengt mit Stefans Forderungen, die klangen, als solle die Beerdigung aufwendig wie eine verfluchte Hochzeit werden.

Sie müsste *Lawrence' Status* gerecht werten. O Mann, dachte Lucian und verdrehte die Augen. Mit anderen Worten: Das Ganze würde ein Riesenzirkus, den er nur betrunken überstünde.

Schließlich hatten sie ein Spitzenteam von Anwälten ans Telefon geholt, die eine Presseerklärung rausgeben sollten. Und die Hölle musste kurzweilig zugefroren sein, denn Dev hörte auf deren Rat, obwohl ihr Onkel strikt gegen die Vorgehensweise war.

Nur hatte der Onkel letztlich nichts zu sagen.

Die Familie würde ehrlich sein – nun, zumindest so ehrlich wie möglich. Sie würden bekannt geben, dass Lawrence sich das Leben genommen hatte. Es würde eine große Spende an Suizid-Hotlines in seinem Namen gemacht. Die Pressemitteilung war vor ungefähr einer halben Stunde rausgegangen, deshalb hatte Lucian sein Handy ausgeschaltet.

Als er endlich fliehen konnte, wünschte sich ein Teil von ihm, es wäre seine Beerdigung, die sie planten. Er wusste, dass Dev ihn absichtlich beschäftigt hielt, denn von Devs Büro aus konnte er seiner Krankenschwester nicht nachstellen.

Ein Jammer, dass die Kameras im Haus nicht funktionierten, sonst würde er seinen Hintern vor den Monitoren parken und nichts weiter tun, als sie anzusehen. Was sich gruselig anhörte, doch das war ihm gleich.

»Warum ist für fünf gedeckt?«

Er ließ seinen Blick zu Stefan schweifen. »Warum bist du noch hier?«

»Weil es mein Lebensinhalt ist, dir dein Leben zu vermiesen«, antwortete dieser.

»Verwandtschaft ist doch was Wunderbares«, meinte Lucian seufzend.

Stefan sah zu ihm hinüber und lächelte schwach; es war exakt dasselbe Lächeln, mit dem sein Vater ihn tausende Male bedacht hatte.

»Was?«, fragte sein Onkel streng und starrte ihn weiter an.

Ehe Lucian antworten konnte, erschien Dev und nahm seinen Platz ein. Sie waren nicht in dem großen Speisesaal. Dies war das kleine Esszimmer, dessen ovaler Tisch einem nicht das Gefühl gab, man säße beim letzten Abendmahl und würde gleich verraten – oder hinterrücks erdolcht werden. Wenigstens konnte man an diesem Tisch sehen, wenn sich jemand näherte.

»Wir erwarten heute Abend einen … einen Gast«, antwortete Dev, nahm seine Leinenserviette auf und breitete sie auf seinem Schoß aus.

»Einen Gast?« Stefan lehnte sich zurück und hob sein Glas an. Wortlos wurde es von einer der Bediensteten gefüllt, die Livie in der

Küche halfen. »Ist es Sabrina?« Interesse funkelte in seinen hellgrünen Augen auf.

Die Sorte Interesse, bei der Lucian angewidert den Mund verzog.

»Nein.« Lucian stellte sein Glas hin und wartete, bis er die volle Aufmerksamkeit seines Onkels hatte, ehe er fortfuhr: »Wir haben eine Krankenschwester eingestellt, die mit Madeline arbeiten soll.«

»Ihr ladet die *Krankenschwester* zum Dinner ein?«

Seine Finger spannten sich um das Glas, als er fühlte, dass Dev etwas sagen wollte, und kam ihm zuvor. »Ja. Julia Hughes ist ihr Name, und du wirst sie behandeln wie die Erbin eines Familienunternehmens mit noch ungefördertem großen Ölvorkommen.«

Ein Muskel zuckte neben Stefans rechtem Auge, so wie bei ihrem Vater, wenn er verärgert gewesen war. Er hob und senkte die Schultern … und dann brachte er Lucian zur Weißglut.

»Ich verstehe nicht, warum ihr diesen Aufstand um eure Schwester macht.« Er betrachtete sein Getränk. »Das Mädchen war schon geschädigt, bevor es …«

»Beende diesen Satz und wir werden zwei Beerdigungen anstatt einer planen.« Lucian ließ seine Worte nachhallen. »Und du weißt, dass das keine leere Drohung ist.«

Stefans Lippen wurden schmaler. »Im Ernst?« Er schaute ungläubig zu Dev hinüber. »Erlaubst du, dass er mich zweimal an einem Tag bedroht?«

Dev nahm sein Glas auf. »Als ich es das letzte Mal versucht habe, hatte ich keinerlei Kontrolle über ihn.«

Lucian grinste hämisch, als Stefan wieder zu ihm sah, und prostete seinem Onkel zu. »Wir haben dich nie nach deiner Meinung über Madeline gefragt«, erinnerte er ihn, und ihm fiel ein, dass Stefan, als sie ihm von Madelines Rückkehr erzählten, nicht so abfällig reagiert hatte. Nicht so wie ihr Vater. Vielmehr hatte ihr Onkel vollkommen gleichgültig gewirkt, doch nun? Nun hatte sich das Blatt gewendet. »Unser Vater hatte dich übrigens auch nicht gefragt.«

»Als hättest du eine Ahnung, was Lawrence mit mir besprochen hat«, erwiderte er und sein Kiefer arbeitete.

»Tja, ich weiß, dass er dich für so nützlich hielt wie einen Kropf.«

Devs einer Mundwinkel zuckte.

Der Senator lehnte sich zurück. Ein Moment verging, dann leerte er den Rest seines Glases.

»Das wird ein reizendes Dinner«, bemerkte Dev trocken.

Nicht, wenn Julia nicht aufkreuzte. Zusehends rastlos rutschte Lucian auf seinem Stuhl hin und her. Wo war sie? Und wo in aller Welt war Gabe? Für gewöhnlich wäre er längst unten.

Wenige Sekunden später schritt dieser durch den Türbogen. Er erblickte den Senator und warf Dev einen komischen Blick zu, doch der schüttelte nur den Kopf. Gabe nahm Platz, und als das Dinner begann, war klar, dass Julia nicht kommen würde.

Lucians Appetit war dahin. Ein bitteres Grinsen umspielte seine Lippen. Warum hatte er erwartet, dass sie nach unten käme? Aber hatte sie überhaupt ein Abendessen gehabt?

Er bezweifelte, dass ihr seine Sorge auch nur ein kleines Wimpernklimpern entlocken würde.

Lucian wusste, was sie tat.

Seine Krankenschwester versteckte sich vor ihm, und das war nicht hinnehmbar.

Die Sonne war vor rund einer Stunde untergegangen, und Madeline lag in ihrem Bett, zum Schlafen gekleidet und gefüttert, als Julia sich auf den Rückweg zu ihrem Zimmer machte. Sie eilte durch die Flure, weil ihr die flackernden Lichter nicht behagten. Sie sorgten wahrlich für eine realistische Horror-Thriller-Stimmung.

In ihrem Zimmer schickte sie eilig einige Textnachrichten an ihre Mutter, ließ sie wissen, dass alles bestens war, und aß die Reste des Sandwiches, das Livie ihr nachmittags gebracht hatte. Sie war zu müde, sich zu sorgen, wie es bei den de Vincents aufgenommen würde, dass sie nicht zum Dinner erschienen war. Außerdem schweiften ihre Gedanken heillos hin und her, sprangen von Madelines Zustand – über den sie wirklich nachdenken sollte – zu der Frage, weshalb Lucian die Nacht zuvor verschwunden war, ehe es richtig interessant wurde – worüber sie hingegen nicht nachdenken sollte.

Im Sinne von überhaupt nicht.

Es durfte keine Rolle spielen, vor allem nicht jetzt, angesichts der Tatsache, dass sie für die Familie arbeitete. Und sie war immer noch extrem angefressen und fühlte sich getäuscht. Dennoch fragte sich ein kleiner Teil von ihr, warum er kein Interesse daran gehabt hatte, sie den Gefallen erwidern zu lassen oder Sex zu haben. Hatte er seine Meinung geändert? War er auf einmal nüchtern geworden? Nein, sie glaubte nicht, dass er besonders viel getrunken hatte. War es eine Art Test gewesen, wie weit sie gehen würde?

Mist.

Das Essen lag schwer in ihrem Magen, als sie sich abermals sagte, dass sie ihrem schamlosen kleinen Herzen niemals wieder nachgeben würde.

Da sie das Gefühl hatte, nach wie vor von einem Film ekliger Flugzeugluft überzogen zu sein, wollte sie endlich die wunderbare Dusche nutzen. Sie zog ihre Hose und die Bluse aus und warf sie in den kleinen Wäschekorb im Bad. Als sie nur noch in BH und Slip war, fiel ihr ein, dass die Handtücher auf den Regalen vorne in der Ankleide lagen.

Sie lief zurück ins Schlafzimmer und zur Ankleide. Dort schaltete sie das Licht ein. Die Duschlaken waren im untersten Fach gestapelt. Julia bückte sich und griff nach einem, da wehte ihr ein kalter Luftzug über den Arm.

Julia stutzte, während sie das Handtuch nahm und sich aufrichtete. Die feinen Härchen in ihrem Nacken stellten sich auf. Ein kleiner Schauer lief ihr über den Rücken.

Sie drehte sich um, blickte zur Rückwand des Wandschranks und rechnete halb mit einem Mauerriss oder einem Lüftungsschacht. Doch an der Wand und an der Decke konnte sie nichts außer weißem Putz entdecken.

Sie rieb sich den Nacken, blickte sich abermals um und merkte, dass sie eine Gänsehaut bekam. Sie fühlte sich … Gott, wie idiotisch das klang, aber sie fühlte sich *beobachtet*.

Offensichtlich konnte das nicht sein, es sei denn, bei dem Beobachtenden handelte es sich um einen Geist. Hier gab es keine Fenster und es war niemand sonst im Raum.

Mit dem Duschlaken an ihre Brust gepresst, verließ sie die Ankleide. Sie kam sich ein bisschen albern vor. Obwohl das Haus komplett renoviert war, blieb es ein altes Haus, und in den meisten alten Häusern war es zugig.

Im Bad zog sie sich vollständig aus, löste ihr Haar aus dem Knoten und betrat die Dusche. Ein wohliges Stöhnen entfuhr ihr, als die Massagestrahlen auf ihre verspannten Muskeln trafen. Es standen mehrere kleine Fläschchen mit Duschbad und Shampoo in der Kabine und Julia probierte ein luxuriöses Gel mit einem vornehmen Namen aus, den sie nicht mal aussprechen konnte.

Dieses Bad erinnerte sie an sehr teure Hotels. Die, in denen die Hausmädchen jeden Morgen und Abend die Kosmetika sortierten. Orte, von denen Julia gelesen, sie jedoch noch nie aus nächster Nähe gesehen hatte.

Sie nahm sich Zeit, drehte an sämtlichen Reglern und grinste, als unterschiedliche Düsen ansprangen – was bewies, wie leicht man sie erheitern konnte. Sie drehte sich zur Seite und wischte sich mit den Händen über die Augen, bevor sie den Kopf in den Nacken legte, sodass ihr Gesicht von der Regendusche berieselt wurde, und …

Rumms.

Julia erstarrte unter dem Duschstrahl. Das Geräusch hatte furchtbar nahe geklungen, wie eine Tür, die gegen etwas schmetterte – gegen eine Wand? Julias Herz pochte wild los, und sie bekam eine richtige Gänsehaut. Das Gefühl von vorhin in der Ankleide stellte sich mit Wucht wieder ein.

Sie spürte, dass sie nicht allein war.

Langsam rieb sie sich über das Gesicht und senkte den Kopf. Dann öffnete sie die Augen und blickte nach links. Jemand stand auf der anderen Seite der gläsernen Duschkabine. Die Umrisse waren verschwommen, aber derjenige war groß und breit. Ein erschrockener Schrei drang aus Julias Kehle und hörte sich an wie Sirenengeheul, als sie an die Fliesenwand zurückwich.

Alles ging ganz schnell.

Ihre Füße glitschten auf dem körnigen Granitboden der Dusche aus. Sie suchte nach Halt, doch um sie herum war nichts als glatte Fliesenwand. Ihre Beine rutschten weg und ein wahnwitziger Schmerz schoss seitlich durch ihren Kopf. Dann war nichts mehr.

10. Kapitel

»Miss Hughes? Julia?«

Die Stimme klang wie aus dem Off. Verwirrt registrierte Julia, wie der Wasserstrahl stoppte. Kühle Luft zog über sie hinweg, während zugleich warme Finger ihre Schulter berührten und sanft unter ihre Wange glitten, die sich anfühlte, als klebte sie an ... Stein?

»Ich hoffe, du machst die Augen auf«, ertönte wieder die tiefe Männerstimme. »Denn allmählich machst du mir richtig Angst.«

Sie machte ihm Angst?

Etwas Trockenes wurde über sie gelegt, und erst jetzt wurde ihr bewusst, dass sie auf der Seite lag. Ein stetes Pochen vertrieb etwas von dem Nebel in ihrem Kopf. Sie blinzelte flatternd und ihre Umgebung begann, sich durch die Haarsträhnen in ihrem Gesicht zu einem Bild zu fügen.

Ein Mann hockte vor ihr.

Den sie nicht kannte, der aber gut aussah. Wirklich sehr. Er hatte sein dunkles, schulterlanges Haar hinter die Ohren gestrichen und einen Bartschatten am gemeißelten Kinn. Julias Blick wanderte über breite Wangen und eine gerade Nase, ehe er bei blaugrünen Augen verharrte. Dieser Mann sah wie eine jüngere ... warmherzigere Version von Devlin aus.

»Da bist du ja.« Er lächelte, und es war ein vertrautes, schiefes Lächeln, von dem sie im Moment nicht genau sagen konnte, woher sie es kannte. Einen Augenblick später strich er ihr das Haar aus dem Gesicht. »Wie es aussieht, hast du dir ziemlich übel den Kopf angeschlagen. Glaubst du, dass du dich aufsetzen kannst? Oder möchtest du lieber bleiben, wo du bist? Das kannst du sicher besser einschätzen als ich.«

Sie starrte den gut aussehenden Fremden zunehmend irritiert an, während sich ihre wirren Gedankenfetzen ordneten.

Julia war in der Dusche gewesen und hatte mit den verschiedenen Massagedüsen herumgespielt, als sie ausrutschte und stürzte, weil …

O verflucht, sie war nackt.

Sie rang nach Luft, als würde deren Zufuhr demnächst enden, und setzte sich auf – zu schnell. Die Duschkabine drehte sich um sie, und das Gesicht des Mannes verschwamm. Schmerz schoss ihr durch den Nacken und vor Übelkeit stöhnte sie auf.

»Hoppla.« Er legte die Hände an ihre Schultern und hielt sie aufrecht. »Ich denke nicht, dass du dich gleich wie ein Olympia-Sprinter bewegen solltest.«

Sie griff suchend nach einem Überwurf und erinnerte sich wieder, dass er ihr ein Handtuch übergelegt hatte; das jedoch war nach unten gerutscht, als sie sich aufsetzte, wodurch er einen uneingeschränkten Blick auf ihre Vorzüge genoss. Also auf alles. »Ich bin nackt«, konstatierte sie überflüssigerweise mit belegter heiserer Stimme, griff nach dem Handtuch und drückte es sich vor die Brust.

Das schiefe Grinsen erschien. »Ist mir aufgefallen.«

Super.

»Also, ich habe versucht, nicht hinzusehen«, ergänzte er mit einem Augenzwinkern.

Julia stöhnte, teils aus Scham, teils weil sich ihr Kopf anfühlte, als würde er gleich explodieren.

Seine Miene wurde wieder ernst. »Also, ich bin kein Arzt, aber ich glaube wirklich, dass du dich verletzt haben könntest.«

Julia blickte nach unten und sah ein blassrosa Rinnsal auf dem sandfarbenen Stein. Ohne das Handtuch loszulassen, fasste sie vorsichtig seitlich an ihren Kopf. Sie verkniff sich ein weiteres Stöhnen, als ihr ein scharfer Schmerz durch den Schädel fuhr. Ihr wurde flau, sobald sie die Hand herunternahm und Blut auf ihren Fingerspitzen sah.

»Scheiße«, murmelte sie.

Der Mann lachte leise. »Ja, klingt angemessen.«

Trotz des Schmerzes überlegte sie angestrengt. Es könnte alles in Ordnung sein oder sie könnte eine Gehirnerschütterung haben. Mit Letzterer war nicht zu spaßen. Als sie die Augen wieder aufmachte, beobachtete der Mann sie aufmerksam. Sein Blick war von der gleichen Intensität wie Lucians.

»Tut mir leid, wir wurden uns noch nicht vorgestellt.« Er strich mit den Händen ihre Arme hinab bis zum Ellbogen. »Ich bin …«

»Gabriel?«, fragte sie. Auf sein Nicken hin konnte sie nur denken, wie wunderbar es doch war, dass nunmehr zwei von drei Brüdern ihre Brüste gesehen hatten. Fantastisch.

»Ja, aber die meisten Leute nennen mich Gabe.« Wieder lächelte er. »Gott sei Dank war ich draußen auf der Veranda, als ich deinen Schrei hörte.«

Ihr Verstand arbeitete zu schleppend. »Weißt du, wie lange ich weg war?«

»Eine Minute vielleicht? Ein bisschen länger.«

Okay, das war gut. Irgendwie.

»Glaubst du, dass du aufstehen kannst?«, fragte er.

Das wusste sie nicht, doch wollte Julia nicht länger auf dem Duschboden sitzen, nur spärlich von einem Handtuch verhüllt. »Ich denke schon.«

»Okay.« Er sah ihr in die Augen. »Ich verspreche, dass ich nicht hinsehe. Meine Augen bleiben auf deine fixiert.«

Sie fühlte, wie ihre Wangen heiß wurden, murmelte eine Art Dank und hielt das Handtuch fest, während er ihr aufhalf. Ihre Beine waren ein wenig wacklig, als sie aus der Kabine trat, und das grellere Licht über dem Waschbecken verstärkte ihre Kopfschmerzen.

»Wie fühlst du dich?«, fragte er. Immer noch hielt er ihre Arme.

»Weiß ich nicht.«

Für einen Sekundenbruchteil schweifte sein Blick ab, und seine Wangen röteten sich. »Lass mich dir helfen.«

Bevor sie ablehnen konnte, hatte er das Duschlaken in den Händen, wickelte es um sie und faltete die Enden ineinander. Es reichte nur bis knapp unter ihre Brust, aber zumindest hing ihr Hintern nicht mehr raus.

»Bringen wir dich ins Schlafzimmer, damit du dich hinsetzen kannst. Was hältst du davon?«

»Eine Menge«, murmelte sie.

Gabe nickte und legte einen Arm um ihre Schultern. »Viel…«

»Was zum Teufel ist hier los?«

Julia zuckte angesichts der lauten Stimme zusammen, spähte über Gabes Schulter und sah Lucian in der Schlafzimmertür stehen. Ihr sackte der Magen weg.

Könnte es noch schlimmer werden?

Ja, wurde ihr blitzschnell klar. Devlin könnte sich noch zu ihnen gesellen.

»Julia ist in der Dusche gestürzt«, antwortete Gabe ruhig. »Sie hat sich den Kopf angeschlagen.«

»Was?« Lucian stürmte auf sie zu und schob mühelos seinen Bruder beiseite. »Alles in Ordnung?«

Julia dachte, dass sie Ja gesagt hätte, aber Lucians plötzliche Nähe und seine Berührung vernebelten ihre ohnehin schon überforderten Sinne. Wo Gabes Hände gewesen waren, waren nun seine, und selbst mit dem Pochen in ihrem Schädel konnte sie unmöglich ignorieren, was das mit ihrem Körper anstellte. Jede Faser von ihr war sich seines Armes bewusst, der sich um ihren Rücken legte, und seiner Hand unter ihrem Kinn, die ihren Kopf seitlich neigte.

»Ach du Scheiße«, murmelte er.

Julia hätte keine Krankenschwester sein müssen, um zu begreifen, dass das nicht gut klang. »Ich denke, es geht. Ich muss mich nur …« Ihr eigenes Keuchen unterbrach den Satz, denn auf einmal war sie auf Lucians Armen und an seiner Brust.

Vor Schreck war sie sprachlos.

Sie war keine kleine Frau, dennoch hob er sie hoch, als wöge sie so gut wie nichts. Er trug sie aus dem Bad.

»Tja, ich wollte ihr zum Bett helfen«, sagte Gabe hinter ihr halb scherzhaft. »Aber du musst mich ja immer übertrumpfen.«

Seine Worte holten Julia aus ihrer Benommenheit. Sie hielt das Handtuch oben und unten fest, damit sie nicht mehr herzeigte, als unvermeidlich war. »Ich kann gehen.«

»Freut mich für dich«, antwortete Lucian.

»Das heißt, dass du mich runterlassen kannst.« Beim Einatmen glaubte sie, Essen zu riechen – Hähnchen oder etwas in der Richtung.

»Ist nicht nötig.« Lucian blieb stehen und ließ sie nach unten gleiten. »Schon da.«

Nach wie vor hielt sie verzweifelt das Handtuch fest.

Lucian blickte sich über die Schulter um und fragte streng: »Hast du jemanden gerufen?«

O nein. »Ich glaube nicht, dass das nötig ist.«

»Dazu hatte ich bisher keine Gelegenheit.« Gabe griff in seine Tasche und zog ein Handy hervor. »Aber ich rufe Flores an.«

Julia verkrampfte sich. »Aber …«

»Kannst du auch ein sauberes Handtuch und etwas Eis holen?«, fragte Lucian. Seine meergrünen Augen blieben auf sie gerichtet. »Wie ist das passiert?«

Sie atmete langsam aus. »Ich habe jemanden im Bad gesehen, als ich unter der Dusche war …«

»Was?«, fragte Lucian entsetzt.

Gabe drehte sich mit dem Telefon am Ohr zu ihnen und starrte sie an, während er ein Handtuch aus dem Wandschrank holte. Er sprach zu leise ins Handy, als dass Julia ihn verstehen konnte, aber sie hoffte inständig, der Arzt sagte, dass er es nicht schaffte zu kommen.

Sie wurde unruhig, als Gabe das Eisfach des Kühlschranks öffnete. »Da war jemand im Bad. Ich habe ihn durch die Glastür gesehen und mich erschrocken. Ich … ich habe geschrien und bin ausgerutscht. Da muss ich mir den Kopf an einer der Seitendüsen angeschlagen haben.«

»Ich habe ihren Schrei gehört«, sagte Gabe. Mit einem Handtuch in einer Hand kam er auf sie zu und steckte mit der anderen sein Handy wieder ein. »Ich war draußen auf der Veranda. Übrigens kommt Flores. Er sagt, wir sollen aufpassen, dass sie nicht einschläft und sich nicht zu viel bewegt.«

»Weiß ich selbst«, murmelte sie.

Gabe hob eine Augenbraue, während er Lucian das mit Eis befüllte Handtuch reichte. »Dann solltest du auch wissen, dass mit Kopfverletzungen nicht zu spaßen ist, stimmt's? Dass sich das ein Arzt ansehen sollte.«

Julia öffnete den Mund, um zu widersprechen, obwohl er recht hatte und sie sich albern benahm. Ihr war klar, dass sich ein Fachmann ihren Kopf ansehen sollte.

»Ich habe nichts gehört.« Lucian legte eine Hand viel zu vertraut an ihre Wange und drückte das Handtuch an die Stelle, wo zweifellos eine dicke Beule sein musste. Julia verzog das Gesicht. »Entschuldige«, murmelte er. »Bist du sicher, dass du jemanden gesehen hast?«

»Ja.« War sie, oder? Sie blickte abwechselnd zwischen beiden Männern hin und her. »Ich meine, ich habe etwas gesehen, das weiß ich genau.«

»Hier drinnen war niemand, als ich reingekommen bin«, sagte Gabe in einem sanften Tonfall, wie um die Tatsache abzumildern, dass er praktisch behauptete, sie könnte niemanden gesehen haben. »Und ich war hier, sowie ich den Schrei hörte. Das können nur Sekunden gewesen sein.«

»Aber …« Wenn es keine Person gewesen war, was hatte sie dann wahrgenommen? »Ich habe etwas gesehen.«

»Das bestreiten wir auch nicht.« Lucian verschob den Eiswickel. »Diese Duschtüren können komische Spiegelungen erzeugen, vor allem wenn die Lichter flackern. Dann sieht man schon mal Schatten.«

Julia dachte an die Flurlichter. »Habt ihr hier immer solche Probleme mit dem Strom?«

»Phasenweise«, antwortete Gabe und wandte sich zu Lucian. »Wenn du nichts gehört hast, warum warst du dann hier?«

Das war eine berechtigte Frage.

Lucian sah Julia an. »Ich bin hergekommen, um dich zu nerven.«

»Wenigstens bist du ehrlich«, sagte sie trocken. Gabe verschwand wieder in der Ankleide.

Das einseitige Grinsen erschien. »Und wollte dir Essen bringen, weil du offenbar findest, dass wir nicht gut genug sind, um mit dir zu speisen.«

»Was? Das ist nicht …« Sie brach ab. Lucian wusste, dass das nicht der Grund war, und es war auch nicht wichtig. Könnten die Lichter kurz erloschen und einen Schatten erzeugt haben? Die Wahrheit war, dass sie die Augen zuvor geschlossen gehabt und den Umriss nur kurz gesehen hatte.

Julia wusste es nicht; was sie indes wusste, war, dass sie immer noch praktisch nackt war. »Ich würde mir gerne etwas anziehen.«

»Ich glaube, Flores möchte, dass du dich ruhig verhältst«, erinnerte Lucian sie.

»Ist mir egal. Ich sitze nicht länger nur in einem Handtuch hier.«

»Da ist nichts, was ich nicht schon gesehen hätte«, sagte er so leise, dass sie nicht sicher war, ob Gabe es hörte.

Sie hielt das Handtuch fester vor sich. »Und nichts, was du je wiedersehen wirst.«

»Ist das eine Herausforderung?«, fragte er. Seine Augen blitzten. »Ich liebe Herausforderungen.«

»Nun, diese wirst du nicht bestehen.«

Gabe kam zu ihnen zurück und schaute sie interessiert an. »Ist dies dein Bademantel?«, fragte er.

»Ja.« Erleichtert griff sie danach. »Vielen Dank.«

Er nickte. »Im Gegensatz zu manch anderem Anwesenden, und ich nenne keine Namen, ist es mir wichtig, dass du dich wohlfühlst.«

Lucian entriss seinem Bruder den Bademantel, ehe sie ihn nehmen konnte, und reichte Gabe den Eiswickel. »Keiner hat dich nach deiner Meinung gefragt.« Dann drehte er sich um, legte den Bademantel über ihre Schultern und begann, ihre Arme in die Ärmel zu fädeln, als könnte sie sich nicht selbst anziehen.

»Wie fühlt sich dein Kopf an?«

Gabe setzte sich neben sie und eine Sekunde später war er es, der ihr das Eis an den Kopf hielt. Vage war ihr bewusst, wie absurd die Situation war. Die Brüder, die als Lucifer und Demon verschrien waren, umsorgten sie wie eine Schwerkranke … und sie war kaum bekleidet.

Hätte ihr Kopf nicht so heftig gepocht, wäre ihr gewiss unbehaglich zumute gewesen – und sie war beschämend erregt hiervon.

»Miss Hughes?«, fragte Lucian sanft.

»Großartig«, murmelte sie und hielt weiter das Handtuch an Ort und Stelle, während sie ihren anderen Arm in den linken Ärmel schob. Sie fasste nach den Enden des Bademantels, blickte auf und stellte fest, dass Lucian ganz und gar nicht in ihr Gesicht sah. Sein Blick wanderte über ihre Brüste und den Schlitz vorn im Handtuch. »Im Ernst?«

Grinsend griff er um sie herum nach dem Bademantelgürtel. »Anscheinend kann ich nicht anders.«

»Dann musst du dich eben anstrengen.« Sie sah wütend zu ihm auf, als er den Gürtel zuband und die Hände an ihrer Taille liegen ließ. »Sehr viel mehr.«

»Also …«, begann Gabe gedehnt. »Ihr zwei habt euch gut kennengelernt, als er in Pennsylvania war?«

Julia blickte streng zu ihm, und plötzlich schien er viel näher als zuvor.

Er neigte den Kopf zur Seite. »Ich wusste, dass er dorthin wollte.«

»Und das ist auch schon alles, was Gabe weiß.« Lucian zog seine Hände zurück und setzte sich auf Julias andere Seite. Sein linkes Bein war an ihr rechtes gepresst. »Aber, ja, wir haben uns kennengelernt.«

Gabes Blick wanderte von Julia zu seinem Bruder. »Überrascht mich nicht.«

Julia schloss die Augen. Sie war zu müde und hatte zu starke Kopfschmerzen, um ernsthaft in Sorge zu sein, dass die beiden Brüder sich gegenseitig niederstarrten. Verdammt, sie interessierte momentan nicht mal, dass sie bei ihrer ersten Begegnung mit Gabe nackt in der Dusche gelegen hatte. Vielleicht würde es ihr morgen zusetzen, doch jetzt gerade tat es das nicht.

Ihre Gedanken waren mit anderem beschäftigt. Während sie dasaß, zwischen den beiden Brüdern, sah sie im Geiste die Silhouette hinter der Duschkabinentür vor sich. Ein kleiner Schauer durchfuhr sie. Könnte es wirklich eine Lichttäuschung gewesen sein? Oder war jemand dort gewesen und hatte sie angesehen?

Lucian beobachtete, wie sein Bruder Julia etwas auf seinem Handy zeigte, und konnte nichts gegen die absurde Eifersucht tun, die sich in ihm regte. Es war vollkommen lächerlich, aber er malte sich aus, Gabe beim Kragen zu packen und ihn durch die Verandatüren zu schleudern.

Zu selbiger winkte ihn nun Dr. Flores, der dort die Instrumente einpackte, die er bei Julias Untersuchung benutzt hatte.

»Sie wird wieder fit, oder?«, fragte Lucian.

»Ich denke, es wird ihr bald gut gehen. Ihr Gleichgewichtssinn, das Gedächtnis und die Reflexe sind bestens, daher würde ich sagen, dass wir sie nicht zu weiteren Tests in die Klinik holen müssen. Wahrscheinlich wird sie Kopfschmerzen haben, und gegen die habe ich ihr etwas dagelassen.« Er nickte zu einem Medikamentenfläschchen. »Falls es mehr als eine leichte Gehirnerschütterung ist, wovon ich nicht ausgehe, müssen wir auf Veränderungen in der Schmerzentwicklung oder im Verhalten achten. Darüber weiß sie Bescheid.«

Lucian nickte und verschränkte die Arme vor der Brust. Er hatte mitgehört, als Flores vorhin die Symptome mit ihr besprochen hatte. Vor allem war er froh, dass die Blutung hinter ihrem Ohr aufgehört hatte und die Wunde nicht genäht werden musste. »Tut Schlaf ihr gut?«

»Ja, tut es. Sie hat keine vergrößerten Pupillen und ist auch nicht verwirrt.« Flores wendete sich ihm zu. »Sie sollte es morgen trotzdem langsam angehen, im Bett bleiben und sich ausruhen. Das ist die beste Medizin. Sie ist wirklich …«

»Ich höre alles«, rief Julia vom Bett. »Nur zur Info.«

Lucian grinste, während Flores errötete. »Wir sind entzückt, dass dein Gehör bestens funktioniert, Miss Hughes.«

Ihre Augen verengten sich, als Gabe sich in dem Sessel zurücklehnte, den er sich bis an ihr Bett gezogen hatte. »Morgen früh geht es mir wieder hervorragend.«

»Julia«, erwiderte der Arzt hörbar erschöpft. »Ich verstehe ja, dass dies ein neuer Job für Sie ist und Sie Ihr Bestes geben wollen, aber Sie müssen auf sich achtgeben.«

Ihre vollen Lippen wurden schmaler.

»Ich sorge dafür, dass sie sich ausruht«, sagte Lucian zu dem Arzt und hätte schwören können, dass Julia ihn mit ihren Blicken töten wollte. »Danke, dass Sie gekommen sind. Das war sehr freundlich von Ihnen.«

»Ich habe das Gefühl, dass ich mir hier ein Zimmer mieten sollte.«

Er nahm seinen Arztkoffer auf und nickte Gabe und Julia zu. »Ich schicke Ihnen die Rechnung.«

Lucian brachte ihn zur Zimmertür. Draußen stand Richard, um Flores hinauszubegleiten. Er selbst konnte es kaum erwarten, das Haus zu verlassen, nachdem der Arzt gegangen war. Lucian verabschiedete sich und schloss die Tür. Dann drehte er sich um. Er war froh, dass Devlin kurz nach dem Dinner weggefahren war. Wenigstens musste er jetzt nur noch einen Bruder rausschmeißen.

Apropos Bruder: Der saß in dem verfluchten Sessel und starrte Julia an, die am Bettdeckenrand an ihrer Taille nestelte. Lucian ging langsam auf das Bett zu. »Brauchst du irgendwas?«

»Nein.« Sie blickte aus dem Kissenstapel unter ihrem Kopf zu ihm auf. Ihr Haar war zurückgebunden, und Lucian war froh zu sehen, dass ihre Wangen wieder ein wenig Farbe angenommen hatten. Sie war so furchtbar blass gewesen, als er sie im Bad gesehen hatte. »Ich ... Gott, es tut mir so leid. Ich kann die Rechnung übernehmen – egal, was er verlangt.«

Mist.

Entschuldigte sie sich allen Ernstes? Sie hätte sich schwer verletzen können oder Schlimmeres.

»Du musst dir keine Sorgen um irgendwelche Rechnungen machen«, antwortete Gabe. »Das wird geregelt. Keine Widerrede.«

»Genau«, bestätigte Lucian, der ein bisschen ins Schwimmen geraten war. Erst wollte er seinem Bruder das Genick brechen, als er ihn mit Julia nur in einem Handtuch dastehen sah, dann war ihm schlecht geworden, als er ihre Verletzung entdeckte, und die Rechnung für ihre Behandlung zu bezahlen, war das Letzte, was ihn sorgte.

Er blieb auf der anderen Seite des Bettes stehen und wartete, bis sie zu ihm schaute. Erst dann setzte er sich.

»Was hast du vor?«, fragte sie.

»Er macht es sich gemütlich«, mutmaßte Gabe mit einem spöttischen Grinsen.

»Richtig.« Lucian rückte nach oben, bis er am Kopfteil lehnte. Von dort aus lächelte er sie an.

Sie wandte den Blick ab. »Ihr müsst nicht hierbleiben. Mir geht es gut. Ihr könnt nach Hause gehen ...«

»Nach Hause?« Gabe lachte. »Wir sind zu Hause. Hier wohnen wir alle.«

Sie wirkte erstaunt.

»Gabes Zimmer sind am anderen Ende des Flurs. Dev wohnt im anderen Flügel«, erklärte Lucian, »und ich bin gleich gegenüber.«

Sie schloss die Augen und atmete tief durch die Nase ein. »Natürlich.«

Wieder lächelte Lucian.

»Ich weiß nicht, wieso ich nicht darauf gekommen bin, dass ihr hier wohnt«, sagte sie und lehnte sich in die Kissen zurück.

»Wahrscheinlich, weil die meisten Erwachsenen nicht in ihrem Elternhaus leben wollen, aber dieses ist so groß, dass es sich wie in einer eigenen Wohnung anfühlt«, antwortete Gabe. »Ich muss Lucian nicht sehen, wenn ich nicht will.«

»Aber du willst«, fiel Lucian ihm ins Wort.

»Wie groß ist dieses Haus?«, fragte Julia. »Viel habe ich davon noch nicht gesehen, oder?«

»Nicht ganz zweitausend Quadratmeter.« Gabe lachte, als sie einen ungläubigen Fluch ausstieß. »Es ist albern, ich weiß.«

»Das ist einfach … wow.«

»Jap.« Gabe blinzelte kurz zu Lucian. »Wenn es dir besser geht, führe ich dich herum.«

Lucian betrachtete seinen Bruder. Er wusste genau, was Gabe vorhatte, der Mistkerl.

»Also«, fuhr Gabe fort und konzentrierte sich wieder auf Julia. »Bist du zum ersten Mal in Louisiana?«

»Ja. So weit im Süden war ich noch nie«, sagte sie und strich mit den Händen über die Bettdecke. »Ich wollte schon immer mal hierher …« Sie plapperte weiter, erzählte Gabe, wie gern sie irgendwann das French Quarter sehen würde, und präsentierte eine ganze Liste von Gerichten, die sie probieren wollte.

Sie beide starrten sie an, während sie redete, und Lucian entging nicht, dass sie sich anscheinend weit wohler dabei fühlte, mit Gabe zu reden als mit ihm. Nun, als sie sich in der Bar begegneten, hatte sie kein Problem gehabt, aber die Dinge zwischen ihnen hatten sich verändert.

»Tut mir leid«, sagte sie, als sie innehielt und keiner von ihnen reagierte, »ihr wollt sicher nichts von meinem Lechzen nach frittiertem Teig mit Puderzucker hören.«

Gabe schüttelte kurz den Kopf. »Beignets? Die wirst du lieben. Und ich fahre gerne mit dir zu den besten Adressen dafür in der Stadt.« Nochmals blinzelte er zu Lucian, dessen Kiefer heftig arbeitete. »Übrigens habe ich so etwas wie ein Büro nicht weit vom Quarter.«

Okay, das reichte. »Wenn Miss Hughes New Orleans ansehen möchte, fahre ich mit ihr hin.«

Sie rümpfte die Nase. »Ich meine, dass ich da ein Wort mitzureden habe.«

»Hast du nicht.«

»Habe ich«, wiederholte sie und blickte geradeaus.

»Wie schön, dass eine kleine Gehirnerschütterung deine Sturheit nicht gemindert hat«, bemerkte Lucian.

Sie verschränkte die Arme auf der Decke. »Ich ignoriere dich.«

Er lachte. »Dir ist klar, dass wir dir morgen auf keinen Fall erlauben zu arbeiten, oder?«

Julia atmete laut aus. »Eure Sorge ist nett, aber ich kann nicht gleich meinen ersten Arbeitstag hier ausfallen lassen.«

»Du kannst und du wirst.« Lucian überkreuzte die Beine an den Knöcheln. »Ist nicht weiter wild. Wir haben Maddie auch versorgt, bevor du hergekommen bist.«

Julia runzelte die Stirn. »Aber …«

»Alles gut.« Gabe beugte sich wieder vor und stützte die Ellbogen auf die Knie. »Wir erledigen das. Dev wird kein Problem damit haben.«

»Was ist mit Mr. de Vincent?«, fragte sie. »Lawrence? Ich habe ihn noch nicht kennengelernt, aber ich schätze, er ist derjenige, der mich eingestellt hat.«

Lucian ging auf, dass sie keine Ahnung hatte. Das könnte unangenehm werden. »Er wird auch kein Problem damit haben.«

»Definitiv nicht«, ergänzte Gabe und lehnte sich zurück.

Wieder seufzte Julia. »Ich bin froh, dass ihr euch da so sicher seid, aber ich bin es nicht.«

»Tja, wir sind uns so sicher, weil unser Vater tot ist«, erklärte Lucian.

»Was?« Sie drehte den Kopf zu schnell zu ihm, verzog augenblicklich das Gesicht und hob eine Hand an. »Autsch.«

Sofort neigte Lucian sich zu ihr und fing ihre Hand ab, bevor sie die an ihren Kopf legen konnte. »Vorsichtig«, ermahnte er sie.

Sie starrte ihn aus ihren großen braunen Augen an. »Euer Vater ist … ist tot?«

»Ja, er ist vor ein paar Tagen gestorben«, antwortete er, strich mit der Hand ihren Arm hinunter und tauchte mit den Fingerspitzen unter den flauschigen Ärmel des Bademantels. »Wir haben es aus der Presse ferngehalten, aber heute Abend wurde es bekannt gegeben.«

Gabe rieb sich mit einem Finger über die Stirn. »Wahrscheinlich erfährst du es so oder so: Er hat sich umgebracht.«

»O mein Gott.« Julia hielt die freie Hand an ihre Brust. »Das tut mir so leid.«

»Ist schon gut.« Lucian ließ ihren Arm los, ehe ihr bewusst wurde, dass er sie immer noch berührte.

Sie blickte von ihm zu Gabe. »Ich weiß nicht, was ich sagen soll.«

»Du musst gar nichts sagen, wirklich nicht. Es ist kein großes Ding«, sagte Gabe.

Ihre Augen wurden noch größer. »Kein großes Ding? Euer Vater …«

»War ein riesiges Arschloch«, fiel Lucian ihr ins Wort und lehnte sich an das Kopfteil des Bettes zurück, als sie zu ihm aufsah. »Hättest du das Pech gehabt, ihn kennenzulernen, würdest du genauso empfinden. Mitleid ist überflüssig.«

Julia sah aus, als wolle sie etwas erwidern, doch schließlich sagte sie nur: »Es tut mir trotzdem leid.«

Er wusste nicht recht, wie er darauf reagieren sollte. Zum Glück sprang Gabe ein, entkrampfte die Situation und gab Lucian Zeit, Julia zu beobachten, so lange sie abgelenkt war. Seine Gedanken schweiften zu dem ab, was geschehen war. Er war fast hundertprozentig sicher, dass niemand in dem Bad gewesen sein konnte. Gabe war kein verrückter Perversling, und selbst Lucian kannte gewisse Grenzen. Offensichtlich hatte sie einen Schatten gesehen und ihn für eine Person gehalten, was vorkommen konnte. Immerhin war sie in einem unbekannten Haus. Dennoch beunruhigte es ihn.

Einige Zeit verging, bevor Gabe aus dem Sessel aufstand. »Ich gehe dann mal.« Er bückte sich und berührte Julias Hand und ihre Wange. »Wenn er nervt, ruf mich, und ich verprügle ihn für dich.«

Verächtlich schnaubte Lucian.

»Das merke ich mir«, antwortete sie.

Gabe sah zu Lucian und dann hob der Mistkerl ihre Hand an und küsste sie, ehe er sich aufrichtete. »Lass sie sich ein bisschen ausruhen.«

Julia lag wie erstarrt neben ihm.

»Gute Nacht, Gabe«, sagte er strenger als nötig.

Gabe grinste. »Gute Nacht.«

Sie murmelte irgendwas und verstummte, bis Gabe aus dem Zimmer war und die Tür hinter sich geschlossen hatte. Dann holte sie tief Luft. »Ihr seid …«

»Was?«, fragte Lucian, als sie den Satz nicht beendete.

»Ihr Typen seid *richtig* touchy und *richtig* freundlich.«

Er lachte. »Das heißt, dass wir dich mögen.«

»Ach ja?«

»Ja.« Lucian nickte. »Denn *freundlich* ist gewöhnlich das letzte Adjektiv, mit dem uns irgendjemand beschreiben würde.«

Sie schien tiefer in die Kissen zu sinken. »Du kannst übrigens ruhig gehen.«

»Weiß ich, aber ich behalte dich lieber im Auge, wie der Arzt es befohlen hat.«

»Ich glaube nicht, dass Dr. Flores das meinte.« Sie gähnte und zog die Augenbrauen zusammen. »Ich fasse nicht, dass ich hingefallen bin und mich selbst bewusstlos geschlagen habe.«

»Passiert.«

»In der Dusche und nackt«, fügte sie hinzu.

»Tja, die meisten Leute sind unter der Dusche nackt.« Er grinste, denn er wusste einfach, dass sie die Augen verdrehte, auch wenn er es nicht sehen konnte. »Ach, ich habe den Zusatz zu deinem Vertrag mitgebracht«, verkündete er. »Er liegt in der Mappe neben dem Essen, das du noch nicht angerührt hast.«

Ihre Mundwinkel zuckten, und dann geschah ein Wunder. Sie lächelte ein klein wenig. »Ich habe das Gefühl, dass ich bei euch verschuldet sein werde, bevor dieser Job beendet ist.«

Natürlich würde der Fall nicht eintreten. Beide schwiegen, und Lucian hätte geglaubt, dass sie schlief, würde sie nicht ziellos mit den Fingern auf der Bettdecke tippen.

»Hast du nichts Besseres zu tun?«, fragte sie. »Ich meine es nicht böse, aber sicher gibt es irgendwas, das du tun könntest.«

»Es gibt immer irgendwas, das ich tun könnte, aber jetzt bin ich hier, und das ist gut.« Tatsache war, dass ihn einer seiner Freunde für heute Abend ins Red Stallion eingeladen hatte. Er hatte überlegt hinzugehen, um aus dem Haus und weg von Julia zu kommen, aber viel lieber war er hier. Verwunderlich. »Ich bleibe auch nicht ewig. Nur, bis ich mich überzeugt habe, dass es dir wirklich gut geht. Und sag nicht, dass ich es nicht muss. Das weiß ich. Ich möchte es.«

Sie öffnete den Mund und schloss ihn gleich wieder. Ein paar Momente vergingen. »Auch wenn es klingt, als hättest du keine gute Beziehung zu deinem Vater gehabt«, sagte sie, drehte den Kopf leicht und hob ihr Kinn an, sodass sie sich in die Augen sahen. »Dennoch tut es mir leid.«

Ein komischer Druck legte sich auf seine Brust, wanderte von dort in seinen Bauch und bildete einen ätzenden, wirren Knoten, von dem er nicht wusste, ob er ihn würde entwirren können. »Mir auch.«

11. Kapitel

Julia hatte keine Ahnung, wo die Brüder waren, doch sollten die beiden sie in Madelines Zimmer ertappen, bekäme sie einen Höllenärger.

Sie war nicht dumm, was ihre Verletzung betraf. Julia *ging* es vorsichtig an. Aber ihre Kopfschmerzen waren nur noch ein dumpfes Pochen, und nachdem sie den ganzen Morgen im Bett verbracht hatte, wusste sie, dass nach Madeline zu sehen ihr nicht schaden würde.

Außerdem hielt sie es nicht mehr aus, im Bett zu liegen. Dort analysierte sie nur jede Sekunde der gestrigen Situation unter der Dusche. Während Sonnenstrahlen durch die Verandatüren fielen, war es schwierig, mit Sicherheit zu sagen, was gestern Abend passiert war. War es ein Schatten gewesen? Ein Mensch? Julia wusste es nicht genau.

Und als es ihrem Gehirn zu langweilig wurde, endlos über den Duschvorfall nachzugrübeln, dachte sie daran, dass Lawrence de Vincent erst vor wenigen Tagen gestorben war und es niemand erwähnt hatte, bis sie etwas über ihn sagte. Dabei war es doch eigentlich eine Information, die man gleich zu Anfang erwähnen würde. Keine Frage, die de Vincents legten großen Wert auf ihre Privatsphäre, aber mal ehrlich, das kam ihr seltsam vor. Und das selbst, wenn sie Lucians und Gabes Reaktion außen vor ließ. Julia war nicht so naiv zu glauben, dass jeder so fantastische Eltern hatte wie sie, aber das Verhalten der Brüder schien extrem.

Andererseits war alles an ihnen extrem. Sie wollte am liebsten vergessen, dass sie bei ihrer ersten Begegnung mit Gabe splitterfasernackt gewesen war, aber er sprach mit ihr und behandelte sie, als kannte er sie seit Jahren. Morgens war er mit einem Frühstückstablett zu ihr gekommen und hatte mit ihr über die Holzarbeiten gesprochen, die er im Haus gemacht hatte.

Dasselbe galt für Lucian. Nun, es gab andere Gründe, warum Lucian sich verhielt, als würden sie einander kennen, aber das war … anders. Gestern Abend war er geblieben, bis sie eingeschlafen war, was sich aufdringlich hätte anfühlen müssen, es jedoch nicht tat.

Vielmehr war sie seitdem verwirrter denn je.

Seufzend verdrängte sie die Gedanken, als sie durch Madelines Zimmer ging. Jemand hatte sie aus dem Bett geholt, wahrscheinlich einer der Brüder. Sie saß in einem Sessel am Fenster, als Julia hereinkam. Ihr Blutdruck und ihr Puls waren in Ordnung.

»Wie fühlst du dich heute?«, fragte Julia, während sie Madeline das Haar über eine Schulter bürstete. »Wie es aussieht, wird es ein wunderschöner Tag.« Ihr kam eine Idee, als sie um den Sessel herumging. »Ich frage mich, ob wir dich nach draußen bringen können, bevor es zu heiß wird. Gewiss würde es dir gefallen.«

Julia bemerkte, dass Madelines Blick wieder auf das Gemälde fixiert war. Neugierig ging sie hin, um es aus der Nähe zu betrachten.

Zarte Pinselstriche verwirbelten in Grün- und Braunschattierungen, bis sie dem Schiefergrau von Grabsteinen wichen. Die Detailgenauigkeit war verblüffend, von den winzigen sterbenden Grashalmen bis hin zu den Säulen der Gruft. Selbst das Engelsgesicht in der Mitte der Grabstelle war bedrückend exakt wiedergegeben. Es sah beinahe wie eine Fotografie aus.

Dieses Bild war wunderschön und morbide zugleich.

Julia runzelte die Stirn. Unten rechts auf der Leinwand waren zwei Buchstaben in Weiß aufgemalt. »M. D.?«, flüsterte sie.

Sie drehte sich zu Madeline um. »Sind das deine Initialen? Hast du das gemalt?«

Madeline blinzelte.

Es war natürlich keine richtige Antwort, doch wäre es schon ein großer Zufall, wenn hier im Haus ein Bild von jemand anderem mit diesen Initialen hinge. Andererseits könnte es auch von einem anderen Familienmitglied sein, eventuell einem längst verstorbenen Vorfahren.

Julia blickte zu Madelines reglosen Händen. Ihre Finger waren lang und elegant. Künstlerhände, genau wie …

Stöhnend brach Julia den Gedanken ab und konzentrierte sich wieder. Falls Madeline die Malerin war, könnte Julia es benutzen? Tonnenweise Studien belegten den Erfolg von Kunst als Kommunikationsmittel bei Patienten, die sich nicht verbal verständigen konnten. Vielleicht würde etwas in die Richtung …

Das Geräusch von Schritten unterbrach ihre Überlegungen. Julia wandte sich zur Tür um und verzog das Gesicht. Sie rechnete damit, gleich von einem der Brüder ausgeschimpft zu werden, weil sie das Bett verlassen hatte. »Ich bekomme Ärger«, flüsterte sie Madeline zu.

Ein Schatten erschien und danach ein Mann in einem teuer aussehenden maßgeschneiderten anthrazitfarbenen Anzug. Er war ein auffallend attraktiver älterer Mann mit dunklem, an den Schläfen ergrauendem Haar. Die Ähnlichkeit mit Gabe und Devlin war so stark, dass Julia geschworen hätte, es müsste der Vater sein, wüsste sie nicht von seinem Tod.

Der Mann blieb an der Tür stehen und die blaugrünen Augen schweiften von Madeline zu Julia. Er räusperte sich und richtete seine dunkelgraue Krawatte. »Hallo. Sie müssen die neue Schwester sein.« Seine Stimme war tief und kultiviert, mit einem Hauch Südstaatenakzent.

Da sie keinen Schimmer hatte, wer er war, nickte sie: »Ja. Mein Name ist …«

»Julia Hughes«, unterbrach er sie, lächelte schwach und trat weiter ins Zimmer. »Ich habe alles über Sie gehört.«

O Gott.

Das konnte vieles bedeuten. »Nun, dann bin ich im Nachteil. Ich weiß nicht, wer Sie sind.«

»Ich bezweifle, dass viele Menschen Sie als benachteiligt bezeichnen würden«, erwiderte er, was eine sehr eigenartige Bemerkung war. »Ich bin Stefan de Vincent – Senator de Vincent.«

Der *Senator*. O ja, über ihn hatte sie eine Menge in den Klatschblättern gelesen. Meistens nichts Gutes. Gab es da nicht diese Praktikantin, die in seinem Büro gearbeitet hatte und unter mysteriösen Umständen verschwunden war, was man mit ihm in Verbindung brachte?

»Wie ich sehe, haben Sie von mir gehört.«

Julia hoffte inständig, dass an ihrer Miene nicht abzulesen war, was sie dachte, denn das wäre ziemlich peinlich. »Freut mich.«

Er hob das Kinn, als er sich im Zimmer umschaute und Madeline musterte. »Nun, ich bin geschäftlich hier und dachte, ich sehe mal nach meiner Nichte.«

»Möchten Sie, dass ich Sie mit ihr allein lasse?«, fragte sie, obwohl irgendein Instinkt ihr sagte, dass es keine gute Idee wäre.

»Das ist nicht nötig. Wie geht es ihr?«

Sie faltete ihre Hände. »Den Umständen entsprechend gut.«

»Was heißt das?«, fragte er. Seine Augen waren denen der anderen de Vincents ähnlich, aber eindeutig kälter. »Dass sie atmen und alleine sitzen kann?«

Ein brennendes Gefühl regte sich tief in ihrem Bauch. »Was erstaunlich ist, bedenkt man, was sie durchgemacht hat.«

»Und was genau hat die gute Madeline durchgemacht?« Der Senator verschränkte die Arme. »Soweit ich hörte, weiß es niemand. Unserem Wissensstand nach könnte es ihr hervorragend ergangen sein.«

Julia runzelte die Stirn. »Es steht zu bezweifeln, dass es ihr hervorragend ergangen …«

»Ist das eine medizinische Meinung oder eine persönliche? Ich frage, weil sie auf mich einen verblüffend gesunden Eindruck für jemanden macht, der zehn Jahre vermisst und für tot gehalten wurde.« Er lächelte, und etwas an seiner Mimik kam Julia bevormundend vor. »Und da Sie sicher nichts von Madelines Vorgeschichte wissen, verzeihen Sie, wenn ich ein wenig skeptisch bin, was sie und ihren Zustand betrifft.«

Ihr Rücken versteifte sich, als sie der starke Drang überkam, die Frau zu verteidigen. »Meine medizinische Meinung ist, dass sie *trotz dem*, was geschehen war, bei guter Gesundheit ist.«

»Hmm.« Der Laut klang herablassend. Er schritt auf Madeline

zu, und Julia musste sich zusammenreißen, nicht dazwischenzugehen. Zum Glück blieb er einige Schritte vor der jungen Frau stehen. »Ich erinnere mich an das erste Mal, dass sie wegrannte. Sie war sechs Jahre alt und ist mit diesem Cousin weggelaufen.« Angewidert kräuselte er die Oberlippe. »Ihre Mutter wurde hysterisch, und ihr … ihr Vater hatte Angst, dass ihr etwas Schreckliches zugestoßen war. Die Jungs fanden die beiden einige Meilen vom Anwesen entfernt bei irgendeinem Spiel.«

»So etwas tun Kinder«, entgegnete sie.

»Nicht diese Kinder.« Er sah von Madeline zu Julia. »Nicht solche Spiele.«

Sie runzelte die Stirn. »Ich weiß nicht, worauf Sie anspielen.«

»Natürlich nicht. Aber seien Sie auf der Hut, *Julia*. Madeline ist speziell.« Er wippte auf seinen Fersen. »Sie geht einem unter die Haut.« Er blickte zur offenen Tür, als sich Schritte näherten. »Fragen Sie ihre Brüder. Vor allem ihren Zwillingsbruder.«

Sekunden später erschien Lucian in der Tür. Er warf einen Blick auf die Personen im Zimmer und ballte die Fäuste. »Was machst du hier?«

Julia war nicht sicher, wen er meinte.

Senator de Vincent antwortete: »Ich stelle mich der reizenden Julia vor und besuche meine Nichte, solange ich warte, dass Devlin zurückkommt.«

Lucian konzentrierte sich auf Julia, und seine Miene zeigte deutlich, dass er seinem Onkel kein Wort glaubte. »Ist alles in Ordnung?«

Sie presste die Lippen zusammen und nickte, während sich der Senator an Lucian wandte. »Natürlich. Warum sollte es nicht?«

»Fragst du das im Ernst?«, konterte Lucian.

»Sei nicht albern.« Der Senator klopfte Lucian auf dem Weg zur Tür auf die Schulter. Dort blieb er stehen und nickte Julia zu. »Es war reizend, Sie kennenzulernen.«

Auf keinen Fall würde Julia das erwidern. Der Senator schien es zu ahnen, denn sein spöttisches Grinsen wurde etwas breiter und er verschwand.

Lucian starrte noch einen Moment zur Tür, ehe er sich zu Julia drehte. »Was wollte er?«

»Was er gesagt hat.« Julia blickte wieder zu Madeline, die nach wie vor zu dem Gemälde schaute. »Er hat nach ihr gesehen.«

Lucian schnaubte. »Hat er irgendwas zu dir gesagt?«

Da sie die offensichtlich schon angespannte Beziehung nicht noch verschlechtern wollte, schüttelte sie den Kopf. Überdies war sie nicht einmal sicher, wovon der Senator gesprochen hatte. Sie wollte wissen, ob Madeline tatsächlich vorher oft weggelaufen war, war jedoch klug genug zu begreifen, dass dies nicht der richtige Zeitpunkt für eine solche Frage war. »Er ist nicht so freundlich wie du und Gabe.«

Lucian neigte den Kopf. »Freut mich, das zu hören.«

»Mich auch.«

»Wie fühlst du dich? Ich hätte früher nach dir gesehen, aber da konnte ich nicht.«

»Mir geht es gut.« Sie spürte, wie sie aus irgendeinem bescheuerten Grund rot wurde, und blickte rasch zur Seite. »Mein Kopf tut kaum noch weh.«

»Ein echter Dickschädel?«, fragte er im Scherz.

»Meine Eltern würden sofort bejahen.« Eine dunkle Kraft bewirkte, dass sie ihn erneut ansehen musste.

Gott, er war so schön, dass sich ihr Herz zusammenzog. Ein Teil von ihr konnte immer noch nicht glauben, was zwischen ihnen geschehen war. Es war erst Tage her, schien aber völlig unwirklich. Eher wie ein heißer Traum. Und die Erinnerung daran, wie sich seine harte Erektion an ihren Rücken gepresst hatte, ließ sich schwerlich verdrängen.

»Du wirkst ein wenig erhitzt, Miss Hughes.«

Sie fühlte sich auch ein wenig erhitzt. »Julia. Du kannst mich Julia nennen.«

Er lächelte nur.

Julia räusperte sich. Da er hier war und bisher nicht mit ihr geschimpft hatte, beschloss sie, ihn auf das Gemälde anzusprechen. »Dieses Bild da drüben, hat Madeline das gemalt?«

Lucian drehte sich halb um und schaute einen Moment schweigend zu dem Gemälde. »Ja, das ist eines von ihren.«

»Hat sie früher viel gemalt?«

Er nickte.

»Es ist schön ... und ein bisschen morbide.«

Ein zartes Grinsen umspielte seine Mundwinkel. »Maddie konnte beim Malen einen morbiden Touch haben.«

Julia war etwas abgelenkt davon, wie sich sein Hemd an den Schultern und dem Oberarm spannte, als er eine Hand hob und sich durchs Haar fuhr.

»Also, ich dachte ...«

»An mich?« Er nahm die Hand herunter.

»Nein.« Das war gelogen. »Manchmal können Menschen in Madelines Zustand nicht verbal kommunizieren, sehr wohl aber mit anderen Mitteln.«

Er horchte sichtlich auf. »Was meinst du?«

»Es gibt Fallstudien von Leuten mit bestimmten Störungen, die sich auf kreative Weise mitteilen konnten, mittels Musik und Kunst, solchen Sachen.« Sie strich sich eine Haarsträhne aus dem Gesicht und musste sich zusammennehmen, nicht zu zucken, als ihre Finger die Wunde hinter ihrem Ohr streiften. »Wenn sie früher gerne gemalt hat, kann sie es vielleicht immer noch.«

Er sah zu seiner Schwester. »Denkst du, das kann funktionieren?«

»Na ja, es ist keine exakte Wissenschaft oder eine Methode, die bei jedem wirkt, aber sie kann ihre Hände heben, und sie sieht dieses Bild sehr viel an. Ihr Malen, falls sie es denn kann, verrät uns vielleicht nicht, wo sie gewesen oder was mit ihr passiert ist, aber ich denke, es kann nicht schaden. Wir würden sie wieder an Dinge gewöhnen, die sie früher genossen hat. Und wer weiß? Es könnte bewirken, dass sie auch anderes wieder aktiviert.«

Er betrachtete Julia einen Moment lang. »Stimmt, es kann sicher nicht schaden. Ich werde die nötigen Materialien bis heute Abend beschaffen.«

Sie lächelte zufrieden, weil er ihre Idee nicht sofort verworfen hatte. »Wunderbar.«

»Da ist noch etwas. Du solltest im Bett sein.«

Julias Schultern verspannten sich. »Weiß ich, aber mir geht es gut, und ich habe ja nichts weiter gemacht.«

»Du solltest überhaupt nicht auf sein.«

»Ich wollte bloß nach Madeline sehen.«

»Was ich sehr zu schätzen weiß, aber das hast du nun getan. Zeit, dich wieder hinzulegen.« Er stockte und trat auf sie zu. »Oder ich trage dich zu deinem Bett.«

Julia kehrte zu ihrem Zimmer und ins Bett zurück.

Denn es war garantiert keine leere Drohung gewesen. Er würde genau das tun.

Wie der Arzt angeordnet hatte und die beiden Brüder eisern durchsetzten, blieb Julia für den Rest des Tages in ihrem Zimmer. Zwar schlich sie sich abends einmal kurz raus, um nach Madeline zu schauen, aber ansonsten rührte sie sich nicht von der Stelle.

Halbwegs rechnete sie damit, dass einer oder beide Brüder auftauchten, nachdem Livie ihr das Abendessen nach oben gebracht hatte, doch das taten sie nicht. Sie fragte sich, ob sie überhaupt zu Hause waren oder, wenn nicht, sie mit Madeline ganz allein im Haus war.

Was ein bisschen unheimlich wäre.

Aber das war es nicht, was sie wachhielt. Ihr war heiß, zu heiß, und sie ... sie pulsierte vor Lust. Obwohl das, was sie mit Lucian getan hatte, die erste echte Action seit Jahren gewesen war, hatte sie immer noch ihre Bedürfnisse.

Denen sie wöchentlich nachging.

Manchmal häufiger.

Doch dies hier war anders. Intensiver. Wahrscheinlich weil sie, aus irgendeinem verteufelten Grund, den Großteil des Abends an Lucian gedacht hatte – ihn und die kurzen Momente in ihrem Apartment. Es hatte angefangen, als er sie in Madelines Zimmer fand, und sie konnte das Gefühl von seinem heißen Atem an ihrem Hals oder der Art, wie er sie zu berühren verstand, nicht abschütteln.

Julia war erregt, im Zimmer war es dunkel und still, und sie biss sich auf die Unterlippe, während sie sich auf den Rücken rollte. Sie gab dem Gefühl nach und hörte auf zu denken.

Die Augen geschlossen und die Lippen zusammengekniffen, glitt sie mit einer Hand in ihre Pyjamahose. Ihre Finger strichen über feuchten Schamlippen und Julia stockte der Atem. Ungewöhnlich wagemutig drang sie mit einem Finger in sich ein.

Ein heiseres Stöhnen entfuhr ihr, als sie ihre Hüften hob. Sie spielte nicht. O nein. Ihr Körper war so aufgeheizt, dass sie, sollte Lucian jetzt erscheinen, ihn …

Sie würde ihn tun lassen, was immer er wollte.

Ihre Bewegungen bewirkten, dass die dünnen Träger ihres Tops nach unten rutschten. Ihre Brüste wurden freigelegt, die Spitzen hart und straff. Lucian hatte Unglaubliches mit seinen Fingern zwischen ihren Schenkeln und mit ihren Brüsten angestellt.

Sie stöhnte wieder.

Im Geiste versetzte sie sich zurück in jene Nacht in ihrem Apartment, beschwor mühelos das Gefühl von Lucian herauf, der an ihren Rücken gepresst war, eine Hand an ihrer Brust, die andere in ihr. Ihr Puls hämmerte, als sie nachahmte, was Lucian mit ihr getan hatte. Rein. Raus. Rein. Raus. Und sie ließ sich ganz in ihre Fantasie fallen. Es war nicht ihre Hand, sondern Lucians, die sie zum Orgasmus brachte, sie beständig feuchter machte, bis sie …

Lust rauschte durch ihre Adern, während sie den Rücken durchbog und die Hüften hochnahm, sie gegen ihre Hand presste. Sie sank auf das Bett zurück. Ihr Herz raste, und ihr Atem ging in zittrigen Stößen, während sie ihre Finger herausgleiten ließ.

Gott.

So schnell und intensiv war sie noch nie allein gekommen. Ihre Kehle war ausgetrocknet und sie schluckte, bevor sie blinzelnd die Augen öffnete. Ein dumpfer Schmerz regte sich seitlich an ihrem Kopf. Wahrscheinlich war das nicht besonders klug gewesen, aber ihr fehlte die Energie, sich deshalb Gedanken zu machen. Ihr Körper fühlte sich herrlich erschöpft an und …

Ein kühler Luftzug wehte über sie hinweg. Da war ein leises Knarren, bei dem sich Julias sämtliche Muskeln verkrampften. Mit großen Augen schaute sie sich in der Dunkelheit um und riss ihr Top nach oben. Es klang, als käme es aus der Ankleide. Die Tür stand einen Spalt offen, wie Julia sie gelassen hatte.

Nun raste ihr Herz aus einem vollkommen anderen Grund, und sie starrte die Tür an, bis ihr die Sicht verschwamm. Alle möglichen irrsinnigen Gedanken wirbelten ihr durch den Kopf. Was, wenn das Geräusch nicht vom Wandschrank, sondern von der richtigen

Tür gekommen war? Die war nicht abgeschlossen. Einer der Brüder hätte nach ihr sehen können, und sie war im Bett gewesen und hatte es sich besorgt.

Stopp. Das war lächerlich. Es war viel zu spät, als dass einer von ihnen nach ihr sehen würde.

Julia drehte sich zur Tür. Sie schob eine Hand unter ihr Kopfkissen, schloss fest die Augen und befahl sich einzuschlafen. Es würde bald wieder Morgen.

Sie hielt die Augen geschlossen, doch wollte sich kein Schlaf einstellen. Egal, wie sehr sie sich anstrengte, wurde sie das unangenehme Gefühl nicht los, das ihr über die Haut strich. Das Gefühl, dass sie nicht allein im Zimmer war.

Dann hörte sie es.

Schritte über ihr. Unverkennbar.

Verwundert setzte sie sich auf und blickte zur Decke, wo sich der Ventilator beinahe lautlos drehte. Das Haar fiel ihr über die Schultern, als sie den Kopf zur Seite neigte. Das Zimmer direkt über ihrem war … Madelines.

Julia saß ganz still da und horchte aufmerksam. Nach wenigen Momenten fing sie an zu glauben, dass sie sich das Geräusch eingebildet hatte, aber dann war es wieder da. Jemand ging oben in dem Zimmer umher.

Könnte es einer der Brüder sein?

Sie sah auf die Uhr auf dem Nachttisch und bezweifelte, dass sie um diese nächtliche Stunde dort oben waren. Entschlossen warf sie die Bettdecke zur Seite, schwang die Beine aus dem Bett und stand auf.

Sie war nun ganz die Krankenschwester und ließ sich von ihrem beruflichen Instinkt leiten. Falls Madeline dort oben umherging, musste sich ihr Zustand verändert haben, und Julia sollte nachsehen.

Sie schlüpfte in ein Paar Flipflops, verließ ihr Zimmer und trat hinaus auf den Flur.

Ihr Blick wanderte zur Tür schräg gegenüber. Ihr Herz setzte einen Schlag aus, als sie weiterging. Gott, er könnte dort gewesen sein, nur Schritte entfernt von ihr, während sie sich mit Fantasien von ihm zum Höhepunkt brachte …

Puh.

Hör auf!

Sie verdrängte die Gedanken an Lucian und eilte über den spärlich beleuchteten Flur. Er war breit und die Wandleuchten erhellten ihn kaum. Unweigerlich musste Julia an *The Shining* denken.

Ein kalter Schauer lief ihr über den Rücken.

Falls zwei Mädchen auf Dreirädern erschienen, würde sie sofort in Ohnmacht fallen.

Julia erreichte die Treppe und eilte nach oben. Der Flur dort war genauso gruselig wie der unten. Bei jedem Schritt richteten sich die winzigen Härchen an ihrem Körper auf. Ein Kribbeln setzte unterhalb ihres Nackens ein, zwischen ihren Schulterblättern.

Es erinnerte sie an das Gefühl … beobachtet zu werden.

Sie biss sich auf die Unterlippe und blickte sich um. Es war niemand sonst in dem Flur. Alle Türen waren geschlossen, aber …

Fröstelnd lief sie weiter. Nach dem gestrigen Abend ging ihre Einbildungskraft mit ihr durch. Sie erreichte Madelines Tür, öffnete sie und blieb stehen, um sich im Zimmer umzuschauen.

Die Lampe neben dem Bett brannte, wie Julia sie vorhin zurückgelassen hatte, und auch Madeline war da, wo sie zuletzt gewesen war. Friedlich in ihrem Bett. Auch sonst schien nichts …

Kalte Luft strich ihr über die Arme, machte ihr eine Gänsehaut. Sie drehte sich nach rechts und bemerkte, dass sich die Vorhänge vor den Verandatüren blähten. Beim Einatmen nahm Julia den Hauch modriger Luft von den Sümpfen wahr, der von draußen hereindrang.

»Was ist denn …?« Stirnrunzelnd durchquerte sie das Zimmer, griff nach den dünnen Vorhängen und zog sie auseinander.

Die Türen zur Veranda standen weit offen. Über ihre Schulter schaute Julia zu Madelines regloser Gestalt. Sie hoffte sehr, dass niemand sie besucht hatte und derart unvorsichtig gewesen war.

Dann wandte sie sich wieder zu den Türen, schloss sie leise und verriegelte sie. Wie in aller Welt waren sie aufgegangen? Offensichtlich war es nicht Madeline gewesen. Ebenso wenig war sie die Quelle der Schrittgeräusche.

Julia trat von den Türen zurück und verschränkte die Arme vor der Brust. Jemand war hier oben gewesen, und das musste …

Das Gefühl aus dem Flur kehrte wieder, jenes unangenehme Kribbeln zwischen den Schultern. Diesmal war es stärker, jagte ihr einen Schauer über den Rücken. Ihre Ohrspitzen brannten.

Ihr Atem stockte, als sie langsam die Arme herunternahm. Ein neuer Instinkt regte sich in ihr, schrie ihr förmlich zu, dass sie nicht allein im Zimmer war. Dass außer Madeline noch jemand hier war.

Ihr Herz klopfte bis zum Hals, als sie herumfuhr. Die Luft verfing sich in ihrer Lunge. Sie hatte recht. Sie war nicht allein.

Der Auslöser ihrer Bett-Fantasien stand in der Tür. Lucian.

12. Kapitel

Lucian sah Julia, bevor sie bemerkte, dass er dort stand. Sie schloss die Verandatüren und hatte ihm den Rücken zugekehrt. Ihm war klar, sie war sich seiner Anwesenheit nicht bewusst, und auch, dass er sich bemerkbar machen sollte. Stattdessen blieb er totenstill an den Türrahmen gelehnt stehen.

Zum ersten Mal sah er ihr Haar offen, ohne dass es nass an ihrer Haut klebte. Es war so lang, wie er es sich vorgestellt hatte, fiel ihr in wilden Locken bis zur Mitte des Rückens. Ihre Arme waren entblößt, ihre Haut blassrosa. Sein Blick wanderte über die schwarze Hose, die sich an ihren Hintern schmiegte. Er erinnerte sich, wie sie sich an ihn gepresst angefühlt hatte, und zwar jede verdammte Sekunde des Tages.

Sie schien sich für einen Moment zu versteifen, bevor sie langsam die Arme herunternahm und sich umdrehte.

Ihre Blicke begegneten sich.

Sekunden dehnten sich zwischen ihnen, in denen sie nichts sagten. Wieder mal war Lucian bezaubert von der Idee, ihre Züge auf eine unberührte Leinwand zu bannen.

Seine Schwester war nicht die Einzige in der Familie, die malte.

Doch bevor er sie mit Pinsel und Farbe vollkommen einfangen könnte, müsste er ihr richtig nahekommen und die Bögen ihrer Wangen und ihres Kinns genau erforschen. Um der Kunst willen, verstand sich.

Mit einem gehauchten »O Gott« brach sie das Schweigen und

legte eine Hand an ihre Brust, was seine Aufmerksamkeit fesselte. Der Stoff verbarg die Wölbungen mit den verlockenden Spitzen darunter kaum. »Ich habe dich gar nicht reinkommen gehört.«

Er schloss die Augen beim Klang ihrer Stimme und atmete tief ein. Ihr Tonfall war weich und rauchig. Er würde ihn mit Rot- und Brauntönen zum Ausdruck bringen. Als er die Augen wieder öffnete, blickte er in ihre. »Ob du es glaubst oder nicht, ich kann sehr still sein, wenn ich will.«

»Ja, ist mir klar.«

»Ich werde nicht mal fragen, warum du nicht im Bett bist«, sagte er mit einem angedeuteten Lächeln.

»Ich dachte, dass ich etwas gehört hätte«, antwortete sie und sah zur schlafenden Madeline. »Ich dachte, dass ich hier oben jemanden herumgehen gehört hätte.«

»Und hast du jemanden gefunden, der hier herumging?«

Sie zog die Augenbrauen zusammen. »Nein.«

»Das überrascht mich nicht.«

Verwirrung spiegelte sich auf ihren Zügen. »Und warum nicht?«

»Hast du es nicht gehört, Miss Hughes?«

»Was gehört?«, fragte sie nach einer kurzen Pause.

»Die Gerüchte über dieses Haus – über unsere Familie.«

Nun zog sie eine Augenbraue hoch und reckte das Kinn ein wenig. »Ich habe keine Ahnung, worauf du hinauswillst, aber …«

»Es heißt, dass es in unserem Haus spukt.« Er konnte sich nicht bremsen. »Und dass unsere Familie verflucht ist. Oder dass das Land verflucht ist und es in unserer Familie spukt? Ich verwechsle das immer.«

Zunächst starrte sie ihn an, dann schüttelte sie den Kopf. Diesmal verzog sie nicht das Gesicht, was hoffentlich bedeutete, dass es ihr besser ging. »Sicher doch«, murmelte sie und sagte lauter: »Ich habe niemanden gefunden, der herumging, nicht mal einen Geist, aber die Verandatüren standen weit offen.«

Also das war … seltsam. Stirnrunzelnd blickte er zu seiner Schwester und dann zu den Türen. Keiner von ihnen hätte die offen gelassen. »Sie waren geschlossen, als ich sie verließ.«

»Als du sie verließest?«

Er nickte, stemmte sich vom Türrahmen ab und durchquerte das Zimmer. »Ich hatte ihr vorgelesen.«

Sie beobachtete ihn. »Du liest ihr *Harry Potter* vor?«

»Ja. Warum klingst du so überrascht?« Er öffnete die Tür zur Ankleide und sah hinein, obwohl er nicht glaubte, dass er irgendwas finden würde. Als Julia nicht antwortete, schaute er über seine Schulter zu ihr. Sie sah entzückend verblüfft aus und er musste lachen. »Oder besser noch: Warum siehst du so überrascht aus?«

»Weiß ich nicht.« Wieder verschränkte sie die Arme vor der Brust. »Ich hatte nur nicht gedacht, dass du es bist.«

»Dachtest du, es wäre Gabe?«

Sie schürzte die Lippen, und als sie stumm blieb, wusste er, warum.

»Ich versuche, es jeden Abend einzurichten. Manchmal klappt es nicht«, erklärte er sich, auch wenn er es eigentlich nicht musste. Dabei sah er prüfend ins Bad. »Aber ich glaube, wenn ich ihr vorlese, fühlt sie sich … wohler.«

»Das stimmt wahrscheinlich«, sagte Julia nach einem Moment. »Es ist immer gut, solche Dinge zu tun. Du solltest es beibehalten.«

Er rieb sich mit der Hand über die Brust und wusste nicht recht, wie er darauf reagieren sollte. »Tja, im Wandschrank oder Bad versteckt sich niemand, um uns gleich anzuspringen.«

»Gut zu wissen«, sagte sie, und ihr trockener Tonfall brachte ihn zum Grinsen. »Würden Gabe oder Devlin die Türen offen lassen?«

»Nein.« Er drehte sich zu ihr und stellte verdrossen fest, dass sie sich der Zimmertür näherte. Sie wollte gehen. Es gab nichts mehr zu tun. Maddie schlief, es war mitten in der Nacht und Julia sollte ebenfalls schlafen. Doch er war nicht bereit, sie schon wieder in ihr Zimmer verschwinden zu lassen. Und er war egoistisch. »Sie würden nicht mal hier raufkommen, um sie zu besuchen.«

Julia öffnete den Mund, als wolle sie widersprechen, schien sich zu besinnen. »Nun, jemand hat diese Türen offen gelassen.«

»Wahrscheinlich der Geist.« Er ging zu Madeline und strich ihr eine Haarsträhne von der kühlen Wange. Dann blickte er zu Julia auf. »Oder die Geister.«

Sie verdrehte die Augen.

Sein Grinsen kehrte zurück, als er sich bückte, um seine Schwester auf die Stirn zu küssen. Er richtete sich wieder auf und sah, dass Julia ihn beobachtete. »Du musst einen sehr leichten Schlaf haben, Miss Hughes.«

Sie blinzelte schnell, und er wollte schwören, dass sie rot wurde. »Ich … ich habe nicht geschlafen. Und hör bitte auf, mich Miss Hughes zu nennen.«

»Aber was ist, wenn ich dich gerne so nenne?«

Wieder zog sie die Brauen zusammen. »Ich schätze, wenn du es willst, kannst du, aber …«

»Was aber?« Er ging um das Bett herum auf sie zu und wurde langsamer. Er hatte das Gefühl, dass sie weglaufen würde, sollte er ihr zu schnell zu nahe kommen.

»Aber es klingt ein bisschen eigenartig.« Sie straffte die Schultern, da er noch einen Schritt auf sie zu machte. »Mir wäre es lieber, du würdest Julia sagen.«

»Also …« Er kam noch näher. »Du würdest es vorziehen, wenn ich vertrauter mit dir wäre? Der Gedanke gefällt mir. Sehr. Vor allem weil es naheliegend ist, bedenkt man die Umstände.«

Ihre Wangen nahmen einen pinkfarbenen Ton an. »Das wollte ich damit nicht andeuten, und es ist wirklich spät. Ich wollte gerade …«

»Du wolltest es nicht andeuten?« Er war nur noch einen Schritt entfernt, nahe genug, um die Sommersprossen unter ihrem linken Auge zu sehen.

Sie trat einen Schritt zurück. »Ganz und gar nicht.«

»Wie schade.« Er ging wieder näher zu ihr.

»Ich wüsste nicht, warum.« Abermals reckte sie ihr Kinn. »Hör mal, wir hatten … eine kurze *Sache*, aber du kennst mich nicht gut genug, um so zu empfinden.«

Er hätte nicht von einer *Sache* gesprochen. »Tja, dieser Theorie zufolge kennst du mich auch nicht, trotzdem hast du angenommen, ich könnte es unmöglich sein, der seiner Schwester – seiner Zwillingsschwester – vorliest.« Er war inzwischen so nahe, dass er einen Hauch von Parfüm wahrnahm. Vanille? »Dieselbe Schwester, für die ich verlangte, eine Krankenschwester einzustellen? Dieselbe

Schwester, für die ich am Morgen nach dem Tod meines Vaters nach Pennsylvania geflogen bin?«

Sie öffnete den Mund und rang nach Luft. Ein Moment verging, während sie seinen Blick hielt. »Das ist ein gutes Argument ... dem ich nicht widersprechen kann.«

Lucian senkte sein Kinn und seine Stimme. »Ich bin *richtig* gut darin, Diskussionen zu gewinnen.«

Nun zuckten ihre Mundwinkel, und es kostete sie offenbar Mühe, nicht zu grinsen. »Tut mir leid, dass ich vorschnell über dich geurteilt hatte.«

»Ich habe das Gefühl, dass da ein ›Aber‹ mitschwingt, Miss Hughes.«

Sie machte noch einen Schritt zurück. »Dieses Gefühl täuscht dich.«

»Hmm«, murmelte er und lehnte einen Ellbogen über ihr an den Türrahmen. »Ich hege den Verdacht, dass du lügst, nur um mir nicht recht geben zu müssen.«

Sie verengte die Augen. »Und ich hege den unschönen Verdacht, dass du keine Achtung von dem Distanzbedürfnis anderer hast.«

»Ich habe den Eindruck, du hattest damit zuvor kein Problem.« Er neigte den Kopf zu ihr. »Aber du liegst absolut richtig mit dieser Einschätzung.«

»Es ist nichts, worauf man stolz sein sollte.«

»Aber wenigstens kann ich zugeben, wenn du recht hast. Kannst du zugeben, wenn ich es habe?«

Beim Atmen hoben und senkten sich ihre Schultern. »Vielleicht gebe ich nichts zu, weil ich mich bemühe, höflich zu sein.«

»Wo bleibt das Vergnügen, wenn man höflich ist?«

Sie sah mit großen Augen zu ihm auf, als hätte sie es mit einem Fünfjährigen zu tun. »Es mag nicht vergnüglich sein, doch da du mein Chef bist – oder einer meiner Chefs – halte ich Höflichkeit für geboten.«

Sein Blick fiel auf ihren Mund, und er fragte sich einmal mehr, wie sich diese Lippen an seinen anfühlen mochten ... und an anderen Stellen seines Körpers. »Willst du wissen, was ich denke?«

»Eigentlich nicht«, antwortete sie ironisch.

»Ich denke, dass Unhöflichkeit besser ist als Höflichkeit. Und weißt du, warum?« Er nahm eine Haarsträhne von ihr auf und strich mit den Fingern darüber. Weich wie Kaschmir.

Sie griff nach oben und zog ihr Haar aus seinen Fingern. »Warum?«

»Weil die Menschen gemeinhin ehrlich sind, wenn sie unhöflich sind.« Er hob ihr Kinn an, sodass sie ihn ansehen musste. »Und wenn sie höflich sind, lügen sie meistens.«

»Ich glaube, du kennst nicht allzu viele anständige Leute, wenn du das wirklich denkst.«

»Kann sein.« Er neigte den Kopf zur Seite. »Kennst du viele anständige Leute?«

»Früher ja«, murmelte sie und beäugte ihn misstrauisch.

Er begriff, was sie sagte, beziehungsweise nicht sagte, und lachte leise. »Soll das heißen, ich sei nicht anständig?«

Sie zog eine geschwungene Augenbraue nach oben.

»Nun, Miss Hughes, ich *bin* meistens ziemlich unanständig.«

Wieder wirkte sie überrascht. »Tja, ich schätze, Einsicht ist ein erster Schritt.«

»So sagt man.«

Sie warf ihm ein kurzes Lächeln zu und huschte aus der Tür auf den Flur. »Es war … nett, mit dir zu plaudern, aber …«

»Warum warst du wach?« Er folgte ihr und schloss die Zimmertür seiner Schwester hinter sich.

Julia stand mitten auf dem Flur und hatte die Arme um ihren Oberkörper geschlungen. »Ich … ich kann manchmal nicht schlafen.«

»Ach nein? Ich auch nicht.«

»Oh.« Sie sah den Flur hinunter. »Bist du deshalb wach?«

Unter anderem. Heute Abend hatte er in einem kleinen Raum abseits von seinem Wohnbereich gesessen, der einst eine Ankleide gewesen war, bevor Lucian ihn zu einem Atelier umgewandelt hatte. Und alles, was er getan hatte, war, drei Stunden lang eine weiße Leinwand anzustarren – mit sauberen Händen und dem Kopf übervoll mit Gedanken an seinen sogenannten Vater, seine Brüder, seine Schwester und natürlich Julia.

Normalerweise verbrachte er in solch einer Stimmung den Abend im Red Stallion, bis er eine Frau fand, mit der er sich die beunruhigenden Gedanken wegvögeln konnte. Doch als Gabe ihm erzählte, dass er dorthin wollte, hatte Lucian die Einladung abgelehnt.

Es musste daran liegen, dass er es für falsch hielt, Julia allein im Haus zu lassen, nachdem sie sich erst heftig den Kopf angeschlagen hatte. Und er wollte auch nicht zu lange von zu Hause weg sein, nachdem Stefan heute herumgeschnüffelt hatte. Aus echter Sorge nach Madeline gesehen? Blödsinn.

Das konnte er jemand anderem erzählen.

»Weißt du, was mir hilft, wenn ich nicht einschlafen kann?«, fragte er, anstatt zu antworten.

Sie sah ihn an, als würde sie sich fast vor der Antwort fürchten.

»Es gibt da einen Tee, den Livie in der Küche hat. Ich glaube, da ist Kamille drin. Hilft mir immer. Zumindest, um etwas zu entspannen.«

»Ah, Kamille.« Sie löste einen Arm von ihrem Oberkörper und strich sich eine Haarsträhne nach hinten. »Das leuchtet ein.«

Er verschränkte die Hände auf dem Rücken und sagte: »Außerdem hilft vögeln, bis jeder Zentimeter des Körpers mit Schweiß bedeckt und man völlig erschöpft ist. Das finde ich sehr viel vergnüglicher und *unanständiger*, um einschlafen zu können.«

Ihr Mund bewegte sich, ohne dass ein Laut herauskam. »Das … das ist wirklich …«

»Unangebracht? Ja, ich weiß.« Er zwinkerte. »Komm mit, ich mache dir eine Tasse Tee.«

»Nein, das ist nicht nötig.«

»Weiß ich, aber ich möchte es. Außerdem bin ich richtig gut im Teekochen. Du wirst in null Komma nichts schlafen.«

»Danke, aber ich denke, ich möchte einfach in mein Zimmer zurück.«

Er fing ihren Blick ein und hielt ihn. »Ich bestehe darauf, Miss Hughes.«

Alles an ihr schien zu erstarren, als der Befehl zwischen ihnen in der Luft hing. Offensichtlich begriff sie, dass es keine Bitte mehr war. Ein guter, anständiger Mensch würde nicht tun, was er gerade tat. Aber Lucian hatte nicht gelogen, als er sagte, dass er unanständig sei. Er wollte mehr Zeit mit ihr und nutzte alle nötigen Mittel, um die zu bekommen.

Sie atmete langsam aus. »Nur eine schnelle Tasse Tee.«

»Selbstverständlich.« Er war unübersehbar stolz auf sich. »Nur eine Tasse Tee, Miss Hughes.«

Julia verfluchte sich den ganzen Weg über zum Erdgeschoss. Wie konnte sie sich zu einer nächtlichen Tasse Tee mit Lucian nötigen lassen?

Und Lucian nötigte sie definitiv, dies hier zu tun. Auf ihrer Liste der Dinge, von denen sie fürchtete, von einem Arbeitgeber gezwungen zu werden, stand eine Tasse Kamillentee allerdings nicht.

Das Haus war still, als sie hinunter zur Küche gingen. Julia lief ein paar Schritte hinter ihm. Den ganzen Weg durch die drei Stockwerke beobachtete sie, wie sich die Muskeln an seinem Rücken und seiner Wirbelsäule bei jedem Schritt bewegten. Sie hasste sich dafür, so wie sie sich dafür gehasst hatte, ihn sich vorhin vorzustellen, aber im Ernst, er war wahrhaftig umwerfend.

Julia konnte nicht anders.

Sie gingen an einem Zimmer mit einem ovalen Tisch und eleganten Stühlen vorbei zu einer geflügelten Schwingtür, die Lucian aufstieß und einen Flügel festhielt, bevor er Julia entgegenflog. Sie holte tief Luft und zwang sich weiterzugehen, als er das Licht einschaltete.

Die Küche war genauso überkandidelt, wie Julia vermutet hatte. Sie war größer als die Hälfte ihres Apartments und die Einbauschränke reichten bis unter die Decke. Es gab einen Doppelbackofen aus Edelstahl und einen Gasherd sowie einen dieser futuristischen Kühlschränke, der wahrscheinlich digital erfasste, was in ihm lag und was herausgenommen wurde. Die Arbeitsflächen sahen wie weißer Marmor mit grauen Adern aus; solche Arbeitsflächen kannte Julia nur aus dem Fernsehen.

Und die Küche wirkte nicht mal benutzt – o mein Gott, ihr kam ein neuer Gedanke. Waren die de Vincents eine von diesen superreichen Familien, die zwei Küchen hatten? Eine zum Ansehen und eine zweite, in der richtig gekocht wurde?

Wer brauchte zwei Küchen?

»Setz dich«, sagte er, als er durch die Küche ging. Seine nackten Füße machten keinerlei Geräusch auf den Fliesen.

Sie schleppte sich hinüber zu den Barhockern an einer großen Kücheninsel. Dort zog sie einen Hocker vor und staunte, wie schwer er war. Noch dazu machte es ein entsetzliches Geräusch, als die Beine über den Fliesenboden schleiften. Sie erstarrte und blickte auf.

Lucian hatte ihr nach wie vor den Rücken zugewandt und holte eine kleine Schachtel aus einem der Schränke.

Julia setzte sich und beobachtete, wie er einen Kessel aus einem anderen Schrank holte, und wollte am liebsten den Kopf auf die Marmorplatte schlagen; doch das Letzte, was sie jetzt brauchte, war eine zweite Kopfverletzung. »Kannst du das Wasser nicht in der Mikrowelle aufkochen? Das reicht völlig.«

»Mikrowelle?« Seinem Kopfschütteln nach könnte man glauben, sie hätte vorgeschlagen, dass sie Teichwasser benutzten. »Nein, Tee muss richtig zubereitet werden. Das ist das A und O.«

»Ach ja?«

»Ja. Meine Methode funktioniert bestens.« Er befüllte den Kessel und trug ihn grinsend zum Herd.

Dieses Grinsen.

O Mann.

Mit dem hatte er sie in der Bar herumbekommen. Sein Grinsen hatte etwas Neckendes und Charmantes, war absolut sexy und frech.

Sie musste wegsehen, was zur Folge hatte, dass sie den Herd und seine Hände anstarrte – immer noch besser, als sein Gesicht zu begaffen. Er drehte an einem Schalter und blaue Gasflammen loderten auf.

Da Julia keine Willenskraft mehr besaß, blickte sie wieder nach oben und stellte fest, dass er sie ansah, während er den Kessel auf den Herd stellte. Er betrachtete sie mit dieser Intensität, die ihr allzu schnell vertraut wurde.

Sah er jeden so an, als würde er sich jedes Detail der Person einprägen?

Gedankenfetzen tauchten auf und fügten sich zu Bildern zusammen, die Julia weit von sich schieben wollte – Bilder von ihm, wie er Dinge tat, an die sie wirklich nicht denken sollte.

Dies hier war eine dumme Idee gewesen. »Du musst dir ehrlich nicht solche Umstände machen.« Sie legte die Hände auf die Kücheninsel und begann, sich nach oben zu stemmen. »Außerdem bin ich müde.«

»Es sind keine Umstände.« Er kam zur Insel, wobei er nicht ging, sondern sich vielmehr *anschlich*. Gegenüber von Julia blieb er stehen. »Und wir müssen reden.«

»Müssen wir?«

»Ja.« Er stützte die Unterarme auf die Insel und beugte sich ein wenig vor. Sein leichter Bartschatten am Kinn schien sich verdunkelt zu haben. Und aus der Nähe wirkten seine Augen jetzt eher blau als grün. »Ich möchte dir etwas über dieses Land erzählen – über uns.«

Sie war verwundert. »Über diese Fluch- und Spuksache?«

Er nickte, und das Funkeln in seinen Augen war regelrecht verschlagen. »Da du eine Weile hier sein wirst, solltest du erfahren, was über dieses Haus geredet wird, über uns und … über die Frauen, die herkommen.«

Die Frauen, die herkommen?

Alles klar.

Das klang nach einem ganzen Haufen von Gerüchten und Geschichten.

Julia redete sich gerne ein, dass sie über ein gesundes Maß an Neugier verfügte, wie es alle normalen Menschen aufwiesen. Und obwohl das Blitzen in seinen Augen verriet, dass er sie auf den Arm nahm, wollte sie hören, worauf dies hier hinauslief.

»Na gut.« Sie setzte sich wieder richtig hin, stützte die Ellbogen auf und lehnte das Kinn in ihre Hand. »Erzähl mir von den Geistern.«

»Bist du sicher?« Er fing seine Unterlippe mit den Zähnen ein und gab sie langsam wieder frei. Das war süß. Und irgendwie sexy. Ja, sehr sexy. »Es könnte dir Angst machen.«

Sie grinste spöttisch. »Wird es nicht.«

Seine Lider mit den dichten Wimpern senkten sich, während er eine Hand flach auf die Tresenplatte legte. »Der Legende nach passiert etwas mit Frauen, die herkommen. Entweder sind sie irgendwann … labil.« Er malte eine graue Marmorader nach. »Oder tot.«

13. Kapitel

Julia starrte ihn entgeistert an, bevor sie herausplatzte: »Das ist höllisch morbide.«

Seine Schultern bebten von seinem leisen Lachen. »Ja, nicht wahr? Und es wird noch morbider.«

Sie glaubte nicht, dass das möglich war.

»Wie dir vielleicht aufgefallen ist, bleibt das Personal ungern über Nacht im Haus. Die meisten weigern sich schlichtweg.« Er folgte weiter der Marmorader mit dem Finger. »Sie glauben, was über dieses Haus und Land erzählt wird. Selbst manche Leute aus der Stadt wollen hier nicht übernachten. Nicht einmal Livie oder Richard würden das tun.«

Sie dachte an das, was Richard ihr zu dem Zettel mit den Telefonnummern gesagt hatte. »Also, worum geht's?«

»Soweit ich es von meiner Urgroßmutter erinnere, glauben die Leute, dass dieses Land – mitsamt den Gebäuden – immer schon böse war. Verdorben.« Sein Finger auf dem Marmor hielt inne. »Es hat etwas mit den Plagen zu tun, die diese Gegend früher heimsuchten – Gelbfieber, Grippewellen, Infektionen, die früher tödlich waren. Über Jahre wurde dieses Land genutzt, um die Infizierten zu isolieren, wie ein Lager für Kranke. Eine Menge Leute sind hier gestorben. Manche behaupten, dass es Hunderte waren, andere, es seien Tausende gewesen. Die Sache ist, dass es kaum Beweise gibt. Gabe hat mal versucht nachzuforschen, aber da war nicht viel zu finden. Es gab damals viele Brände, bei denen stapelweise Dokumente vernichtet wurden. Wir wissen allerdings, dass hier Menschen begraben wurden.«

Hatte sie ihn auf dem Weg zur Küche noch am liebsten treten wollen, interessierte sie diese Geschichte nun doch. »Woher?«

»Als der erste Swimmingpool angelegt wurde …«

»Der erste Swimmingpool?«, hakte sie nach.

»Wir haben ihn vor wenigen Jahren modernisieren lassen.«

»Selbstverständlich.« Reiche Leute. Seufz.

»Als der *erste* Pool angelegt wurde …« Er wartete, ob sie noch etwas einwerfen wollte, und sie verdrehte die Augen. »… fand man Knochenteile. Relativ viele. Genug, um sich zu fragen, was zum Teufel hier los gewesen war. Wir schickten sie zu einem Labor in Baton Rouge und die Mitarbeiter bestätigten, dass es sich um menschliche Gebeine handelte. Sie glaubten, dass hier vielleicht mal eine Familiengruft gestanden hatte, die mit den Jahren verfallen war. Entweder das, und die Knochen gelangten auf diesem Weg ins Erdreich, oder dies war Land, auf dem man Kranke ansiedelte.«

Ein Schauer lief ihr über den Rücken. Wer wollte wissen, dass er womöglich auf einmal alten Friedhof wohnte oder einem Stück Land, auf das man früher Kranke brachte und sie dort sterben ließ? Ähm. Keiner. »Das ist … unheimlich.«

Dampf stieg aus dem Kessel auf. Lucian nickte. »Also fing Urgroßmutter Elise an zu erzählen, die Leute, die hier lebten, störten die Geister der Toten und machten sie unglücklich. Sie war hier geboren, im ursprünglichen Teil des Hauses, genau wie ihre Mutter und deren Mutter vor ihr. Aber sie wollte, dass das Haus abgerissen würde und die Familie wegzöge.«

»Hört sich nach einer extremen Lösung an.«

»Tja, was hier geschehen ist, ist extrem.« Er stützte die Wange auf seine Faust und blickte durch seine dichten Wimpern zu Julia auf. »Im Haus kommt es immer wieder zu seltsamen Vorfällen. Lichter flackern, obwohl mit der Elektrik alles in Ordnung ist, und hier drinnen funktionieren keine Kameras.«

Sie stutzte. »Wie kann das sein?«

Er zuckte mit einer Schulter und sah sie weiter an. »Wer weiß? Man kann hier drinnen Fotos machen, aber Liveaufzeichnungen wie von Sicherheitskameras gehen einfach nicht. Da ist irgendeine Störung.« Er schürzte die Lippen. »Jemand hat mal gesagt, hier verliefen Ley-Linien. Keinen Schimmer, was das sein soll, aber es gibt auch merkwürdige Geräusche – Klopfen in der Wand, Geraune aus Zimmern, die längst nicht mehr benutzt werden, Schreie, Gelächter, wenn niemand da ist. Und Schatten.«

Deutete er an, dass das, was sie im Badezimmer gesehen hatte, ein Geist war? »Und Schritte?«, fragte sie. Eigentlich glaubte sie solchen Unsinn nicht, trotzdem bekam sie eine Gänsehaut.

»Und Schritte.« Er streckte den Arm über die Insel und tippte mit dem Zeigefinger auf ihren Handrücken. »Du hast sie heute Nacht gehört, und niemand war in dem Zimmer.«

»Du behauptest, dass ich einen Geist gehört habe, der die Verandatüren geöffnet hat?« Ihre Worte troffen vor Skepsis, während sie zu ignorieren versuchte, was ihr Herz bei seiner Berührung anstellte.

»Das behaupte ich nicht, aber erzähl mir, was du gehört hast.«

Das konnte sie nicht, weil sie keine Ahnung hatte. Was nicht bedeuten musste, dass die Schritte oder die offenen Türen auf Paranormales zurückzuführen waren. »Was hat das Ganze mit den Frauen zu tun?«

»Offensichtlich wird jeder verflucht, der auf diesem Land lebt.« Er stemmte sich von der Kücheninsel ab.

»Sehr offensichtlich«, antwortete sie trocken.

Sein einer Mundwinkel schob sich nach oben, als er wieder zum Schrank ging. Sie senkte den Blick. Mann, er hatte wirklich einen super Hintern. »Das verdorbene Land verdirbt die Menschen, die auf ihm leben.«

Sie schüttelte den Kopf, während er zwei Becher aus dem Schrank holte, denn was er sagte, war zu lächerlich. »Ich finde, deine Familie hat sich ziemlich gut damit eingerichtet, auf verdorbenem Land zu leben.«

Schmunzelnd brachte er die beiden Becher zur Kücheninsel. »Sieht so aus, und das will ich nicht verschweigen. Unsere Familie lebte großartig. Größtenteils.« Er kam um die Insel herum, und als er hinter ihr vorbeiging, fasste er eine ihrer Haarsträhnen und warf sie über ihre Schulter. »Hast du gewusst, dass das ursprüngliche Haus seit dem Bau dreimal niederbrannte?«

Klang nach eklatanten Baumängeln. Sie strich sich die von ihm berührte Haarsträhne hinters Ohr. »Nein, das wusste ich nicht.«

»Ist so. Beim ersten Feuer brannte es bis auf die Stützbalken nieder. Eine Ururgroßtante und ihre Tochter kamen dabei um. Das zweite Feuer Anfang des 20. Jahrhunderts vernichtete das obere Stockwerk und tötete Emma de Vincent, die gerade Elise zur Welt gebracht hatte.« Er nahm eine Milchpackung aus dem Kühlschrank und einen kleinen Topf von der Arbeitsplatte, in dem vermutlich Zucker war. »Das dritte war in den Fünfzigern. Wieder brannte das Haus nieder, und diesmal kostete es meine beiden Tanten das Leben.«

»Wow, das ist tragisch.«

Er stellte Milch und Zucker auf die Kücheninsel neben die Becher. Noch nie hatte Julia Kamillentee mit Milch getrunken und fragte sich, wie das schmecken würde.

»Vielleicht solltet ihr die flackernden Lichter noch mal überprüfen lassen«, schlug sie vor und betete, dass das Haus nicht noch mal runterbrannte, solange sie drinnen war.

»Es liegt nicht an den Leitungen.« Er schritt zum Herd, hob den Kessel am isolierten Griff hoch und brachte ihn hinüber. Dann hängte er Teebeutel in die Becher. »Ist dir nicht aufgefallen, wer bei den Bränden starb?«

War es. »Es waren ausschließlich Frauen.«

Nickend goss er heißes Wasser in die Becher. »Unsere Großmutter starb hier, direkt vor dem Haus. Sie war im Rosengarten, als ein Gewitter aufzog. Die können hier unten schnell und brutal sein«, erklärte er und stellte den Kessel beiseite. »Der Blitz schlug in einen nahen Baum ein, der auf sie stürzte. Sie war sofort tot.«

»O Gott«, flüsterte sie entsetzt.

»Danach ließ unser Großvater sämtliche Bäume hinten fällen, als wäre es deren Schuld.« Er goss etwas Milch in beide Becher. »Seine Schwester, unsere Großtante, kam ein Stück die Zufahrt hinunter ums Leben. An dem Wagen, in dem sie gefahren wurde, versagten plötzlich die Bremsen. Auch sie war auf der Stelle tot. Der Chauffeur hatte nicht mal einen Kratzer. Und Urgroßmutter Elise? Sie schaffte es, achtundneunzig zu werden, ehe sie bei einem Sturz von der Treppe im zweiten Stock umkam.«

»O Mann … das ist … Ich weiß nicht, was ich sagen soll.« Sie schüttelte den Kopf, während er Zucker in die Becher löffelte.

»Und ich bin noch nicht fertig.« Er ging zur Spüle, öffnete eine der Schubladen daneben und nahm einen Löffel heraus. »Mehrere Cousinen sind auf bizarre Weise zu Tode gekommen. Eine hat sich tatsächlich aus Versehen selbst überfahren. Ich bin nicht ganz sicher, wie das passiert ist, aber es ist geschehen. Und unsere Mutter?«

Julia verspannte sich, als er zurück zur Insel kam.

Lucian setzte sich auf den Barhocker neben ihr und drehte sich so, dass er sie ansah. »Unsere Mutter stürzte sich vom Hausdach, als ich achtzehn war.«

»Mein Gott, das tut mir leid.« Sie ließ die Hände auf ihren Schoß sinken und schaute ihn an. Er griff nach den beiden Bechern. Julia hatte gewusst, dass seine Mutter Selbstmord begangen hatte, aber nicht, wie. Obgleich die Art und Weise nichts änderte. Jede Art war tragisch und herzzerreißend.

Er schien sie nicht zu hören, als er ihr einen der Becher hinschob. »Dann gab es die, die nicht umkamen. Die Cousinen, die nicht vor ihrer Zeit starben, hatten … Probleme. Manche waren so schwerwiegend, dass sie von der Familie in Krankenhäuser oder Nervenheilanstalten eingewiesen wurden.«

»Wie bitte?« Sie starrte ihn an.

»Das ist lange her.« Er blickte ihr in die Augen und ihr stockte der Atem. Seine Augen … waren von einem solch wunderschönen Farbton. Nun, da er nicht mehr direkt unter der Deckenbeleuchtung stand, hatten sie wieder jenes Meeresgrün angenommen, das Julia an warme Ströme erinnerte, die sie nur von Fotos kannte. Er tippte an den Becher. »Probier mal.«

Mühsam löste sie ihren Blick von ihm und hob den warmen Becher an. Der Inhalt duftete fantastisch. Sie trank einen kleinen Schluck und staunte über den süßen, rauchigen Geschmack.

»Was meinst du?«, fragte er.

Sie nickte und schluckte. »Der ist richtig gut.«

Wieder war sein Grinsen zurück.

»Also … glaubst du, dieser Fluch hat mit deiner Schwester zu tun?«, fragte sie.

Er wandte den Blick ab. »Es scheint so.«

Auch wenn sie wusste, dass sie nicht neugierig sein sollte, fragte sie: »Und ihr habt keine Ahnung, wo sie die ganze Zeit gewesen ist?«

Lucian schüttelte den Kopf und hob seinen Becher an. Er lehnte sich leicht zurück, als er ein Bein anzog. Sein Knie streifte ihren Oberschenkel, was einen Schauer in ihr auslöste, den sie zu ignorieren versuchte. »Wie du weißt, verschwand sie in derselben Nacht, in der unsere Mutter starb. Zuerst dachten wir, dass sie aus Verzweiflung weggelaufen sei, aber als sie nicht zurückkam …«

Sie beobachtete ihn. »Und keiner von euch will herausfinden, wo sie gewesen oder was mit ihr passiert ist?«

Ein Muskel zuckte in seiner Wange. »Ich schon, aber es ist nicht …« Er seufzte und trank einen Schluck Tee. »Es ist nicht so einfach.«

Ihr kam es recht einfach vor. Sie verstand, dass sie nicht schon wieder die Presse am Hals haben wollten, aber zu ergründen, was mit ihrer Schwester geschehen war, sollte wichtiger sein als die Furcht, von Reportern belästigt zu werden.

»Ich weiß, was du denkst«, sagte er.

Sie sah ihn wieder an.

»Bitte glaube nicht, dass wir nicht darauf drängen zu erfahren, was ihr zugestoßen ist. Und ich verstehe es. Ich *respektiere*, dass du so empfindest, ehrlich.« Seine Stimme war leise und tief. »Unsere Familie … tja, manchmal handhaben wir Dinge anders. Das mag schwer nachzuvollziehen sein, aber so ist es nun mal.«

Julia atmete tief ein. »Ja, das ist schwer nachzuvollziehen.«

Er hielt ihren Blick noch einen Moment, ehe er einen weiteren Schluck trank. »Der Fluch scheint sich sogar auf die Frauen auszuwirken, die keine Familienmitglieder sind.«

Während sie an ihrem Tee nippte, zog sie fragend die Augenbrauen hoch. Was für ein superschneller Themenwechsel.

»Es gab im Laufe der Jahre hin und wieder Unfälle im und beim Haus, bei denen Bedienstete ernsthaft zu Schaden kamen. Nicht immer Frauen, aber vorwiegend.«

»Demnach sollte ich aufpassen, wenn ich die Treppen rauf- und runterlaufe«, scherzte sie.

»Ich würde mich unbedingt am Geländer festhalten.« Er drehte sich zur Insel und abermals streifte sein Knie ihr Bein. Sie sah ihn an und er lächelte.

Julia lehnte sich nach links.

Prompt wurde sein Lächeln breiter. »Es hat andere Todesfälle und Unfälle gegeben. Devs Freundin am College starb bei einem ungeklärten Flugzeugabsturz. Ich glaube, er hat sie tatsächlich gemocht, was eine Menge heißen will.«

»Das würde ich doch hoffen, wenn er mit ihr zusammen war«, sagte Julia.

Lucian blickte sie seltsam an und lachte. »Du kennst Dev nicht. Ich glaube nicht, dass Dev für andere so empfindet wie die meisten Menschen außerhalb dieser Familie. Eher bin ich ziemlich sicher, dass er emotional am stärksten engagiert ist, wenn es um die Frage geht, welche gebügelte Hose am besten zu seinem Oxford-Shirt passt.«

Unwillkürlich musste sie lachen. »Das ist furchtbar.«

»Aber wahr.« Er stellte seinen Becher ab. »Dann war da Gabes Freundin. Das ... hmm, das ging nicht gut aus.« Sein Lächeln erstarb. »Gar nicht gut, für keinen von uns.«

Julia nahm ihren Becher herunter. Sie wünschte, er würde es näher ausführen, doch das tat er nicht.

Lucian räusperte sich. »Also, das ist die Legende. Das Land ist verflucht und deshalb ist es die Familie auch.«

»Es scheint unfair, dass hauptsächlich Frauen betroffen sind.«

Nun grinste er wieder schief. »Ich denke, für die Männer denkt er sich anderes aus. Immerhin sind wir berühmt für unsere Skandale.«

»Stimmt, seid ihr«, pflichtete sie ihm bei und linste zu ihm hinüber. Fragen, die sie dringend stellen wollte, wallten in ihr auf, obwohl sie wusste, dass sie zu Bett gehen sollte. Es war viel zu spät, und sie war müde. Endlich. Überdies sollte sie aus einer Vielzahl von Gründen nicht mit ihm hier sein.

Dennoch stand sie nicht auf.

»Darf ich dich etwas fragen?«, sagte sie einen Moment später.

Er schaute zu ihr. »Du darfst mich alles fragen, Miss Hughes.«

Da war diese Art, wie er ihren Namen sagte. Sie gab ihr das Gefühl … Himmel, sie wusste nicht, welches, aber nie zuvor hatte es sich so sexy angefühlt, wenn jemand sie mit Nachnamen ansprach.

Seine Lider senkten sich ein wenig und er biss sich erneut auf die Unterlippe. O Mann! Julia musste wegsehen. »Warum … hast du mir nicht einfach gesagt, wer du bist, als wir uns in Pennsylvania begegnet sind? Ich meine, ich verstehe ja, dass du … mich auf die denkbar gruseligste Weise überprüfen wolltest, aber du hättest es mir verraten können. Warum hast du nicht?«

»Ich weiß es nicht.«

Ungläubig starrte sie ihn an. »Das ist nicht dein Ernst. Du musst wissen, warum.«

Sein Blick wanderte zu einem schmalen, offenen Durchgang. Die Tür lag im Dunkeln, und Julia vermutete, dass sie in einen Wirtschaftsraum oder Ähnliches führte.

»Du hast recht«, sagte er nach einer kleinen Weile. Nun sah er sie an. »Ob du es glaubst oder nicht, ich kann Menschen ziemlich gut einschätzen. Nachdem ich eine Viertelstunde mit dir gesprochen hatte, war ich sicher, dass du den Job gut machen würdest, und ich … an der Stelle hätte ich es dir sagen müssen.«

Sie war verwundert, denn er wirkte, als könne er nicht fassen, dass er das zugegeben hatte. »Und warum hast du nicht?«

»Ganz ehrlich? Es ist lange her, seit ich mit jemandem geredet habe, der nicht wusste, wer ich bin. Dass ich mich bei einer Unterhaltung nicht permanent fragen musste, ob irgendwas, das die andere Person sagt, ernst gemeint ist oder sie bloß etwas von mir will.« Er blickte sie immer noch an. »Ob man mich nicht zu irgendeiner Investition überreden will, durch mich Zugang zu einem meiner Brüder gewinnen will oder sich einen schwachsinnigen gesellschaftlichen Aufstieg erhofft. Und jedes Mal, wenn ich einer Frau begegne, die weiß, wer ich bin? Dann frage ich mich, ob sie sich für mich interessiert oder nur irgendwie mit meinem Namen, meiner Familie in Zusammenhang gebracht werden will. Ja, das mag verdammt arrogant klingen, aber du hast keine Vorstellung, wie es ist, ständig die Absichten anderer zu hinterfragen.«

O wow.

»Also darum«, fuhr er fort, wobei sein Wangenmuskel zuckte. »Du hast mit mir geredet, als wäre ich irgendein Kerl, hattest kein verstecktes Motiv. Ich … ich habe das genossen.«

Julia lehnte sich zurück, war für eine Sekunde sprachlos, weil er all das gestand. Wenn sie recht überlegte, hatte sie durchaus eine Vorstellung davon, wie es war, ständig die Motive anderer zu hinterfragen. Das hatte sie bei ihrem Ex Adam dauernd gemusst. »Das verstehe ich.«

Lucian blinzelte einmal.

Dann noch einmal.

Fast musste Julia lachen, so verblüfft sah er aus. »Wirklich?«, fragte er.

Sie hob eine Schulter. »Du hättest es mir sagen müssen, aber ich weiß, wie es sich anfühlt, wenn man immerzu überlegen muss, warum jemand etwas Bestimmtes tut oder sagt. Ob es einen anderen Grund gibt, aus dem derjenige sich so verhält, wie er sich verhält. Als müsse man blitzschnell einschätzen, wie seine Stimmung ist, und sich wie auf rohen Eiern bewegen. Es ist nicht leicht, zu …« Sie brach ab, denn die Intensität seines Blickes bannte sie. Es war, als würde er Schicht um Schicht von ihr freilegen, direkt in sie hineinschauen, und sie war kurz davor, viel zu persönlich zu werden.

»Wie auch immer.« Sie räusperte sich und trank noch einen Schluck von ihrem Tee. Mehrere Momente verstrichen, ohne dass sie sprachen. Sie musste wirklich ins Bett. Bald würde es Morgen.

»Ich möchte mehr über dich wissen«, sagte er, bevor sie gehen konnte, und rückte näher. Sein Knie war abermals an ihrem Oberschenkel. »Ich habe Fragen. Ja, ich *bestehe* quasi aus nichts als Fragen.«

Sie lachte kopfschüttelnd. »Über mich gibt es nicht mehr zu wissen, als das, was du schon weißt.«

»Es gibt buchstäblich *alles* über dich zu erfahren«, beharrte er. »Wo bist du zur Schule gegangen, hast studiert? Was hat dich wirklich bewegt, einen Job wie diesen anzunehmen, für den du alles hinter dir lässt?«

»Ich war an der Shippensburg University. Wahrscheinlich hast du nie von der gehört.« Die zweite Frage würde sie niemals beantworten. Sie trank ihren Tee aus und lächelte verhalten. »Es ist richtig spät, und ich brauche etwas Schlaf. Danke für den Tee. Ich denke, er wirkt.«

»Aber die wichtigste Frage habe ich dir noch nicht gestellt.«

Sie ließ ihr Haar nach vorn fallen, sodass es ihre Brüste bedeckte. »Und die wäre?«

»Wie kannst du hier sein und das schönste Geschöpf, das ich jemals gesehen habe?«

Julia hob den Kopf so abrupt an, dass sie halb fürchtete, er würde ihr von den Schultern kippen. Alles an seinem Tonfall und den leicht geweiteten Augen signalisierte, dass er es ernst meinte, was nicht sein konnte.

Sie musterte seine Züge prüfend. Trank er etwas Härteres als Kamille? Denn unmöglich konnte er glauben, dass sie das schönste Geschöpf wäre, das er je gesehen hatte.

Die Frage brannte ihr auf der Zunge. Wenn er sie so schön fand, warum war er dann in jener Nacht einfach aus ihrem Apartment gegangen? Sie schluckte die Frage herunter, um nicht stattdessen ihren Stolz zu verlieren.

Und im Grunde wusste sie, wer Lucian war.

Er war der Typ Mann, der kein Wochenende überstand, ohne sich flachlegen zu lassen. Solche gab es. Sie hatte einige von ihnen während der College-Zeit kennengelernt, als sie ihr Praktikum im Krankenhaus machte. Sie waren nicht gerade wählerisch, wenn es darum ging, mit wem sie sich vergnügten. Eigentlich kam es nur darauf an, wer gerade verfügbar war.

Was bedeutete, dass sie sich nicht von Komplimenten beeindrucken ließ, mit denen jemand wahllos um sich warf.

Lucian beugte sich zu ihr und sagte leise: »Es gibt noch einen Grund, warum ich dir nicht erzählt habe, wer ich bin.«

Der Themenwechsel verwirrte sie, und sie flüsterte ebenfalls. »Warum?«

Nun neigte er den Kopf so, dass sein Mund direkt über ihrem Ohr war. »Weil ich wusste, in dem Augenblick, in dem du es wüsstest, würdest du mich nicht mit in dein Apartment nehmen.«

Julia atmete pustend aus. Ihr war klar, dass sie zurückweichen und das Gespräch beenden sollte. Das wäre professionell und würde von Reife zeugen. Aber sie rührte sich nicht. Wie angewurzelt blieb sie auf ihrem Hocker, während ihr Herz wild pochte.

Er war noch nicht fertig. »Ich wusste, wenn du es erfährst, würdest du mich niemals mit der Hand zwischen diese hübschen Schenkel lassen, und ich hätte nie erfahren, wie weich und feucht du dich anfühlst.«

Flammende Lust schoss durch ihren Körper und erhitzte sie bis ins Innerste. Seine Worte lösten einen Sturm in ihr aus, und ein Beben durchfuhr sie.

»Also, ja, es gibt einen anderen Grund, weshalb ich dir nicht verraten habe, wer ich bin.« Seine Lippen streiften ihr Ohrläppchen und jagten Schauer über ihre Haut.

Ihr Puls hämmerte und sie lehnte sich zurück. Sie fühlte sich wacklig, als Lucian sich auf seinem Hocker aufrichtete, und war sehr nahe dran – zu nahe dran –, etwas unwiderruflich Gedankenloses zu tun. Wie von ihrem Hocker auf seinen Schoß zu hüpfen.

»Du sollst das nicht ansprechen«, erinnerte sie ihn. »Das hast du versprochen.«

Lucian legte den Kopf ein wenig schräg. »Das habe ich nicht versprochen.«

Sie öffnete den Mund.

»Habe ich nicht«, bekräftigte er, und als sie jene Unterhaltung in Gedanken Revue passieren ließ, erkannte sie, dass er recht hatte. Er hatte es nicht.

Sie verengte die Augen. »Sei es drum, es wäre anständig von dir, es nicht zu tun.«

»Und ich dachte, du hättest verstanden, wie ich über Anstand denke.«

Sie schüttelte den Kopf. Es wurde allerhöchste Zeit, diese Unterhaltung zu beenden. »Danke für den Tee, Lucian, aber …« Erschrocken verstummte sie.

Lucian war so schnell aufgestanden und vor ihr, dass es ihr die Sprache verschlug. »Sag das noch mal.«

Sie war verwirrt. »Was?«

»Meinen Namen.«

Sie waren einander sehr nahe, und er überragte sie um gut einen Kopf. Julia hielt sich an der Kante der Kücheninsel fest. »Warum?«

»Weil ich dich darum bitte?«, bot er als Antwort an und zog die Mundwinkel nach oben. »Und weil ich mag, wie er aus deinem Mund klingt.«

Ihr Herz vollführte einen komischen kleinen Sprung. Sie hatte keine Ahnung, wie sie auf die Bitte reagieren sollte. Nicht die geringste.

Doch dann bewegte er sich. Er streckte eine Hand über die kleine Distanz zwischen ihnen und griff nach einer Haarsträhne, die ihr ins Gesicht gefallen war. Bevor Julia auf Abstand gehen konnte, streichelte er mit dem Handrücken ihre Wange, während er ihr das Haar hinters Ohr strich. Ihr verflixt dummer Körper reagierte wieder sofort.

Hitze durchströmte sie, sammelte sich tief in ihrem Bauch, und das war so verwerflich, dass sie sich schämen sollte. Leider änderte dieses Wissen nichts daran, dass ihr Körper ach so bereit für alles war, was Lucian vorhaben mochte. Winzige Schauer tanzten über ihre Haut. Sie fühlte, wie ihre Brustspitzen hart wurden, als seine Nähe ihre Sinne flutete.

Lucian senkte den Kopf, bis nur noch eine Haarbreite ihre Münder trennte. Zittrig holte Julia Luft, inhalierte die würzige maskuline Note. »Bitte?«, fragte er.

Worum hatte er sie noch gleich gebeten?

Er senkte den Blick und hob die Mundwinkel weiter zu einem wissenden Lächeln, als er ihr wieder in die Augen schaute. Sie wusste, was er sah. Ihre harten Brustwarzen.

Eine andere Wärme strömte durch ihre Adern und zwang sie, einen Schritt rückwärts zu machen. Sie verschränkte die Arme vor der Brust und schluckte einen ganzen Schwall Schimpfwörter hinunter. »Wir hatten solch eine gute Unterhaltung – eine merkwürdige, aber gute – und du musst sie ruinieren.«

Sein Lachen war alles andere als reumütig, als er sich mit der Hüfte an die Kücheninsel lehnte. »Ich habe das Gefühl, dass gewisse Teile von dir nicht finden, ich hätte irgendwas ruiniert. Ja, ich würde sogar so weit gehen zu wetten, dass diese Teile von dir äußerst interessiert sind.«

O mein Gott, war das sein Ernst?

Als sie ihn anstarrte, wurde ihr klar, dass sie zwei Optionen hatte. Entweder ließ sie zu, dass er sie mit seinem dreisten Flirten verunsicherte, oder sie machte verdammt noch mal dicht.

Sie entschied sich für Letzteres. »Hör mal, ich begreife ja, dass du gerne flirtest. Ist eben dein Ding. Wahrscheinlich ist es dir nicht mal bewusst oder du kannst nicht anders. Was auch immer. Du solltest nur wissen, dass es bei mir zum einen Ohr rein und zum anderen wieder hinausgeht. Ich bin nicht hier, um deine Langeweile zu lindern oder so.«

Aufs Neue senkte er den Blick, und sein Lächeln wurde zahmer. »Du hast recht. Ich kann nicht anders.«

»Dann streng dich mehr an.« Sie drehte sich um, ehe sie sich auf das nächste unnötige Wortgefecht einlassen musste. »Gute Nacht.«

»Gute Nacht, Miss Hughes«, rief er ihr nach.

Sie hob eine Hand, doch anstatt ihm den Stinkefinger zu zeigen, winkte sie bloß.

»Glaubst du es?«, fragte er, als sie schon an der Tür war.

Obwohl sie wusste, dass sie weitergehen sollte, blieb sie stehen und wandte sich zu ihm um. Zum ungefähr hundertsten Mal heute Abend wünschte sie sich, er würde wie Bigfoot aussehen, nicht wie der Traummann schlechthin. »Ob ich was glaube?«

»Die Geschichte über das Haus und meine Familie – über den Fluch?«

Sie lachte leise. »Nein. Nein, das glaube ich nicht.«

Er setzte sich auf den Barhocker, auf dem eben noch sie gewesen war, und beobachtete sie mit halbgeschlossenen Augen, während er seinen Becher hob. »Solltest du. Das solltest du wirklich.«

Lucian blickte Julia nach, als sie die Küche verließ, und trank seinen Tee. Er stand nicht auf, sondern wartete.

Und lange musste er nicht warten.

»Warum hast du ihr das alles erzählt?«, fragte eine Stimme hinter ihm.

Er stellte seinen Becher ab. »Und wie lange hast du uns belauscht?«

»Lange genug.«

Lucian drehte sich zur Tür am anderen Ende der Küche und stützte einen Arm auf die Insel. »Du bist spät auf, Gabe.«

Sein Bruder kam herein. »Ich konnte nicht schlafen.«

»Meine Schlaflosigkeit muss ansteckend sein.«

»Möglich wäre es.« Er sah zu den Schwingtüren. »Julia scheint ein richtig … netter Mensch zu sein. Ein guter Mensch.«

Lucian betrachtete seinen Bruder prüfend. »Ja, ist sie.«

Gabe griff nach ihrem leeren Becher und blickte in den kleinen Bodensatz, als könne er in ihm seine Zukunft lesen. »Wir sollten sie in Ruhe und ihren Job machen lassen.«

Interessant, dachte Lucian. »Woher das königliche ›Wir‹?«

»Du verstehst sehr gut, was ich meine.« Er stellte den Becher zurück und sah Lucian in die Augen. »Du weißt, wie wir sind. Was wir Leuten am Ende antun. Wir zerstören sie und machen weiter, als wäre verflucht noch eins nichts passiert.«

Zu gern hätte Lucian es abgestritten, konnte er aber nicht, weil es stimmte. In gewisser Weise. Aber, dachte er, veränderten sich nicht alle Wahrheiten irgendwann?

Sie schwiegen.

Schließlich stemmte Gabe sich von der Kücheninsel ab. »Geh schlafen.«

Dann verschwand Gabe in der Dunkelheit dessen, was früher die hintere Veranda gewesen war, bis man sie vor ewigen Zeiten ummauert und zu einem Lagerraum gemacht hatte.

In der stillen Küche wandte Lucian sich wieder auf dem Barhocker zur Marmorplatte und nahm seinen Becher. Er hatte ihn halb an seinen Lippen, als ein Luftzug die Härchen in seinem Nacken zu Berge stehen ließ. In dem Moment, in dem er aufschaute, öffnete sich die Tür des Küchenschranks, aus dem er den Tee genommen hatte.

Irgendwo tief im Haus glaubte er ein Lachen zu hören.

Und er fand, dass es sehr nach Urgroßmama Elise klang.

Julia hielt den Atem an, als sie es abermals versuchte und Madeline den schmalen Pinsel hinhielt. Das machte sie seit mindestens einer halben Stunde, und der einzige Fortschritt, den sie bisher verzeichnen konnte, war der, dass Madeline den Pinsel anzustarren schien.

»Komm schon«, murmelte Julia.

Lucian hatte sein Versprechen gehalten. Die frische Leinwand und Staffelei waren in Madelines Zimmer gebracht worden und eine Auswahl von Pinseln und Farbe lag auf dem Tisch neben ihrem Lehnstuhl.

Dies könnte die dämlichste Idee aller Zeiten sein, aber einen Versuch war es wert. Wenigstens dachte Julia das.

Sie atmete aus, nahm den Pinsel herunter und drehte sich zur offenen Tür, da sie Schritte hörte. In dem Moment, in dem Julia sie sah, erlitt ihr Gehirn einen kleinen Kurzschluss.

O mein …

Lucian betrat als Erster das Zimmer, dicht gefolgt von Gabe. Heiliger Bimbam … Beide sahen in ihren schwarzen, maßgeschneiderten Anzügen umwerfend aus. Für einen Moment vergaß Julia, dass sie sie anstarrte. Zum Glück war Devlin nicht bei ihnen, denn alle drei derart sagenhaft gekleidet zu sehen, hätte vielleicht dazu geführt, dass sie von ihrem Hocker kippte.

Sofort dachte sie an das, was sie letzte Nacht getan hatte, als sie an Lucian dachte. Was ihre Gedanken natürlich zu dem lenkte, was sie miteinander getan hatten, und zu dem, was er sagte, als sie mit ihm Tee trank. Ihre Finger waren nichts, verglichen mit seinen. Gar nichts. Wie überhaupt …

»Miss Hughes.« Ein Grinsen umspielte die sinnlichen Lippen. »Ich habe dir eine Frage gestellt?«

Sie blinzelte. »Ach ja?«

Gabe stellte sich neben Lucian. Schulter an Schulter waren sie exakt gleich groß. Der eine dunkel, der andere hell. »Er hat gefragt, wie es läuft.«

»Oh.« Sie sah zu Madeline, die immer noch auf den Pinsel in Julias Hand starrte. »Es geht langsam, aber wir arbeiten dran. Nicht wahr, Madeline?«

Madelines Finger zuckte.

Lucian kam zu ihnen, kniete sich neben seine Schwester und lächelte ihrem reglosen Gesicht zu. »Mal etwas für mich, und ich verspreche, dass ich dir heute Abend mehr als ein Kapitel vorlese. Wir kommen zu einer guten Stelle – die, an der Harry in den See taucht, um seine Freunde zu retten. Und, ja, ich weiß, du kennst den Teil auswendig, aber er ist beim zehnten Mal noch genauso schön.«

Julia kämpfte gegen ihr Lächeln und verlor, als sie zu Gabe blickte, der an der Tür stehen geblieben war. Er beobachtete seine Geschwister merklich unsicher. Julia wollte ihn hereinbitten, ihm sagen, dass es in Ordnung war, das zu tun, was Lucian tat, sich auf Dinge zu konzentrieren, von denen sie wussten, dass sie ihrer Schwester gefielen.

Doch dann begegnete Gabes Blick ihrem. Er lächelte matt, was seine umwölkten Augen jedoch nicht erreichte.

»Benimm dich«, sagte Lucian zu seiner Schwester. Er strich Madeline übers Haar, richtete sich auf und sah Julia an. »Wie fühlst du dich?«

»Gut«, antwortete sie munter. »Mein Kopf tut gar nicht mehr weh.«

Was nur teilweise stimmte. Wenn sie sich zu schnell bückte, begann er zu pochen, als hätte er einen eigenen Herzschlag, aber damit war die nächsten paar Tage noch zu rechnen.

»Ich bin froh, das zu hören.« Sein Blick wanderte über ihr Gesicht und verharrte auf ihren Lippen. »Und wie hast du letzte Nacht geschlafen? Ich hoffe, der Tee hat geholfen.«

Hitze schoss aus ihrem Bauch zwischen ihre Schenkel, wo sie sich zu ballen schien. Sie musste sich dringend zusammenreißen. »Hat er.«

Sein Lächeln wurde breiter und sie sahen einander in die Augen. Julia wurde ein wenig kurzatmig, als er ihren Blick hielt. Während Sekunden dahintickten, fragte sie sich, ob er spürte, dass sie sich wider Willen zu ihm hingezogen fühlte.

Bei ihrem Glück wahrscheinlich schon.

Gabe lenkte mit einem Räuspern ihre Aufmerksamkeit auf sich. »Wir fahren bald weg. Heute Nachmittag ist die Trauerfeier für unseren Vater.«

»Oh.« Ihre Hand umklammerte den Pinsel fester. »Das ging aber schnell.«

»Ja«, antwortete Lucian. »Es ist besser so.«

Gabe neigte den Kopf zur Seite. »Brauchst du noch irgendwas, ehe wir fahren?«

»Richard und Livie begleiten uns«, ergänzte Lucian.

Sie schüttelte den Kopf, obwohl ihr ein kleiner Schauer über den Rücken lief. Ganz allein in diesem riesigen Haus zu sein, machte ihr … ein bisschen Angst. »Ich brauche nichts.«

Lucian schaute sich im Zimmer um. »Hast du dein Handy bei dir?«

»Ja.« Komische Frage.

»Darf ich es sehen?«

Unsicher, warum er solch eine Bitte äußerte, stand sie auf und ging hinüber zum Nachttisch. Dort stöpselte sie das Handy vom Ladekabel ab und drehte sich zu Lucian um. »Warum willst du es sehen?«

»Du gibst es mir nicht einfach?«, fragte er belustigt.

»Äh, nein.«

Gabe schnaubte. »Ich mag sie.«

»Klar doch«, murmelte Lucian. »Ich möchte, dass du meine Nummer einspeicherst.«

Ihr erster Impuls war, es abzulehnen, aber das war nur das trotzige Kind in ihr. Er nannte ihr die Nummer, und sie tippte sie ein. Gleich darauf gab Gabe ihr seine Nummer.

»Wenn du aus egal welchem Grund irgendwas brauchst, ruf mich an«, befahl Lucian.

»Oder ruf mich an«, schlug sein Bruder vor und grinste, als Lucian ihn wütend anfunkelte. »Ich kommandiere andere nicht so herum wie er.«

Julia lächelte. »Das ist wahr.«

»Ich kommandiere niemanden herum.« Lucian runzelte die Stirn.

Sein Bruder stieß ein ersticktes Lachen aus. »Bist du ernsthaft so schlecht darin, dich selbst einzuschätzen?«

Lucian verschränkte die Arme vor der Brust. »Ich weiß wirklich nicht, wovon du redest. Miss Hughes findet nicht, dass ich herrisch bin.«

Sie zog eine Augenbraue hoch und brachte das Handy zurück zum Nachttisch. »Eigentlich finde ich, dass du ganz schön herrisch bist.«

»Dann lass es mich anders formulieren«, entgegnete er. »Dir gefällt meine Art, herrisch zu sein.«

Erschrocken sah sie ihn an und wurde rot, denn er hatte wieder diesen wissenden, heißen Blick. Ihr war sonnenklar, worauf er anspielte, und sie wollte ihn schlagen – später würde sie wieder von ihm fantasieren, aber sich in jedem Fall auch ausmalen, ihn zu schlagen.

»Okay.« Gabe legte einen Arm um Lucians Schultern. »Wir müssen los. Wenn wir zu spät kommen, flippt Dev aus und hält es uns ewig vor.«

»Traurig, aber wahr.« Lucian begann, rückwärts aus dem Zimmer zu gehen. »Denk dran, falls du irgendwas brauchst, ruf mich an. Wenn du ihn anrufst, verletzt du mein zerbrechliches Ego.«

»Das wäre ein Jammer«, sagte sie trocken.

»Weiß ich. Wir wollen nicht, dass das geschieht.« Er zwinkerte ihr albern zu, als er in der Tür stehen blieb. »Übrigens finde ich dein Outfit klasse.«

Julia schaute verwundert an sich herab. Was mochte er denn an ihrem Outfit? Sie trug eine schlichte blaue Schwesternuniform. Er war so von sich eingenommen, immerfort am Flirten. Als sie aufblickte, schob Gabe ihn aus dem Zimmer. Dabei sagte er leise etwas zu Lucian, das sie nicht hören konnte, aber was es auch war, es brachte Lucian zum Lachen. Dieses tiefe Lachen, bei dem sich alles in Julia anspannte …

Beide schienen guter Laune, obwohl sie auf dem Weg zur *Trauerfeier* für ihren Vater waren.

»Sonderbar«, flüsterte sie.

Sie sagte sich, dass sie ihre Probleme mit dem verstorbenen Vater nichts angingen, und setzte sich wieder auf den Hocker vor Madeline. Es fiel ihr schwer, nicht darüber nachzudenken, dass Gabe keinerlei Versuch unternommen hatte, mit Madeline zu kommunizieren. Wenn sie in sich eingesperrt war und mitbekam, was um sie herum geschah, musste es sie schmerzen.

Julia seufzte. »Es gibt eine Menge Geschichten in deiner Familie, was?«

Madeline regierte nicht, doch Julia hob erneut den Pinsel an. Ein Moment verging, und Madelines Blick wanderte zu dem langen, schmalen schwarzen Stiel. Die Finger ihrer rechten Hand zuckten, und Julia wurde ganz still, wartete und hoffte, dass etwas, irgendetwas passieren würde.

Dann hob Madeline nahezu schmerzlich langsam die Hand und schlang ihre dünnen Finger um den Pinselstiel.

14. Kapitel

Lucian würde ein ganzes Fass Bourbon brauchen, um diese Trauerfeier zu überstehen. Überall sonst wäre er lieber als hier, und dies war nicht mal die Beerdigung. Es war bloß eine Trauerfeier, auf der sich das eine Prozent Superreicher gegenseitig umgarnte und vorgab, sich gegenseitig zu respektieren.

Anstelle eines Sargs stand ein großes gerahmtes Foto ihres teuren Papas vorne in dem Raum. Seine Leiche war noch nicht freigegeben. Sobald sie es war, würde eine kleinere, sehr viel privatere Beisetzung stattfinden.

Mit anderen Worten: nicht annähernd so lachhaft wie dies hier.

Lucian stand in der Ecke des großen Atriums und beobachtete, wie Dev Hof hielt. Er war wie geschaffen für diesen verfluchten Mist, hierauf getrimmt. Dev war in seinem Element, während der Kragen von Lucians Hemd ihn würgte und sein Anzug ihn kratzte.

Bald würde Dev auf das Podest vorn treten, sich an die Menge wenden und so viel zuckersüßen Quatsch über ihren Vater erzählen, dass Lucian davon Sodbrennen bekäme.

Hoffentlich konnte er sich vorher unbemerkt wegschleichen.

Er hatte bereits an die fünfzig halbherzige Beileidsbekundungen über sich ergehen lassen, und dem nächsten, der sich ihm mit einem gekünstelt mitfühlenden Lächeln näherte, würde er es womöglich aus dem Gesicht prügeln.

Das einzig Gute an diesem blöden Zirkus waren die Spenden, die zusammenkommen würden. Aber der Rest? Unnütz.

»Du könntest versuchen, mehr so auszusehen, als wolltest du hier sein«, sagte eine Stimme hinter ihm.

Lucian grinste spöttisch, als er über die Schulter zu Troy sah. »Ich glaube nicht an die therapeutische Wirkung des künstlichen Lächelns.« Er wartete, bis Troy neben ihn getreten war. »Und was machst du hier?«

Troy verschränkte die Arme vor seinem Oberkörper. »Ich dachte, dass ich ihm die letzte Ehre erweise.«

Lucian schnaubte ungläubig. »Im Ernst?«

Troy sah ihn an. »Ich mochte den Mann kein bisschen, aber ihr seid für mich wie Brüder. Deshalb halte ich einige Minuten durch, in denen ich mir eigentlich selbst in die Eier boxen will.«

Lucian lachte leise. »Da bin ich ganz bei dir.«

Durch das Gedränge bahnte Gabe sich seinen Weg zu ihnen. Er bewegte sich mit großen, energischen Schritten und sah in etwa so froh aus, wie Lucian sich fühlte, als er elegant einem älteren Politiker auswich, der in seine Richtung steuerte.

»Das war knapp«, sagte Troy lachend, als Gabe bei ihnen war.

»O Mann«, brachte Gabe knurrend hervor und fuhr sich mit einer Hand durchs Haar. Die langen Strähnen fielen direkt wieder nach vorn. »Wenn ich mir noch eine einzige Geschichte über die guten alten Zeiten in Eton anhören muss, wird jemand verletzt.«

Lucian vergrub die Hände in den Hosentaschen und wippte auf seinen Fersen. Er beobachtete eine große dünne Blondine, die an Devs Seite erschien, und grinste zynisch. »Wie es aussieht, hast du es rechtzeitig in Sicherheit geschafft.«

»Verdammt«, murmelte Troy leise, als er sah, wen Lucian meinte.

»Was?« Gabe blickte über seine Schulter und fluchte. »O verdammt.«

Neben Dev stand Sabrina Harrington, seine wie mit Photoshop bearbeitete reiche Verlobte. Mit ihrer hageren Gestalt und dem eisblonden Haar sah sie genauso kalt und unberührbar aus wie ihr ältester Bruder. Bis heute war Lucian ein Rätsel, wie die beiden ein Paar hatten werden können.

Vor allem weil sie jahrelang hinter Gabe her gewesen war, nachdem sie alle vom College zurückgekehrt waren.

Lucian konnte auch nicht verstehen, wie Dev es so lange in der Nähe dieser Frau aushielt, um über eine Heirat nachzudenken.

Alle drei beobachteten, wie sie einen blassen Arm um Dev schlang. Der älteste de Vincent blickte zu ihr hinab. Sie lächelte kess, doch Dev verzog keine Miene, und ihr Lächeln verschwand.

»Wow, sind die verliebt«, bemerkte Troy.

»Jap«, antwortete Lucian und sah zu Gabe. Der war nun damit beschäftigt, seine polierten Schuhe zu betrachten, und wirkte, als wolle er im Boden versinken.

»Wo ist euer Onkel?«, fragte Troy stirnrunzelnd.

»In einem der Hinterzimmer mit einigen Freunden«, antwortete Gabe und drehte sich so, dass sein Rücken Dev und Sabrina zugewandt war. »Betrinkt sich wahrscheinlich.«

»Tja, dann hat er es anscheinend besser als wir«, erwiderte Troy und schaute wieder in die Menschentraube. »Na, ich verschwinde dann mal, doch bevor ich gehe …« Er sah die beiden an. »Ich habe den Chief so lange zurückgehalten, wie ich konnte, aber bald werden wir reden müssen. Sehr bald.«

Lucian vermutete, dass der Autopsie-Bericht nicht mehr lange auf sich warten ließ. Er nickte. »Botschaft angekommen.«

Troy klopfte erst ihm, dann Gabe auf die Schulter. »Wir sehen uns.«

Die Brüder sahen ihm nach, als Troy sich durch Gruppen von Trauergästen bewegte. Es war Gabe, der das Schweigen mit einem tiefen Seufzer brach, der durchdringender schien als das Geplauder um sie herum. »Ich habe das Gefühl, dass uns das Ergebnis der Autopsie nicht erfreuen wird.«

Lucian biss die Zähne zusammen, bevor er sagte: »Ich auch.«

Fortschritte wie diese verlangten eine Engelsgeduld. Es setzte jemanden voraus, der imstande war, seinen Körper während des Wartens anderweitig zu beschäftigen. Zumindest glaubte Julia das, während sie Madeline beobachtete.

Die Frau hatte den Pinsel etwa eine Stunde in der Hand gehalten, ehe sie zu der Farbpalette gesehen hatte. Julia hatte ihr mit einem anderen Pinsel auf der Staffelei vorgemacht, was sie damit anfangen konnte. Wie sie festgestellt hatte, handelte es sich nicht um eine Leinwand, sondern um mehrere Bögen dickes Pergamentpapier.

Julia malte ein windschiefes Strichmännchen, etwas Besseres brachte sie nicht zustande. Vor ungefähr dreißig Minuten hatte sie den Bogen, auf den sie ungeschickt gemalt hatte, weggezogen, und nun starrte Madeline fest auf das leere Blatt, den Pinsel in der zitternden Hand.

Eine Mischung aus Langeweile und Erwartung erfüllte Julia. Sie hätte den Fernseher einschalten können, wollte aber nicht, dass Madeline abgelenkt wurde, obwohl sie vermutete, dass den Pinsel zu halten der einzige Fortschritt bliebe, den sie vorerst …

Madeline bewegte sich.

Julia biss sich auf die Unterlippe, als die Hand der Frau über der Palette schwebte. Nach wenigen Momenten tunkte sie den Pinsel in die braune Farbe und hob ihn zum Papier. Sie bog ihr Handgelenk, und eine dünne braune Linie erschien auf dem Pergament.

»Das ist gut, Madeline«, sagte Julia und beobachtete, wie Madeline lauter kleine, dunkelbraune Pinselstriche ausführte. »Das ist fantastisch.«

Und es war fantastisch, dass Madeline schon malte – eine kleine Anhäufung von Linien, dennoch war es wirklich wunderbar.

Vielleicht sogar ein bisschen zu wunderbar, flüsterte eine Stimme in ihrem Hinterkopf.

Umgehend fühlte Julia sich mies, so etwas zu denken, aber sie war diesen Versuch mit realistischen Erwartungen angegangen. Bei Patienten in diesem Zustand konnten Wochen, Monate, manchmal Jahre vergehen, bis sich kleinste Veränderungen einstellten. Und selbst dann war es ein Erfolg.

Dr. Flores aber glaubte, dass es sich um eine psychische Störung handelte, und wenn dem so war, konnte Madeline physisch alles tun, was sie vorher auch gemacht hatte. Sie musste mentale Hürden überwinden anstelle von körperlichen.

Julia nagte weiter an ihrer Lippe und betrachtete Madeline, die nach wie vor mit der braunen Farbe arbeitete. Nach einer Weile wechselte sie die Farbe, wählte ein Rot, das Julia an die Samtbezüge der Sessel in jenem Zimmer erinnerte, in das sie bei ihrer Ankunft geführt worden war.

Während Madeline an dem Bild arbeitete, war Julia hin und her gerissen; einerseits wollte sie sich auf die Schulter klopfen, dass sie unkonventionell gedacht und es probiert hatte, andererseits wollte sie nicht ganz glauben, dass dies wirklich geschah.

Aber vielleicht war es so etwas wie ein Schlüssel, der ihnen am Ende erschloss, was Madeline durchgemacht hatte, und Julia musste das nutzen. »Weißt du, wo du bist, Madeline?«

Deren Hand erstarrte vor dem Papier.

In der Hoffnung, dass sie keinen Fehler machte, atmete Julia zögerlich ein. »Weißt du, dass du zu Hause bist?«

Madeline begann wieder zu malen, trug das Dunkelrot oben auf das Pergament auf.

»Weißt du … weißt du, wo du gewesen bist?« Als Madeline keine Reaktion zeigte, sondern weitermalte, rieb Julia die Hände an den Knien. »Ist schon in Ordnung. Du sollst nur wissen, dass du hier sicher bist.«

Der Pinsel rührte sich nicht mehr, und Madeline schien tief Luft zu holen. Langsam wandte sie ihren Kopf zu Julia. Ihre Augen waren riesig und die Pupillen bildeten einen starken Kontrast zum hellen Blaugrün.

Julia rang nach Atem, als sie die Furcht in den Augen der Frau erkannte. Unverkennbar. Sie sah verängstigt aus, und Julia fühlte einen Knoten in ihrem Bauch.

»Madeline …« Julia klappte den Mund zu, als sie bemerkte, dass Madelines Blick über ihre Schulter wanderte. Ein Kribbeln regte sich in ihrem Nacken und breitete sich über ihre Schultern aus.

Sie drehte sich auf ihrem Hocker um. Schlagartig raste ihr Herz, als sie einen Fremden in der Tür zu Madelines Zimmer stehen sah. Ihr Körper reagierte instinktiv. Sie sprang auf und stellte sich zwischen Madeline und diesen Mann, dessen Blick zu ihrem Handy auf dem Nachttisch wanderte. Verdammt, warum war es nicht in ihrer Tasche?

Angst rann wie Eiswasser durch ihre Adern. Alle anderen aus dem Haus waren fort, wodurch es unwahrscheinlich war, dass dieser

Mann hierher gehörte. Und das konnte nichts Gutes bedeuten, auch wenn er nicht angezogen war, als würde er gleich eine Waffe zücken und Zugang zu einem Safe voller Goldbarren fordern. Er hatte ein pastellblaues Polohemd und Kakishorts an. Und Julia war ziemlich sicher, dass er Segelschuhe trug.

Praktisch die Uniform reicher weißer Söhne.

Zugleich bezweifelte sie, dass sich Leute ganz in Schwarz kleideten, wenn sie am helllichten Tage jemanden ausrauben wollten.

»Wer sind Sie?«, fragte der Mann, ehe Julia etwas sagen konnte.

»Wer ich bin?« Beklommen ballte sie die Fäuste. Dieser Mann drang in das Haus ein und fragte, wer sie war? Unterdessen kam ihr etwas an ihm bekannt vor, auch wenn sie sicher war, dass sie ihn noch nie gesehen hatte.

Er trat ins Zimmer und Julia verkrampfte sich, während ihr Herz gegen ihre Rippen hämmerte. »Sie sind Krankenschwester«, konstatierte er. Einer seiner Wangenmuskeln zuckte nervös. »Die haben Sie angeheuert, was?«

Sie konnte nur raten, dass er mit »die« die de Vincents meinte, aber sie würde nicht antworten. »Ich weiß nicht, wer Sie sind oder wie Sie ins Haus gelangen konnten, aber ich muss Sie bitten zu …«

»Was? Gehen? Ich habe mehr Recht, hier zu sein, als Sie.« Er ging zur Seite, und Julia bewegte sich, damit sie zwischen ihm und der Frau blieb, die sich nicht verteidigen konnte. Der Mann stoppte und sah sie misstrauisch an. »Sie haben wirklich keine Ahnung, wer ich bin? Ich bin Daniel Gabon.«

Zwar bezweifelte sie, dass sich Diebe und Serienmörder mit vollem Namen vorstellten, trotzdem war sie nicht besonders erleichtert. »Der Name sagt mir nichts.«

»Selbstverständlich nicht«, entgegnete er verbittert. »Warum sollten die Ihnen auch von mir erzählen?«

Verstohlen blickte sie wieder zum Telefon und sah sich nach einer möglichen Waffe im Zimmer um, für alle Fälle.

Dann veränderte sich sein Verhalten. Er ließ die Schultern hängen und schüttelte den Kopf. »Sehen Sie, ich will Ihnen keine Angst machen oder ein Arschloch sein. Sie haben nichts getan, und Sie haben – Scheiße, Sie haben keinen Dunst, wo Sie hier reingeraten sind.«

Julias Unbehagen wuchs. »Tut mir leid, aber ich …«

»Ich bin Madelines Cousin. Mein Vater war der Bruder ihrer Mutter«, sagte er und fuhr sich mit einer Hand durch sein kurzes Haar. »Ich wollte nicht so mies rüberkommen, aber ich …« Sein Blick war über sie hinweg gerichtet, und ihr wurde klar, dass er nun Madeline sehen konnte. Er stieß einen leisen Fluch aus. »Ich war bloß geschockt, als ich sie gesehen habe – Sie beide gesehen habe.«

Nun verstand sie, warum er ihr bekannt vorkam. Seine Züge ähnelten denen von Madeline und Lucian – die Nase, der Wangenbogen. Julia erinnerte sich auch, dass der Senator einen Cousin erwähnt hatte.

»Ich wollte Ihnen wirklich keine Angst einjagen.« Er hob beide Hände und sah Julia flehend an. »Aber ich musste heute herkommen. Es war das erste Mal, dass ich sicher sein konnte, *sie* wären nicht hier.«

Julia war unsicher, ob sie ihm glauben sollte, aber auf jeden Fall musste sie zu ihrem Telefon und Lucian verständigen. Sie wusste nicht, ob dieser Mann tatsächlich ihr Cousin war und ob er hier sein durfte.

»Also.« Sein Adamsapfel bewegte sich beim Schlucken auf und ab. »Ich sehe schon, dass ich Ihnen einen echten Schock versetzt habe. Ich wollte nur sehen, ob es wahr ist.«

Julia musste nicht fragen, was er meinte.

Er betrachtete seine Cousine, als würde er einen Geist sehen. Julia blickte sich zu Madeline um. Sie hatte den Pinsel abgelegt und die Hände in die Taschen ihres weiten Pullovers geschoben.

Daniel ging hinüber und kniete sich neben Madeline. Er starrte sie an und rang zittrig nach Luft. »Sieh dich einer an. Ich hätte nie … Ich hätte nie gedacht, dass ich dich wiedersehen würde, aber du bist hier. Du bist wirklich hier.«

Klopfenden Herzens bewegte Julia sich in Richtung ihres Telefons. »Woher wussten Sie, dass Madeline hier ist?«

Er sah zu ihr, und seine Züge verhärteten sich wieder etwas. »Meine Cousins haben es mir schon mal nicht erzählt.« Seine Nasenflügel blähten sich. »Sie haben immer mir die Schuld gegeben, wissen Sie? Jedes Mal, als wir Kinder waren und Quatsch machten, war es meine Schuld«, sagte er. Der Senator hatte erwähnt, dass sie zusammen weggelaufen waren. »Ich meine, manchmal war es auch so, aber wir waren Kinder.« Ein kleines Lächeln erschien auf seinem Gesicht, als er wieder zu seiner Cousine sah. »Sie gaben mir die Schuld, als sie – als sie verschwand. Sie dachten, ich hätte etwas damit zu tun. Hatte ich nicht.« Er stockte. »Wie geht es ihr?«

Julia schnappte sich ihr Handy vom Nachttisch. »Sie macht sich gut. Sie haben mir nicht geantwortet, woher Sie wissen, dass sie hier ist.«

»Letzte Woche habe ich Gerüchte gehört«, sagte er und hob eine Hand in Richtung Madeline. Er berührte sie nicht, hielt ihr die Hand nur hin. »Ich habe einen Freund, der in dem Krankenhaus arbeitet, das Dr. Flores leitet. Der sagte, dass er jemanden gesehen habe, der Madeline so ähnlich sah, dass er schwören wollte, sie ist es.«

Julia setzte sich auf die Bettkante und tippte hastig ihre PIN ins Handy. Sie scrollte sich durch die Kontakte, bis sie den Namen fand und antippte.

»Aber er hat es abgetan. Wie auch nicht? Jeder hat gedacht, sie sei tot«, fuhr er fort. »Außer mir. Ich habe das nie geglaubt.«

Julias Finger erstarrten, als sie sah, dass Madeline die linke Hand aus der Tasche gezogen hatte. Mit offenem Mund beobachtete Julia, wie Madeline Daniel tatsächlich ihre Hand hinhielt. Heiliger Kuhmist. Hätte sie nicht gesessen, wäre sie glatt umgefallen.

Daniel legte seine Hand um Madelines und lächelte sie voller Erleichterung an. »Du malst?«, fragte er mit belegter Stimme.

Madeline starrte ihren Cousin an, aber ihre Lippen bewegten sich nicht. Es gab keine verbale Reaktion, dennoch kniff Daniel die Augen zu.

Julia begriff nicht, was hier vor sich ging, tippte aber hastig einen Text an Lucian und hielt das Telefon fest umklammert, als sie aufstand und dicht zu Madeline trat, falls … nun, falls irgendwas passierte.

»Sie hat heute erst angefangen zu malen«, sagte sie, weil sie das Gefühl hatte, etwas sagen zu müssen.

Daniel hob Madelines Hand an und presste sie an seine Stirn. »Madeline hat es geliebt zu malen. Tagelang konnte sie dasitzen und nichts anderes tun, wenn man sie ließ.« Er nahm ihre Hände herunter. »Verflixt, tut das gut, dich zu sehen.«

Julia fühlte das Vibrieren des Telefons in ihrer Hand und widerstand dem Drang, aufs Display zu sehen. Lucian rief an.

»Du wirst wieder«, sagte Daniel, und es klang, als würde er es sich selbst einreden. Er ließ Madelines Hand los, richtete sich auf und steckte seine Hände in die Shortstaschen. Dann sah er zu Julia. »Hat sie irgendwas darüber gesagt, wo sie war?«

Julia schüttelte den Kopf.

Wieder blickte er zu Madeline, die nun wieder auf ihre Malerei starrte. »Ich weiß, dass Sie einem von ihnen geschrieben haben.« Daniel lachte heiser.

Ihr Herz krampfte sich zusammen. Lügen war zwecklos. »Habe ich. Das ist mein Job.«

»Ja, und ich verstehe es«, sagte er erschöpft klingend, als er zurücktrat. »Ich verschwinde lieber, bevor sie mich windelweich prügeln.«

Julia riss die Augen weit auf.

»Erstaunt Sie das? Sollte es nicht. Diese Brüder …« Er brach ab und lachte wieder verbittert. »Ich wollte nur sehen, ob es wahr ist. Dass Madeline hier ist. Sonst nichts.« Er biss sich auf die Unterlippe, was Julia an Lucian erinnerte. »Darf ich Ihnen meine Nummer geben? Falls … na ja, falls etwas passiert? Könnten Sie mir Bescheid geben? Ich wäre Ihnen unendlich dankbar.«

Julia stimmte zu und nahm seine Nummer, obwohl sie nicht vorhatte, sie zu benutzen.

»Danke«, sagte er und nickte ihr zu, bevor er zur Tür ging. »Es tut mir ehrlich leid, wie ich mich vorhin benommen habe und dass ich Ihnen Angst gemacht habe. Ehrlich.«

Sie rang sich ein Lächeln ab, und das Handy vibrierte erneut. »Schon in Ordnung.«

»Ich finde allein raus.« Er war schon in der Tür, als er stehen blieb und sich zu Madeline umsah. Sie hatte den Pinsel wieder aufgenommen und bewegte ihn über das Papier. »Hören Sie, ich habe das Gefühl, dass ich Ihnen das sagen muss.«

»Was?«, fragte Julia.

»Seien Sie vorsichtig mit denen – den Brüdern.« Daniel sah sie an. »Sie sind nicht … sie sind keine guten Kerle, verstehen Sie? Sie kennen mich nicht, aber glauben Sie mir, wenn ich Ihnen sage, dass die alle gefährlich sind und ihnen nicht zu trauen ist. Madeline wusste das, und sehen Sie sich an, was mit ihr passiert ist.«

15. Kapitel

Lucian stand auf der Veranda vor Maddies Zimmer und hatte beinahe das Gefühl, als sei er nach dem Verlassen des Hauses vorhin nun in ein Paralleluniversum zurückgekehrt.

»Damit ich das richtig verstehe.« Er hatte die Hände auf die Brüstung gestützt und den Rücken leicht gekrümmt. »Madeline verwendet tatsächlich die Malsachen. Sie ist jetzt da drinnen und malt. Ich habe es eben mit eigenen Augen gesehen. Ich habe keinen Schimmer, was zur Hölle sie malt, aber sie malt?« Er sah Julia an. »Richtig?«

Ein mitleidiger Ausdruck huschte über Julias Gesicht. »Es ist eine Menge zu verarbeiten. Ich habe selbst gesehen, wie es geschah, und konnte es kaum glauben.«

»Und nicht nur das, mein Cousin Daniel ist irgendwie ins Haus gelangt, hat dir eine Heidenangst eingejagt und es geschafft, dass meine Schwester auf ihn reagiert? Sie hat ihre Hand in seine gelegt?«

Julia nickte. »Das … sah für mich so aus.«

»Verdammt«, murmelte er, nahm eine Hand von der Brüstung und rieb sich die Brust. Es freute ihn zu hören, dass Madeline auf jemanden reagiert hatte. Ehrlich. Trotzdem versetzte es ihm einen fiesen Stich. Er war ihr Bruder – ihr Zwilling. Und wenn er bei ihr war, schien sie es nicht mal zu bemerken.

Er nahm die Hand herunter und atmete langsam aus, während er wieder zu ihr hinübersah. »Ich hätte dich wegen Daniel warnen müssen, aber ich bin nicht davon ausgegangen, dass er von ihr erfährt.«

Julia hatte ihm erzählt, was Daniel gesagt hatte: Dass jemand im Krankenhaus glaubte, Maddie gesehen zu haben. Sie alle hätten besser auf die Möglichkeit vorbereitet sein müssen, dass es herauskam und zu Daniel und anderen durchdrang.

»Er hat mich erschreckt, aber es ist … es ist alles in Ordnung.« Julia schlang die Arme um ihre Taille. »Er hat nicht versucht, Madeline oder mich zu verletzen. Ich war nur nicht auf ihn vorbereitet.«

Lucian schüttelte den Kopf. »Nein, es ist nicht in Ordnung. Er weiß, dass er nicht hier sein darf.«

»Wie ist er überhaupt ins Haus gekommen?«

Lucian blickte stirnrunzelnd über das Land. »Das ist eine gute Frage. Ich weiß, dass er nicht durch die Vordertür gekommen ist.«

»Gibt es noch einen anderen Zugang?«

»Daniel kennt das Haus gut genug, um sich hier mit verbundenen Augen zurechtzufinden. Falls irgendwo ein Fenster offen gewesen war, hätte er es gefunden.« Das hatte er Richard schon überprüfen geschickt.

»Ich habe ihm nichts erzählt, außer dass Madeline nicht ansprechbar ist und eben erst angefangen hat zu malen.« Eine zarte warme Brise wehte die losen, kurzen Locken, die ihr Gesicht rahmten, auf. »Genau genommen hat er nicht viele Fragen gestellt. Wohl weil er keine Chance dazu hatte. Ihm wurde recht schnell klar, dass ich dir geschrieben habe, und danach ist er gegangen.«

»Ich hatte nicht gedacht, dass du ihm irgendwas erzählen würdest, was wir nicht in der Öffentlichkeit wissen wollen.« Er krümmte die Finger um das Geländer und zerdrückte die Weinranken unter seiner Hand. Das Letzte, was Maddie jetzt brauchte, war die Sorte Bockmist, die Daniel verzapfte. Wieder drehte er sich zum Garten und nahm die Hände von der Brüstung. »Darüber mache ich mir gar keine Sorgen.«

Obwohl er sie nicht ansah, spürte er, dass sie näher kam. Ein Moment verging, bevor sie fragte: »Ich weiß, dass es mir nicht zukommt zu fragen, aber warum darf Daniel nicht hier sein? Ich meine, sie hat auf ihn reagiert. Das ist wirklich gut.«

Lucian stemmte sich von der Brüstung ab und wandte sich zu ihr. »Erstens steht es dir durchaus zu zu fragen. Du wohnst hier.

Du kümmerst dich um Maddie. Und du hast sie dazu gebracht, etwas anderes zu tun, als dazusitzen und die Wand anzustarren, daher hast du dir jedes Recht verdient.«

Ihre Schultern entspannten sich. »Ich höre.«

Er lehnte sich seitlich an die Brüstung und verschränkte locker die Arme. »Der Grund, weshalb Daniel hier Hausverbot hat, ist eine alte lange Geschichte.«

»Wir haben Zeit«, beharrte sie. »Madeline hat ihr Abendessen gehabt und wir können sie von hier aus sehen.« Sie wies mit dem Kinn zur Tür. Maddie saß vor der Staffelei.

Lucian sah für einen Moment durch die Tür zu seiner Schwester, immer noch verblüfft, sie malen zu sehen. Seit sie wieder zurück war, fürchtete er, dass sich für sie nichts mehr ändern würde. Dass ihr Leben darin bestehen würde, sich bei so gut wie allem helfen zu lassen. Sie etwas tun zu sehen, *irgendwas* allein, zwang ihn vor lauter Erleichterung beinahe in die Knie.

Und so furchtbar es klang, war er froh, dass er nun einen Grund hatte, Julias ungeteilte Aufmerksamkeit zu gewinnen. Er hatte inzwischen verstanden, dass diese wahnsinnig schwer zu erobern war, und das hatte er nie zuvor erlebt.

Normalerweise war ihm das hundertprozentige Interesse von Frauen immer gewiss.

Folglich war dies eine recht ernüchternde Erfahrung.

Lucian löste seinen Blick von Julia und fokussierte die Türen. »Als Kinder waren Maddie und ich uns nahe. Da gab es Dev und Gabe und dann Maddie und mich. Doch wurde Maddie oft ausgeschlossen, wenn meine Brüder und ich etwas unternahmen, sie war nun mal kein Junge. Keiner von uns tat das mit Absicht.«

»Natürlich nicht«, bestätigte Julia. »Ihr wart Kinder.«

Er nickte. »Ich denke, deshalb sind sie und Daniel sich nähergekommen. Sein Vater war der Bruder meiner Mutter. Daher waren sie oft hier, und Daniel war ein Einzelkind. Seine Mutter starb an Krebs, als er noch klein war, und sein Vater – mein Onkel – hat nie wieder geheiratet. Wenn ich mit Dev und Gabe loslief oder eher hinter ihnen herlief …« Er brach ab und lachte leise. »Maddie blieb immer mit Daniel zurück, weil er ungefähr ein Jahr jünger war als wir.«

Julia ging zu einem der Korbstühle an der Tür und setzte sich. Die untergehende Sonne schien auf ihre Wangenknochen, als sie den Kopf in den Nacken lehnte und ihn beobachtete.

Er holte tief Luft. »Jedenfalls brachten die beiden sich dauernd in Schwierigkeiten, machten Sachen kaputt oder verschwanden, ohne jemandem Bescheid zu sagen, wohin sie wollten. Solche Sachen. Ein paarmal liefen sie zusammen weg, und alle gerieten in Panik.« Er rieb sich das Kinn. Ihm war noch gut in Erinnerung, wie seine Brüder und er Stunden damit verbrachten, nach den beiden zu suchen. »Manches lief so weiter, als sie schon Teenager waren. Unserem Vater war es egal, aber unsere Mutter hatte ein Problem damit.«

Julia runzelte die Stirn. »Aber wieso? Das klingt nach normalem Kinderkram.«

»War es größtenteils auch. Wie auch immer, auf jeden Fall war nicht ich es, der Maddie ihr erstes Bier oder ihren ersten Joint gab. Auch keiner von ihren Freunden. Das war Daniel. Natürlich war unsere Mutter stinksauer.« Ein kleines Lächeln regte sich in seinem Gesicht. »Es war etwa sechs Monate, bevor Maddie verschwand, und … na ja, du weißt, das mit unserer Mutter passierte, da bekam Daniel Hausverbot. Er und Maddie liefen wieder weg, und Maddie verpasste eine Menge Unterricht. Irgendwie schafften die beiden es bis nach Florida.«

Lucian schüttelte den Kopf. »Ich erinnere mich nicht mal mehr, warum sie es gemacht haben, außer dass es hier nicht gerade … harmonisch zuging. Dev und Gabe waren auf dem College, also wohnten nur noch Maddie und ich hier.« Er senkte den Kopf und schloss die Augen. »Dev und Gabe erhoben es zur Kunstform, unseren Vater zu umgarnen, und da sie nicht da waren, stand nichts mehr zwischen ihm und uns. Nicht einmal unsere Mutter.«

»Wart ihr denn nicht auf einer Privatschule?«, fragte Julia.

»Waren wir, aber hier vor Ort. Jeden Abend und an den Wochenenden waren wir zu Hause. Wir haben nicht dort gewohnt wie die anderen Schüler.«

Julia schwieg, und als Lucian die Augen wieder öffnete, stellte er fest, dass sie ihn beobachtete. Ihre Blicke begegneten sich, und ihm war es unmöglich wegzusehen. Was er auch gar nicht wollte.

Gott, sie war wunderschön. War ihr das bewusst? In ihrer schlichten blauen Krankenhauskleidung und mit dem zum Knoten aufgesteckten Haar war sie umwerfender als jede der aufgebrezelten Frauen, die im Red Stallion unterwegs waren.

Sie senkte die Lider und brach den Blickkontakt. Dann räusperte sie sich. »Also galt Daniel als schlechter Einfluss auf sie?«

»Ja. Als Maddie nach dem Tod unserer Mutter verschwand, dachten wir alle, sie wäre damit nicht fertig geworden und mit ihm abgehauen. Er leugnete alles, klar, und ich könnte … ein bisschen grob geworden sein, weil ich ihm nicht geglaubt habe.«

»Ach was?«, bemerkte sie trocken.

Er schürzte die Lippen und rieb sich wieder übers Kinn. »Es ist nur … auch als wir kleiner waren und Daniel hier war, waren Maddie und ich uns nahe. Doch sobald wir ins Teenageralter kamen, tat sich diese Kluft zwischen uns auf, die vorher nie da gewesen war. Ich weiß nicht. Wahrscheinlich ist das völlig normal.« Er nahm seine Hand herunter. »Auf jeden Fall hatte Daniel keinen besonders tollen Einfluss auf sie.«

»Aber wenn er helfen könnte, dass es Madeline wieder besser geht, könnte es nicht gut sein, hinter sich zu lassen, was in eurer Teenie-Zeit passiert ist?«, schlug sie vor. »Es könnte ihr wirklich helfen.«

Das mochte sein. Was wusste er schon bisher? Das Einzige, was er erreicht hatte, war, dass Maddie sich allein aufsetzen konnte.

Julia beugte sich vor und lehnte die Ellbogen auf die Knie. »Da war noch etwas, das Daniel zu mir sagte. Ich weiß nicht, ob ich es dir erzählen soll, weil ich denke, dass er Maddie helfen kann, aber ich habe das Gefühl, dass ich muss, denn, na ja, … habe ich einfach.« Sie stockte kurz. »Daniel …«

»… hat dich vor uns gewarnt? Hat gesagt, dass wir böse oder gefährlich sind?«, beendete er ihren Satz, da sie nicht aussah, als würde sie es.

Julia machte den Mund zu und gleich wieder auf. »Ja, etwas in der Richtung.«

Er lachte verbittert. »Wie gesagt, ich habe mich wirklich nie mit Daniel verstanden. Meine Brüder genauso wenig. Er gehört zur Familie, und ich weiß, dass ihm an Maddie liegt, aber er ist ungefähr so nützlich wie ein Cabrio in einem Tornado. Daniel ist nicht gerade der Hellste, und in den letzten paar Jahren hat er alles verpulvert, was sein Vater ihm hinterlassen hat.«

Sie setzte sich auf. »Sein Vater ist auch tot?«

»Vor sieben Jahren gestorben. Multiples Organversagen«, antwortete Lucian. »Unser Vater hatte Daniel über die Jahre Geld geliehen, weil er nun mal zur Familie gehört, aber als er es vor etwa sechs Monaten einstellte ... Sagen wir, da fing Daniel an, eine Schmutzkampagne gegen uns zu führen, die es in sich hat.«

»Wow«, murmelte sie. »Deine Familie ist ... kompliziert.«

»Was noch freundlich ausgedrückt ist.« Er lächelte, als er ihr Grinsen sah. »Ich überlege, ob wir Daniel herkommen lassen. Dev wird ausflippen, aber damit muss er klarkommen.«

»Ich glaube, dass es helfen würde.« Julia sah ins Zimmer. Maddie malte immer noch. Es war nicht zu erkennen, woran sie arbeitete. Noch waren es nichts als Rot- und Brauntöne, die wie willkürlich angeordnet wirkten. »Ich ... weiß, dass du kein Fan von eurem Vater warst, aber mir tut es leid, dass die Trauerfeier gestört wurde.«

Er wollte ihr sagen, dass es tatsächlich ein Segen gewesen war, doch als er den Mund öffnete, war er ausnahmsweise sprachlos. Er konnte scherzen, so viel er wollte, doch änderte es nichts an dem, was heute geschehen war und morgen passieren würde.

Was Troy ihnen auf der Trauerfeier erzählt hatte, ließ Lucian keine Ruhe. Die Sorge um seine Schwester und das, was kommen würde, fraß sich wie Batteriesäure durch seine Adern.

Lucian hatte das Gefühl, dass sie Maddies Wiederauftauchen nicht mehr lange geheim halten konnten, und wenn es bekannt wurde, würden die Leute den zeitlichen Rahmen der Geschehnisse bemerken. Sie würden anfangen, dasselbe zu denken, was Dev und ihr Onkel dachten.

»Lucian?«, fragte sie leise.

Er riss sich aus seinen Gedanken und lächelte ihr zu. »Hmm?«

Julia sah ihn prüfend an. »Alles klar?«

Der überwältigende Wunsch, ihr alles zu erzählen, was ihn umtrieb, traf ihn mit der Wucht einer Gewehrkugel. Das war verdammt bizarr. »Ja, war nur ein langer Tag.«

Einen Moment lang betrachtete Julia ihn und rückte an die Kante des Korbstuhls. »Verständlich. Nun, ich gehe lieber wieder rein.« Sie stand auf und trat einen Schritt vor. »Sicher …«

Lucian begriff nicht, was geschah.

Eben stand sie noch da, und im nächsten Augenblick fiel sie. Er schoss nach vorn, fing sie mühelos mit den Armen ab, ehe sie sich ihren Kopf noch mal anschlug. »Holla«, sagte er mit einem leisen Lachen und blickte hinunter zu dem ordentlichen Haarknoten. »Alles gut?«

»O mein Gott«, antwortete sie und hob den Kopf. »Ich bin buchstäblich über meine eigenen Füße gestolpert.« Ihre Wangen färbten sich rosa. »Das ist tatsächlich gerade passiert.«

Lucian musste grinsen, als er sie aufrichtete. Zumindest zunächst. Er stellte sie wieder auf die Beine, doch auf einmal zog er sie zu sich, an sich. Er hielt sie so nahe bei sich, dass ihre Brüste an ihn gepresst waren und er ihr Ringen nach Luft fühlen konnte.

Verflucht.

Lucian schluckte ein Stöhnen herunter, denn sein Körper reagierte prompt auf ihre weichen Formen an seinen. Innerhalb einer Sekunde war er hart, fast schmerzlich erregt und von einem nahezu irrationalen Verlangen erfüllt, sie zu haben, sie *zu nehmen*, und er wollte verdammt sein, aber das hatte er nie zuvor empfunden. Es war Irrsinn. Er könnte jede haben, aus dem Haus gehen oder einen Anruf machen, und jede Menge Frauen wären bereit für ihn. Doch er war besessen von der einen, die ihm widerstand. Egoistisch. Er war unwiderruflich selbstsüchtig und er konnte nicht anders.

Julia versteifte sich an ihm, riss vor Schreck die Augen weit auf. Und er beobachtete, wie sich das Rosa in ihrem Gesicht ausbreitete. Er wartete, dass sie sich ihm entwand, ihn mit diesem Blick bedachte, unter dem den meisten Männern die Eier schrumpften. Oder ihn schlug. Denn es hatte schon reichlich Momente gegeben, in denen sie aussah, als wäre sie kurz davor, ihm die Faust in den Magen zu rammen oder Schlimmeres. Wenn er es recht erinnerte, hatte sie sogar mal erwähnt, ihm einen Hieb verpassen zu wollen.

Aber dann … entspannte Julia sich.

Verdammt.

Ihr Körper verschmolz mit seinem wie warme Butter auf seiner Zunge, und die Außenwelt hörte auf zu existieren. Jede Zelle in ihm war auf sie ausgerichtet. Und, ja, er wollte sie jetzt gleich. Er wollte ihr diese dünne blaue Hose herunterherreißen und sie an der Wand nehmen. Oder wie in dem Apartment. Sie dazu bringen, sich an der Brüstung festzuhalten, während er sich in jedem wundervollen Zentimeter ihres Körpers verlor.

Lucian wäre egal, wer sie sehen könnte.

Doch zuerst wollte er ihren Mund schmecken. Er wusste nicht, wie er sich an seinem anfühlte, wie sie …

Julia riss sich von ihm los, strich mit den Händen über ihre Schenkel und stolperte einen Schritt rückwärts. Er griff nach ihr, weil er fürchtete, dass sie umkippte, doch sie wich ihm aus. »Ich muss gehen«, sagte sie und schoss förmlich in Madelines Zimmer, wo sie die Tür hinter sich schloss.

Sein Instinkt verlangte, ihr nachzueilen, aber er zwang ihn zurück, schloss die Augen und konzentrierte sich darauf, tief und gleichmäßig zu atmen. Es verging eine sehr lange Weile, ehe er sich von der Stelle rühren konnte. Bis er sich selbst vertraute, nicht zu ihr zu gehen – ihr nicht zu zeigen, wie wenig für ihn in Ordnung war.

16. Kapitel

Julia hatte keine Ahnung, was Madeline auf dem zweiten Blatt gemalt haben könnte. Es war dem ersten sehr ähnlich, eine Mischung von Braun- und Rottönen, so vermengt, dass es wie ein Hautton wirkte. Und wieder war da ein Augenpaar, wie auf dem ersten Bild.

Julia war keine Künstlerin und tat sich bei den meisten Gemälden schwer damit, ihnen einen Sinn abzuringen, aber diese schwebenden Augäpfel waren ein bisschen unheimlich.

Sie unterdrückte ein Gähnen und erhob sich von ihrem Hocker. »Ich bin gleich wieder da.«

Madeline reagierte nicht, als Julia die Schüssel und die Waschsachen nahm, die sie vorhin benutzt hatte. Sie trug alles ins Bad und wusch die Schüssel aus. Als sie sauber war, stellte Julia sie zum Trocknen in die Badewanne. Die Handtücher warf sie in einen kleinen Wäschekorb an der Tür. Noch ein Gähnen kroch ihre Kehle hinauf, als sie den Waschtisch abwischte.

Letzte Nacht hatte sie bestenfalls drei Stunden geschlafen. Sie hatte keine mysteriösen Schritte gehört, dem Himmel sei Dank, aber ihr Verstand wollte nach allem, was gestern geschehen war – ach was, die letzten Tage geschehen war –, einfach nicht abschalten.

Ihre Hand mit dem feuchten Lappen darin erstarrte, und sie blickte ins Zimmer. Was könnte die Quelle der Schritte gewesen sein, die sie vorletzte Nacht gehört hatte? Es musste einer der anderen Brüder gewesen sein oder vielleicht ihre Einbildung, aber gewiss nicht, was Lucian angedeutet hatte. Geister? Das war schlicht … schwachsinnig. So albern wie Lucian selbst.

Obwohl er einen tollen Tee machte.

Den hätte sie gestern Abend gebraucht.

Wenn sie nicht gerade an die seltsamen Schritte dachte, ging sie immer wieder im Geiste durch, was Daniel gesagt und wie Madeline auf ihn reagiert hatte. Sie hoffte ernstlich, dass Lucian überlegte, ihn trotz ihrer Probleme herkommen zu lassen.

Schaden könnte es nicht.

Daniels Erscheinen war nicht das Einzige gewesen, was sie nachts wachgehalten hatte. Dieses verdammt nervige Grinsen von Lucian hatte sich in ihrem Kopf festgesetzt, bis sie endlich einschlief.

Er war … gütiger Himmel, er war mehr als umwerfend. Sie konnte gut verstehen, dass viele Frauen alle Vernunft über den Haufen warfen, zusammen mit ihren Slips, wenn es um ihn ging.

Um ein Haar hätte sie es selbst gestern Abend auf der Veranda vor Madelines Zimmer getan. Ihr Körper war praktisch außer Kontrolle geraten. Es hatten nur Sekunden gefehlt, dass sie die Augen schloss und den Kopf zurücklehnte, damit er sie küssen könnte.

Vollkommen lächerlich.

Sie war nicht so dumm, sich in eine Position bringen zu lassen, in der sie gefährdet war, unbedachte Dinge zu tun. Er hatte nur diese … diese Art an sich.

Aber gestern hatte sie noch etwas anderes an ihm bemerkt. In der kurzen Zeit, die sie Lucian kannte, hatte er sich ihr als der lässige, reiche Playboy präsentiert, den außer der Sorge um seine Schwester rein gar nichts belastete. Er war charmant und konnte sie teuflisch necken. Er war ein Teufel mit goldener Zunge, doch sie hatte einen Riss in dieser Fassade gesehen. Da waren Schatten gewesen, die hinter den geschmeidigen Worten und dem unbekümmerten Grinsen lauerten.

Er war gestresst, und wer könnte es ihm vorhalten? Egal, wie komfortabel sein Leben war, hatte er eine Menge zu verarbeiten, und Julias fürsorgliche Ader, ihr fast schon idiotischer Drang, Trost anzubieten, hatte gestern Abend genau das gewollt.

Weshalb sie letzte Nacht ihre Kissen geboxt hatte.

Seufzend drapierte sie das kleine Handtuch über dem Wasserhahn und ging zurück ins Zimmer. Dort setzte sie sich in den Sessel neben dem Bett und sah nachdenklich hinüber zu Madeline. Die Frau war ganz auf ihr Malen fokussiert. Heute Morgen hatte Julia ihre Werte überprüft. Kein Fieber, der Puls ein wenig langsam und der Blutdruck niedrig, aber beides konnte normal für sie sein oder eine Folge des Bewegungsmangels. Es gab keine Anzeichen für gravierende gesundheitliche Probleme. In den Muskeln hatte noch keine Atrophie eingesetzt und ihre Haut war nicht fahl oder gerötet, nur blass.

Julia beugte sich vor, stützte die Ellbogen auf die Knie und das Kinn in ihre Hand. »Was ist mit dir passiert?«

Sie erhielt keine Antwort.

Madelines Blick war auf ihr Gemälde fixiert. Was wusste Julia über sie? Dass sie als Kind und Teenager rebellisch gewesen war; dass sie ein enges Verhältnis zu ihrem Zwillingsbruder gehabt hatte, bis sie Teenager wurden und sie ihrem Cousin David nähergekommen war. Madeline hatte offenbar keine sehr innige Beziehung zu ihren anderen Brüdern, weder vor ihrem Verschwinden noch hinterher. Sie war in derselben Nacht verschwunden, in der ihre Mutter starb. Das war fast zehn Jahre her. Hatte der Tod sie so sehr getroffen, dass es sie zum leichten Opfer von jemandem gemacht hatte? Oder hatte er eine latente psychische Erkrankung ausgelöst? Nach dem, was Lucian ihr an dem Abend über seine Familie erzählt hatte, klang es, als hätte die Familie diesbezüglich eine Vorgeschichte, und bestimmte Leiden konnten erblich sein. Oder war es eine Mischung aus beidem?

Doch jemand musste für sie gesorgt haben, so lange sie vermisst wurde. Was nicht bedeutete, dass diejenigen sie nicht auch missbraucht hatten. Also wer hatte sie festgehalten? Wie war sie entkommen? Oder war sie es gar nicht?

Es gab so viele Fragen.

Julias klingelndes Handy riss sie aus ihren Gedanken. Sie ging davon aus, dass es Anna war, denn die hatte ihr gestern Abend geschrieben, dass sie heute anrufen wollte. Also stand Julia auf und ging zu dem Tisch, auf dem ihr Telefon lag. Sie hob es hoch, und ihr wurde schlecht.

Eine bleierne Schwere drückte auf ihre Brust, als sie die Vorwahl sah. Sie war vertraut, zu vertraut, und definitiv nicht Annas, denn deren Nummer war unter ihrem Namen eingespeichert. Julia drehte sich zu den Verandatüren und drückte die Taste, mit der sie das Gespräch auf die Mailbox leitete. Mehrere Augenblicke stand sie da und hoffte, dass ihr Verdacht falsch war. Es durfte nicht wahr sein. Nach seinem letzten Anruf hatte sie ihre Nummer endlich gewechselt, und ihre Eltern hätten sie ihm niemals gegeben.

Wenig später ging eine Textnachricht ein, die nur aus sechs Wörtern bestand. Sechs Wörter, die Julia nicht sehen wollte.

Hier ist Adam. Ruf mich an.

»Verdammt«, murmelte Julia. Sie schloss die Augen und umklammerte den Apparat so fest, dass ihre Fingerknöchel wehtaten. Verdammt, verdammt, verdammt.

Jemand hatte ihm die Nummer gegeben oder er sie irgendwie herausgefunden, was nicht verwunderlich war, bedachte man, womit er seinen Lebensunterhalt verdiente. Vermutlich wusste er inzwischen, dass sie nicht mehr in Pennsylvania war.

Auf keinen Fall würde sie antworten.

Aber würde das etwas nützen? Bisher schien es nie zu funktionieren, ihn einfach zu meiden. Nicht langfristig. Warum musste sie sich überhaupt deshalb Gedanken machen? Das wollte sie nicht.

Sie öffnete die Augen, löschte die Textnachricht und legte das Telefon hin, als es wieder zu klingeln begann. Dieselbe Nummer.

Adam.

»Herrgott«, murmelte sie und drückte den Anruf weg. Passierte das wirklich?

»Ist alles in Ordnung?«

Sie quiekte vor Schreck, weil Lucians Stimme so nahe war, drehte sich um und rang nach Luft. Er stand nur wenige Schritte hinter ihr. Verfluchter Mist, wie konnte sich ein so großer Mann derart geräuschlos bewegen?

Sie musterte ihn.

Und wie konnte er so gut aussehen? Sein Haar war feucht und entsprechend dunkler als sonst. Das hellgraue Baumwollshirt klebte an seiner Brust und deutete die definierten Bauchmuskeln darunter an. Es schien, als hätte er geduscht und wäre ihm das Abtrocknen dann zu öde geworden, sodass er sich kurzerhand angezogen hatte und nach oben gekommen war.

»O mein Gott«, sagte sie. »Bist du auch halb Geist?«

»Kann sein.« Er blickte zu dem Handy in ihrer Hand und runzelte die Stirn. »Ist alles in Ordnung?«, wiederholte er.

»Ja.« Sie hielt das Telefon mit dem Display an ihre Brust. Ihr Herz pochte unregelmäßig. »Natürlich.«

»Bist du sicher?«

Julia rang sich ein kleines Lachen ab. »Warum sollte ich mir nicht …«

Wieder klingelte das Handy, ein wenig gedämpft von ihren Brüsten. Hiermit war es offiziell: Gott hasste sie.

Er zog eine Augenbraue hoch. »Willst du da rangehen?«

Sie presste die Lippen zusammen, schüttelte den Kopf und wischte mit einem Finger zur Seite, um den Anruf wegzudrücken. Dann stellte sie es stumm.

»Und warum nicht?«

»Ich arbeite, was bedeutet, dass ich nicht am Telefon hängen sollte.«

Lucian sah sie fragend an. »Dir ist gestattet, Anrufe entgegenzunehmen.«

Natürlich war es das, aber darum ging es nicht.

Er betrachtete sie. »Gibt es einen Grund, warum du nicht an dein Handy gehst?«

Sie wusste nicht genau, was sie bewegte, schnippisch zu reagieren. Vielleicht lag es daran, dass Adam irgendwie ihre neue Nummer herausgefunden hatte. Vielleicht war Schlafmangel schuld. Sie hatte keine Ahnung. »Ich finde wirklich nicht, dass es dich etwas angeht.«

Er grinste schief. »Hmm … Diese Reaktion bringt mich zu dem Schluss, dass es tatsächlich einen Grund gibt, aus dem du das Gespräch nicht annimmst.«

»Ob es einen Grund gibt oder nicht, spielt keine Rolle.« Sie behielt das Handy in der Hand, verschränkte die Arme und reckte ihr Kinn.

»Übrigens gefällt mir das Outfit.«

Sie neigte den Kopf zur Seite. »Warum sagst du das immer wieder? Es ist bloß Krankenhauskleidung.«

»Und an der gibt es eine Menge zu mögen.«

Julia entschied, die Bemerkung zu ignorieren. »Kann ich dir irgendwie helfen?«

Er senkte sein Kinn, und ihr wurde klar, dass es die falsche Frage war. »Es gibt eine *Menge*, bei dem du mir helfen kannst.«

Obwohl ihr Herz einen freudigen kleinen Hüpfer machte, verdrehte Julia die Augen. »Lass es mich anders formulieren: Gibt es etwas, bei dem ich dir bereitwillig helfen würde?«

»Oh, Miss Hughes.« Seine Stimme wurde zu seinem leisen, sinnlichen Raunen. »Du wärst willig.«

Sie öffnete den Mund, während ihr Körper heiß wurde, richtig heiß, und dann kalt. »Kannst du eigentlich auch irgendwas, egal was, sagen, ohne es anzüglich klingen zu lassen?«

»Nein. Das ist wie eine Superkraft von mir.«

Sie verengte die Augen.

Lucian lächelte.

Ungeduld rang mit unfreiwilliger Amüsiertheit. »Hast du keinen Job, zu dem du musst, oder so?«

»Zählt ein Leben voller Ausschweifungen als Job?« Sein Grinsen wurde verwegen. »Denn falls ja, verdiene ich eine Gehaltserhöhung.«

»Nein«, seufzte sie. »Nein, zählt es nicht.«

Leise lachend wandte er sich zu seiner Schwester. »Wie geht es Maddie?«

Froh über den Themenwechsel blickte sie sich um. »Ihr geht es ganz gut. Sie malt schon den ganzen Morgen.«

Er ging hinüber zu seiner Schwester und sprach so leise mit ihr, dass Julia es nicht verstand. Sie blieb im Hintergrund, bis er sagte: »Du hast eine Menge Erfahrung mit Patienten wie ihr, würdest du sagen, dass diese Besserung … normal ist?«

Sie verdrängte den Anruf, über den sie später nachdenken würde, trat ans Fußende des Bettes und überlegte, wie sie auf die Frage antworten sollte, die sie sich selbst auch stellte. »Ich habe Patienten gehabt, die komatös waren, und andere mit sehr eingeschränkten Funktionen. Einige zeigten Anzeichen von Besserung und Interesse an früheren Hobbys, aber keiner … so schnell.«

Lucian schaute zu ihr. »Du meinst, du hast noch mit niemandem gearbeitet, bei dem es keinen medizinischen Grund für seinen Zustand gab oder warum er zum Beispiel malen, aber nicht sprechen konnte?«

Sie wollte nicht lügen, daher nickte sie, als sie nach unten griff und die Decke am Fußende richtete. Seinen Blick spürte sie deutlich.

»Sie spielt das nicht.«

Erschrocken sah sie zu ihm und stellte fest, dass er sie anstarrte. »Das wollte ich nicht andeuten.«

Seine Züge waren verhärtet, und er sagte nichts.

»So etwas vorzuspielen wäre extrem schwierig. Glaub mir, das denke ich ganz und gar nicht.«

Lucian hielt ihrem Blick einen Moment stand, bevor er wieder seine Schwester ansah.

»Hat … jemand behauptet, sie würde es?«, fragte Julia.

Er antwortete nicht gleich. »Ich denke, meine Brüder vermuten, dass es nicht so ist, wie es scheint.«

Unwillkürlich sah sie zu Madeline. Da war keinerlei Veränderung ihrer Mimik. Mitgefühl wallte in Julia auf. »Haben sie einen Grund, das zu glauben?«

Lucian schwieg so lange, dass Julia erneut zu ihm schaute. Dann zuckte er mit den Schultern. »Wie ich schon sagte, waren sie ihr nicht sehr nahe.« Er stockte und strich Madeline das Haar zurück. »Hauptsächlich hatte es mit unserem Vater zu tun. Ich glaube, er wollte nach Dev und Gabe keine weiteren Kinder mehr.«

Sie hätte ihm gern gesagt, dass das nicht stimmen konnte, damit er sich besser fühlte, aber nach dem, was sie von dem älteren de Vincent gehört hatte, würden solche Worte nicht wirken. Lucian würde sie nicht glauben. »Hat er … hat er dich und Madeline nicht beachtet?«

Zynisch lächelnd nahm er seine Hand herunter. »Sagen wir, die einzigen Male, die er uns beachtete, wünschten wir, er hätte es nicht. Unsere Mutter …«

»Was war mit ihr?«, fragte Julia, als er nicht weitersprach.

»Sie … versuchte, es auszugleichen.« Der zynische Ausdruck schwand. »Hat sie wirklich, was manchmal ein anderes Problem verursachte.«

»Wie das?«

»Dass sie versuchte wettzumachen, was unser Vater versäumte, sorgte für Spannungen zwischen ihr und Dev und Gabe. Es war fast, als könnte keiner es richtig machen, verstehst du?«, sagte er wie zu sich selbst. »Ein Schritt vorwärts für einen von uns bedeutete zwei Schritte zurück für einen anderen. Wie dem auch sei, es gibt einen anderen Grund, aus dem ich hier nach oben gekommen bin.«

Sie vermutete, dass er Zeit mit seiner Schwester verbringen wollte. »Wenn du mit ihr allein sein möchtest, kann ich …«

»Eigentlich wollte ich zu dir.« Er sah sie an, und alle Ernsthaftigkeit war fort. An deren Stelle war wieder das verwegene Grinsen getreten, als hätte er nicht eben über seine Familie gesprochen. »Hast du schon zu Mittag gegessen?«

Sie hatte Madeline bewegen können, ein wenig zu essen, selbst aber noch nichts gehabt.

»Schwindel nicht«, sagte er. »Denn ich weiß aus verlässlicher Quelle, dass du es noch nicht hast.«

»Und warum fragst du dann?«

»Weil es mir höflich schien.«

Wieder verschränkte sie die Arme und grinste. »Ich dachte, du hältst nichts von Höflichkeit.«

»Für dich gebe ich mir Mühe.«

Sie starrte ihn an. »Soll ich das ernsthaft glauben?«

Seine Augen blitzten. »Das hoffe ich doch.«

»Tue ich nicht.«

»Das habe ich auch nicht behauptet«, stellte er grinsend klar. »Aber das ist unerheblich.«

»Wie das?«

»Weil ich Livie schon ein Essen für uns habe zubereiten lassen.«

Ihr fiel die Kinnlade herunter.

»Und Richard hat uns draußen diese kleine Ecke zurechtgemacht, damit wir im Rosengarten essen können. Falls du also ablehnst, haben Livie *und* Richard sich die viele Arbeit umsonst gemacht. Außerdem ist Livie auf dem Weg nach oben, um bei Maddie zu sitzen, damit du eine Pause machen kannst.«

Gute zehn Sekunden lang konnte sie nicht mal einen ganzen Satz zustande bringen. »Du bist … du bist …«

»Unglaublich sexy? Heiß? Atemberaubend?«, bot er an. »Extrem clever? Nein, warte.« Er hielt eine Hand in die Höhe. »Ich hab's. Unwiderstehlich und unersetzlich.«

Ihre Lippen zuckten. »Eher hinterlistig und manipulativ.«

»Das sind meine weniger charmanten Eigenschaften, aber sie sind effektiv, nicht wahr?« Dieses verdammte Grinsen wurde breiter. »Denn du wirst nicht Nein sagen. Und weißt du, warum?«

»Weil du mich dahingehend manipulierst?«

»Ja, und weil ich Livie ihre berühmten Beignets machen ließ, die sämtliche anderen in den Schatten stellen.«

Verflixt und zugenäht.

Dazu konnte sie unmöglich Nein sagen.

Und natürlich hatte er es gewusst.

Die Luft war warm gewesen, und das Haus hatte genug Schatten gespendet, um es draußen erträglich zu machen. In ungefähr einem Monat würde noch so viel Schatten nichts mehr gegen die drückende Schwüle ausrichten können.

Trotzdem würde Lucian die klebrige Luft ertragen, wenn es hieße, Zeit mit seiner Krankenschwester zu verbringen.

Obwohl Julia aussah, als würde sie lieber barfuß durch einen Sumpf laufen, als mit ihm zu essen, war er zufrieden mit sich. Und das ganz besonders, als ihre verärgerte Miene einem Ausdruck von Ehrfurcht wich, sobald sie den Rosengarten erstmals richtig sah.

Er war ein bisschen verwildert. Rosen und Wein wucherten über den Weg und verschlangen mehrere Rankgitter, sodass man weder sie noch den gusseisernen Zaun sehen konnte, der den Garten einrahmte. Wahrscheinlich würden sie in wenigen Jahren auch den Bistrotisch mit den passenden Stühlen bedecken, aber Lucian verbot, dass jemand etwas anrührte.

Der Garten war so, wie seine Mutter ihn geliebt hatte.

Und so, wie Julia jede Blüte und jedes Blatt auf dem Weg zum Tisch berühren musste, hatte er das Gefühl, sie mochte ihn auch.

Er bombardierte sie mit Fragen, und ihn schreckte nicht, wenn sie ausweichend reagierte. Während sie aßen, erfuhr er, dass sie noch nicht viel gereist war und daran gedacht hatte, sich eine Katze zuzulegen, bevor sie diesen Job annahm. Er fand heraus, dass sie seit drei Jahren nicht mehr im Kino gewesen war, und am Ende musste er ihr erklären, dass es so gut wie unmöglich war, ein Beignet zu essen, ohne sich komplett mit Zucker zu berieseln.

Mit jeder Frage, die sie beantwortete, durchdrang er ein kleines Stück ihres Schutzpanzers, und sie entspannte sich ein wenig. Sie saß nicht mehr ganz so steif auf ihrem Stuhl oder rutschte nervös hin und her. Und jedes Mal, wenn ein Stückchen Panzer wegbrach, erinnerte es ihn an den Abend in der Bar, ehe sie wusste, wer er war.

Ihr Haar war wieder aufgesteckt, zurückgekämmt und zu einem Knoten gebunden. Lucian wollte über den Tisch greifen, die Nadeln rauszupfen und das Haar durch seine Finger fließen lassen.

Allerdings bezweifelte er, dass es ihr gefallen würde.

»Also.« Er lehnte sich mit einem Glas gesüßten Tee in der Hand zurück und stellte noch eine Frage, auf deren Antwort er brannte. »Warst du schon mal verheiratet?«

Ihre Hand mit dem Teeglas darin gefror auf halbem Weg zu ihrem Mund. Ein Schatten huschte über ihr Gesicht. Lucian übersah weder den noch die Art, wie sie sich verspannte. »Ich … ich war verheiratet.«

Überrascht, dass sie tatsächlich geantwortet hatte, erstarrte er. »Geschieden?«

Sie nickte.

»Was ist passiert?«

Ihr Blick schweifte zu den dunkelrosa Rosen. »Das ist wirklich nichts, worüber wir reden sollten.« Sie senkte ihr Glas wieder. »Und ich muss …«

»Weglaufen?«, schlug er vor.

Ihre Miene bekam eine trotzige Note. Niedlich. »Tatsächlich muss ich zur Arbeit, anders als andere Leute.«

Lucian lachte. Wenn sie wüsste! »Wir sind erst eine knappe halbe

Stunde weg. Die meisten Menschen haben eine Stunde Mittagspause. Uns bleibt noch Zeit.«

Julia sah ihn an und zog die dunklen Augenbrauen zusammen. »Warum?« Sie stellte ihr Glas hin, ohne den Blick von ihm zu lösen. »Warum willst du Zeit mit mir verbringen und so viel über mich wissen?«

Er war nicht sicher, was er mit der Frage anfangen sollte. »Fällt es dir so schwer zu glauben, dass ich gern Zeit mit dir verbringe? Oder dich kennenlernen möchte?«

Sie schaute sich um. »Äh, ja. Ja, tut es.«

»Okay.« Er beugte sich vor und sah ihr weiter in die Augen. »Du verstehst es eindeutig nicht. Ich interessiere mich für dich, möchte dich kennenlernen und Zeit mit dir verbringen. Und wenn du mich fragst, warum, kann ich es letztlich nicht beantworten. Ich weiß es nicht. Es ist einfach so.«

Lucian legte eine Pause ein, um sich zu vergewissern, dass sie ihm zuhörte. »Und ich weiß, dass du denkst, ich bin bloß gelangweilt. Bin ich nicht, vertrau mir. Wenn ich irgendwas oder *irgendwen* wollte, um mir die Zeit zu vertreiben, wären die Optionen *buchstäblich* unbegrenzt. Und ich weiß, dass du denkst, ich will dich vor allem vögeln. Das ist wahr. Will ich. Offensichtlich.«

Ihre Augen wurden größer, und sie rang hörbar nach Luft.

»In dem Punkt werde ich nicht lügen. Ich liege stundenlang im Bett und denke nur daran, was genau ich gern mit dir tun würde«, fuhr er fort. »Aber es ist seltsam. Ich meine, die Tatsache, dass ich dich vögeln *und* dich kennenlernen will. Normalerweise fallen diese beiden Dinge nie zusammen.«

»Wow«, sagte sie. »Einfach *wow*.«

Lucian zuckte mit den Schultern. »Hey, für mich kommt das auch überraschend, was jedoch nichts an dem ändert, was ich will.«

Ihre Wangen röteten sich in der Mitte, als sie sich auf ihrem Stuhl zurücklehnte. Die vollen Lippen waren leicht geöffnet. Er erkannte, dass sie ratlos war, wie sie reagieren sollte. Und er machte ihr nichts vor. Er war hundertprozentig ehrlich zu ihr.

»Ich … ich weiß nicht mal, was ich sagen soll«, antwortete sie vollkommen aufrichtig. »Überhaupt nicht.«

Das plötzliche Klackern von Absätzen auf Stein bewirkte, dass Lucian den Mund schloss. Er lehnte sich leicht zurück und blickte auf, als Devs Verlobte auf der Terrasse erschien.

O Mist.

Wenn es ein verlässliches Mittel gab, die Stimmung zu killen, war es ihr Erscheinen.

Die Erbin von Harrington Shipping schritt über die Steine. Ihr knielanges schwarzes Kleid bildete einen scharfen Kontrast zu ihrem eisblonden Haar und der blassen Haut.

Julia drehte sich auf ihrem Stuhl um und folgte seinem Blick. »O mein …«

»Das ist Devs Verlobte.« Er seufzte.

»Ich habe sie schon gesehen.« Julia drehte sich sofort wieder zu ihm zurück, und ihre Augen glänzten vor Aufregung. »In Zeitschriften.«

Lucian behagte ihre Begeisterung nicht. Sabrina war … nun, innen drin war die Frau nicht so hübsch und elegant verpackt wie außen.

»Im Ernst?« Sabrina blieb am Terrassenrand stehen und kniff die blutroten Lippen zusammen. Eine dunkle Sonnenbrille schirmte ihre Augen ab, und eine Handtasche, die wahrscheinlich halb so viel wog wie sie, baumelte an ihrem schmalen Handgelenk. »Speist du neuerdings mit dem Personal, Lucian?«

»Vorsicht«, warnte er sie, während Julia sich auf ihrem Stuhl versteifte. »Ich muss nicht nett zu dir sein.«

»Nach meinem letzten Kenntnisstand muss ich es zu dir auch nicht.« Sie nickte mit dem Kopf zur Seite, wobei sich keine einzige Haarsträhne in ihrer perfekten Frisur bewegte. »Und wer sind Sie?«

»Ich bin Julia.« Sie sah Lucian an.

»Sie weiß von Maddie«, beruhigte er sie.

»*Sie* sind die Krankenschwester?«, fragte Sabrina und lachte kurz auf. »Dann geht es ja.«

»Wow«, murmelte Julia leise.

»Ich bin auf der Suche nach Devlin.« Sabrina wandte sich in Lucians Richtung. »Weißt du, wo er ist?«

Als würde sie glauben, dass Devlin ausgerechnet draußen im Rosengarten sein könnte! Wie er sie kannte, hatte sie Julia von drinnen gesehen und war hergekommen, um nachzuforschen. »Sehe ich aus, als wüsste ich, wo er sein könnte?«

Sie schürzte die grellroten Lippen. »Nun, ich hatte gehofft, du könntest ausnahmsweise mal nützlich sein.«

»Verdammt«, murmelte Julia.

»Schätzchen, ich bin nicht auf die Art nützlich, die du gern hättest.« Er grinste, als sich ihre Nasenflügel blähten. »Aber wie du sicher siehst, störst du und …«

Gabe erschien auf dem Gartenweg aus der anderen Richtung. Sein Bruder blieb abrupt stehen.

Demnach hatte Lucian sich geirrt.

Sabrina dürfte Gabe gesehen haben, der nach draußen geflohen war, und war ihm gefolgt, sie war in Wahrheit auf der Suche nach *ihm*.

»Gabe, was für eine angenehme Überraschung.« Sabrinas Tonfall veränderte sich, und ihre Hand wanderte zu der Diamantkette an ihrem Hals, mit der sie spielte.

Sein Bruder fuhr ein wenig zusammen. »Hallo, Sabrina.« Dann nickte er Julia zu und lächelte. »Wie geht es dir, Julia?«

»Gut. Ich bin gerade fertig mit dem Mittagessen.« Sie nahm die Serviette von ihrem Schoß. »Wir hatten Livies Beignets. Die waren fantastisch, und ich habe viel zu viele gegessen.«

»Das sehen wir«, mischte Sabrina sich in einem Tonfall ein, der sich für Lucian wie ätzende Säure anfühlte. »Und die Hälfte davon scheint vorn auf dem Ding zu sein, das ein Hemd sein soll, nehme ich an.«

Lucian drehte sich langsam zu Sabrina, doch ehe er reagieren konnte, tat Julia es.

»Tja …« Sie blickte an sich herab, strich mit einem Finger über etwas Puderzucker, der sich auf ihrer Brust gesammelt hatte, und hob den Finger an den Mund, während sie Sabrina zulächelte. »Das hebe ich mir für später auf.« Dann steckte sie ihren Finger in den Mund und leckte den Puderzucker ab.

Verdammt.

Lucian war gerade so hart geworden, dass er sicher war, den Reißverschluss seiner Jeans zu sprengen.

Julia stand auf und klopfte sich die Hose ab. »Aber ich muss zurück zur Arbeit.« Sie sah zu ihm und lächelte verhalten. »Danke für das Mittagessen.« Dann wandte sie sich zu Gabe. »Bis später.«

Gabe starrte sie genauso an wie Lucian, was Letzteren und Sabrina – ging man von ihrer Miene aus – nicht sonderlich begeisterte.

Julia ging hinauf zur Terrasse und nickte Sabrina zu. »Hat mich gefreut«, sagte sie, ohne stehen zu bleiben, sodass die andere Frau keine Chance bekam, etwas zu erwidern oder sie zu ignorieren.

Lucian beobachtete sie, wobei ein kleines Lächeln seine Lippen umspielte. »Ich mag sie wirklich.«

»Ich auch«, bemerkte Gabe.

Lucian sah ihn an.

»Was gibt es denn an ihr zu mögen?«, fragte Sabrina, die hinunter in den Garten trat. Ihre Absätze waren hoch und spitz genug, um damit jemanden zu ermorden. »Sie sieht aus, als könnte sie jeden von euch durchbrechen.«

Lucian funkelte sie an. »Du klingst wie eine eifersüchtige, *verhungerte* kleine …«

»Du weißt, dass ich es mag, wenn du mich beschimpfst, Lucian.« Sie grinste hämisch und strich mit einer Hand über die Rückenlehne des Stuhls, auf dem Julia gesessen hatte. »Da wird mir innerlich ganz wohlig warm.«

»Als würde sich irgendwo in dir etwas wie Wärme ansiedeln können«, konterte er.

Gabes Gesichtsausdruck bekam etwas Flehendes, als Lucian aufstand.

»Viel Spaß noch euch beiden.« Er zwinkerte seinem Bruder zu, der aussah, als wolle er ihn schlagen.

Rasch verließ er den Garten und eilte durch die Hintertür ins Haus. Von Julia war keine Spur zu entdecken. Obwohl sie sich Sabrina gegenüber behauptet hatte, wollte er nach ihr sehen, vor allem weil er sich dafür verantwortlich fühlte, wie hier mit Julia umgegangen wurde. Was völlig verrückt war, denn ihm fiel kein einziger Grund ein, warum.

Er ging den Flur hinunter und wurde langsamer, als er Dev aus dem Arbeitszimmer ihres Vaters kommen sah. Interessant. »Deine

Verlobte belästigt draußen gerade Gabe. Vielleicht holst du sie lieber. Und du warnst sie besser, nie wieder Julia anzusprechen oder auch nur vage in ihre Richtung zu blicken.«

Dev stutzte. »Das ist momentan nicht von Relevanz.«

»Für mich ist es relevant.«

Dev fuhr fort, als hätte Lucian nichts gesagt: »Ich habe eben vom Chief gehört. Sie haben die Todesursache unseres Vaters als uneindeutig eingestuft. Es werden Mordermittlungen eingeleitet.«

17. Kapitel

Die de Vincents hatten Privaträume im dritten Stock des Red Stallion, zu dem nur ausgesuchte Mitglieder Zutritt hatten, aber Lucian fand Gabe, wo er immer war, an der Bar im Hauptgeschoss.

Lucian bewegte sich durch den erdigen Geruch von Alkohol und würzigem Tabak über den polierten Parkettboden. Das Raunen leiser Unterhaltungen und das Klimpern von Gläsern erfüllten den Raum.

»Bin ich so berechenbar?«, fragte Gabe, als Lucian neben ihm auf einen ledergepolsterten Barhocker sank.

»Ja.« Lucian blickte sich um. Einige Männer in Anzügen saßen mehrere Hocker weiter und nur wenige der Tische waren besetzt. Er zog sein Handy aus der Tasche und legte es auf den Tresen. »Du bist ziemlich schnell weg.«

Gabe hob sein Glas an und schaute zum Fernseher über der Bar, auf dem in einer Laufzeile unten Zahlen angezeigt wurden. »Du weißt, warum ich weg bin.«

Ja, tat er. »Immer noch hinter dir her?«

Gabe verzog den Mund. »Was denkst du?«

»Ich denke, dass du demnächst mal mit Dev reden musst.« Lucian nickte dem Barkeeper zu, der ein Glas und eine Flasche Bowmore brachte.

Sein Bruder schnaubte. »Für die Unterhaltung reserviere ich dir einen Platz in der ersten Reihe.«

Von wegen! Lucian würde zusehen, dass er an dem Tag nicht mal im selben Bezirk sein würde. »Hast du zufällig mit Dev gesprochen, ehe du geflohen bist?«

Er schüttelte den Kopf.

Das rauchige Aroma des Whiskeys ließ Lucian seine Lippen zurückziehen. »Mich überrascht irgendwie, dass du hier bist und nicht in deinem Lagerhaus.«

»So?«

»So«, wiederholte er. »Und du bist ungewöhnlich geistesabwesend.«

»Ein großes Wort aus deinem Mund.«

»Ich habe ein großes Hirn.«

Gabe lachte hüstelnd. »Weißt du, was mir an dir auf die Nerven geht?«

»Mit genug Zeit oder Alkohol wäre ich bereit, die Liste durchzugehen.«

Sein Bruder grinste. »Du bist enervierend aufmerksam. Das ist den meisten Leuten gar nicht klar. Du durchschaust einen Haufen Bockmist, aber weißt du, was ich auch weiß? Du durchschaust bloß den Mist, den du durchschauen willst. Ansonsten läufst du mit Scheuklappen herum.«

Lucians Hand krümmte sich fester um sein Glas. »Ich ahne, worauf du hinauswillst. Ich weiß, dass Dev und du glaubt, Maddie würde vortäuschen …«

»Sie ist da oben und malt.« Gabe sah ihn an, während er leise und abgehackt sprach. »Sie ist oben in dem Zimmer und malt, aber sonst kann sie nichts? Willst du mir weismachen, dass das nicht höllisch verdächtig ist?«

»Ich weiß nicht, was es ist, aber das ist irrelevant.«

Kopfschüttelnd nahm Gabe noch einen großen Schluck Whiskey. »Lass mich dich etwas fragen.«

»Falls es um Maddie geht, will ich es nicht hören, denn ich will kein Aufsehen erregen, indem ich dich von diesem Hocker prügle.«

»Es geht nicht um sie, sondern um Julia.«

O Mist, bei diesem Thema würde es wohl auch nicht anders enden. »Was ist mit ihr?«

Gabe hielt seinem Blick stand. »Was würdest du tun, wenn ich sagte, dass ich an ihr interessiert bin?«

»Ich würde dich von dem Hocker prügeln.« Lucian neigte sich näher, ohne den Augenkontakt zu beenden. »Aber ich weiß, dass du nicht so sehr an ihr interessiert bist wie ich.«

Gabe zog eine Augenbraue hoch. »Vielleicht bin ich interessiert *genug*.«

Lucian begriff, was er meinte. »Die Zeiten haben wir längst hinter uns, Bruder.«

»Ach ja? Das schien vor ein paar Monaten noch nicht so. Wie hieß sie noch? Laurie? Wir drei hatten eine richtig nette Nacht.« Er verstummte und biss sich auf die Unterlippe. »Mit Julia könnte es auch eine werden.«

Lucian spürte, wie ein Muskel in seiner Wange arbeitete. »Das ist etwas anderes.«

»Du meinst, sie ist anders?«

»Ja«, raunte er angestrengt.

»Hmm.« Gabe sah weg und trank noch einen Schluck.

Lucian verengte die Augen.

Eine ganze Weile verging, dann sagte Gabe einen Namen, der Lucian schockte. »Emma.«

Lucian war wie versteinert. Keiner von ihnen wagte, über *sie* zu reden. Keiner von ihnen würde sich trauen, *ihren Namen* in Gabes Gegenwart auszusprechen. »Was ist mit ihr?«

Gabe antwortete nicht gleich. »Ihr Vater hat mich heute Morgen kontaktiert.« Er starrte in sein Glas. »Er hat nicht gesagt, warum, aber er bittet mich, nächste Woche runter nach Baton Rouge zu kommen.«

»Scheiße.« Lucian ahnte, dass da mehr war. »Und kein Grund?«

Gabe schüttelte den Kopf. »Wie du weißt, habe ich seit Jahren nicht mit ihr gesprochen. Ich habe sie nicht einmal gesehen, also denke ich …« Bei seinem nächsten Atemzug erschauderte er leicht. »Etwas muss mit ihr sein.«

O verdammt, wenn dem so war, würde es übel. »Soll ich mitkommen?«

»Nein.« Gabe blickte auf. »Falls es ihr gut geht, muss sie uns nicht beide oder Dev sehen. Das hat sie bei unserem letzten Gespräch unmissverständlich klargemacht.«

Was stimmte. Dennoch behagte Lucian nicht, dass sein Bruder da blind alleine reinlief. Emma war Teil einer heiklen Vergangenheit, über die keiner von ihnen sich leisten konnte, ausgiebiger nachzudenken, am wenigsten Gabe.

»Also, ich bezweifle, dass du mich aufgespürt hast, um über diesen Kram zu reden. Warum bist du hier, wenn du doch viel lieber der Krankenschwester nachspionieren würdest?«

»Da ist noch jemand anders sehr aufmerksam.« Lucian sprach leise, damit niemand sonst sie hörte. »Die Polizei hat eine Mordermittlung angeordnet. Es ist bloß eine Frage der Zeit, bis es in den Nachrichten kommt.«

Gabe umklammerte sein Glas. »Sieht dir nicht ähnlich, dich dafür zu interessieren.«

»Tue ich auch nicht, aber du kennst ja Dev.«

»Stimmt.« Wieder verging eine Weile, ehe Gabe sich abermals zu ihm drehte. »Ich muss es wissen, nur unter uns beiden. Kein Scheiß. Denkst du, unser Vater hat sich selbst umgebracht?«

Lucian atmete langsam aus, bevor er sein Glas ansetzte und leerte. »Nein. Nein, denke ich nicht.«

Keuchend wachte Julia auf, rollte sich auf den Rücken und öffnete blinzelnd die Augen. Ihr Herz wummerte, als sie sich in dem dunklen Zimmer umblickte.

Wo bin ich?

Es dauerte kurz, bis sich die unbekannten Umrisse zu einem Bild fügten. Sie war in ihrem Zimmer auf dem Anwesen der de Vincents. Es war Donnerstagnacht – oder Freitagmorgen. Sie war tatsächlich recht schnell eingeschlafen, um kurz nach elf, aber als sich der Schlafnebel lichtete, fühlte sie, dass etwas sie geweckt hatte.

Ihr *Name*.

Der war es.

Sie schwor, dass sie jemanden ihren Namen hatte rufen hören.

Sie versuchte, die verschiedenen dunklen Schatten im Zimmer zuzuordnen. Der Stuhl an der Tür, die Vorhänge vor den Verandatüren, der kleine Tisch … die *Vorhänge!* Sie glitten über den Boden, als hätte ein Luftzug sie aufgeweht.

O mein Gott.

Ihr Herz schlug in Schallgeschwindigkeit, als sie im Bett hochschoss. Waren die Türen offen?

Ihr Mund war wie ausgetrocknet. Hastig beugte sie sich zur Seite und knipste die Nachttischlampe an. Sanftes Licht flutete das Zimmer und vertrieb die Schatten. Julia umklammerte die Bettdecke mit der linken Hand, während sie sich im Zimmer umsah. Die weißen Vorhänge schwangen und blähten sich auf. Kühle, feuchte Luft kroch über das Bett und ihre nackten Arme.

Eine Sekunde lang blockierten alle Muskeln in ihrem Körper, eisige Furcht nistete sich tief in ihrem Bauch ein. Dann wurde sie aktiv. Sie warf die Decke zur Seite, sprang aus dem Bett und lief zu den Verandatüren. Ihr Herz klopfte in ihrem Hals, als sie die Vorhänge zurückzog.

Die Türen standen weit offen, führten hinaus auf die dunkle, stille Veranda.

Für einen Moment konnte sie sich nicht rühren und starrte hinaus in die Nacht. Ihr Gehirn wollte es einfach nicht verarbeiten. Das war unmöglich.

»Ich hatte die abgeschlossen«, sagte sie zu sich selbst. Oder hatte sie nicht?

Ein Vogel zwitscherte in der Ferne und riss sie aus ihrer Lähmung. Sie packte die Türen, zog sie zu und verriegelte sie.

Sie rieb sich die Arme, drehte sich um und blickte zur Zimmertür. Schnell lief sie hin und stellte fest, dass sie abgeschlossen war. Sie war beinahe sicher, dass sie auch die Verandatüren abgeschlossen hatte, bevor sie ins Bett gegangen war.

Ein Schauer jagte ihr über den Rücken, als sie von der Tür zurücktrat und sich auf die Bettkante hocken wollte. Da hörte sie es. *Schritte*. Ihr Blick schoss zur Zimmerdecke. Das Geräusch war vollkommen eindeutig. Nicht zu verwechseln.

Julia ging um das Bett herum, folgte den Schritten oben durchs Zimmer, dann verstummten sie. Julia stand wenige Schritte vom Wandschrank entfernt, was bedeutete, dass die Schritte oben etwa an der gleichen Stelle gestoppt hatten.

Sie blickte zur Uhr. Die gleiche Zeit wie in der vorletzten Nacht. Kurz nach zwei.

Julia wartete, und als sie das Geräusch nicht wieder hörte, kniff sie nachdenklich die Augen zusammen. Wer auch immer da oben war, musste noch in dem Zimmer sein. Sie hatte nicht gehört, dass sich die Schritte auf die Türen zubewegten.

Hastig drehte sie sich um, schnappte sich ihre lange Strickjacke von der Stuhllehne und streifte sie über. Dann schloss sie ihre Tür auf und trat hinaus in den Flur, entschlossen herauszufinden, wer in Madelines Zimmer umherwanderte.

Sie war erst ein paar Schritte weit gekommen, als die Tür rechts aufging und Lucian auf den Flur trat.

O heilige Mutter Gottes …

Sein Oberkörper war nackt.

Sie hatte nicht vergessen, dass sie kurz etwas von seinem bloßen Oberkörper in ihrem Apartment gesehen hatte, aber ihre Erinnerung half ihr nicht.

Seine Haut war von lohfarbenem goldigen Ton, und es war jede Menge davon zu sehen. Die breiten Schultern, die klar definierten Brustmuskeln. Ihr Blick verfing sich kurz an den blassen männlichen Brustwarzen, ehe er tiefer wanderte. Lucian war nicht übertrieben muskulös, aber schlank und fit.

Gütiger Gott, sein Körper war unvergleichlich. Adam hatte ganz sicher nicht solch einen Körper gehabt. Nicht dass seiner übel gewesen war. Nur normal. Und normal war gut. Normal war sicher, denn was Lucian bot, verhieß einen ganzen Haufen Schwierigkeiten.

Er hatte die Sorte Körper, die Julia anfassen wollte. Es kribbelte in ihren Fingerspitzen bei dem bloßen Gedanken, über die Wölbungen und Ebenen zu gleiten.

Sie wusste, dass sie aufhören musste, ihn anzustarren, aber sie konnte nicht anders. Die Jogginghose hing unanständig tief auf seinen Hüften und gab zwei Vertiefungen zu beiden Seiten seiner Hüften sowie eine schmale Spur von Haaren preis.

»Miss Hughes.«

Verflixt. Das glatte tiefe Timbre seiner Stimme in Kombination mit der Art, wie er ihren Namen sagte, kroch ihr tief in den Bauch und glühte dort.

»Du starrst«, sagte er.

O, sie tat mehr, als nur zu starren. Gott, sie sah so angestrengt hin, dass dieser Anblick für immer in ihr Denken eingebrannt sein würde, sodass sie ihn nie mehr aus ihrer Erinnerung abrufen müsste.

Sie errötete bis zu den Haarwurzeln und zwang sich wegzusehen. »Entschuldigung.«

»Bitte entschuldige dich nicht. Ich mag es, wenn du mich anstarrst.«

Ihr Blick flog zu seinem Gesicht, und sie sah, dass er lächelte. Da war ein Raubtierzug um seinen Mund, und beinahe wünschte sie sich, die Beute zu sein.

Langsam verschränkte er die Arme, wobei sich seine Bizepse wölbten. »Ich vermute, du hast die Schritte gehört?«

Schlagartig fiel ihr wieder ein, warum sie auf dem Flur stand. »Hast du sie auch gehört?«

Lucian nickte.

Sie wollte ihn fragen, ob er vorhatte nachzusehen oder bloß dastehen und ihr als Augenweide dienen wollte. Doch sie entschied sich dagegen und ging an ihm vorbei. Er folgte ihr und sie musste sich ein Stöhnen verkneifen.

»Was hast du vor?«, fragte sie.

»Ich bin hier, um dich zu beschützen.«

Julia sah ihn fragend an. »Wovor genau?«

»Kann man nie wissen.«

Sie verdrehte die Augen und zog die Seiten ihrer Strickjacke vorn zusammen, als sie weiter den Flur hinunter eilte. »Ich bin ziemlich sicher, dass das Einzige, vor dem ich beschützt werden muss, der ist, der sich als Beschützer ausgibt.«

»Du kränkst mich, Miss Hughes. Zutiefst.«

»Klar doch«, sagte sie und sah stirnrunzelnd zu einer flackernden Wandleuchte.

Lucian war inzwischen neben ihr. »Du bist heute Abend nicht zum Dinner gekommen.«

War sie nicht.

»Und gestern warst du auch nicht beim Dinner.«

Nein.

Mit den Lebensmitteln, die Livie ihr am Nachmittag ihres zweiten Tages besorgt hatte, hatte sie sich an beiden Abenden ein kleines Essen zubereitet. Nachdem sie Devlins Verlobte kurz kennengelernt hatte, wollte sie wahrlich nicht ein Dinner mit ihr aussitzen. Sie fürchtete, dass sie nicht höflich bleiben könnte, sollte die Frau mehr spitze Bemerkungen von sich geben.

»Und ich werde das Gefühl nicht los, dass du mich meidest«, sagte er, als sie die Treppe hinaufstiegen.

Jap.

Was ein weiterer Grund dafür war, dass Julia nicht zum Dinner gegangen war. Nach dem, was er ihr gesagt und wie sie auf seine ehrliche Erklärung darüber, was er von ihr wollte, reagiert hatte – wie unfassbar bereit ihr Körper gewesen war, sich darauf einzulassen –, hielt sie es für klug, auf Abstand zu bleiben.

Also war sie ferngeblieben.

Tagsüber benutzte sie die Außentreppe, um nicht an seinen Zimmern vorbeizukommen. Etwa um die Zeit, zu der er erstmals aufgekreuzt war, um sie zu einem gemeinsamen Mittagessen zu verführen, hatte sie stets dafür gesorgt, dass sie schwer zu finden war, und aß gewöhnlich mittags in ihrem Zimmer. Und wenn er kam, um bei seiner Schwester zu sein, nutzte sie es als idealen Moment, um sich wegzuschleichen und sich bei ihren Eltern zu melden.

Oder so zu tun, als ob.

Gestern allerdings hatte sie mit ihrer Mutter über Adam gesprochen und wie er an ihre Nummer gekommen war. Ihre Eltern wussten es beide nicht, und bei solch einer Sache würden sie Julia nie anlügen.

Adam hatte nicht wieder angerufen, und bis zu diesem Moment hatte zugleich ihre Operation »Lucian meiden« geklappt.

Er war still, zum Glück, als sie durch den Flur zum Zimmer seiner Schwester gingen.

Natürlich fanden sie niemanden in Madelines Zimmer. Die Verandatüren waren geschlossen und verriegelt, und sie schlief. Um sie nicht zu stören, verließen sie den Raum rasch wieder.

»Willst du ihr Zimmer jedes Mal überprüfen, wenn du Schritte hörst?«, fragte er draußen auf dem Flur.

»Ja.« Sie hielt ihre Strickjacke um sich gewickelt und machte sich auf den Rückweg. Das Klügste war, wieder in ihr Zimmer und ins Bett zu gehen. Allein. »Es ist mein Job, darauf zu achten, dass bei ihr alles in Ordnung ist. Wenn jemand sie mitten in der Nacht stört oder wenn …«

»Wenn was?« Er war direkt neben ihr und hielt mühelos ihr Tempo mit.

Sie wollte nicht andeuten, dass es Madeline war, auch wenn zu diesem Zeitpunkt alles möglich war. »Ich muss eben nach ihr sehen.«

Lucian schwieg für einen Moment. »Du nimmst deinen Job ernst.«

»Warum sollte ich nicht?«

Mitten auf dem Flur trat er vor sie und blieb stehen. »Das mag ich an dir.«

»Jetzt ist mein Leben vollständig.«

Er grinste. »Noch nicht ganz, aber ich kann dir dabei helfen.«

Sie verdrehte ihre Augen so heftig, dass sie selbst staunte, als sie nicht in ihrem Hinterkopf landeten. »Ich bin neugierig. Hättest du nachgesehen, wenn ich nicht gegangen wäre?«

»Wir sind alle an komische Geräusche gewöhnt«, erklärte er noch immer vor ihr stehend. »Wir haben so viele Nächte damit verbracht, überall nach deren Quelle zu suchen, und nichts gefunden. Deshalb beachten wir sie mittlerweile normalerweise nicht mehr.«

»Aber deine Schwester …«

»Ich hätte nachgesehen«, unterbrach er sie. »Deine Anwesenheit ist ein netter kleiner Bonus.«

Julia ignorierte das Letzte. »Hörst du die Schritte aus dem Zimmer schon lange?«

Er antwortete nicht gleich. »Wir haben schon überall im Haus Schritte gehört.«

»Aber was ist mit Madelines Zimmer?«

Er fuhr sich mit den Fingern durch sein zerzaustes Haar. »Ich weiß, wie es klingen muss, aber ich erinnere mich nicht, irgendwas aus dem Zimmer gehört zu haben, bis …«

Sie wartete gespannt.

»Bis zu der Nacht, in der mein Vater starb«, beendete er den Satz. »Da hörte ich Schritte. Und fand nichts.«

Nun, das war interessant und … und verdächtig. Sie hasste es, das zu denken, aber wer würde es nicht? »Und es können unmöglich Gabe oder Devlin sein?«

Er stieß ein trockenes Lachen aus. »Wie gesagt, sie sind es nicht.«

Julia dachte an die offenen Türen in ihrem Zimmer. Sie musste sie offengelassen oder nicht richtig abgeschlossen haben, aber die Schritte? Vielleicht bewegte das Haus sich irgendwie. Wenn es keiner von den Brüdern war – und diese ganze Geistergeschichte war lachhaft – mussten es Sinnestäuschungen sein.

Eine andere Möglichkeit gab es nicht.

Sie seufzte. »Ich muss wieder ins Bett.«

»Aber ich verrate dir ein Geheimnis, Miss Hughes.«

Sie wollte wahrlich nicht wissen, was für Geheimnisse er hatte. Julia ging um ihn herum und weiter den Flur entlang.

»Es gibt einen Grund, weshalb du mich so erfolgreich meiden konntest«, sagte er und sie blickte zu ihm auf. War diese Unterhaltung nicht schon vorbei gewesen, bevor sie Madelines Zimmer erreichten? »Weil ich es zuließ.«

Beinahe blieb sie stehen, *beinahe* schnappte sie nach dem Köder. »Lucian …«

Er war so schnell, dass sie keine Chance hatte zu reagieren.

Eben war er noch hinter ihr gewesen, einen Wimpernschlag später stand sie mit dem Rücken an der Wand und er vor ihr, die Hände seitlich von ihrem Kopf.

Ach du Schande.

Ihre Körper trennten nur noch wenige Zentimeter, und sie wollte schwören, dass sie die Hitze fühlte, die von ihm abstrahlte, als er den Kopf senkte, bis er auf Augenhöhe mit ihr war. Julias Atem stockte und sie drängte sich dichter an die Wand.

»Verdammt.« Sein warmer Atem streichelte über ihre Wange, wehte die Härchen an ihren Schläfen auf. »Ich liebe es wirklich, meinen Namen von deinen Lippen zu hören.«

Ein Gefühl von Vorfreude rauschte über ihre Haut. »Ich muss dich wirklich *dringend* bitten, zurückzutreten.«

Seine Augen verdunkelten sich, als er den Kopf neigte, sodass ihre Münder in der perfekten Position für einen Kuss waren.

Und dann begannen die lächerlichsten Gedanken, ihr durch den Kopf zu wirbeln.

Wäre es so schlimm? Er behauptete, dass er sie wollte. Er hatte es offen ausgesprochen, so unverblümt wie es irgend ging. Ihre Haut summte bei der bloßen Vorstellung, ihn wieder zu berühren, all diese nackte Haut und diese Lippen zu erkunden. Sie brauchte lediglich den Kopf ein winziges Stück nach vorn zu bewegen und … dann nur ein bisschen zu leben. Sich in all das fallen zu lassen, was seine meerblauen Augen an dunklen Versprechen boten.

So seltsam es war, fühlte sie sich nicht bedroht. Überhaupt nicht. Selbst nach allem, was mit Adam gewesen war, empfand sie etwas völlig anderes als Furcht oder Wut.

Stattdessen fühlte sie sich *übermütig*.

Dies sah ihr nicht ähnlich. Ganz und gar nicht.

Genauso wenig wie es zu ihr gepasst hatte, ihn mit in ihr Apartment zu nehmen.

Sie mochte Lucian nicht mal. Ja, sie mochte den Taylor, den sie in der Bar kennengelernt hatte, aber auf diese Version, bekannt als Lucian, war sie nicht besonders wild. Und was sie bisher über ihn wusste, entsprach allem, was *sie* an einem Mann nicht mögen sollte. Oder zumindest fühlte es sich für sie so an. Sie fand ihn unwirsch, selbstgefällig, aggressiv. Na ja, die Tatsache, dass er seiner Schwester *Harry Potter* vorlas, war süß, und sie hatte begriffen, dass ihm wirklich etwas an seiner Schwester lag. Sie spürte außerdem, dass er mehr war als … als dieser wandelnde Sex-Appeal, aber …

Aber was sie wollte, war einfach *ein* Kuss, und es war so lange her, seit sie geküsst worden war, eine Ewigkeit, seit sie das Gefühl gehabt hatte, von jemandem verschlungen zu werden. Wie schlimm könnte es sein? Verlangen jagte durch ihren Körper, und ihre Brustwarzen versteiften sich unter dem dünnen Top.

Ein tiefer maskuliner Laut kam von Lucian und schoss Lust gleich einem pulsierenden Pfeil durch sie hindurch. Er merkte es. Sie wusste nicht, wie er es konnte, aber er wusste, was sie dachte. Seine dichten Wimpern senkten sich und sie ahnte, was er tun würde. Er würde sie auf diesem Flur küssen. Er würde sie an die Wand drücken, ihren Körper mit seinem gefangen nehmen, und sie wollte ihn fühlen.

Was könnte schiefgehen?

Die kalte Realität krachte auf sie herein. Was schiefgehen könnte? Verdammt, alles, insbesondere ihr *Job*.

Es war offiziell.

Der Fluch der de Vincents war real, sie verlor den Verstand.

»Das ist verkorkst«, sagte sie. »*Du* bist verkorkst.«

»Nicht nur das, Miss Hughes. Ich bin so kaputt, wie es nur geht, aber ich muss nicht repariert werden. Ich *will* es gar nicht.« Er hielt sie zwischen seinen Armen gefangen. »Ich mag all meine zerbrochenen Scherben und Teile. Sie machen mich zu dem, der ich bin. Sie machen mich echt. Die Frage ist, kannst du damit umgehen?«

Sie sollte ihn jetzt wirklich wegstoßen, vor allem da er ihr offen gestand, wie irre er war. Nicht dass sie diese Bestätigung gebraucht hätte, aber sie schob ihn nicht weg.

Dann gab Lucian wieder diesen Laut von sich, sorgte dafür, dass sich ihr innerster Kern vor Verzweiflung zusammenzog. Irgendwie, sie wusste nicht, wie, landeten ihre Hände auf seiner Brust. Seine Haut fühlte sich glatt und hart an. Sie stieß ihn nicht weg.

Er neigte den Kopf, stoppte nur einen Zentimeter vor ihrem Mund. Ein angespannter Moment verging, während ihr Herz außer Kontrolle geriet und ihr Verstand sie anschrie, dies hier zu beenden, bevor es zu spät war.

»Verdammt«, stieß er knurrend aus.

Und dann küsste er sie.

18. Kapitel

Die erste Berührung seiner Lippen mit ihren war nicht fragend oder zaghaft. Sein Mund auf ihrem zerschmetterte jede berechtigte Sorge, die ihr auf der Zunge lag. Lucian knabberte an ihrer Unterlippe, und als sie nach Luft rang, nutzte er es, um den Kuss zu intensivieren, bis sie nur noch ihn schmeckte und ihn fühlte.

Er küsste sie, als wolle er jeden Atemzug verschlingen, den sie tat. Und genauso fühlte Julia sich.

Verschlungen.

Noch nie war sie so geküsst worden.

Sein Mund bedeckte ihren, als Lucian sich näher zu ihr lehnte, sodass ihre wichtigsten Körperteile aneinander lagen. Hüfte an Hüfte, Brust an Brust. Seine Hand umschlang ihren Nacken, neigte ihren Rücken, um noch mehr Einlass zu bekommen, und sie gab es ihm, während ihr Herzschlag und Puls förmlich explodierten.

Mit einer Hand glitt er an ihrer Seite entlang, unter ihre Strickjacke, über ihre Hüfte und zu ihrem Oberschenkel. Seine Finger gruben sich in ihre Haut, drückten sich durch den dünnen Stoff ihrer Pyjamahose. Julias Körper übernahm gedankenlos die Führung. Als Lucian ihren Schenkel anhob, schlang sie ihr Bein um ihn.

Julia stöhnte, sowie er gegen sie sank. Ihre Kleidung war nichts als eine dünne Barriere zwischen ihrer Hitze und seiner Härte. Sie strich mit den Händen an seiner Brust hinauf, klammerte sich an seine Schultern, als er sein Becken an ihrem wiegte. Sie erbebte an ihm – an der Wand.

Lucian nahm seinen Mund gerade weit genug von ihrem weg, um zu sprechen, und strich mit seinem Daumen über ihre Wange. »Gott, das will ich schon, seit ich dich zum ersten Mal gesehen habe.«

Julia erschauerte und atmete flach. Ein winziger Funken Vernunft meldete sich. Sie sollte dies nicht tun. Sie beide sollten dies nicht tun. Nicht in dem Flur, wo seine Brüder sie entdecken könnten. Nirgends. »Lucian …«

Wieder küsste er sie, brachte jeden Widerspruch, den sie mühsam hervorbringen wollte, zum Verstummen. Nur war es diesmal anders, langsam und tief, als wolle er sich Zeit nehmen, sich mit jedem Millimeter ihrer Lippen vertraut zu machen. Es war nicht annähernd so hart, aber genauso überwältigend, wenn nicht noch mehr. Ihr ganzer Körper summte, als ein tiefes Begehren in ihr wuchs und sich mit jedem Mal steigerte, dass er sich an sie presste.

Sie war berauscht von seinen Küssen.

Es war teuflisch, mit welcher Leichtigkeit er sie ablenkte, und sie fragte sich, ob er sich so seinen höllischen Spitznamen verdient hatte. Es würde einleuchten, denn sie konnte sich kaum erinnern, wer sie war, und sie protestierte absolut nicht, sowie er die Hand von ihrer Hüfte nahm und unter den Saum ihres Tops glitt, um über ihre nackte Haut zu streichen.

Julia bewegte ihre Hüften an ihm, erbebte, als ihm ein animalisches Stöhnen entfuhr. Keuchend zwischen den Küssen, bog sie ihren Rücken vor, sobald seine Hand an ihrer Brust lag. Lust pulsierte durch sie hindurch, während sich ihre Fingernägel in seine Schultern gruben.

»Julia«, raunte er, bevor er mit der Zunge die Konturen ihrer Lippen nachmalte, um Einlass zu fordern.

Sie fuhr mit den Fingern durch sein kurzes, weiches Haar, als sein Daumen ihre Brustwarze streifte. Julia schrie auf, und er schluckte den Laut mit einem weiteren feurigen Kuss.

»Ich liebe diese Geräusche, die du machst«, sagte er mit rauer Stimme. »Allein durch den Klang könnte ich kommen.«

Ihr verschlug es das bisschen Atem, das sie noch hatte. »Das … das kann nicht dein Ernst sein.«

»Glaubst du mir nicht?« Er küsste ihren Mundwinkel. »Berühr

mich und finde es heraus. Es wäre in unter einer Minute vorbei. So scharf machst du mich. So verrückt bin ich nach dir.«

Ihn berühren? O Gott, sie wollte es. Dringend. So sehr, dass ihr allein von der Vorstellung schwindlig wurde.

Er bewegte seinen Mund über ihre Wange zu ihrem Ohr. »Ich kann dir dabei helfen. Möchtest du?«

Julia schloss die Augen und biss sich auf die Unterlippe. Dies hier war Wahnsinn. Sie musste es stoppen, tat es jedoch nicht, als er ihr Handgelenk umfing. Vielmehr ließ sie ihre Hand von ihm über seinen Oberkörper nach unten und über seinen straffen Bauch führen.

Er stockte, da ihre Fingerspitzen das Band seiner Jogginghose erreichten. »Was denkst du?«, fragte er mit den Lippen dicht an ihrem Hals. »Sag ja, und ich helfe dir. Ich werde dir beweisen, wie kurz vor der Explosion ich bin.« Er fing die Haut an ihrem Hals mit seinen Zähnen ein, worauf ihr ein Strom wilder Wonne durch die Adern schoss. Dann gab er sie frei und streichelte die Stelle mit seiner Zunge. »Ich kann dir zeigen, was ich tue.«

Lucian ließ seinen Mund seitlich über ihren Hals wandern. Sie spreizte die Finger der Hand, die er noch festhielt. »Ich kann dir zeigen, was ich tue, wenn ich an dich denke.«

Ihr Körper hatte ihrem Verstand den Krieg erklärt. Ihr Kopf verlangte, dass sie Nein sagte, aber das *wollte* sie nicht. Sie sollte es besser wissen, doch sie wollte nicht auf die Stimme der Vernunft hören.

Julias Kehle wurde trocken, als sie ihr Bein herunternahm. »Ja«, erwiderte sie hauchend.

Das Stöhnen, mit dem er antwortete, verwandelte sich in einen tiefen, atemberaubenden Kuss – ein Kuss, wie ihn Julia bisher kaum erlebt hatte, wie sie jetzt feststellte. »Gott sei Dank«, flüsterte er und schob ihre Hand unter den Bund seiner Hose.

Beinahe augenblicklich streiften ihre Finger die feuchte harte Spitze. Lucian zog sich weit genug zurück, dass Julia, als sie die Augen öffnete und nach unten blickte, seine Schwanzspitze sehen konnte.

Mit seiner anderen Hand schob er die Seiten seiner Hose nach unten und entblößte seine lange, dicke Erektion. Julia machte große Augen. Sie hatte ihn schon gefühlt und folglich eine recht gute

Vorstellung von seiner Größe, aber sie zu sehen, war etwas vollkommen anderes.

O Gott!

Lucian führte ihre Hand nach unten an seinen Schaft, wo er sie mit seiner bedeckte und ihre Finger um sich schloss. Dann bewegte er sie langsam auf und ab.

Sie wusste, was zu tun war, aber es war so unglaublich heiß, wie er ihre Hand dirigierte. In diesem Moment hatte er die Kontrolle, und – Gott stehe ihr bei – es machte sie scharf. Sie war hochgradig erregt von dem Anblick ihrer Hand in seiner und der erhitzten Haut in ihrer Handfläche.

»Sieh hin«, sagte er, küsste ihre Schläfe und ihren anderen Mundwinkel. »Sieh uns zu.«

Das musste er ihr nicht sagen. Julia könnte nicht wegschauen, selbst wenn sie wollte. Er benutzte ihre Hand, um sich zu streicheln, langsam zunächst, dann schneller, und er drückte ihre Hand fester zusammen, bis sein gesamter Körper bebte.

Er begann, sich im Takt ihrer Hände zu bewegen. Der Tropfen Flüssigkeit wuchs an, und Julias Herzschlag beschleunigte sich. Sie konnte nicht glauben, dass sie dies hier tat, und sie konnte nicht aufhören.

»Julia.« Er stöhnte ihren Namen wie einen Fluch und ein Gebet zugleich.

Sie blickte zu ihm auf. Die glühende Intensität seines Blickes zwang sie beinahe in die Knie. Julia beugte sich vor und presste ihre Lippen auf seine. Sie küsste ihn, genoss die Art, wie sein Körper plötzlich erzitterte. Nun umfing sie ihn fester, und es dauerte einen Moment, bis sie bemerkte, dass er ihre Hand nicht mehr bewegte. Er knallte seine Hände neben ihrem Kopf gegen die Wand. Nun war sie es allein, die ihn rieb, die den Kuss vertiefte und seine Zunge mit ihrer streichelte.

Ihr wurde bewusst, dass sie die Kontrolle hatte.

Vielleicht immer gehabt hatte.

Und es war so lange, zu lange her, seit sie das empfunden hatte.

»Verflucht«, hauchte Lucian dicht an ihrem Mund. »Im Ernst, es wird nicht mal eine Minute dauern.«

Unweigerlich musste sie grinsen. Sie bekam keine Chance zu antworten, denn er erwiderte ihren Kuss wie ein Mann, der in der Dürre nach Wasser suchte. Dann löste er seinen Mund von ihrem und vergrub den Kopf in ihrer Halsbeuge. Er stieß abermals in ihre Hand und erschauerte, wobei er einen groben Fluch von sich gab. Sie fühlte, wie er in ihrer Faust zuckte, als er seinen Höhepunkt erreichte – als sie ihn zum Höhepunkt brachte.

Sein Atem klang zittrig, und er wurde ein klein wenig weicher. Sanft ließ sie Lucian los und wischte sich linkisch den Handrücken an ihrer Pyjamahose ab.

»Wow«, sagte er heiser. »Das waren eher dreißig Sekunden. Es sollte mir peinlich sein.«

Julia lachte, konnte nicht anders.

Er hob den Kopf von ihrem Hals und nahm eine Hand von der Wand, um zwischen sie zu fassen und ihre zu nehmen, mit der sie ihn umschlossen hatte. Während er ihr in die Augen schaute, hob er ihre Hand an seinen Mund und presste einen Kuss in die Handfläche.

Ihr Bauch kribbelte.

Holla.

Ein träges Grinsen erschien auf seinem Gesicht, als er ihre Hand an seine Brust führte, was noch Seltsameres mit ihrem Magen anrichtete. »Ich stehe hier auf'm Flur und mein Hintern hängt aus der Hose raus, und es kümmert mich nicht mal.«

Julia sollte es kümmern, aber sie konnte nur erneut lachen. »Wie gut, dass wir als Einzige wach sind. Na ja, wir und die Geister.«

»Ja. Verdammt, Miss Hughes.« Er lehnte seine Stirn an ihre und rang zittrig nach Luft. »Ich glaube, ich werde dich behalten wollen.«

Seine Worte schockten sie, erschütterten sie durch und durch. Sie wusste nicht, ob es daran lag, dass ihr gefiel, was er sagte, oder an dem Wissen, dass es wahrscheinlich nur leeres Gerede war. Oder es lag daran, dass die Luft zwischen ihren Körpern kühler wurde und sie ihr gesunder Menschenverstand mit voller Wucht einholte.

O mein Gott!

Was stimmte nicht mit ihr? Sie hatte geschworen, dass sie ihre scharfen Flügel nie wieder spreizen würde, erst recht nicht auf einem Flur, wo sie jederzeit von jemandem überrascht werden konnten.

Julia versteifte sich und wandte den Blick ab, beging indes den Fehler, nach unten zu schauen. Gütiger Himmel, er war immer noch riesig, obwohl er – okay, darüber würde sie nicht nachdenken. Sie konzentrierte sich auf seine Schulter. »Ich …«

»Sag nicht, es hätte nicht passieren dürfen.« Seine Stimme war streng und er lehnte sich zur Seite, um ihr in die Augen zu sehen. »Sag nicht, du bereust es oder ich sollte es vergessen.«

Ihre Nasenflügel blähten sich. »Erzähl mir nicht, was ich sagen soll.«

»Dann steh nicht da und tu so, als wäre das eben nicht für uns beide verflucht fantastisch gewesen, obwohl nur ich gekommen bin.«

Julia stand der Mund offen. »Wow, dein Ego ist tatsächlich grenzenlos.«

»Mit Ego hat es nichts zu tun.« Er bog den Hals zur anderen Seite, als sie abermals wegsah, und fing wieder ihren Blick ein. »Ich weiß verdammt genau, dass du es so genossen hast wie ich.«

»Ach ja?«

»Ja«, antwortete er. »Woher ich es weiß? Weil ich dich zum ersten Mal seit dem Abend in der Bar habe lachen hören, als könntest du nicht anders. Als hättest du wirklich Spaß. Es war ein echtes Lachen, ebenso wie das Lächeln vor wenigen Sekunden echt war.«

Julia wollte es abstreiten, schloss jedoch den Mund und atmete tief durch die Nase ein.

»Und wie du mich geküsst hast? Das kannst du nicht vorspielen, und du küsst garantiert nicht so, wenn du fürchtest, es hinterher zu bereuen.«

O Mann, er hatte recht. Julia hasste ihn dafür, und was sie jetzt brauchte, war, nicht in seiner Nähe zu sein. Sie musste einen klaren Kopf bekommen.

»Das ist unwichtig.« Sie zog ihre Hand zurück und schlüpfte unter seinem ausgestreckten Arm hindurch, um auf Abstand zu gehen. »Es hätte nicht passieren dürfen.«

»Vielleicht sollte es.« Lucian schüttelte den Kopf, während er sich zu ihr wandte und seine Hose hochzog. Etwas in ihr war unsagbar froh darüber. »Hast du darüber mal nachgedacht?«

»Warum sollte ich?« Ungläubig warf sie die Hände in die Höhe. »Ich arbeite für dich – für deine Familie. Technisch gesehen, bist du mein Chef. Das …« Sie zeigte auf ihn. »Das war wahrlich das Letzte, worüber ich nachdenken sollte.«

Er zog die Augenbrauen zusammen. »Wen interessiert, ob du eine Angestellte bist oder nicht? Für mich oder meine Brüder ist es unerheblich. Entscheidend ist, was wir wollen.«

Sie verschränkte die Arme vor der Brust und trat einen Schritt zurück. »So funktioniert die Welt nicht. Andere Dinge sind wichtig.«

Er war blitzschnell wieder vor ihr. »Genau so funktioniert meine Welt.«

Julia starrte ihn an, denn, im Ernst, wie sollte sie darauf reagieren?

Dann jedoch schockte er sie ein weiteres Mal.

Er legte die Hände an ihre Wangen, senkte den Kopf und küsste sie – so wie beim ersten Mal. Und die dumme, dumme Julia stieß ihn nicht weg. Sie öffnete sich ihm wie eine dieser wilden Rosen, die im Garten blühten.

Lucian hielt sie weiter fest, als er sagte: »Und, Miss Hughes? Du bist jetzt in meiner Welt.«

19. Kapitel

Zeichenkohle schwärzte Lucians Finger und seine Handkante. Es waren auch schwarze Flecken auf seiner nackten Brust, von denen er nicht sagen konnte, wie sie dorthin gelangt waren. Seine Augen waren müde und die Verspannung in seinem Nacken wurde nicht besser, doch der Schmerz war nur eine vage Beeinträchtigung, als er sich auf dem Stuhl zurücklehnte und betrachtete, was die letzten Stunden über entstanden war.

Die Farbe zugunsten der Kohle aufzugeben, war eine geniale Idee gewesen.

Mit Kohle zu zeichnen hatte schlicht etwas Intimeres. Vielleicht lag es daran, dass die Finger näher an der Leinwand und direkter in das Schattieren und Herausarbeiten der Details eingebunden waren. Es war eine romantische Kunst, dachte Lucian seit jeher, wärmer und gleichzeitig fehleranfälliger als Öl und Pinsel.

Lucians Blick wanderte über die Leinwand.

Er hatte mit der Skizze begonnen, sowie er in sein Zimmer zurückkehrte. Kein Schlaf. Nichts zu trinken oder zu essen. Stunden waren vergangen, und obwohl es kein Fenster in diesem Raum gab, wusste er, dass die Sonne schon vor einiger Zeit aufgegangen war.

Julia blickte ihm entgegen. Der wundervolle Schwung ihrer Wangen und die weichen Linien ihrer vollen Lippen waren in dunkle Striche und Schatten gebannt. Er hatte ihren Gesichtsausdruck eingefangen, bevor ihr klar wurde, was sie mit ihm getan hatte.

Ihre Stirn war glatt, und ihre Augenlider waren halb gesenkt. Die

Wimpern perfekt hinzubekommen, war schwierig gewesen, doch es war dieses leichte Kräuseln ihrer Lippen, für das er über eine Stunde gebraucht hatte, bis es perfekt war. Ihm war es um dieses halbe entspannte und zufriedene Lächeln gegangen. Nur ein winziger Schwung der Lippen, und es war das Schönste, was er je gesehen hatte.

Der Rest von ihr war seiner Erinnerung und Fantasie entsprungen. Er hatte sie seitlich liegend gezeichnet, den Kopf auf eine Faust gestützt. Ein Laken bedeckte ihre Hüften, fiel zur Seite und gab eine Wade frei. Ihr Bauch und ihre Brust waren unverhüllt, die weichen Wölbungen in Kohle gezeichnet und schattiert. Sie war eine Venus, seine ganz persönliche Venus.

Miss Hughes würde ihn wahrscheinlich ohrfeigen, sollte sie dies jemals sehen.

Er grinste.

Das war es wert.

Lucian legte die Zeichenkohle auf ein Tablett neben sich, stand auf und reckte den Arm, um die verspannten Muskeln zu dehnen. Dann verließ er den Raum und fühlte sich um ein Vielfaches klarer als zu dem Zeitpunkt, als er ihn betreten hatte. Es war eine Ewigkeit her, seit er eine halbe Nacht in seinem Atelier verbracht hatte.

Und nun kam es ihm wie ein Wiedererwachen vor.

Maddie und er hatten ihr Talent von der Mutter geerbt. Sie war eine Künstlerin gewesen, die es verstand, jedem Bild Leben einzuhauchen, ob es mit einem schlichten Stift oder mit dem teuersten Ölpinsel gefertigt war.

Was noch etwas war, das seine Schwester und ihn von ihren Brüdern unterschied.

Nach einer kurzen Dusche zog er sich frische Sachen an und ging nach oben. Etwas total Verrücktes geschah, als er die Treppe hinaufeilte. Ihn überkam eine komische Mischung aus Nervosität und Vorfreude, bei der er die Schritte verlangsamte und die Stirn runzelte.

War er tatsächlich nervös – weil er Julia sehen würde?

Er strich sich mit einer Hand über die Brust und schritt den Flur hinunter. Wann hatte ihn zuletzt die Aussicht auf die Begegnung mit einer Frau so nervös gemacht? Er erinnerte sich nicht.

Verflucht.

Er war unsicher, was er davon halten sollte, bog um die Ecke im Flur und sah, dass die Zimmertür seiner Schwester offen stand.

Maddie saß an der Staffelei. Gott, er konnte immer noch nicht glauben, dass seine Schwester dasaß und malte. Alles dank Julias Idee. Was bedeutete, dass sie wahrscheinlich recht in Bezug auf Daniel hatte. So wenig er Daniel in der Nähe wissen wollte, wenn es seiner Schwester half, würde er seine Brüder überreden, es zu erlauben.

Sein Blick wanderte zu Julia, die in einem Sessel in der Nähe saß. Sie beobachtete seine Schwester und nagte an ihrer Unterlippe. Ihre Miene wirkte gedankenverloren und verschlossen.

Lucian fragte sich, ob sie sich wegen letzter Nacht Vorwürfe machte. So vermessen die Annahme war, dass sonst nichts in ihrem Leben los war, wollte er wetten, dass ihr jene Szene durch den Kopf ging. Wahrscheinlich stellte sie eine ganze Liste von Gründen zusammen, warum es nicht hätte geschehen dürfen.

Er lehnte sich in den Türrahmen und räusperte sich.

Eine ganze Weile lang sagte keiner von ihnen etwas. Lucian stellte fest, dass er eigenartig … sprachlos war.

Es war Julia, die das Schweigen brach.

Sie verschränkte die Arme und lehnte sich im Sessel nach vorn. »Guten Morgen.«

Er zog eine Augenbraue hoch. »Wie förmlich und anständig, Miss Hughes.«

Sie wurde rot und schürzte die Lippen. »Was kann ich für dich tun, Lucian?«

Sein Name aus ihrem Mund weckte prompt Lust in ihm. Wäre seine Schwester nicht im Zimmer, würde er dafür sorgen, dass er bei seiner nächsten Zeichnung nicht für manche Teile auf seine Vorstellungskraft zurückgreifen müsste.

»Momentan nichts.« Er stemmte sich von der Tür ab und ging zu seiner Schwester. Ihm war bewusst, dass Julia ihn skeptisch beobachtete. Bei seiner Schwester angekommen, kniete er sich hin. »Guten Morgen, Maddie.«

Sie reagierte nicht, zog weiter den Pinsel über den Papierbogen. Prüfend beäugte Lucian, was sie malte. In dem blassen Farbspiel glaubte er, Gesichtszüge ausmachen zu können. Er sah hinüber zu Julia. »Wie viele Bögen hat sie bisher gemalt?«

»Drei. Dies ist ihr vierter«, antwortete sie. »Ich verwahre sie in der Ankleide, wo sie nicht im Weg sind.«

Er nickte und konzentrierte sich wieder auf Maddie. »Ich habe nachgedacht«, sagte er, während seine Schwester den Pinsel in die Farbe tunkte. »Wie würde es dir gefallen, wenn ich Daniel übers Wochenende einlade?«

Maddies Hand erstarrte.

Lucian hielt den Atem an, als seine Schwester regungslos dasaß. War das ein positives oder ein negatives Zeichen? »Vielleicht am Sonntag zum Mittagessen? Würde dir das gefallen?«

Sie senkte den Blick. Es verstrich ein Moment, dann fing sie wieder zu malen an.

Lucian blieb noch eine Weile schweigend vor ihr knien. »Da war eine Reaktion.« Er sah abermals zu Julia. »Du hast es gesehen, oder?«

Sie wirkte überrascht und nickte. »Da war eindeutig etwas.«

Er atmete geräuschvoll aus, während er sich aufrichtete. »Ich habe keinen Schimmer, ob das gut oder schlecht ist.«

Julia löste die verschränkten Arme. »Ich denke, es ist gut. Ich meine, sie waren eng befreundet, deshalb wüsste ich nicht, warum es schlecht sein sollte – für sie.«

Dem musste Lucian zustimmen. Er fuhr sich mit der Hand durch sein feuchtes Haar und nahm sie wieder herunter. »Ich rede mit Dev. Er ist sonntags normalerweise aus, also wird er nicht hier sein. Mit ihm im Haus könnte es schnell haarig werden.«

»Dann wäre der Sonntag sicher am besten«, pflichtete sie ihm bei. »Sie muss nicht zusätzlich gestresst werden.«

Aber wie könnten sie es erkennen? Auch wenn er mit Julia übereinstimmte, was wäre, wenn Daniels Anwesenheit sie stresste? Diese Überlegung entsprang allerdings nur der Tatsache, dass er den kleinen Idioten nicht leiden konnte. Wovon er sich freimachen musste.

Er wandte sich zu Julia um und musterte ihr Profil, als sie Maddie beobachtete. Sie nagte wieder an ihrer Unterlippe, woran er dringend etwas ändern wollte. Er wollte ihren Mund wieder schmecken, war aber klug genug zu begreifen, dass er ihr Zeit geben musste.

Was er letzte Nacht gesagt hatte, war wahr gewesen. Sie war jetzt in seiner Welt, er musste sie jedoch behutsam damit vertraut machen.

»Kannst du kurz mit auf den Flur kommen?«

Sogleich schien sie misstrauisch. »Warum?«

»Ich verspreche, meine Hände … und anderes für mich zu behalten.«

Ihr Blick glitt zu Maddie, während sie die Lippen zu einem schmalen Strich verkniff. Dann stand sie auf, ging an ihm vorbei und griff nach seinem Ärmel. So zog sie ihn zur Tür, und er konnte sein Grinsen nicht unterdrücken.

»Miss Hughes, führst du mich?«

»Halt den Mund«, stieß sie hervor.

Er lachte. »Irgendwie gefällt mir das.«

»Weil mit dir etwas nicht stimmt.« Draußen auf dem Flur zerrte sie ihn mehrere Schritte von der Tür weg. Dann ließ sie seinen Ärmel los und drehte sich zu ihm. »Falls du es noch nicht bemerkt hast, besitzt deine Schwester zwei intakte Ohren und könnte verstehen, was Leute sagen.«

»Ja, ich denke, das habe ich begriffen.« Er grinste, als sich ihre Augen verdunkelten. »Ich habe nicht vor, mein Interesse an dir zu verbergen.«

Kopfschüttelnd trat sie einen Schritt zurück. »Solltest du vielleicht.«

»Nun, das würde mich zu einem Lügner machen, und ich bin weder ein Blender noch ein Lügner, Miss Hughes.«

»O mein Gott«, murmelte sie und rieb sich die Stirn.

»Ich denke nicht, dass er damit zu tun hat.«

Langsam hob sie den Blick und sah ihn streng an. »Was willst du?«

Er grinste. »Ich möchte, dass du am Sonntag dabei bist, wenn Daniel herkommt, falls irgendwas passiert.«

Sie sah aus, als wäre es das Letzte gewesen, womit sie gerechnet hatte. »Ähm, ich habe keinen festen Dienstplan. Dev erwähnte, dass die Arbeitszeiten am Wochenende weitestgehend mir überlassen sind, aber ich habe nichts vor. Und ich werde auf jeden Fall in Bereitschaft sein, wenn Daniel hier ist.«

»Perfekt. Und weißt du, was noch perfekt ist?«, fragte er.

»Du willst gehen?«

Er lachte. »Nein. Es bedeutet, dass du morgen Abend mit Gabe und mir zu Abend essen kannst.«

»Warte. Was?«

Er beäugte die kleine Spange, die ihren Haarknoten hielt, und fragte sich, wie wütend sie würde, sollte er ihn herausziehen. »Gabe und ich haben eine feste Reservierung für jeden Samstagabend in einem der besten Restaurants der Stadt. Ich habe überlegt, da du sie gern sehen würdest, möchtest du dich vielleicht zu uns gesellen.«

Sie öffnete den Mund.

»Es ist kein großes Ding. Gabe wird dabei sein, und du magst ihn«, sagte er. »Vielleicht nicht so sehr wie mich, aber das ist auch gut so.«

Julia straffte ihre Schultern. Ein Moment verstrich. »Wer passt auf Madeline auf?«

»Das macht jemand vom Personal. Wir dürfen nur nicht zu spät zurück sein«, sagte er und grinste, als sie die Augen verdrehte. »Komm schon, sag Ja.«

»Und wenn nicht, wirst du mich manipulieren, bis ich es tue?«

Lucian neigte den Kopf zur Seite. »Falls du das glauben musst, um Ja zu sagen, dann stimmt es.«

Sie schnaubte. »Du bist wirklich … Dafür fehlen mir die Worte«, sagte sie kopfschüttelnd. »Also werden es nicht nur du und ich sein?«

Er kämpfte gegen ein triumphierendes Lächeln und nickte. »Gabe wird bei uns sein.«

»Womit ich sicher wäre.«

Oh, wüsste sie, wie falsch sie damit lag! Aber Lucian nickte wieder.

Sie atmete einmal durch und verschränkte erneut ihre Arme. »Okay, ich komme mit dir *und* Gabe mit. Nur Abendessen und wieder nach Hause.«

Verdammt.

Nach Hause.

Ihm wurde ein wenig duselig, so sehr gefiel ihm, dass sie sein Haus als Zuhause bezeichnete, behielt das aber lieber für sich. »Wie klingt sieben Uhr?«

»Klingt gut für mich.« Sie trat zur Seite und blieb wieder stehen. Dann musterte sie ihn ernst. »Ich weiß nicht, ob ich es gestern gesagt habe, aber ich habe nachgedacht und … und ich weiß, dass du deinem Vater nicht nahe warst, aber ich hoffe, die Trauerfeier konnte dir und deinen Brüdern eine Art Abschluss geben.«

Vor Schock stand er wie angewurzelt da. Sie meinte es ernst, das fühlte er. Etwas, vielleicht sein verfluchtes Herz, zog sich in seiner Brust zusammen.

Und obwohl ihm bewusst war, dass er ihr Zeit und Raum geben musste, blieb er ein gieriger Mistkerl. Ehe sie erahnen konnte, was er vorhatte, beugte er sich vor und presste einen kurzen, sehr keuschen Kuss auf ihren Mundwinkel. Ihr zartes Luftschnappen durchfuhr ihn wie ein Feuerstrahl.

»Danke«, murmelte er an ihren Lippen, zog sich zurück und betrachtete ihr süßes Gesicht. Mit einem Lächeln drehte er sich um und ließ sie auf dem Flur stehen.

Gabe stand in der Tür von Madelines Zimmer, wo er mit verschränkten Armen im Rahmen lehnte. Er kam nicht herein, beobachtete jedoch seine Schwester an der Staffelei. Als klar wurde, dass er nicht plante, das Zimmer zu betreten, ging Julia auf ihn zu. »Möchtest du mit ihr allein sein?«

Ohne den Blick von der Malerei abzuwenden, verneinte er. »Ist schon gut. Ich habe sowieso einen Kunden, den ich kontaktieren muss.« Er neigte den Kopf seitlich und verengte die Augen. »Weißt du, woran sie arbeitet?«

Sie schüttelte den Kopf. »Ich habe keine Ahnung.«

»Ich auch nicht«, murmelte er und kreuzte einen Knöchel vor den anderen. »Also wegen morgen Abend.« Er sah zu ihr und senkte die Lider ein wenig. »Ich freue mich auf unser Dinner.«

Ganz ähnlich dem seines Bruders schien auch sein Blick sie intensiv zu mustern. Wenigstens hatte Lucian nicht gelogen, als er sagte, Gabe wäre bei dem Dinner dabei, dennoch wurde ihr seltsam flau. »Ach ja?«

»Ja.« Ein angedeutetes Lächeln erschien. »Ich freue mich darauf, dir New Orleans zu zeigen.«

Erschrocken schaute sie zu ihm auf. Wie er das sagte …

»Tja, ich muss dann mal.« Er richtete sich auf und ging von der Tür weg. »Schönen Abend, Julia.«

»Danke, dir auch«, murmelte sie.

Gabe ging, und der Nachmittag wich dem frühen Abend. Bis es Zeit war, Richard zu rufen, damit er ihr half, Madeline zu ihrem Bett zu bringen, war Julia erschöpft. Einen Großteil des Tages hatte sie damit verbracht, sich wegen letzter Nacht zu verfluchen und dann dafür, dass sie einem Abendessen mit den beiden Brüdern zugestimmt hatte.

Was sich merkwürdigerweise anfühlte, als hätte sie ein Date zugesagt … mit zwei Typen gleichzeitig.

Als sie im Zimmer auf und ab ging, während sie auf Richard wartete, wünschte sie, sie könnte Anna anrufen und um ihren Rat bitten. Aber wie sollte sie, ohne ihr zu verraten, für wen sie arbeitete? Sie vertraute Anna, doch …

Wie dem auch sei, sie hatte genug davon, mit sich ins Gericht zu gehen. Sie musste endlich aufwachen. Was sie letzte Nacht gemacht hatte, hätte sie nicht getan, wenn sie es nicht gewollt hätte. Sie hätte das Dinner nicht zugesagt, hätte sie es nicht gewollt. Was sie ungern einsah, wovor sie sich, wenn sie ehrlich sein sollte, am meisten fürchtete, war das, was sie wollte.

Sie wollte Lucian.

Mit einer zitternden Hand strich sie sich übers Haar und blieb vor den Verandatüren stehen. Dichte, dunkle Wolken zogen auf und tauchten das gesamte Anwesen in tiefe Schatten. In der Ferne grollte Donner.

Sie wollte ihn *wirklich*.

Allein daran zu denken, ließ ihr Herz in ihrer Brust hüpfen. Was würde geschehen, wenn sie es laut aussprach? Was würde passieren, wenn sie es sich erlaubte? Offensichtlich stand er auf sie, auch wenn sie nach wie vor nicht verstand, wieso er an dem Abend in ihrem Apartment aufgehört hatte. Aber was wäre, wenn sie … einfach losließe?

Julia schloss die Augen und biss sich auf die Unterlippe. Ihre Arbeitsstelle stand nicht auf dem Spiel, aber sie war ziemlich sicher, dass die außerdienstlichen Aktivitäten bei der Agentur nicht gut ankämen.

Bisher hatte sie sich nicht mal erlaubt, ausführlicher über den Bonus nachzudenken, den sie nach dem Abschluss erhalten würde. Sie konnte noch nicht erfassen, wie viel es war und was es langfristig für sie bedeutete.

Also was hielt sie zurück? Wenn sie Anna anriefe, wäre das ihre Frage. An deren Antwort wollte Julia erst recht nicht denken.

Tatsache war, dass Julia Angst hatte, etwas zu fühlen, das tiefer ging als ein flüchtiges Interesse. So war es schon, seit sie Adam verließ. Jene Beziehung war ein gigantisches Fiasko gewesen, und vielleicht … vielleicht hatte sie Angst, es könnte sich wiederholen. Zumal mit Lucian alles chaotisch wäre.

Er hatte eine Art, die ihr unter die Haut ging. Er war charmant und klug, verführerisch und rücksichtslos, raubte ihr jedwede Kontrolle. Er war unglaublich gut aussehend und verspielt. Lucian de Vincent war amerikanischer Hochadel.

Wie könnte sie sich nicht bis über beide Ohren in ihn verlieben?

Sich auf ihn einzulassen, könnte dazu führen, dass sie mehr empfand als Lust, und wollte sie das wirklich? Eine Beziehung mit Lucian würde nirgends hinführen. Am Ende würde sie gehen, und das wollte sie möglichst mit intaktem Herzen.

Ein Donnerkrachen riss sie jäh aus ihren Gedanken und zwang sie, die Augen zu öffnen. Sekunden später zuckte ein blendend greller Blitz über den Himmel. Noch ein Donner krachte, und eine Windböe peitschte über die Veranda.

Julia trat von den Türen zurück, ein wenig erschrocken, wie nahe der Blitz gewesen war. »Wow.«

»Das wird ein ziemlich übles Gewitter.«

Mit einem stummen Schrei fuhr Julia herum und sah Richard in der Tür stehen. Beherrschten alle hier im Haus das ninjamäßige Anschleichen? »Wie kann es sein, dass sich hier jeder so lautlos bewegt? Sind Sie überhaupt menschlich?«

Richard lachte. »Mr. de Vincent – Lawrence – mochte keinen unnötigen Lärm. Die meisten von uns haben gelernt, sich möglichst leise zu bewegen.«

Schritte waren unnötiger Lärm? Besonders bizarr schien Julia, dass sich jeder geräuschlos durchs Haus bewegen konnte, nachts hingegen laute und ziellose Phantomschritte zu hören waren. »Tja, wenn das so ist.«

»Sind Sie bereit, sie ins Bett zu bringen?«, fragte er.

Nickend drehte Julia sich zu Madeline um, die halb schlafend in ihrem Sessel saß. Richard ging hinüber, blieb stehen und schaute das Bild an, an dem sie fast den ganzen Freitag gearbeitet hatte. Er bekam einen seltsamen Gesichtsausdruck.

»Wissen Sie, woran sie arbeitet?«, fragte Julia. Für sie war alles sehr abstrakt.

Der Ausdruck verschwand, und Richard verneinte. »Können wir?«

Gemeinsam halfen sie Madeline auf. Es ging schneller, wenn Lucian da war, denn er hob seine Schwester einfach hoch und trug sie. Julia und Richard mussten sie dazu bringen, einen Fuß schlurfend vor den anderen zu setzen, während sie von ihnen gestützt wurde.

Schließlich hatten sie Madeline im Bett, und Julia deckte sie behutsam zu, als ihr ein Gedanke kam. »Wie lange arbeiten Sie schon für die de Vincents?«

»Oh, na ja, ich war schon hier, bevor die Jungs und Madeline geboren wurden.« Er schob ein Kissen unter Madelines Kopf. »Mein Vater hat für Lawrence' Vater gearbeitet. Ich bin mit Lawrence zusammen aufgewachsen. Da war es nur natürlich, dass ich für ihn arbeiten würde.«

»Das ist … o Mann, das ist wirklich lange.« Sie erinnerte sich an den jungen Mann, der sie vom Flughafen abgeholt hatte. Er hatte etwas Ähnliches gesagt.

Richard entfernte sich vom Bett und blieb neben der Kommode und einem kleinen Beistelltisch stehen. »Diese Kinder sind wie meine eigenen.« Er sah Julia an. »Wir sind spät Eltern geworden, deshalb haben wir es genossen, die Jungs und Madeline zu verwöhnen, wo wir konnten.«

Julia blickte zu ihm und überlegte, ob sie mit ihrer nächsten Frage zu weit gehen würde. »Sie hatten es als Kinder nicht leicht, stimmt's?«

Er lächelte traurig. »Lawrence war sehr streng zu ihnen. Er erwartete eine Menge, genau wie sein Vater von ihm.« Mehrere Momente lang betrachtete er Madeline. »Sie hatten nie Gelegenheit, Lawrence kennenzulernen. Er konnte sehr hart sein, aber … er hatte seine Gründe. Mit denen stimmte ich nicht immer überein, doch er hatte sie.«

Julia fragte sich, was für Gründe er gehabt haben konnte, so furchtbar zu seinen Kindern zu sein.

»Brauchen Sie sonst noch etwas?«

»Nein, das ist alles.«

Er nickte und ging zur Tür, wo er stehen blieb. »Werden Sie heute Abend mit den Jungs essen?«

Sie hätte fast gelacht. »Nein, ich will einfach nur ausruhen.«

»Natürlich. Hätten Sie gern einen Teller auf Ihr Zimmer?«

Sie öffnete den Mund, aber es dauerte ein wenig, bis sie die richtigen Worte fand. »Das ist nicht nötig. Ich habe ja, was Livie mir freundlicherweise besorgt hat.«

»Es ist kein Aufwand.« Seine Augenwinkel kräuselten sich, als er lächelte. »Hochrippenbraten mit Butter und Kräutern. Er ist fantastisch.«

Hochrippenbraten? Prompt knurrte ihr Magen. »Wie kann ich dazu Nein sagen?«

»Gar nicht. Ich lasse es Ihnen um Punkt sieben bringen.«

»Vielen Dank«, sagte sie, obwohl sie immer noch das Gefühl hatte, sie hätte ablehnen sollen.

Richard nickte und verschwand. Kopfschüttelnd ging sie ins Bad. Es war merkwürdig, jemanden zu haben, der nur darauf wartete, Dinge für einen zu tun. Egal, wie lange sie hier war, bezweifelte sie, dass sie sich jemals daran gewöhnen könnte.

Sie raffte die sauberen Handtücher zusammen, die vorhin gebracht worden waren, und trug sie zur Ankleide. Dort legte Julia sie in das kleine Fach. Auf dem Weg nach draußen schloss sie die Tür. Dabei stieß ihr Ellbogen gegen einen Stapel Zeitschriften und Bücher auf dem Beistelltisch an der Kommode. Sie fielen zu Boden.

»War ja klar«, murmelte sie und schaute hinüber zu Madeline. Ihre Augen waren geschlossen, doch Julia glaubte nicht, dass sie schlief.

Sie bückte sich und hob die Zeitschriften und Bücher auf. Als sie alle wieder zurück auf den Tisch legte, bemerkte sie noch etwas Weißes auf dem Fußboden.

Stirnrunzelnd nahm Julia den Papierfetzen auf. Es war eine ausgerissene und zusammengefaltete Ecke eines Blattes aus einem Notizbuch. Das Papier sah nicht alt aus, war weder stumpf noch vergilbt.

Julia richtete den Stapel auf dem Tisch, während sie das Papier auseinanderfaltete. Sie war wie versteinert, als sie die beiden handgeschriebenen Zeilen las.

Ich vermisse dich,
aber nicht mehr lange.
Ich liebe dich,
aber das hast du immer gewusst.

20. Kapitel

»Danke«, sagte Dev ins Telefon. »Wir wissen den Anruf zu schätzen.« Es entstand eine Pause, während Lucian sich mit dem Mittelfinger an der Stirn kratzte. Dev sah ihn streng an. »Ja. Wenn wir irgendetwas brauchen, lassen wir Sie es wissen.« Er beendete das Gespräch. »Das war sehr reif.«

Lucian grinste. »Dachte ich auch.«

Dev zog eine Augenbraue hoch und lehnte sich zurück. »Das Telefon hört nicht auf zu klingeln.«

Dev hatte sich um die Beileidsbekundenden, die Anrufe, die Gäste und die Presse gekümmert, als wäre er dafür bestimmt. Was er letztlich auch war. Er hatte nur darauf gewartet, die Rolle des Familien- und Firmenoberhauptes zu übernehmen.

Sie alle hatten darauf gewartet.

Aber Lucian war nicht hier, um zu besprechen, wie sagenhaft Dev in der Rolle des Oberarschlochs war. »Ich möchte dir etwas vorschlagen.«

»Warum habe ich das Gefühl, dass mir etwas vorzuschlagen heißt, du wirst es sowieso tun, ganz gleich was ich denke?«

»Weiß ich nicht. Eventuell gibt es eine Statistik, die diese Überzeugung stützt.«

»Eventuell«, murmelte Dev und bedeutete ihm fortzufahren, während er nach seinem Glas griff.

»Ich überlege, Daniel einzuladen, damit er ein bisschen bei Maddie sitzt. Ich glaube, dass es helfen würde.« Lucian hatte beiden Brüdern von Daniels Auftauchen erzählt. Keiner von ihnen war angetan gewesen. »Und egal, wie lästig er ist, es kann nicht schaden.«

Dev schluckte den Whiskey hinunter, und sein Kiefer arbeitete. »Lieber hätte ich ein tollwütiges Känguru im Haus als Daniel.«

»Können Kängurus Tollwut kriegen?«, fragte Lucian.

»Weiß ich nicht, aber ich stelle mir Daniel ungefähr so zerstörerisch vor wie ein tollwütiges Känguru in einem Porzellanladen«, antwortete Dev. Lucian fragte sich, ob sein Bruder betrunken war. »Ich weiß, dass du es so oder so tun willst. Wann?«

Lucian veränderte seine Sitzposition, ohne die Füße von Devs Schreibtischkante zu nehmen. »Sonntag. Also wirst du nicht hier sein.«

»Toll.« Dev stockte. »Du übernimmst die volle Verantwortung. Falls er Ärger macht …«

»Ja, dann regle ich das.« Lucian senkte eine Hand auf die Armlehne seines Stuhls. »Apropos Ärger. Neuigkeiten von der Polizei?«

»Ich habe vorhin mit Troy gesprochen. Anscheinend schließt man ihn von der Ermittlung aus, weil er mit uns befreundet ist«, erklärte Dev und schwenkte die Flüssigkeit in seinem Glas. »Der Chief hat noch nicht mit mir geredet.«

»Blocken die Anwälte ihn ab?«

Die Andeutung eines Lächelns umspielte Devs Lippen. »Natürlich. Ich mache mir keine Sorgen.«

Lucian stutzte. »Die schienst du dir aber gemacht zu haben?«

Nun sah Dev ihn an. »Das war vorher.«

»Du sorgst dich nicht, dass die Ermittlungen an die Presse durchsickern?«, fragte Lucian ungläubig. Alles, was seinen Bruder je interessierte, war, was die Leute über die Familie dachten. »Ich warte nur, dass der Chief eine Pressekonferenz einberuft. So eine Geschichte könnte ein Karriereschub für ihn bedeuten.«

Dev grinste so kalt wie ein frisch ausgehobenes Grab. »Oder sie könnte seine Karriere beenden.«

Julia war ein Nervenbündel, als sie duschte und sich für ihr Nicht-Date mit Lucian und Gabe zurechtmachte. Sich gleich zweimal die Haare zu waschen, fühlte sich auf jeden Fall an, als hätte sie ein Date.

Sie rasierte sich sogar, denn … über die Gründe wollte sie nicht nachdenken.

Sie versuchte, an alles andere zu denken als das, wofür sie sich fertig machte. Ihre Gedanken kehrten immer wieder zu dem Zettel zurück, den sie gestern Abend gefunden hatte. Wer könnte ihn geschrieben haben? War er für Madeline gedacht gewesen, und, wenn ja, wie war er dorthin gelangt?

Manche der Bücher waren älter gewesen – Jahrzehnte alt. Vielleicht hatte sie ihn als Lesezeichen in einem davon benutzt? Julia war nicht sicher, aber sie hatte den Zettel zurück unter den Stapel gesteckt.

Sie wollte Lucian danach fragen, hatte ihn jedoch nicht mehr gesehen, seit er sie zum Dinner eingeladen hatte. Kein einziges Mal seit gestern Morgen, was eigenartig war, da er normalerweise hinter jeder Ecke auftauchte. Sie hätte nicht einmal gewusst, ob er im Haus war, wenn sie heute Morgen, als sie nach Madeline sehen wollte, nicht gehört hätte, wie er ihr vorlas.

Da hatte Julia gekniffen und war zurück durch den Flur gelaufen, anstatt sich ihm zu stellen wie, nun ja, wie es eine Erwachsene getan hätte.

Als sie kurz vor dem Mittagessen in Madelines Zimmer zurückgekehrt war, war Lucian fort gewesen. Wäre sie nicht im selben Haus wie er, hätte sie vermutlich das Dinner aus lauter Angst abgesagt.

Aber das war keine Option.

Während sie sich das Haar trocknete und zu losen Wellen lockte, trug sie einen Kampf mit ihrem Gewissen, ihrem Verstand und ihren Hormonen aus. Fraglos war sie ein wandelndes Rezept für Schlechte-Entscheidungen-Brownies. Fünfundzwanzig Prozent von ihr wussten, dass sie Berufliches nicht mit dem vermischen durfte, was immer dies hier war. Weitere fünfundzwanzig Prozent sagten, dass heute Abend auszugehen ein gewaltiger Fehler war, der wahrscheinlich zu einer ganzen Flut weiterer Fehler führen würde.

Die verbleibenden fünfzig Prozent fragten sich, ob sie einen Slip tragen sollte oder nicht.

Sie zog ihrem Spiegelbild eine Grimasse, denn sie wusste verdammt gut, dass sie einen Slip anziehen würde.

Nachdem sie ein wenig Mascara aufgetragen hatte, beschloss sie, nicht mehr auszuflippen und … und, nun ja, was auch passierte, würde passieren. Das war ihr Plan. Und sie würde deshalb keine Sekunde länger durchdrehen.

»O Mann«, flüsterte sie ihrem Spiegelbild zu. Das war der dämlichste Plan aller Zeiten, aber einen anderen hatte sie nicht.

Immerhin gelang es ihr ausnahmsweise, sich richtige Smokey Eyes zu schminken.

Sie lehnte sich vom Waschtisch zurück und nestelte an ihrem Bademantelgürtel, während sie zur Dusche blickte. Unwillkürlich musste sie an den Schatten denken, den sie gesehen hatte. Ihr Kopf tat kaum noch weh, doch jedes Mal, wenn sie duschte, hatte sie beinahe Angst, ihre Augen zu schließen.

Und noch mehr Angst, sie offen zu lassen.

Fröstelnd öffnete sie die Badezimmertür und erstarrte, sobald ihr Blick auf das Bett fiel. Mitten darauf lag ein weißer Karton mit einer schwarzen Schleife.

»Was zum …?«

Der Karton war definitiv nicht dort gewesen, als sie ins Bad gegangen war. Sie sah zu den Türen. Die waren alle verschlossen, und Julia hatte sie verriegelt.

Dessen war sie sich sicher, denn nachdem sie kürzlich mitten in der Nacht aufgegangen waren, überprüfte sie es immer.

Langsam näherte sie sich dem Karton, hob ihn vorsichtig an und zog ihn an die Bettkante. Sie strich sich das Haar nach hinten, holte tief Luft und band die Seidenschleife auf. Sie fiel zur Seite.

Dann hob sie den Deckel an und lehnte sich zurück, als könnte drinnen eine Kobra lauern.

Keine Kobra.

Nur Unmengen schwarzes Seidenpapier.

Sie schob das dünne Papier beiseite und stieß einen stummen Schrei aus, als sie sah, was darin lag. Eindeutig keine Kobra, aber etwas genauso Gefährliches.

Dunkelrot in einem Meer von Schwarz. Ein Kleid lag in dem Karton, und es war nicht die Sorte Kleid, die Julia sich bei Old Navy kaufen würde. Schon ohne es zu berühren, konnte sie sagen, dass es aus edelsten Stoff war; einem Stoff, dessen Namen sie vermutlich nicht kannte, weil sie nie das Geld gehabt hatte, in Läden zu shoppen, in denen solche Kleider verkauft wurden.

Für einen Moment wollte sie es nicht mal anfassen, aus Furcht, sie könnte es mit ihren Fingern ruinieren; dann übernahm das Mädchen in ihr die Regie und sie schnappte zu.

Sie griff nach dem Kleid und zog es aus dem Karton. Es war atemberaubend. Angeschnittene kurze Ärmel, ein bestickter, herzförmiger Ausschnitt und eine hohe Taille, die direkt unter ihrer Brust sitzen würde.

»Ach du Schande«, flüsterte sie und trat vom Bett zurück, um sich die zarten Ärmel an die Schultern zu halten. Der Rockteil reichte ihr bis knapp unter die Knie.

Es war schlicht und wunderschön. Das letzte Mal, dass sie irgendwas so Schickes getragen hatte, musste bei ihrer Hochzeit gewesen sein.

Aber könnte sie es anziehen?

Sie legte das Kleid hin und sah es an. Es hing kein Preisschild dran, doch sie bezweifelte, dass es dasselbe gekostet hatte, was sie gewöhnlich für Kleidung ausgab. Offensichtlich war es ein Geschenk …

Da lugte noch etwas Dunkelrotes aus dem Seidenpapier. Julia beugte sich vor, zog das Papier zur Seite und lachte.

Hohe rote Riemchensandalen.

Nun bemerkte sie die leinenweiße Karte. Sie nahm sie auf und drehte sie um.

Bei Firestones geht es förmlich zu. Ich wollte, dass du vorbereitet bist.

Die Handschrift war wunderschön, ganz anders als die Notiz, die sie gestern gefunden hatte. Julia wusste nicht, warum, aber sie lachte wieder. »Das ist … verrückt.«

Sie schüttelte den Kopf, grinste jedoch, als sie die Schuhe herausnahm und neben dem Karton aufs Bett stellte.

Es gab nur eine Person, die ihr dieses Kleid und diese Schuhe gekauft haben konnte.

Lucifer.

Ihr ohne ihre Einwilligung ein Kleid zu kaufen, war so unfassbar aggressiv, so ganz und gar er. Es stank förmlich nach Arroganz und Übergriffigkeit, und dennoch war es auch seltsam aufmerksam.

Ein Teil von ihr wollte nicht, dass er ihr Kleider kaufte. Das war viel zu intim. Ein anderer Teil konnte es nicht erwarten, das Kleid anzuprobieren.

Sie streifte rasch ihren Bademantel ab und schlüpfte in eines ihrer wenigen Dessous-Sets – rot, passend zum Kleid. Sie zog es über.

Es passte.

Ja, es passte *perfekt*, und sie wollte nicht mal daran denken, wie Lucian ein Kleid für sie finden konnte, das wie maßgeschneidert saß.

Er hätte ihr weder dieses Kleid noch die Schuhe kaufen dürfen. Das war noch eine unangemessene Sache in der langen Liste unangemessener Dinge, für die sie beide verantwortlich waren.

Aber sie würde es tragen.

Sie probierte die Schuhe an, drehte sich langsam vor dem Badezimmerspiegel und kam sich wie ein kitschiges Aschenputtel vor. Ihr Spiegelbild verblüffte sie.

Julia erkannte sich kaum wieder.

Ihr Herz flatterte wild, als sie mit den Händen über den schmeichelnden Stoff strich. In einer Million Jahre hätte sie sich nicht vorgestellt, ein solch figurbetontes Kleid zu tragen und sich … absolut selbstsicher und schön darin zu fühlen.

»Na gut«, sagte sie und schluckte den Kloß an Emotionen herunter, der wie aus dem Nichts in ihrem Hals aufstieg.

Sie blinzelte die Tränen weg, verließ das Bad und schnappte sich ihre Handtasche. Sie vermutete, dass sie die Brüder unten treffen sollte. An der Tür hielt sie inne, um ihre wirren Gefühle unter Kontrolle zu bringen, bevor sie ihr Zimmer verließ. Sie schaffte es nur wenige Schritte weit, ehe Lucians Tür aufging.

Beim ersten Blick auf ihn benahm sich ihr Bauch, als säße sie in einer Achterbahn. Er war atemberaubend, gekleidet wie zur Trauerfeier seines Vaters, nur ohne die Krawatte und das Jackett. Heute Abend trug er ein weißes Hemd und eine dunkle maßgeschneiderte Hose. Sein Haar war trocken und zurückgekämmt, allerdings hatte Julia das Gefühl, dass die welligen Strähnen im Laufe des Abends nach vorn fallen würden.

Sie hatte es schon vorher gedacht und wusste, sie würde es noch dutzende Male denken, aber Lucian de Vincent war beinahe zu schön, um wahr zu sein.

Ihre Schritte wurden langsamer, als sie auf ihn zuging. Erst jetzt erkannte sie, dass er sie mit derselben Intensität betrachtete wie sie ihn. Kleine Schauer jagten ihr über den Leib, als sein Blick von ihren Augen bis hinunter zu ihren Schuhspitzen wanderte.

»Verdammt«, murmelte er und sah wieder in ihr Gesicht. »Miss Hughes, du bist absolut atemberaubend. Weißt du das? Atemberaubend.«

Sie merkte, wie ihr Gesicht heiß wurde. »Danke.« Langsam schaute sie zu ihm auf. »Und vielen Dank für das Kleid und die Schuhe?«

»Gefallen sie dir?« Er trat vor. »Offen gesagt wusste ich, dass du in Rot sagenhaft aussehen würdest.«

Ihr Herz versuchte, sich aus ihrem Brustkorb zu graben. »Ich weiß es zu schätzen, aber du solltest mir solche Sachen nicht kaufen.«

»Und warum nicht?« Er hob eine Hand, strich mit den Fingern über ihr Haar und fing unten die Spitzen ein. »Eine schöne Frau verdient schöne Sachen.«

»Das ist ein netter Spruch, den du sicher irgendwo gelesen hast, aber es ist nicht …«

»Angemessen? Wenn du dieses Kleid nicht trügest, wäre es unangemessen.« Er strich einige Haarsträhnen über ihren Arm. »Und ich habe das nirgends gelesen. Es war ein Gedanke, den ich laut auszusprechen entschied.«

»Na dann«, sagte sie. Ihr war durchaus bewusst, dass seine Fingerspitzen noch auf ihrem Oberarm lagen. Sie machte einen Schritt zurück. »Aber kauf mir solche Dinge nicht ohne meine Erlaubnis.«

Er neigte den Kopf zur Seite, und angesichts seines Gesichtsausdrucks fragte sie sich ernsthaft, ob ihm diese Vorstellung fremd war. »Dann darf ich dir hübsche Dinge kaufen, solange ich deine Erlaubnis habe?«

Julia runzelte die Stirn. Das hatte sie ganz und gar nicht gesagt.

»Ich werde es mir merken.« Er lächelte. »Bist du so weit?«

Es war keine direkte Frage, dennoch nickte sie, auch wenn sie nicht mal annähernd so bereit war, wie sie es sein musste.

Lucian konnte den Blick nicht von Julia wenden, als sie hinunter ins Erdgeschoss gingen. Und mit diesem Problem war er nicht allein. Gabe hatte ebenfalls nicht aufgehört, sie anzugaffen.

Vielleicht war das Kleid keine so gute Idee gewesen, denn er wollte nichts anderes, als es ihr sofort ausziehen.

Sie stand zwischen ihnen in der warmen Abendluft, eine Hand an ihren Oberarm gelegt.

Gabe zählte ihr die Gerichte auf, die Firestones anbot, während Lucian sich sämtliche Linien ihres Gesichts und ihres Körpers einprägte. »Du musst unbedingt das Flusskrebs-Étouffée probieren. Es ist fantastisch.«

»Ehrlich gesagt habe ich noch nie Flusskrebs gegessen.«

»Na, das werden wir heute Abend ändern.« Er blickte hinüber zu Lucian. »Machen wir den heutigen Abend zu einem der … Premieren für Julia.«

Lucian zog eine Augenbraue hoch.

Julia blickte über ihre Schulter zu ihm und senkte ihr Kinn. »Magst du … Meeresfrüchte?«

Da ihre Aufmerksamkeit ihm galt, trat er näher zu ihr. »Du wirst erstaunt sein, wie hitzig darüber diskutiert wird, ob Flusskrebs im weitesten Sinne unter Meeresfrüchte fällt oder nicht, aber, ja, ich mag alle Speisen.«

»Das stimmt nicht ganz«, widersprach Gabe, der seine Position wechselte, sodass er vor ihr stand. »Lucian ist kein Fan von Sachen, die grün sind.«

»Ach nein?«, fragte sie.

»Na ja …« Er legte eine Hand auf ihre Schulter und war froh, dass sie nicht austickte, weil er sie berührte. »Ist Gemüse denn richtiges Essen?«

Julia schüttelte den Kopf. »Ich denke – wow.« Sie erstarrte. »Ist die für uns?«

Lucian blickte auf und sah die schwarze Limousine die Einfahrt hinaufkommen. »Das will ich doch sehr hoffen, da sie uns gehört.«

»Ich hatte sie zur Wartung bringen lassen.« Gabe strich sich das Haar nach hinten. »Ist eine Weile her, seit wir sie benutzt haben.«

Julias Mund bewegte sich sekundenlang, ohne dass ein Ton herauskam. »Ist das euer Ernst? Ihr lasst euch normalerweise in einer Limousine herumfahren?«

»Ja.« Lucian legte eine Hand unten an ihren Rücken. »Das ist ziemlich normal.«

Die Limo hielt vor den Eingangsstufen, und Gabe stieg nach unten. »Ich würde nicht sagen, dass wir sie oft spazieren fahren, aber heute ist ein besonderer Abend. Wir zeigen dir, wie wir leben.«

Julia zögerte, und Lucian fühlte ihr wachsendes Unbehagen förmlich. »Was ist?«, fragte er leise.

»Ich … das ist alles so überwältigend«, sagte sie mit einem zittrigen Lachen. »Ich bin daran nicht gewöhnt … an nichts hiervon.«

Auf einmal wollte er sie so dringend beruhigen, dass er für einen Moment sich weder rühren noch sprechen konnte. Sein ganzes Leben hatte er dieses Bedürfnis nur bei seiner Mutter oder seiner Schwester gehabt. Nicht mal bei seinen Brüdern.

Es war eine befremdliche Empfindung für ihn.

Doch er … *begrüßte* sie.

»Wir können einen anderen Wagen nehmen, wenn du möchtest.« Sanft hob er ihr Kinn an, damit sie ihn ansah. »Und wenn du Pizza bestellen möchtest, können wir das auch.«

»Pizza bestellen?« Sie lachte.

»Wenn du das möchtest«, sagte er und er meinte es so. Er würde tun, was immer sie wollte. »Sag du es.«

Julia wandte für einen Moment den Blick ab, sodass ihr Kinn von seinen Fingern glitt, und holte tief Luft. »Nein, ich bin nur doof. Ziehen wir das durch.«

»Du bist nicht doof.«

Sie presste ihre hübschen rosigen Lippen zusammen. »Bist du sicher? Die meisten Leute würden wie die Flummis auf und ab hüpfen, wenn sie in einer Limo fahren dürften.«

»Die meisten Leute sind mir egal.« Und das meinte er wörtlich.

»Ist schon gut. Ich bin bereit.«

»Sicher? Ich kann deine Hand halten, wenn du willst.«

Julia verdrehte die Augen.

Mit seiner Hand unten an ihrem Rücken lehnte er sich hinüber und flüsterte ihr ins Ohr: »Wenn du meine Hand nimmst, Miss

Hughes, kann es sein, dass ich sie nicht wieder loslasse. Nur, damit du Bescheid weißt.«

Er fühlte ihr Erschauern, als er mit der Hand zu ihrer Hüfte glitt. »Und ich lasse dich wissen, dass es meine Entscheidung sein wird, wenn ich deine Hand nehme.« Sie sah ihn an. »Oder die von jemand anderem.«

»Ich glaube nicht, dass du jemand anderen bemerken wirst«, sagte er zu ihr und richtete sich auf, als Gabe die Limotür öffnete.

Julia ging vor und warf Lucian ein angespanntes Lächeln zu, als sie Gabe die Hand reichte. Dann zog sie eine Augenbraue hoch, bevor sie sich zu Gabe drehte. Sein Bruder half ihr auf die Rückbank.

Er legte den Kopf in den Nacken und lachte schallend. Verdammt, sie war witzig! Und sie war … wirklich etwas ganz Besonderes.

Gabe zwinkerte ihm zu und stieg in die Limo. Nun setzte Lucian seinen Hintern in Bewegung und eilte die Stufen hinunter. Er stieg ein und stellte erfreut fest, dass Gabe sich auf den Sitz Julia gegenüber gepflanzt hatte. Wenigstens musste er seinen Bruder nicht physisch entfernen.

Natürlich setzte Lucian sich direkt neben Julia.

»Wir sind so weit, Denny«, sagte Gabe durchs Fenster. »Entschuldige die Verzögerung.«

»Kein Problem«, kam die Antwort durch die Scheibe.

Lucian sah Julia an. Gegenwärtig betrachtete sie mit großen Augen das Innere der Limousine, von der voll ausgestatteten Bar bis hin zu den Ledersitzen. Als das Trennfenster zuglitt, sah sie aus, als wolle sie lachen.

»Bist du zum ersten Mal in einer Limousine?«, fragte Gabe.

Julia blinzelte und faltete die Hände auf ihrem Schoß über ihrer kleinen Handtasche. »Ich war schon mal in einer. Aber die war nichts verglichen hiermit.« Sie stockte. »Ist das echtes Holz?«

»Ja«, antwortete Gabe grinsend. »Und ich habe die Holzarbeiten hier drinnen gemacht. Möchtest du etwas trinken?«

»Ähm …« Sie nickte. »Ja.«

Gabe rückte zur Bar und holte eine Flasche Whiskey hervor.

»Fangen wir mit etwas Leichterem an«, sagte Lucian zu seinem Bruder. »Wie wäre es mit Champagner? Ich glaube, wir haben einen.«

»Haben wir.« Gabe angelte eine Flasche hervor und ließ den Korken so knallen, dass Julia zusammenzuckte. Grinsend füllte Gabe drei Sektflöten und reichte sie herum.

Lucian legte einen Arm lang über die Rückenlehne. Julia blickte kurz zu ihm, rührte sich aber nicht. »Er ist ganz groß in diesem Mit-den-Händen-arbeiten-Ding.«

»Genau wie du«, entgegnete Gabe und streckte seine Beine vor. Nun waren seine Schuhe direkt neben Julias.

»Arbeitest du auch mit Holz?«, fragte sie und nippte an ihrem Champagner.

Lucian lachte leise. »Nein, sicher nicht.«

»Weißt du es nicht?« Gabe tippte mit seinen Füßen gegen Julias, um ihre Aufmerksamkeit zu gewinnen.

»Weiß ich was nicht?«, fragte sie.

Gabe sah Lucian an. »Hast du es ihr nicht erzählt?«

Er hob eine Schulter.

»Ich habe keine Ahnung, wovon ihr beide redet.« Julias Blick wanderte zwischen den beiden hin und her.

»Mein kleiner Bruder ist sehr begabt.« Ein Lächeln umspielte Gabes Mund, als er zu Lucian sah. »Du musst nämlich wissen, dass Madeline nicht die einzige Künstlerin in der Familie ist.«

Julia sah Lucian an. »Du malst?«

Er fing eine ihrer Haarsträhnen mit den Fingern ein und nickte. »Na ja, ich habe ein- oder zweimal ein bisschen rumprobiert.«

»Rumprobiert?« Gabe lachte. »Bist du etwa bescheiden?«

»Bin ich das nicht immer?«

Sein Bruder grinste spöttisch, während er sich wieder auf Julia konzentrierte. »Lucian hat ein Vermögen mit seinen Bildern gemacht. Sie hängen überall auf der Welt, bei Privatsammlern und in Museen.«

»Was?« Julia starrte ihn an, als würde es sie verblüffen, wenn ihn ein Malbuch nicht überforderte.

»Schockt dich das so sehr?« Er zupfte sanft an ihrem Haar. »Mein müßiggängerisches Leben gewährt mir jede Menge freie Zeit.«

Ihre Lippen zuckten, als sie nach hinten griff und ihr Haar aus seinen Fingern befreite. »Warum hast du nichts gesagt?«

»Warum sollte ich? Ich bin ziemlich sicher, dass ich auch so schon genug über mich geredet habe.«

Gabe lachte.

»Gibt es Gemälde von dir im Haus?«

»Einige.« Er fing eine neue Haarsträhne ein. »Wir können später ein Spiel veranstalten. Du rätst, welche von mir sind.«

»Das hört sich spannend an«, sagte Gabe und beäugte sie über den Rand seines Glases hinweg. »Darf ich mitmachen?«

»Nein«, antwortete Lucian sofort. »Denn es wäre unfair Miss Hughes gegenüber, nicht wahr?«

»Aus irgendeinem Grund glaube ich nicht, dass ihr irgendein Spiel fair spielt«, bemerkte Julia trocken.

Gabe zog eine Augenbraue hoch. »Oha, sie hat uns schon durchschaut.«

Das hatte sie, dachte Lucian, während er die Haarsträhne um seinen Finger wickelte. Als sie sich der Stadt näherten, ließ Gabe den getönten Sichtschutz innen an den Scheiben hinunter, damit Julia die glitzernden Lichter sehen konnte. Sie klebte praktisch am Fenster und hielt das vergessene, fast leere Champagnerglas in einer Hand.

In der Canal Street bremste sie der dichte Verkehr aus. Der Klang von Musik und Rufen, Autohupen und Gelächter vermengte sich mit den unterschiedlichen Gerüchen der Stadt, die durch die offenen Fenster ins Wageninnere wehten. Lucian nahm seinen Bruder gar nicht mehr wahr, war vollständig auf Julia konzentriert.

Sie vibrierte regelrecht vor Aufregung, als sie die Magie der Stadt in sich aufsog, sah das Schild zur Bourbon Street und drehte sich zu ihnen um.

»Die Bourbon lassen wir aus«, sagte Gabe lächelnd zu ihr. »Aber dies ist die malerische Strecke zu unserem Ziel. Wir werden gleich durch einen Teil des Quarters fahren.«

»Essen wir nicht im French Quarter?«

»Nein.« Lucian ließ seinen Blick über ihr kurviges Bein wandern. »Das Quarter überlassen wir den Touristen. Doch ich denke, dir wird gefallen, wohin wir wollen.«

Firestones befand sich in einem kürzlich renovierten Lagerhaus mehrere Blocks von der Canal entfernt in einer Seitenstraße der

Gravier Street und nahe dem Geschäftsviertel. Denny fuhr allerdings die hübschere Route über die Royal und die Decatur, damit Julia einige der historischen Hotels und Häuser mit ihren schmiedeeisernen Balkonen sehen konnte.

Auf dieser Strecke war das Fahren eine Geduldsprobe. Menschenmengen kamen aus den Bars und drängten sich auf den schmalen Gehwegen und Straßen. Hierfür verdiente Denny wahrlich ein Extratrinkgeld. Die Geduld, die diese Straßen an einem Samstagabend verlangten, brachten nur wenige Leute auf.

Doch sie war es wert, um Julias Gesicht so strahlen zu sehen.

»Wir sind da«, verkündete Gabe, als Denny an den Straßenrand bog.

Julia löste sich vom Fenster und schaute hinab zu ihrem Glas.

»Stell es einfach auf die Bar«, sagte Lucian, während Gabe die Tür öffnete und ausstieg. »Der Fahrer kümmert sich darum.«

Das tat sie, lehnte sich nach vorn und bedankte sich durch die Trennscheibe bei Denny.

Lucian stieg aus dem Wagen und drehte sich um. Gabe wartete unter der roten Eingangsmarkise und beobachtete sie, als Lucian eine Hand zu Julia ausstreckte, die über die Sitze zur Tür rutschte. Mit großen Augen sah sie von Lucians Gesicht zu seiner Hand und reckte ihr Kinn.

Offensichtlich erinnerte sie sich an das, was er gesagt hatte, bevor sie das Haus verließen.

»Miss Hughes?«, fragte er leise.

Sie schien tief einzuatmen und zu einem Entschluss zu kommen, während sein Herz seltsame Hüpfer vollführte. Und dann, geradezu schmerzlich langsam, legte sie ihre Hand in seine.

Lucian lächelte.

21. Kapitel

Flusskrebs war *köstlich*.

Ihr war gleich, ob es sich um eine Meeresfrucht handelte oder nicht, es war fantastisch. Dasselbe galt für die Burrata-Vorspeise und das darauffolgende Hauptgericht bestehend aus Filet und Jakobsmuscheln. Nach dem guten Essen und dem Wein, den sie getrunken hatte, müsste sie aus dem Restaurant getragen werden; und natürlich bestellten die Jungs noch Dessert.

Julia blickte hinüber zu Gabe. Er lächelte ihr zu und erhob sein Weinglas in ihre Richtung. Dann linste sie zu Lucian. Er … er starrte sie auf eine Weise an, die sie erschauern ließ, während sie an ihrem Wein nippte, ohne viel von ihm zu schmecken. Rasch sah sie weg und schaute sich im Restaurant um.

Sie saßen an einem kleinen runden Tisch in einer Nische, die ihnen eine gewisse Privatsphäre gewährte. Das Restaurant war hinreißend mit wunderbaren Holzarbeiten gestaltet, die Tische alle in cremeweißem und rotem Leinen gedeckt und mit hohen Kerzenleuchtern darauf.

Mehrmals kamen Leute an ihren Tisch, zumeist ältere Männer, die Julia neugierig beäugten. Doch keiner von ihnen war unhöflich, nicht so wie Devs Verlobte bei ihrer ersten Begegnung. Lucian stellte Julia allen schlicht als Miss Hughes vor, ohne weitere Erklärung.

Bisher war das Dinner wunderbar, genauso wie die Fahrt durch die Stadt, auf der sie einiges von New Orleans zu sehen bekommen hatte. Sie konnte es nicht erwarten, noch einen Blick auf die mit Blumen und Farnen geschmückten Balkone zu werfen. Julia wünschte sich, durch diese Straßen zu schlendern und diese Gebäude zu berühren – Geschichte anzufassen.

Aber nicht heute Abend.

Sie bezweifelte, dass sie im Moment auch nur einen Block weit wandern könnte.

Lucian bewegte sich, was ihre Aufmerksamkeit auf ihn lenkte. Es schien nicht viel Platz an dem Tisch zu geben, denn sein Bein lag an ihrem, und immer mal wieder streifte Gabes Bein ihre Wade. »Alles klar?«, fragte Lucian.

Das fragte er heute Abend häufiger. Seine Sorge war … süß, und sie spürte, dass sie echt war – oder zumindest sagte der Wein ihr das.

Also nickte Julia. Ihr ging es bestens. Die Jungs hielten das Gespräch in Gang, erzählten ihr von ihrer College-Zeit und den Schwierigkeiten, in die sie geraten waren, während sie ein Mahl verspeisten, das so viel wie ein Luxuswagen kosten dürfte.

Trotzdem fühlte sie sich wie ein Gast – ein Gast in ihrem Zuhause, in ihrer Limo und jetzt an dem Tisch, an dem zu essen sich vermutlich nur extrem Reiche leisten konnten. Dass sie sich so fühlte, lag nicht an den Brüdern. Tatsächlich benahmen sie sich überhaupt nicht so, dennoch war Julia hier alles so fremd, dass sie sich wie eine Hochstaplerin in einem eleganten Kleid vorkam, umgeben von noch eleganteren Leuten.

Sie wartete förmlich darauf, dass jemand wie Sabrina erschien und sie entlarvte.

»Also …« Gabe streckte einen Arm aus und tippte ihr auf die Hand. »Wie sehen deine langfristigen Pläne aus, Julia?«

Abgelenkt von ihren Gedanken, sah sie zu ihm. »Ähm, du meinst, nach diesem Job?«

Er lehnte sich auf seinem Stuhl zurück, ganz lässig und entspannt, und nickte. »Hast du vor hierzubleiben oder gehst du wieder nach Hause?«

»Weiß ich nicht.« Aus irgendeinem blöden Grund blickte sie zu seinem Bruder und wollte sich dafür ohrfeigen. »Wahrscheinlich gehe ich nach Hause zurück, aber ich habe noch nicht richtig darüber nachgedacht, da nicht festgelegt ist, wann dieser Job endet.«

Gabe neigte den Kopf zur Seite und sah kurz zu seinem Bruder. »Hast du überlegt, in dieser Gegend zu bleiben? Ich glaube … einige von uns würden dich sehr vermissen, wenn du weggingest.«

Sie sah ihn verwundert an und trank einen Schluck Wein. Bedachte man, dass sie bislang nur wenige Male kurz mit Gabe gesprochen hatte, glaubte sie kaum, dass er zu jenen Menschen zählen würde.

»Ich würde dich vermissen.« Lucian beugte sich vor und stützte die Ellbogen auf den Tisch. »Sehr sogar.«

»Aha«, murmelte sie und bedachte ihn mit einem Seitenblick.

»Glaubst du mir nicht?« Er lehnte seine Schulter an ihre. »Ich kann es dir gerne beweisen.«

Sie fühlte, wie ihr Hals und ihre Brust rot wurden, als sich ihre Blicke begegneten. Zu viel Wein, dachte sie, denn sie konnte nicht wegsehen. Und ihre Gesichter waren sich zu nahe. Nur Zentimeter trennten ihre Münder.

»Ich denke nicht, dass du ihm misstrauen solltest«, bemerkte Gabe.

Julia blinzelte, wich abrupt zurück und sah zu Gabe.

Er grinste. »Ich denke, er wäre am Boden zerstört, solltest du fortgehen.«

Sie trank noch einen großen Schluck Wein und sortierte ihre wirren Gedanken. »Das dürfte übertrieben sein.«

Lucians warmer Atem wehte seitlich über ihren Hals und jagte ihr einen Schauer über die Haut. »Das verstehe ich als Herausforderung.«

Ihr Herz hüpfte in ihrer Brust, als Lucian sich zurücklehnte und den Kellner herbeiwinkte.

Gabes Grinsen wurde breiter.

Plötzlich hatte sie das Gefühl, etwas ginge vor sich, als der Kellner mit der Rechnung herbeigeeilt kam. Dann erschien eine dieser schwarzen American-Express-Karten, die Julia noch nie in natura gesehen hatte.

»Bin gleich wieder da«, sagte der Kellner und verschwand.

»Eines musst du noch sehen, bevor wir gehen«, sagte Lucian und streckte einen Arm über ihre Stuhllehne.

Gabes Züge leuchteten auf. »Stimmt, das hatte ich fast vergessen.« Er blickte sie an. »Es wird dir gefallen.«

»Was?«, fragte sie.

Lucian tippte mit den Fingern auf ihren Rücken. »Es ist eine Überraschung.«

Bevor sie ihn löchern konnte, nickte Gabe zu einem Tisch schräg gegenüber.

»Hey, sieh mal, wer da ist.«

Ohne den Arm von ihrer Stuhllehne zu nehmen, schaute Lucian sich über die Schulter um. »O Mann, die habe ich ja ewig nicht mehr gesehen.«

Neugierig reckte Julia den Hals, um zu sehen, über wen sie redeten. Sie entdeckte zwei Männer ungefähr in ihrem Alter, einer weiß, der andere schwarz. Zwischen ihnen saß eine sehr hübsche Frau. »Wer ist das?«

»Alte Freunde«, sagte Gabe und hob eine Hand zum Gruß, als der dunkelhäutige Mann herübersah und winkte. »Sie sitzen mit uns in einigen Vorständen von Wohltätigkeitsorganisationen.«

Unweigerlich fragte Julia sich, bei welchen Organisationen diese Brüder sein könnten. »Kommen sie nicht her, um euch zu begrüßen?«

Lucian lehnte sich zurück und lächelte geheimnisvoll. »Ich glaube nicht, dass sie ihr Date unterbrechen wollen.«

»Verständlicherweise«, sagte Gabe, trank einen Schluck und senkte die Lider ein wenig.

Wieder sah Julia zu dem Tisch. Die Frau lehnte sich zu dem dunkleren Mann, und ein schönes Lächeln erstrahlte auf ihrem Gesicht, als er sich zu ihr neigte und sie auf die Wange küsste. Der andere Mann hielt … die Hand der Frau?

Julia erstarrte. Nun begriff sie, was die Brüder meinten, und was sie dort sah. Die Frau war das Date von *beiden* Männern. Und sie hatte kein Dinner-Date mit ihnen, sondern ein richtiges Date.

O mein Gott.

Ihr stand der Mund offen.

Leise lachte Lucian. »Ich glaube, Julia hat soeben erkannt, was an dem Tisch vor sich geht.«

»Denke ich auch«, sagte Gabe.

»Ist sie ein Escort?«, platzte Julia heraus.

»Was?« Lucian verschluckte sich und hüstelte. »Nein, ist sie nicht.«

»Da drüben wechselt kein Geld die Hände.« Gabe sah aus, als würde er jeden Augenblick losprusten. »Vertrau uns.«

Ihr Blick wanderte zwischen den Brüdern hin und her. Und nun kapierte sie. Sie war mit Gabe und Lucian aus. Beide hatten ihr ihre volle Aufmerksamkeit gewidmet, wie … wie die Männer an dem Tisch gegenüber. Sie hatten während des Dinners geradezu um ihre Aufmerksamkeit gebuhlt. Beide hatten sie hin und wieder berührt, gescherzt, aber sie … sie waren *Brüder*, und – und sie war *Julia*.

Sie öffnete den Mund, doch es kam kein Ton heraus, als sie von Gabe zu Lucian blickte. Seine schwermütigen Augen schienen einen Schatz voller Geheimnissen zu bergen.

Lucian hatte sie gewarnt, dass sie nun in seiner Welt war. Vielleicht waren solche … solche Sachen in seiner Welt normal. In ihrer hingegen waren sie es absolut nicht. Zumindest nicht, soweit sie wusste. Wieder blickte sie zu dem anderen Tisch. Die Frau sprach, und beide Männer waren so von ihr gebannt, dass sich die Muskeln tief in Julias Bauch anspannten.

Sie hörte nicht einmal, wie der Kellner zurückkam.

Ehe sie es sich versah, hatte Gabe ihre Hand genommen und zog sie hoch. Sie blickte sich um, doch Lucian hatte ihre Handtasche schon unter dem Arm. Sie gingen durch das Restaurant, jedoch nicht zum Ausgang, sondern einen engen Korridor hinunter und an den Toiletten vorbei.

»Wo wollen wir hin?«, fragte sie.

»Ist eine Überraschung«, erinnerte Gabe sie und zog sie weiter.

Ein nervöses Flattern regte sich in ihrem Bauch. »Ich weiß nicht, ob ich Überraschungen mag.«

Lucians Hand streifte ihren Rücken. »Diese wirst du mögen.«

Da war Julia sich nicht so sicher, erst recht nicht, als Gabe um eine Ecke bog und Türen öffnete, auf denen in großen Buchstaben NUR PERSONAL stand. »Dürfen wir hier rein?«

Lucian lachte hinter ihr. »Natürlich.«

Sie passierten mehrere Kellner und Köche, die in ihre Richtung schauten, aber nichts sagten. Überall duftete es nach Grillsteak und geröstetem Hähnchen, und Julia registrierte beiläufig, wie unglaublich sauber die Küche war. Wow.

Vielleicht hatte sie zu viel getrunken.

»In der Stadt gibt es eine Menge versteckter Juwele«, erklärte Gabe und drückte ihre Hand. Er zog sie an vollen Spülbecken vorbei und durch eine weitere Tür. Sie betraten einen dunklen Saal. »Orte, von denen die wenigsten Leute wissen.«

»Verborgene Bars und Restaurants«, ergänzte Lucian. Sie erreichten einen einzelnen Aufzug. »Bibliotheken und Zigarrenläden, Clubs und sonstiges, versteckt vor der Öffentlichkeit.«

»Ach ja?« Sie schluckte und sah hinter sich.

»Jap.« Lucian nahm seine Brieftasche hervor und schien eine Art Karte in der Hand zu halten. Mit der wischte er über ein Bedienfeld neben dem Aufzug. »Man muss die Stadt kennen, um sie zu finden.«

Die Fahrstuhltür glitt auf.

»Und man muss Leute kennen.« Gabe zog sie in die Kabine.

Unmittelbar realisierte Julia, dass diese klein war, geradezu beklemmend klein, als Lucian ebenfalls hereintrat und eine Taste an der Wand drückte. Die einzige Taste. Die Tür schloss sich, und nun waren nur noch sie drei da, die so dicht beieinanderstanden, dass Julia fürchtete, gleich zu hyperventilieren. Gabe war vor ihr und Lucian direkt hinter ihr. Zwischen ihnen waren bestenfalls Zentimeter.

»Dies ist … dies ist ein kleiner Aufzug«, sagte sie und zog ihre Hand aus Gabes. Sie holte Luft und roch den Duft von Lucians oder Gabes Eau de Cologne.

»Ist er.« Lucians Atem streifte die Härchen an ihrer Schläfe. »Wahrscheinlich willst du nicht wissen, wie alt er ist.«

Sie drehte sich zur Seite und hielt inne, als ihre Hüfte Gabes streifte und ihre Hand zu nah an eine Stelle von Lucian gelangte, die ihr sehr vertraut war. »Wenn dieses Ding stecken bleibt, drehe ich eventuell durch.«

»Hast du Angst, in einem Fahrstuhl stecken zu bleiben?«, fragte Gabe.

Sie hatte mehr Angst davor, mit ihnen gefangen zu sein, aber sie antwortete nicht. Ihr Herz hämmerte in ihrer Brust, als sie Lucians Hand an ihrem Oberarm fühlte. Sie sah zu Gabe, und ihr Herzschlag hallte bis in ihren Hals, als er eine Haarsträhne einfing, die ihr ins Gesicht gefallen war.

Ein zartes Lächeln umspielte seine Lippen, während er das Haar hinter ihr Ohr strich. Ihre Blicke begegneten sich, und Lucians Hand strich über ihren Arm nach unten. Ihr wurde schwindlig, als würde sie nicht genug Sauerstoff bekommen. Ein leichtes Zittern setzte in ihren Händen ein und wanderte ihre Arme hinauf. Ihre Gedanken kehrten zurück zu der Frau unten, und ihr Atem stockte.

Sie waren Brüder.

In diesem Moment könnte sie einen weiteren Grund herausgefunden haben, warum der eine Lucifer und der andere Demon genannt wurde.

Sie waren wirklich so böse.

Sie löste ihren Blick und richtete ihn auf die Tür. Dies musste die längste Fahrstuhlfahrt seit Menschengedenken sein.

Lucians Hand vollführte noch einen langen Bogen auf ihrer Haut, und sie glaubte, dass Gabe näher gekommen war. Sicher war sie sich nicht, und sie schaute nicht hin, aber ihr war bewusst, dass sie keinem von ihnen sagte, er solle auf Abstand bleiben. Tatsächlich wollte sie es gar nicht sagen. Es kam ihr überhaupt nicht in den Sinn. Ihre Haut kribbelte und ihre Nerven waren angespannt.

Was in aller Welt stimmte mit ihr nicht?

Julia wusste verdammt gut, dass sie nicht dem Wein die Schuld geben konnte.

Der Aufzug hielt ruckelnd an, sodass sie gegen Lucian stolperte. Er fing sie auf, während die Tür aufglitt und herrlich kühle Luft in die stickige Kabine drang.

Sie brauchte einen Moment, um zu begreifen, dass sie auf einem Dach gelandet waren. Gabe stieg als Erster aus, dann nahm Lucian ihre Hand, die zuvor sein Bruder gehalten hatte.

»Wo sind wir hier?« Sie erschreckte darüber, wie rauchig ihre Stimme klang.

Lucian umschloss ihre Hand fester. »Komm mit.«

Wie in einer Art Trance trat sie aus dem Aufzug und schaute sich mit großen Augen um. Gabe war nicht mehr zu sehen. Weiße Pavillons wölbten sich im Wind, verdeckten, was aussah wie große Chaiselongues. Große Topfpflanzen standen auf der Dachfläche und schirmten die einzelnen Liegebereiche voneinander ab; vermutlich spendeten sie tagsüber auch Schatten. Julia roch Chlor, als sie das Dach überquerten, und tippte, dass es in der Nähe einen Swimmingpool gab. Sterne bedeckten den wolkenlosen Himmel, und ein silbriger Mond warf hinreichend Licht, um sich zu orientieren.

»Wow«, brachte sie hauchend hervor. »Das ist … wow.«

Lucian zog sie näher zu sich. »Noch hast du nichts gesehen.«

Womit er recht hatte.

Er führte sie zu einer niedrigen Mauer. »Sieh mal.«

Sie waren weit oben, mehrere Stockwerke hoch, und blickten auf die wimmelnde Stadt hinab. Julia entwand sich Lucians Hand und stützte beide Hände auf die Mauer, um sich vorzubeugen. Sprachlos bestaunte sie die Pracht, ließ die blendenden Lichter der Autos und Gebäude auf sich wirken.

»Es ist wunderschön, Lucian.« Sie sah zu ihm auf. »Wirklich.«

Er betrachtete sie. »Ja, ist es. Bei Tag kann man mehr sehen, aber ich finde, dass es kein Vergleich zu dem Anblick bei Nacht ist.«

Sie biss sich auf die Unterlippe und sah wieder zur Stadt. Dann lachte sie zittrig. »Danke.«

Lucian reagierte nicht.

Sie blickte hinüber zu ihm, während sie mit den Händen über die raue Mauerkante strich. »Vor … vor einem Monat hätte ich mir nicht erträumt, dass ich hierstehen und über das French Quarter oder New Orleans schauen würde. Das ist also ziemlich einmalig für mich.«

»Für mich bist du ziemlich einmalig.«

Julia verdrehte die Augen. »Ich meine es ernst.«

»Ich auch.«

Kopfschüttelnd beobachtete sie die funkelnden Lichter noch eine Weile. »Wo ist dein Bruder?«

»Irgendwo in der Nähe.« Lucian stemmte sich von der Mauer ab. Er fing mehrere Haarsträhnen von ihr ein, strich sie ihr über die Schulter und trat hinter sie. »Ich glaube, er lässt uns etwas Raum.«

Ein Schauer durchfuhr sie. »Und … warum sollte er das tun?«

»Du weißt warum.«

Julias Hand erstarrte auf der Mauer. Er hatte recht. Sie wusste warum.

Er legte seine Hand auf ihre Schulter. »Wäre dir lieber, er würde es nicht? Denn ich weiß, dass er binnen einer Sekunde hier wäre, sollte ich ihn rufen.«

Ihr Mund wurde trocken, und ihr Puls raste los. »Ist es das, worum es heute Abend geht?«

»Da musst du dich schon etwas genauer ausdrücken, Miss Hughes.«

Sie merkte, dass ihre Wangen heiß wurden. »Macht ihr … macht ihr so etwas? Teilen sich du und dein Bruder Frauen? Wie die Typen an dem Tisch? Ist es das, was ihr macht?«

Einen Moment lang antwortete er nicht. »Ich teile nicht, wenn es darauf ankommt.«

Sie legte den Kopf in den Nacken. »Das beantwortet meine Frage nicht.«

Sein Gesicht lag zur Hälfte im Schatten. »Tut es. Du willst es nur noch nicht wahrhaben.«

Sie musterte sein kantiges Kinn. »Ich … ich habe so etwas nie getan.«

Seine andere Hand landete auf ihre Hüfte. »Das dachte ich auch nicht.« Er neigte den Kopf, bis sein Mund beinahe ihre Wange berührte. »Ich wette, es gibt eine Menge Dinge, die du noch nicht getan hast.«

Das stimmte.

Und sie fand nicht, dass sie es bestätigen musste.

Lucians Lippen berührten ihre Wange. »Würdest du es wollen?«

Ihr Magen flatterte. Sie wusste, was er fragte. »Ich … ich glaube nicht, dass ich es könnte.« Sie schloss die Augen und fasste nicht, dass sie tatsächlich hierüber redete. »Ich verurteile niemanden, der es tut, sondern denke einfach nicht …«

»Ich verstehe. Ehrlich gesagt wollte ich das hören.«

Das wollte er hören? Julia war vollkommen verwirrt und eigenartig erleichtert.

Nun streifte er mit den Lippen ihre Schläfe. »Ist dir kalt?«

Julia erschauerte, doch es lag nicht an der frischen Brise, sondern an den Gefühlen, die er in ihr auslöste.

»Miss Hughes?«

Sie benetzte ihre Lippen. »Was?«

Lucian strich mit der Hand über ihre Hüfte und schlang ihr den Arm um die Taille, um sie an sich zu ziehen. »Ist dir klar, was hier geschieht?«

Julia war hier, weil sie es sein wollte. Sie ließ sich von diesem Mann berühren, weil sie es wollte, und diese Wahrheit war beängstigend.

»Ich glaube, das ist es.« Sein Atem streifte ihr Ohr. »Ich weiß nicht, warum du dich dagegen sträubst, denn ich bin sicher, dass du mich ebenso sehr willst wie ich dich.«

Tat sie. O Gott, und wie sie es tat!

Sie schloss die Augen.

Eines stand fest.

Julia war geliefert, wenn es um Lucian de Vincent ging, und daran würde sich so bald nichts ändern.

»Aber«, sagte er und legte seinen anderen Arm um sie, hielt sie an sich gedrückt, »ich werde nicht wieder auf dich zukommen.«

Sie riss die Augen weit auf.

»Nächstes Mal kommst du zu mir.«

22. Kapitel

Als Julia sich am Sonntagmorgen anzog, hätte sie am liebsten wieder das schöne rote Kleid gewählt, nur um es so oft wie möglich zu tragen. Denn wann würde sie je wieder Gelegenheit dazu haben, wenn sie nach Hause zurückkehrte?

Nach Hause.

Das Wort fühlte sich komisch an, obwohl sie noch nicht lange hier war. Doch am Ende würde sie wieder fortgehen. Ihr Job würde früher oder später beendet sein, wahrscheinlich eher früher als später. Madeline malte, und mit Daniels Besuch heute Mittag besserte sich ihr Zustand hoffentlich weiter. Entweder würde sie eigenständiger oder die Brüder kämen zu dem Schluss, dass sie langfristig Hilfe bräuchte, und gaben sie in eine entsprechende Einrichtung.

Sie konnte sich zwar nicht vorstellen, dass Lucian Letzterem zustimmen würde, aber die einzige Alternative wäre eine dauerhafte Pflegekraft vor Ort. Was nicht undenkbar wäre, aber doch schwierig.

Dass sie solch eine Position übernehmen könnte, wollte sie nicht einmal in Betracht ziehen, denn dann … Sie dachte an Dinge, die nichts mit Madelines Pflege zu tun hatten, sondern ausschließlich mit deren Bruder.

Das war extrem unangemessen.

Andererseits sollte sie wohl einfach aufhören, über Angemessenes und Unangemessenes nachzudenken. Vor allem nach dem gestrigen Abend. Nichts war geschehen. Im Grunde nichts. Trotzdem fühlte es sich an … als wäre alles geschehen.

In Jeans und einer weiten Bluse ging sie hinaus auf die Veranda, ihren Kaffeebecher in einer Hand. Auch wenn sie heute mit Madeline arbeiten würde, konnte sie sich nicht dazu durchringen, ihre Krankenhauskleidung anzuziehen.

Sie stellte ihren Becher auf einen der kleinen Beistelltische und trat an die Verandabrüstung. In der Gartenanlage unten war alles still, und abgesehen von der leichten Brise rührte sich nichts. Julia berührte die Weinranken nicht, sie waren ihr unheimlich. Als sie sich zu ihrem Stuhl umdrehen wollte, hörte sie etwas im Wind – etwas, das ihr einen Schauer über den Rücken jagte.

Dieses Geräusch … es klang wie das Lachen einer Frau.

Julia drehte sich wieder um und blickte nach oben. Alles, was sie sehen konnte, war der Verandaboden über ihr.

Ehe ihr bewusst war, was sie tat, ging sie nach rechts und die Außentreppe hinauf in den dritten Stock. Oben auf dem Treppenabsatz blieb sie stehen. Die Treppe verlief weiter nach oben bis zum Dach. Dort war Julia noch nie gewesen, weil sie keinen Grund dazu gehabt hatte.

Nachdenklich sah sie zu der Veranda, die zu Madelines und all den anderen leeren Zimmern führte, bevor sie abermals nach oben schaute. Sie wusste, dass es nicht Madeline gewesen war, die gelacht hatte, und auch, dass sie vermutlich nur irgendeinen seltsamen Vogel gehört hatte, aber ihre Neugier war eine hartnäckige kleine Göre.

Julia stieg die restlichen Stufen hinauf und schirmte ihre Augen ab, als die Morgensonne durch die Wolken brach. Winzige Schweißperlen benetzten ihre Stirn, als sie das Dach erreichte.

Sie erkannte, dass dieser Bereich einmal genutzt worden war. Hohe Rankgitter voller wild wucherndem Wein säumten die Seiten; davor standen große, leere Pflanztöpfe, in denen früher vermutlich lichtliebende Blumen geblüht hatten. Etwas Weißes blähte sich weiter hinten, und Julia sah genauer hin. Sie ging über die ebene Dachfläche und betrachtete die Bögen und Türme, die zu beiden Seiten von ihr aufragten.

Wie in dem Restaurant gestern Abend, gab es auch hier auf dem Dach einen Pavillon, der eine große breite Couch beschattete. Anscheinend war sie auf dem Dach verschraubt. Hier oben war es so still, dass Julia glaubte, es wäre einmal jemandes Zufluchtsort gewesen.

Sie blickte sich um und bemerkte, dass etwas Silbernes das Sonnenlicht reflektierte. Vorsichtig näherte sie sich der Dachkante rechts. Hier gab es kein Geländer, ging es ohne Hindernis direkt in die Tiefe. Allerdings war eine silberne Bodenvase am Dach befestigt. Julia erkannte die blassrosa und weißen Blüten nicht. Iris? Lilien? Sie war kein Blumenmensch, doch offensichtlich waren die Blumen erst seit Kurzem hier, denn die Sonne brannte auf diese Stelle herab.

Sie stand auf und trat um die Vase herum, so nahe wie möglich an den Rand, bis sie nach Luft rang und ihr von der Höhe ein wenig schummerig wurde. Unten entdeckte Julia kargen Grund. Ein Flecken totes Gras. Kein Stein. Keine Weinranken. Nichts.

War dies …?

Julia trat von der Kante zurück und blickte auf die Vase. War ihre Mutter von hier gesprungen? War dies die Stelle, an der sie gestanden und beschlossen hatte, ihrem Leben ein Ende zu setzen?

Ihr Bauch verkrampfte sich vor Unbehagen, und sie schlang die Arme um ihren Oberkörper. Da sie auf einmal das Gefühl hatte, auf geweihtem Boden zu stehen, trat sie von der Vase zurück und drehte sich rasch um. Sie eilte zurück, die Treppe hinunter und zu der Veranda vor ihrem Zimmer, wurde aber das Gefühl nicht los, soeben die Privatsphäre der Familie verletzt zu haben.

Sie saß in einem der breiten Korbsessel, hob ihren warmen Becher an und umgriff ihn mit beiden Händen, während sie zur weinumrankten Brüstung sah. Kleine Knospen ragten aus dem Laub hervor. Würden überall in dem Wein Rosen blühen, sähe das Haus magisch aus, wie aus einem Märchen, und nicht, als läge die Hälfte des Gebäudes dauerhaft im Schatten.

Eine warme Brise umwehte die Haarsträhnen auf ihren Schultern, als sie ihren Kaffee trank.

Nächstes Mal kommst du zu mir.

Trotz der Wärme fröstelte sie in dem Sessel. Letzte Nacht hatte Julia kaum Schlaf bekommen. Lucians Worte hatten ihr keine Ruhe gelassen – sie in Versuchung geführt. Sie hatte sich hin und her gewälzt und nichts lieber gewollt, als das zu tun, was er von ihr wollte.

Sie wusste, worum es ihm ging. Von ihrer ersten Begegnung bis gestern Abend war stets er der Verführer gewesen; derjenige, der ihre Hand nahm und sie bei alledem dirigierte, was sie nicht tun sollten. Aber das war vorbei. Er würde sie dazu bringen, dass sie zu ihm kam, denn wenn sie es tat, könnte sie sich unmöglich weiter einreden, es wäre keine bewusste Entscheidung gewesen.

Wenn sie zu ihm kam, wäre es allein ihre Wahl.

Und was würde geschehen? Sie hätten Sex – höchstwahrscheinlich großartigen, überwältigenden Sex, aber was dann? Würden sie mit ihrem Leben weitermachen, als wäre nichts gewesen, würde sie seine Schwester weiterpflegen und nach dem Ende des Jobs ihrer Wege gehen? Wäre sie bis dahin in einer Art Freund-mit-gewissen-Vorzügen-Beziehung? Offensichtlich hatte sie so etwas noch nie gehabt. Sie war nicht einmal sicher, ob sie sich zutraute, Sex zu haben, ohne dass Gefühle ins Spiel kamen. Und nach allem, was sie über Lucian wusste – sehr viel war es nicht –, war es das, was er wollen würde.

Sex.

Ohne Verpflichtungen.

Schritte rissen sie aus ihren Gedanken. Sie blickte auf, rechnete halb mit Lucian, doch es war Gabe, der zu ihr trat.

»Hi«, sagte sie lächelnd und spürte, wie ihre Wangen warm wurden. Was könnte peinlicher sein, als an Sex mit jemandem zu denken, dessen Bruder sich an einen heranschlich?

Der Bruder, der anscheinend für einen Dreier zu haben gewesen wäre.

Julia krümmte sich innerlich.

Daran wollte sie wahrlich nicht denken.

»Darf ich mich zu dir setzen?«, fragte er. Auf ihr Nicken hin sank er in den Korbsessel neben ihr. »Wie ich höre, kommt unser hochgeschätzter Cousin heute vorbei.«

»Ja.« Sie sah zu ihm. »Ich denke, es wird … interessant.«

Er lachte. »So kann man es auch formulieren.« Es trat eine Pause ein. »Daniel ist nicht so übel, bloß unglaublich sorglos und unreif. Er ist der Typ, der immerzu einen Erwachsenen an seiner Seite haben sollte.«

»Bist du beim Mittagessen dabei?«

Gabe blickte hinaus in den Garten und schüttelte den Kopf. »Ich fahre in gut einer Stunde nach Baton Rouge.«

»Oh, das hört sich nett an.«

»Na ja.« Er hob eine Hand und zupfte an seinem Haar. »Eigentlich besuche ich eine alte … Freundin. Besser gesagt, die Eltern einer alten Freundin, die ich seit, hmm, seit sieben Jahren oder so nicht mehr gesehen habe. Es ist ein bisschen komisch, denn ich habe keinen Schimmer, warum sie mich sehen wollen.«

Sie beobachtete ihn aus dem Augenwinkel. »Warum sollten sie nicht?«

Ein zynisches Lächeln umspielte seine Lippen. »Ich … war einige Jahre gewissermaßen mit ihrer Tochter zusammen. Auf dem College und ein paar Jahre danach.«

»Ging es nicht gut aus?«

Er lachte schnaubend. »Das wäre eine glatte Untertreibung.« Er klatschte die Hände auf seine Knie. »Wie auch immer, ich fand es richtig nett gestern Abend. Du hoffentlich auch.«

Der Themenwechsel kam so unvermittelt, dass er Julia beinahe ein Schleudertrauma bescherte. »Ja, fand ich auch. Es war lustig.«

»Das müssen wir mal wieder machen, wenn ich zurück bin.« Er sah sie an. »Natürlich laden wir auch Lucian mit ein«, sagte er zwinkernd. »Er soll sich ja nicht ausgeschlossen fühlen.«

Sie warf ihm einen trockenen Blick zu. »Ich weiß nicht, was du meinst.«

»Von wegen. Mein Bruder ist so auf dich fixiert, dass ich nur deinen Namen rufen muss, schon kommt er angerannt. Und das weißt du verdammt genau.«

Sie machte große Augen.

Lachend warf Gabe den Kopf in den Nacken. »Du willst es wahrscheinlich nicht hören, aber ich habe ihn noch nie so erlebt wie bei dir.«

Sie runzelte die Stirn. »Ich bin nicht ganz sicher, was das heißt.«

»Ist vermutlich auch besser so.«

Sie drehte sich zu ihm. »Ich … ich weiß nicht, was ich sagen soll. Ich bin nicht hergekommen, um eine Beziehung oder so mit irgendwem anzufangen. Ich …«

»Du willst Arbeit und Vergnügen trennen, schon klar. Irgendwie bist du sehr sittsam.« Er senkte die Lider, sodass sie seine Augen nicht sehen konnte. »Allerdings nicht durch und durch. Da steckt etwas Wildes in dir. Das spüre ich.«

Julia dachte an den Aufzug und wurde rot. So etwas Wildes steckte nicht in ihr.

Er stemmte die Hände auf die Armlehnen und stand auf. »Aber mal im Ernst: Ich erwarte nicht, dass du mir Persönliches anvertraust oder so, aber ich wollte dir sagen, dass du besonders für ihn bist.«

Sie stellte ihren Becher ab. »Ich bin nicht ganz sicher, ob das gut ist.«

»Ich auch nicht.«

Da sie diese Reaktion ganz und gar nicht erwartet hatte, war sie sprachlos.

Gabe begann, sich abzuwenden, und stockte. »Vielleicht wird es etwas Gutes werden«, sagte er. »*Du* bist jedenfalls etwas Gutes. Tja, bis dann.« Er beugte sich nach unten und küsste sie auf die Wange, ehe sie begriff, was er tat. »Pass auf, dass Lucian sich benimmt und Daniel nicht umbringt.«

Mit diesen Worten ging er, verschwand um die Verandaecke und ließ Julia erstaunt zurück. Sie fragte sich, ob er es im Scherz gemeint hatte, dass sie Lucian daran hindern solle, Daniel umzubringen.

Wahrscheinlich nicht.

Seufzend lehnte sie sich zurück und schloss die Augen. Die de Vincents waren so … so eigenartig und zugleich so attraktiv, dass es das Eigenartige schon wieder wettmachte.

Nein, tat es nicht.

Nächstes Mal kommst du zu mir.

Wieder fröstelte Julia.

Könnte sie es?

Könnte sie all ihre Bedenken und Sorgen über den Haufen werfen? Könnte sie zu Lucian gehen, weil sie es wollte – weil sie ihn wollte? War sie imstande, ihre Vergangenheit loszulassen und zu leben, für den Moment zu leben? Sie war sich nicht sicher, denn noch machte ihr all das Angst. Was, wenn es ihr um die Ohren flog?

Könnte sie diese Entscheidung treffen?

23. Kapitel

Lucian öffnete seinem Cousin Daniel die Tür. »Ich will dich nicht hier haben.«

Daniel stand draußen, die Sonnenbrille ins Haar geschoben. Er sah Lucian nur kurz an, bevor er über dessen Schulter blickte. »Weiß ich, und ich bin dir dankbar, dass ich kommen durfte.«

»Als hätte dich meine Ansicht abgehalten, als du unangekündigt hier aufgekreuzt bist.«

»Das tut mir leid, aber ich musste sehen …«

»Du musst überhaupt nichts sehen.« Lucian trat vor, packte Daniel beim Kragen seines blassblauen Polohemds und zerrte ihn durch die offene Tür. »Solltest du dir je wieder so eine Nummer leisten oder auch nur bewirken, dass Miss Hughes' Herz ein wenig schneller schlägt, bringe ich dich um.«

Sein Cousin riss die Augen weit auf. »Ich …«

»Hast du mich verstanden? Und denk lieber über die Frage nach, ehe du antwortest, denn dies ist die einzige Warnung, die du bekommst.«

Daniels Nasenflügel bebten. »Verstanden.«

»Wirklich?«

Er schluckte angestrengt. »Wirklich.«

Lucian ließ sein Hemd los, und Daniel stolperte rückwärts. »Mach die Tür hinter dir zu.«

Daniel tat, wie ihm befohlen wurde. Nachdem er die Tür geschlossen hatte, eilte er Lucian in die Hauptdiele nach. »Sind Devlin und Gabe da?«

Lucian schnaubte. »Warum? Hast du Angst?«

Daniel ging neben ihm her und zog sein Polohemd glatt. »Ich will nur vorbereitet sein, falls ich wieder attackiert werde.«

Lucian lachte spöttisch. »Ich ziehe es vor, wenn du permanent auf der Hut bist.«

Daniel reagierte erst, als sie an der Treppe waren. »Ich wollte der Krankenschwester keine Angst einjagen. Ich wusste nicht, dass sie hier sein würde.«

»Spielt keine Rolle.« Lucian widerstand dem Drang, sich umzudrehen und Daniel die Treppe hinunterzustoßen. »Dein ganzes Leben verursachst du Dinge, die du nicht gewollt hast.«

»Das ist ein bisschen herb.«

»Die Wahrheit ist nicht immer nett.«

Für einen Moment trat Stille ein, bevor Daniel antwortete: »Das stimmt.«

Den Rest des Weges in den zweiten Stock sprachen sie nicht, aber Lucian blieb stehen, bevor sie in den kurzen Flur zu Maddies Zimmern bogen. »Sollte meine Schwester unruhig werden oder gestresst wirken, verschwindest du sofort.«

Daniel drehte sich zu ihm. »Du weißt, dass ich sie niemals verletzen oder stressen würde. Das musst du mir nicht sagen.«

Lucian atmete tief durch und sah weg. Daniel erzählte keinen Blödsinn. So sehr er den kleinen Mistkerl auch verachtete, lag diesem an Maddie. Hatte es immer. Und Maddie mochte ihn. Das war der einzige Grund, weshalb er hier war.

»Komm mit«, sagte er knurrend.

Maddies Zimmertür stand offen. Seine Schwester saß an der Staffelei und malte. Heute schien es ein Teil eines Kindergesichts zu sein. Möglicherweise? Und seine Schwester war hübsch angezogen, trug eine Art Kleid-Pullover-Kombi.

Aber sie war es nicht, die ihm als Erste auffiel. Das war Julia. Wie verkorkst war das denn?

Sie stand neben Maddie. Ihre langen Locken fielen ihr offen über die Schultern. Bei Gott, seiner Meinung nach trug sie ihr Haar nicht annähernd oft genug offen. Er wollte die Hände hineintauchen, die Strähnen packen …

Mist, er musste sich konzentrieren, und zwar nicht darauf, sonst würde er schneller als der Blitz widerlegen, was er gestern Abend gesagt hatte.

Julia sah auf, als sie ins Zimmer kamen, und ihr Blick verharrte kurz auf Lucian, bevor er zu Daniel wanderte. »Guten Tag.«

Daniel trat vor, blieb gleich wieder stehen und schaute zu Lucian. Der lächelte verkniffen, und Daniels Schultern spannten sich. »Hallo, Miss Hughes. Wie geht es Ihnen?«

»Gut, danke.« Sie wandte sich zu seiner Schwester. »Madeline hat schon gegessen, aber es ist noch Lunch da.« Sie zeigte zu einigen zugedeckten Tellern, die Livie raufgeschickt haben musste.

»Ist es in Ordnung, wenn ich erst ein bisschen bei Maddie sitze und mit ihr rede?«, fragte Daniel.

Julia nickte. »Für mich ist das kein Problem.« Sie sah zu ihm. »Lucian?«

Natürlich hatte er sehr wohl ein Problem damit, dass Daniel überhaupt atmete, aber er nickte. Langsam ging sein Cousin hinüber zu Maddie. Jede seiner Bewegungen war vorsichtig, als er sich auf den Hocker setzte, der normalerweise Julias Platz war.

»Hey, Süße«, sagte Daniel leise. »Woran arbeitest du?«

Keine Reaktion. Maddie malte weiter, doch Daniel redete mit ihr, als würde sie reagieren. Genau wie Lucian es tat. Er beobachtete seinen Cousin und seine Schwester eine Weile lang, dann wanderte sein Blick wieder zu Julia.

Ihre cremefarbene Bluse deutete die sanften Rundungen darunter an, als sie sich bückte, um einen Pinsel aufzuheben, den Maddie fallengelassen haben musste. Gierig sah er zu, wie sie den Pinsel auf das Tablett neben Maddie legte.

Als Julia zurücktrat, um den beiden Raum zu geben, ging Lucian zu ihr an die Verandatüren. Sie blickte zu ihm auf, aber rasch wieder weg.

Er neigte sich zu ihr und flüsterte: »Ich mag die Krankenhauskleidung. Die finde ich niedlich. Und ich fand dich richtig scharf in dem Kleid gestern Abend. Du sahst wunderschön aus. Doch dich endlich in Jeans zu sehen? Das ist verdammt sexy.«

Erschrocken schaute sie zu ihm auf.

Lucian zwinkerte, verschränkte die Hände auf dem Rücken und setzte eine gelangweilte, gleichgültige Miene auf, als Daniel über die Schulter zu ihnen sah.

»Wag es ja nicht«, flüsterte sie, sowie Daniel wieder auf Maddie konzentriert war.

Er zog eine Augenbraue hoch, drehte sich halb zu ihr und den Verandatüren und behielt gleichzeitig seinen Cousin und seine Schwester im Auge. »Was wagen?«

»Dazustehen, als hättest du das eben nicht gesagt.«

Lucian presste eine Hand auf seine Brust. »Ich habe keine Ahnung, wovon du redest.«

Ihre Mundwinkel zuckten, als sie die Augen verdrehte, bevor sie kopfschüttelnd grinste. »Du bist furchtbar.«

»Tja, und manchmal auch furchtbar …«

Julia boxte ihm in den Arm – und das richtig fest. Er lachte, als sie feuerrot wurde, weil Daniel wieder zu ihnen sah.

Das Mittagessen verlief ähnlich. Alle drei stocherten in ihrem Essen, während Daniel versuchte, allein eine Unterhaltung zu bestreiten, die größtenteils aus Erinnerungen bestand.

Derweil zeigte Maddie kaum irgendeine Reaktion. Hin und wieder unterbrach sie ihr Malen und blickte in Daniels Richtung, was Lucian als kleinen Fortschritt deutete.

Jedenfalls hoffte er inständig, dass es einer war.

Wenn es Maddie helfen würde, Daniel jeden verflixten Tag hier zu haben, würde er sich damit abfinden und den kleinen Arsch nicht rausprügeln.

»Du machst das gut«, bemerkte Julia, als er ihr half, die Teller auf ein Tablett zu stapeln und auf den Flur zu bringen. »Ich dachte, ich müsste dich irgendwann von ihm klauben.«

»Wie wenig Vertrauen du in mich hast.«

»Sagen wir eher, ich habe keine allzu hochgeschraubten Erwartungen nach dem, was du und Gabe gesagt habt.«

»Was hat er gesagt?«

»Ungefähr dasselbe wie du«, antwortete sie und legte ein Leinentuch über die benutzten Teller.

Er sah zu Daniel und Maddie. Sie waren an der Staffelei, wo er sie zurückgelassen hatte. Sein Blick kehrte zu Julia zurück. »Wann hast du mit meinem Bruder gesprochen?«

Sie bückte sich, um eine Serviette aufzuheben, die vom Tablett gerutscht war. »Offensichtlich als du nicht da warst.«

»Ach ja? Jetzt werde ich ein wenig … eifersüchtig.«

Sie richtete sich auf und sah ihn komisch an. »Er kam vorbei, als ich draußen auf der Veranda war, und hat mir erzählt, dass er die Eltern irgendeiner Ex-Freundin besuchen fährt.«

»Das hat er angesprochen?«

Julia nickte und warf die Serviette auf das Tablett. »Ja, warum?«

»Nichts. Es ist nur, dass es … es eine heftige Beziehung war. Er hat sie wirklich geliebt.«

»Und was ist passiert?«, fragte sie neugierig.

»Sie geriet in eine Situation, und wir kümmerten uns darum.«

Entsetzt starrte sie ihn an. »Was soll das denn heißen?«

»Das heißt, was ich gesagt habe«, antwortete er.

Sie starrte ihn einen Moment lang an und schüttelte den Kopf. »Gehen wir lieber wieder rein.«

»Was?«

»Nichts.«

Er sah sie an, als sie zurück in Maddies Zimmer ging. »Bist du stolz auf mich?«

Sie blieb an der Tür stehen. »Ein bisschen vielleicht.«

»Das reicht mir.« Er ging an ihr vorbei und streifte wie zufällig ihren Hintern. Rasch wich sie aus und funkelte ihn erbost an. »Ups, entschuldige. Ich bin so ungeschickt.«

»War ja klar, dass du es gleich wieder verderben musst«, murmelte sie hinter ihm.

Grinsend ging er durchs Zimmer. Allerdings schwand sein Grinsen, als Daniel sich zu ihm umdrehte.

»Ich habe eine Idee«, sagte dieser.

Lucian verschränkte die Arme. »Ich kann es kaum erwarten, die zu hören.«

»Was für eine Idee?«, fragte Julia, die zu ihm trat.

Daniel sah wieder Maddie an. Sie malte nicht mehr und der Bogen auf der Staffelei war voll. »Dies ist ihr altes Zimmer, aber … ihre Sachen sind nicht hier.«

»Die wurden zusammengepackt, zumindest alles, was gespendet werden konnte. Der Rest wurde weggeworfen.«

Julia sah Lucian fassungslos an. »Wie bitte?«

»Ich war das nicht.« Er war ein wenig verärgert, dass sie ihm das zutraute. »Es war unser Vater.«

Sie wurde blass. »Hast … hast du davon gewusst?«

Ein Teil von ihm wollte nicht antworten. »Nein. Ich erfuhr es erst, als es zu spät war.«

Ein Ausdruck von Mitgefühl erschien auf ihrem Gesicht, als sie eine Hand an seinen Oberarm legte und ihn sanft drückte.

»Was ist mit den Sachen eurer Mutter?«, fragte Daniel. »Du weißt, wie nahe sie und meine Tante sich waren. Habt ihr noch irgendwas von ihr oder hat Lawrence das auch alles weggeschaffen lassen?«

Lucian versteifte sich. »Nein. Ihre Sachen sind noch in ihrem Zimmer.«

»Alle?«, fragte Daniel verwundert.

Lucian rieb sich den verspannten Nacken. »Ihr Zimmer ist noch so wie in der Nacht, in der sie starb.«

»Wirklich?« Daniel wirkte aufgeregt. »Vielleicht können wir etwas von den Sachen für sie holen. Etwas, das sie ansehen, vielleicht anfassen kann? Klingt das albern?« Er drehte sich auf dem Hocker zu Julia. »Sie sind die Krankenschwester. Was meinen Sie?«

»Ich finde es nicht albern.« Sie legte einen Arm um ihre Taille. »Patienten ihre persönlichen Dinge zu geben oder die von geliebten Menschen, ist durchaus üblich, vor allem bei Gedächtnisproblemen. Und wir wissen nicht, ob sie welche hat.«

»Dann könnte es nicht schaden?«, fragte Daniel.

Sie schüttelte den Kopf. »Nicht, wenn die Beziehung gut war.« Ihre Hand glitt von Lucians Arm. »War sie das?«

»Ja.« Seine Stimme klang heiser. »Sie hatten ihre Schwierigkeiten. Ich schätze, wie alle Mütter und Töchter, aber sie standen sich sehr nahe.«

»Gibt es etwas Besonderes, von dem du denkst, dass es Madeline anspricht?«, fragte sie ihn.

Gott, da war die Auswahl grenzenlos. Als Maddie klein war, spielte sie stundenlang mit dem Schmuck ihrer Mutter, besonders mit den langen Perlenketten. Dann waren da die Fotoalben und die Tagebücher, die ihre Mutter geführt hatte. Maddie hatte die dauernd in den Fingern gehabt. »Mir fallen einige Sachen ein.«

»Also, was denkt ihr?« Daniel sah die beiden abwechselnd an.

Lucian war nicht sicher, ob er das wollte. Nur sehr selten betrat einer von ihnen das Zimmer ihrer Mutter. Hauptsächlich war Livie da drinnen, weil sie es sauber hielt.

»Glaubst du, dass es helfen könnte?«, fragte er Julia.

Sie sah ihn prüfend an. »Ich glaube wie gesagt nicht, dass es schaden würde.«

Was bedeutete, es könnte nichts bewirken … oder seiner Schwester helfen. Und deshalb würde er es tun.

»Okay.« Lucian rieb sich das Kinn und sah Julia an. Sie nickte. »Ich kann … ich kann das machen.«

»Super.« Daniel wandte sich zu Maddie zurück, und Lucian glaubte, den Anflug eines Lächelns auf ihrem Gesicht zu bemerken.

Julia war gerade in ihr Zimmer zurückgekehrt, als ihr Handy in der Gesäßtasche vibrierte. Sie nahm es heraus. Ihr wurde übel, als sie die Vorwahl von Pennsylvania sah.

Adam.

Instinktiv ahnte sie, dass er es war, und ihr Inneres verknotete sich, als sie auf das Display starrte. Seit seiner Textnachricht hatte er nicht wieder angerufen, aber darauf fiel sie nicht herein. Sie hatte gewusst, dass er es wieder versuchen würde … immer wieder. Dennoch hatte die kleine Pause bewirkt, dass sie weniger wachsam war.

Julia begann zu tun, was sie immer tat. Ihr Daumen schwebte über dem roten Symbol, aber sie tippte es nicht an. Ihn zu meiden, nützte nichts. Ihre Nummer zu wechseln, hielt ihn nur zeitweise zurück, bis er sie herausgefunden hatte. Die alte Julia würde diesen Anruf ignorieren.

Aber die war sie nicht mehr, oder?

Nein.

War sie nicht.

Das Telefon läutete weiter, und das Geräusch klang wie Fingernägel auf einer Schiefertafel in ihren Ohren.

Etwas in Julia zerbrach. Oder vielleicht veränderte sich auch etwas in ihr. So oder so reagierte sie. Sie nahm das Gespräch an und ihr Magen zog sich zusammen, als sie sagte: »Hallo.«

»Julia.«

Die Stimme war so vertraut wie ein wiederkehrender Albtraum, und die einzige Reaktion auf den Klang war ein Zucken und aufflammende Wut. Vorbei waren die Zeiten, in denen sie Enttäuschung und Bedauern in ihr auslöste.

»Du gehst ran.« Er klang überrascht. »Gott sei Dank. Ich habe mir Sorgen gemacht …«

»Hör auf«, unterbrach sie ihn und ging auf die Verandatüren zu. »Hör sofort auf. Du hast kein Recht, dir Sorgen zu machen. Die Zeiten sind längst vorbei.«

»Julia …«

»Nein.« Sie umklammerte das Handy fester und senkte die Stimme. »Hör auf, mich anzurufen, Adam. Unsere Ehe ist vorbei, und das seit Jahren. Du musst damit aufhören.«

»Dass wir nicht verheiratet sind, heißt nicht, dass ich kein Recht habe zu erfahren, was zum Teufel mit dir los ist.« Und da war es. Keine Überraschung mehr in seinem Tonfall. »Du verschwindest einfach aus dem Bundesstaat, und keiner will mir verraten, wohin du bist.«

»Du hast kein Recht zu erfahren, was ich mache, Adam. Wieso verstehst du das nicht?«, konterte sie. »Warte. Du verstehst es nicht, offensichtlich. Dies ist das letzte Mal, dass ich von dir hören werde.«

»Das meinst du nicht ernst.« Sein Ton wurde weicher. »Komm schon, Julia. Mir liegt immer noch an dir, und ich sorge mich um dich.«

Sie drehte sich von den Türen weg, atmete tief ein, um sich zu beruhigen und nicht lauthals zu fluchen. »Ich wünsche dir das Beste, Adam, habe ich immer, aber ich sorge mich nicht um dich und denke nicht an dich. Unsere Leben sind jetzt vollständig getrennt. Ich will nichts mehr von dir hören, und ich meine es ernst.«

Adam schwieg.

Ihr Herz pochte schnell. »Wenn du mich weiter anrufst, ist das … ist das Belästigung und ich zeige dich an.«

Sein Einatmen war zu hören. »Das würdest du mir antun? Obwohl du weißt, was es für meinen Job bedeuten könnte?«

»Ja, und du tust es dir selbst an.« Sie straffte die Schultern. »Ruf mich noch einmal an, und ich werde dich nicht nur anzeigen, sondern auch deine Frau anrufen. Das mache ich. Wir sind fertig hiermit.«

Sie legte auf, bevor er irgendwas sagen konnte, denn es war nicht wichtig. Ihr Herz hämmerte weiter gegen ihre Rippen, als sie wartete, dass das Telefon wieder läutete.

Was es nicht tat.

Es blieb stumm.

Viel später lag Julia im Bett, Laken und Decke um ihre Beine geschlungen, und starrte hinauf zum Deckenventilator.

Sie konnte nicht schlafen.

Ihr Gehirn wollte nicht abschalten. Sie dachte nicht mal an das, worüber sie hätte nachdenken sollen. Madeline und das Essen mit Daniel ebenso wie das Telefonat mit Adam kamen in ihren Gedanken nicht vor. Sie hatte es den Tag über geschafft, nicht an das Dinner gestern und das, was Lucian gesagt hatte, zu denken, aber jetzt?

Ihre Prioritäten waren vollends durcheinandergeraten, denn als sie sich von einer Seite auf die andere und kurz darauf auf den Rücken rollte, dachte sie an ihn.

Sie hätte empört sein müssen, dass er nachmittags ihren Hintern mit seiner Hand gestreift hatte. Verflucht, in Lucians Gegenwart sollte sie immerfort empört sein. Nur war sie es nicht. Ihr Körper hatte prompt reagiert, war heiß geworden. Sie war konstant in einem Zustand der Erregung.

Und ihr war immer noch so wahnsinnig heiß.

Julia glühte, als hätte sie Fieber, das sich nicht mit Aspirin und Bettruhe behandeln ließe. Rastlosigkeit quälte sie und trieb sie dazu, sich aufzusetzen und die Beine aus dem Bett zu schwingen.

Die Wahrheit war, dass Julia nicht nur an ihn dachte. Sie … versuchte auch, den Mut aufzubringen, aktiv zu werden.

Die Wahl zu treffen.

»O Gott«, flüsterte sie und strich sich mit einer Hand übers Gesicht. Ihre Hand zitterte tatsächlich und ihr Herz hämmerte in ihrer Brust. Dies sollte kein solch riesiges Ding sein. Entweder sie ging zu ihm oder sie ließ es. Und wenn sie es tat, wusste sie, was sein würde. Sex. Nichts weiter als überwältigender Sex. Damit konnte sie umgehen.

Wenigstens dachte sie, dass sie es konnte.

Nächstes Mal kommst du zu mir.

Sie schluckte und starrte auf ihre Zimmertür. Ihr Herzschlag wurde noch schneller, als sie aufstand. Ihre Beine zitterten, und sie verschränkte die Arme vor der Brust. Sie fühlte ihre Brustwarzen, die sich durch das dünne Top drückten. Sie biss die Zähne zusammen und malte sich für einen Moment aus, wie sie durch die Tür und die wenigen Schritte zu Lucian ging. Sie stellte sich vor, was geschähe, wenn sie an seine Tür klopfte und er öffnete.

Sie dachte an das, was er mit ihr tun würde.

Und sie wusste, sie würde es zulassen.

Nie im Leben war sie so nervös gewesen. Niemals. War das gut oder schlecht? Sie wusste es nicht, aber sie würde sich noch in den Wahnsinn grübeln. Wollte sie jede Nacht wach liegen und sich wünschen, den Mut zu haben …

Julia atmete pustend aus. *Sich wünschen, den Mut zu haben.* Heute Abend hatte sie das Gefühl gehabt, nicht mehr die alte Julia zu sein. Sie hatte sich gegen Adam behauptet. Hatte die Kontrolle übernommen. Die alte Julia würde bleiben, wo sie war, und eine unruhige Nacht mit *Wünschen* verbringen.

Wie wäre es, wenn sie aufhörte zu wünschen? Aufhörte zu fantasieren? Und stattdessen anfing zu *leben*?

24. Kapitel

Das leise Klopfen an Lucians Tür lockte ihn von der Leinwand weg. Er warf die Zeichenkohle beiseite, schnappte sich einen Lappen und wischte sich die Hände ab, während er aufstand.

Aus irgendeinem verdammten Grund klopfte sein Herz, als er an der Couch vorbeiging. Sein Gefühl sagte ihm, wer es war – oder sein Wunschdenken.

Gott, er hoffte, dass sie es war.

Nach dem Mittagessen mit Daniel und der Aussicht, dass er die Sachen seiner Mutter durchgehen müsste, wollte er, dass sie hinter der Tür war. Denn dann würde er nicht an seine Schwester und das denken, was er tun müsste. Jede seiner Fasern wäre auf sie konzentriert. Alles andere wäre still.

Und diese Stille brauchte er.

Lucian stopfte den Lappen hinten in seine Jeanstasche, öffnete die Tür und stützte eine Hand in den Rahmen.

Julia war zu ihm gekommen.

Verdammt.

Fast sank er gleich hier auf die Knie, um ihr zu danken. Er bremste sich, denn, o ja, das wäre total irre.

Sie trug ein hübsches kleines Rüschentop, das unter der langen offenen Strickjacke Verstecken spielte. Ihre Beine steckten in einer engen schwarzen Hose. Einer Hose, aus der er sie dringend herausschälen wollte.

Es kostete ihn seine gesamte Willenskraft, sie nicht zu packen und sofort auf den Fußboden zu ziehen. Er musste sich beherrschen, da ihm ein Blick auf sie verriet, dass sie so nervös war wie eine langschwänzige Katze in einem Zimmer voller Schaukelstühle. Sie war rot und rang die Hände, als ihr Blick von seinem Gesicht zu dem kohleverschmierten weißen T-Shirt wanderte, das er trug.

»Warum siehst du so schmutzig aus?«, platzte sie heraus.

Er verkniff sich ein Grinsen. »Ah, dir auch einen guten Abend, Miss Hughes.«

Ihre Wangen färbten sich rosig, zu jenem Farbton, der sehr schwer anzumischen war. »Entschuldige, du hast nur lauter Flecken auf deinem Shirt.« Sie zeigte vage auf seine Brust.

»Ich habe mit Kohle gezeichnet. Das ist schmutzig.«

»Oh.« Sie sah abwechselnd auf seine Brust und in sein Gesicht. »Also zeichnest du auch?«

»Unter anderem.« Er stemmte sich vom Türrahmen ab. »Möchtest du reinkommen, Miss Hughes?«

Ihre Lippen bewegten sich, jedoch verging eine Weile, ehe ein Ton herauskam. »Tut mir leid. Ich weiß, dass es spät ist. Ich konnte nicht schlafen.«

»Und da bist du zu mir gekommen?«

Julia schloss die Augen und nickte. »Wenn du beschäftigt bist …«

»Ich bin nie zu beschäftigt für dich. Ich wollte mir gerade einen Drink machen. Wenn du willst, mache ich dir auch einen«, bot er an und trat zurück.

Lucian glaubte nicht, dass sie antworten oder hereinkommen würde. Sie zögerte mehrere Sekunden lang, ehe sie durch die Tür schritt. Er machte die Augen zu und schickte ein Dankgebet an den Gott, der gerade zuhörte. Dann schloss er die Tür und bemerkte, dass sie neben der Couch stand.

»Nimm Platz.«

Julia setzte sich hin.

Ihm ging durch den Kopf, dass sie zum ersten Mal direkt etwas tat, um das er sie bat, und er musste beinahe lachen. Er beobachtete sie, als er hinüber zur Bar ging. Gott, sie war richtig nervös, und das gefiel ihm nicht. Er wollte – nein, er brauchte es –, dass sie sich wohlfühlte.

Sie schaute sich im Zimmer um. »Wow. Ich wusste nicht, dass du so viel Platz hast – privaten Platz.«

»Du warst nie hier drinnen, oder?«

Sie schüttelte den Kopf, während er die Whiskeyflasche und zwei Gläser nahm. »Es ist wie ein Apartment.«

»Fast. Es ist gut, um auszuspannen, ohne mir Gedanken wegen meiner Brüder machen zu müssen.« Er schenkte sich einen puren Whiskey ein, gab ein wenig davon und viel Cola in ihr Glas. Sie sollte entspannt sein, nicht betrunken. »Ich habe dieses Zimmer, eines, das ich als Atelier benutze, und ein Schlafzimmer mit angeschlossenem Bad.«

Sie rieb sich die Knie. »Arbeitest du immer in deinem Atelier hier?«

»Meistens.« Er stellte die Gläser auf den Couchtisch, schritt um ihn herum und kniete sich vor Julia, sodass sie auf Augenhöhe waren.

Julia wich ein wenig zurück und riss die Augen weit auf.

Er legte seine Hände auf ihre Knie, während er ihr in die Augen blickte. »Ich weiß, warum du zu mir gekommen bist.«

Ihr Atem stockte.

»Und ich werde Stunden, vielleicht sogar die ganze Nacht dafür sorgen, dass du es nicht bereust«, sagte er. Jedes Wort war ernst gemeint. »Aber nichts, absolut gar nichts wird passieren, was du nicht willst. Hast du verstanden?«

Sie schluckte und nickte.

»Du kannst jederzeit durch die Tür dort gehen, und wir … wir können es später noch mal versuchen.« Er hoffte sehr, dass das nicht geschah, doch er würde sie nicht aufhalten. »Oder du kannst dich entscheiden zu bleiben und sehen, wohin die Nacht führt. Einverstanden?«

Sie benetzte ihre Lippen, worauf ihn pure Lust durchfuhr. »Einverstanden.«

»Gut.« Er lächelte, richtete sich auf und griff hinter sich nach ihrem Glas, das er ihr reichte. »Also, warum konntest du nicht schlafen?«

Sie trank einen Schluck, als er sich neben sie setzte. »Ich habe schon immer Probleme einzuschlafen. Es ist nicht so schlimm wie bei manchen anderen, aber es nervt.«

»Das Gefühl kenne ich.« Er betrachtete ihr Profil, wollte sie berühren. »Wenn du nicht schlafen kannst, vergiss nicht, dass ich Gegenmittel für dich bereithalte. Ich bin hier, um zu helfen, stehe zu deiner Verfügung.«

Ein kleines Lächeln erschien auf ihrem Gesicht, als sie das Glas senkte. »Der Tee war sensationell.«

»Ist er.« Er beobachtete sie über seinen Glasrand hinweg. »Aber das andere Gegenmittel ist so viel besser.«

Wieder färbte sich ihr Gesicht hübsch pink. »Also, ich … ähm, ich war heute Morgen ein wenig auf Erkundungstour, bevor Daniel herkam. Ich war oben auf dem Dach.«

Er lehnte sich auf der Couch zurück und streckte den Arm auf der Rückenlehne aus. »Da oben solltest du nicht sein. Es ist nicht besonders sicher.«

»Weil es keine Brüstung gibt?«

Lucian antwortete nicht.

Sie blickte durch ihre dichten Wimpern zu ihm auf. »Es sah aus, als wäre das Dach oft genutzt worden.«

»Wurde es von meiner Mutter. Sie mochte es dort oben, bei Tag und bei Nacht. Wahrscheinlich weil niemand sonst gern raufging.«

Sie strich mit einem Finger über den Glasrand. »Tja, jemand geht da rauf. Ich habe Blumen gesehen, und die sahen frisch aus. Bist du das?«

Er schüttelte den Kopf. »Ob du es glaubst oder nicht, das ist Dev.«

»Oh.« Sie blinzelte. »Das erstaunt mich.«

»Ja«, stimmte er ihr zu. »Doch im Ernst, geh da bitte nicht rauf. Das Letzte, was ich will, ist, dass ein Unfall passiert.«

Sie atmete zittrig aus. »Passieren da oben oft Unfälle?«

»Überall im Haus passieren oft Unfälle. Weißt du noch das Bad?«

»Herrje, musst du mich daran erinnern?« Sie presste eine flache Hand an ihr Gesicht und kniff die Augen zu. »Ich hatte versucht, es aus meinem Gedächtnis zu löschen.«

»Haben wir beide.«

Sie nahm die Hand herunter und sah ihn auf merkwürdige Weise an.

»Was denn? Dich nackt in den Armen meines Bruders zu finden, war nicht der Anblick, den ich mir gewünscht hatte.«

»Was du dir gewünscht hattest? Dann versuch mal, dich an meine Stelle zu versetzen.« Sie lachte, und Lucians Lippen zuckten bei dem Klang. »Ich kann nicht glauben, dass das meine erste Begegnung mit Gabe war.«

»Ich glaube nicht, dass es ihm etwas ausgemacht hat«, entgegnete Lucian trocken.

»Daran will ich nicht mal denken.« Sie trank von ihrem Drink.

Lucian beugte sich vor und stellte sein Glas auf den Tisch, den Gabe gefertigt hatte. Ein Moment verging, ehe Julia zu ihm sah. Ihre Blicke trafen sich, und er wollte verdammt sein, wenn da nicht ein Flattern in seiner Brust war.

»Bist du bereit, mir von dir zu erzählen, Miss Hughes?«

Sie hielt seinem Blick stand. »Du weißt eine Menge über mich. Hast du von Anfang an, bevor ich dir überhaupt begegnet bin.«

»Stimmt nicht.«

Julia schüttelte den Kopf. »Was willst du wissen?«

»Du warst verheiratet. Was ist geschehen?«

Sie wandte den Blick ab und ihre Schulter verspannten sich. »Natürlich musst du das fragen.«

»Ich möchte es wissen.«

»Vielleicht möchte ich es dir nicht erzählen.«

»Ach komm.« Er nahm seine Hand von der Couchlehne und tippte auf ihre verkrampfte Schulter. »Ich erzähle dir auch alles über meine Beziehungen.«

»Ist nicht nötig.«

»Finde ich schon.« Er ließ seine Finger auf ihrer Schulter. »Ich war noch nie in einer ernsten längeren Beziehung.«

»Was?« Sie sah wieder zu ihm. »Echt nicht?«

»Nein. Ich wollte es nie. Normalerweise bin ich nie zweimal mit derselben Frau zusammen.«

Ihr stand der Mund offen.

»Es gibt sehr, sehr wenige Ausnahmen, aber für gewöhnlich ist es eine Regel von mir, nie Nachschlag zu holen.«

»Ich fasse nicht, dass du das eben gesagt hast.«

»Ich bin bloß ehrlich.«

»Tja, dann solltest du das mit der Ehrlichkeit vielleicht ein bisschen zurückschrauben«, sagte sie. »Bist du so was wie ein Bindungsphobiker?«

Er lachte. »Ich glaube, dass ich nur noch niemandem begegnet bin, mit dem ich eine Bindung wollte.«

Sie zog die Augenbrauen hoch. »Wow, ich weiß nicht mal, was ich dazu sagen soll.«

»Ich glaube, das Längste war vor ein paar Jahren. Es hielt ungefähr sechs Monate.«

»Warum ging es zu Ende?«

Er hob eine Schulter. »Sie wollte mehr, und ich hatte nicht mehr zu geben.«

Julia starrte ihn an. »Willst du jemals … mehr geben?«

Lucian dachte ernsthaft über die Frage nach. »Ja, will ich.«

Sie sah wieder weg. »Tja, ich schätze, das ist nicht so schlimm, wie es nicht zu wollen.« Sie zog die Nase kraus. »Ich kann nicht glauben, dass du nie verlobt warst oder so.«

»Nein.« Er massierte die verspannten Muskeln ihrer Schulter. »Also, wie hieß dein Mann?«

Julia senkte ihr Kinn und atmete pustend aus. »Adam.«

»Redet ihr zwei noch miteinander?« Er ließ seine Finger zu ihrem Nacken wandern.

»Nein.« Sie trank einen Schluck, und er fühlte, wie sich die Muskeln in ihrem Nacken anspannten. »Er … er ruft hin und wieder an, aber ich rede nicht mit ihm. Na ja, das stimmt nicht ganz. Tatsächlich hatte er vorhin angerufen, aber ich denke … ich denke, dass es das letzte Mal war, dass ich von ihm gehört habe.«

Er merkte auf, denn ihm fiel der Anruf ein, den sie ignoriert hatte und wie seltsam sie sich benommen hatte. »Demnach war es keine einvernehmliche Trennung.«

»Nein.« Sie lächelte matt und sah wieder zu ihm. »Er war mein erster fester Freund. Wir kamen auf dem College zusammen und es schien irgendwie logisch zu heiraten.« Sie lachte. »Ich meine, ich liebte ihn, ja, das tat ich.«

»Und was ist passiert?«

Sie schien zu überlegen, was sie als Nächstes sagen sollte. »Liebe war einfach nicht genug, um ihn … um ihn glücklich zu machen.«

Seine Finger hielten inne. Alles an ihm erstarrte. »Was meinst du damit, Julia?«

»Er … war am Ende nicht der netteste aller Männer.« Sie neigte sich vor, sodass er sie nicht mehr berührte. »Gott, ich glaube nicht, dass ich darüber rede!«

»Hör bitte nicht auf«, sagte er und wünschte sich zugleich, sie würde, denn er war nicht sicher, was er tun würde, sollte er erfahren, dass ihr Ex sie verletzt hatte.

Sie stellte ihr Glas auf den Couchtisch und zog die Strickjacke vorn zu. »Er war nicht immer so. Es ist nur – er war schwierig. Irgendwann in unserer Ehe machte ihn schlicht nichts mehr glücklich. Er wurde übertrieben kritisch – wie lange ich arbeitete, wie das Haus aussah, wenn er von der Arbeit kam, wie das Essen schmeckte – wie *ich* aussah. Ich konnte nichts tun, verstehst du? Dabei habe ich es versucht, wirklich.«

Julia lachte wieder, wenn auch ein wenig zittrig. »Niemand kann mir vorwerfen, ich hätte es nicht versucht. Aber nichts half. Jede Unterhaltung wurde zu einem Streit. Jedes Kompliment wurde zu einer Kränkung.«

Lucian zwang sich, Ruhe zu bewahren.

»Ich gab seinem Job die Schuld, der ohne Frage stressig war. Er ist Polizist«, sagte sie, und ihm gefiel ganz und gar nicht, worauf das hier hinauslief. »Sicher konnte der Job hart sein, aber nach einer Weile … hielt ich es nicht mehr aus. Wir schliefen kaum noch im selben Bett, und ich hatte das Gefühl, dass ich dauernd …«

»Wie auf rohen Eier gingst«, beendete er den Satz für sie, weil er sich erinnerte, dass sie es einmal gesagt hatte.

Julia nickte. »Ihn zu verlassen, war beängstigend, denn er war – er war alles, was ich kannte, und ich bin immer schon eher zögerlich, irgendwie ängstlich. Es ist nicht so, dass ich nichts Neues wage – offensichtlich. Es dauert nur sehr lange, bis ich den Mut aufbringe. Ich neige dazu, zu viel zu grübeln.«

»Darauf wäre ich nie gekommen«, scherzte er.

Wieder erschien ein kleines Grinsen. »Jedenfalls habe ich ihn vor etwa drei Jahren verlassen. Ich war nicht bei ihm geblieben, weil ich schwach war, sondern weil ich dachte, Liebe würde genügen.«

»Ich halte dich auch nicht für schwach.«

Da war noch ein kurzes Lächeln. »Manchmal reicht es nicht, jemanden zu lieben. Ich will nicht verbittert klingen, aber Liebe kann nicht alles an einem Menschen richten. Am Ende kann sie nicht genug sein. Nicht, wenn man nicht mehr das Gefühl hat, sich mit dem anderen auf demselben Weg zu befinden.«

Lucian stimmte ihr zu, auch wenn er recht sicher war, dass er noch nie jemanden außerhalb seiner Familie geliebt hatte. »Und er ruft dich immer noch an?«

»Hoffentlich nicht mehr.« Sie griff nach ihrem Drink und nahm einen kräftigen Schluck. »Es ist, als würde er mich überprüfen. Ich hasse das, deshalb ignoriere ich seine Anrufe. Ich hatte sogar meine Nummer gewechselt, aber er hat meine neue herausbekommen.«

Lucian gefiel überhaupt nicht, wonach das klang.

»Die Sache ist die, dass er gar nicht wieder mit mir zusammenkommen will.« Sie stellte ihr Glas wieder hin und drehte sich endlich zu ihm. »Ihm gefällt bloß die Vorstellung nicht, dass ich ohne ihn weitermache, obwohl er es durchaus selbst gemacht hat. Er ist wieder verheiratet.«

»Hört sich nach einem Arschloch an.«

»Das ist er«, bestätigte sie.

Lucian war nicht sicher, ob er die nächste Frage stellen sollte. »Hat er dich verletzt?«

Sie zog die Augenbrauen hoch. »Körperlich? Nein, hat er nie. Er beschränkte sich auf diesen emotionalen und psychischen Kram. Du weißt schon, das Zeug, das keine Beweise hinterlässt.«

»Tut es das nicht doch?«, fragte er leise. »Man sieht es an der Art, wie jemand sich verhält, an der winzigen Falte im Gesicht oder dem Schatten in den Augen. Es hinterlässt Spuren.«

Ihre Brust hob und senkte sich. »Du … dein Vater … hat er?«

»Uns geschlagen? Ab und zu wurde er handgreiflich. Das hörte auf, als ich größer wurde oder meine Brüder eingeschritten sind.«

Julia sah betrübt aus. »Ich hasse es, das zu hören. Du hättest das nie durchmachen dürfen.«

»Genauso wenig wie du.«

»Stimmt.« Sie nagte an ihrer Unterlippe und zog ein Bein angewinkelt auf die Couch. »Hat er Madeline geschlagen?«

»Hätte er das versucht, ich hätte ihn umgebracht.«

Sie sah ihn einen Moment lang stumm an und wurde ein wenig blasser. »Das ist kein Scherz.«

»Nein.« Er hielt ihren Blick. »Ist es nicht. Sie ist meine Schwester.«

Julia ließ die Seiten ihrer Strickjacke los. »Hast du …?«

»Ob ich was habe?« Als sie nicht antwortete, beugte er sich vor und legte eine Hand auf ihr Knie. »Ich habe einige Dinge getan.«

Sie rang hörbar nach Luft. »Was für Dinge, Lucian?«

»Dinge, die ich mit deinem Ex machen würde, sollte ich jemals das Vergnügen haben, ihm zu begegnen.«

»Das kann nicht dein Ernst sein. Du …«

»Sag nicht, dass ich dich nicht kenne, Julia. Das tue ich. Du bist freundlich und fürsorglich. Du hast das schönste Lachen, lachst aber viel zu selten. Du bist klug, und selbst wenn du denkst, dass du vor Dingen Angst hast, bist du mutig. Und ich hoffe, dir ist der letzte Teil bewusst. Du wärst nicht in diesem Haus, weit weg von allem, was du kennst, wärst du es nicht.«

Sie atmete zittrig aus.

»Und ich kenne dich gut genug, um zu wissen, dass du zu der sehr kleinen Gruppe von Menschen zählst, die zu beschützen ich Furchtbares tun würde.«

»Was?«, fragte sie nach einem Moment.

»Sachen, auf die ich nicht unbedingt stolz bin, die ich aber nicht anders machen würde.« Er strich mit der Hand ihren Schenkel hinauf, während er ihren Blick hielt. »Ich würde alles tun, um die zu schützen, die mir wichtig sind. Und das würden meine Brüder auch.« Er ließ seine Hand zu ihrer Hüfte wandern. »Es gibt nichts, was wir nicht tun würden.«

»Das ist irgendwie … beängstigend.«

Er wartete, dass sie wegrückte oder seine Hand wegschob, und als sie es nicht tat, beugte er sich noch näher zu ihr. »Aber ich glaube nicht, dass du Angst hast. Ich denke nicht, dass du noch hier sitzen würdest, hättest du es.« Ihre Gesichter trennten noch Zentimeter. »Würdest du?«

Sie senkte die Lider. »Was für Dinge hast du getan, Lucian?«

»Ich habe dafür gesorgt, dass jemand, der jemanden mir Nahes verletzt hatte, nie wieder jemanden verletzen kann«, flüsterte er an ihrem Mund. »Ich habe ihn nicht ermordet, aber das wäre humaner von mir gewesen.«

Für einen Moment war Julia stumm. »Betrifft das die Situation, in die Gabes Ex geriet und um die ihr euch gekümmert habt?«

Tja, sie hatte ein sehr gutes Gedächtnis. »Ja.«

»Hatte derjenige verdient, was du getan hast?«

Er legte den Kopf ein wenig schief und strich mit den Lippen über ihre Wange. »Das und mehr.«

Sie zitterte. »Ihr Jungs … eure Familie ist wirklich eine eigene Welt.«

Er ließ seine Hand unter ihre Strickjacke gleiten. »Weißt du was?«

»Was?« Ihre Hand landete auf seiner Brust.

Lucian lehnte sie zurück, bis sie auf der Couch lag, und beugte sich über sie. Die wunderschönen, whiskeybraunen Augen blickten zu ihm auf. »Ich möchte dich in dieser Welt – meiner Welt. Willst du?«

Ihre Finger krallten sich vorn in sein T-Shirt. »Nur … nur für eine kleine Weile.«

Ein echtes Lächeln trat auf seine Lippen, bevor er sie küsste. Er hielt sich nicht zurück. Wenn sie ihn nicht bremste, würde er nicht stoppen. Er wollte das hier – und das schon seit dem Moment, in dem er sie in der Bar gesehen hatte.

Lucian nahm sie mit dem Kuss gefangen, und als ihr Körper zu beben begann, wusste er, dass er *dies* als Erstes tun musste. Würde er es nicht tun und sich gleich ausziehen, würde er nicht durchhalten. Nicht, da er bereits hart und bereit war.

Er richtete sich halb auf und stützte sich auf ein Knie. »Zieh die Strickjacke aus.«

Ihre Wangen waren gerötet, während sie sich aufsetzte und die Jacke abstreifte.

»Ich mag das Top.« Er malte mit einem Finger die Spitze nach. Dann widmete er sich ihrer Hose. Er öffnete den Bund und schob sie nach unten, sodass Julia untenrum frei war. »Kein Slip? Miss Hughes, ich bin schockiert.«

»Sei still«, erwiderte sie mit rauchiger Stimme.

Lachend streifte er ihr die Hose von den Beinen. Er umgriff ihren Knöchel, küsste den Bogen ihres Fußes und bewegte sich langsam küssend und knabbernd ihr Bein hinauf.

»O Gott«, sagte sie hauchend, als er ihr Knie passierte.

Er hielt inne und sah nach oben, wo sich ihre Brustwarzen durch den dünnen Stoff drückten. Er wollte sie sehen, deshalb griff er nach dem dünnen Shirt und zog es hoch. Julia richtete den Oberkörper auf, und dann war sie vollständig nackt.

Einen Moment lang konnte Lucian nur starren, jede weiche Wölbung und Vertiefung in sich aufnehmen. Seine Fantasie war ihr nicht gerecht geworden. O Mann, sie war eine Göttin.

Was er ihr auch sagte.

Julia schüttelte lachend den Kopf.

»Es ist die Wahrheit.« Er umfing ihre Brüste und strich mit den Daumen über die rosigen Spitzen, bis sie erschauerte. »Vertraust du mir?«

»Ja«, sagte sie, ohne zu zögern.

Dafür küsste Lucian sie leidenschaftlich. Sein Schwanz war so hart, dass er gleich seine Jeans sprengen würde. »Ich möchte, dass du dich hinsetzt und an die Kante der Couch rückst.«

Das Beben in ihr nahm zu, während sie sich vollständig aufsetzte. Ihr wunderschönes Haar fiel nach vorn. Die festen Spitzen lugten durch die dichten Strähnen, als Lucian vom Sofa stieg. Mit zusammengepressten Knien rutschte sie an den Rand der Couch.

Er konnte ihr Zittern fühlen, küsste ihren rasenden Puls und faltete seine Hände auf ihren Knien. Dann zog er mit den Lippen eine Spur nach unten, genoss ihre weiche Haut, während er behutsam ihre Oberschenkel spreizte und sich zwischen sie kniete.

Julia blickte ihn mit großen Augen an und klammerte sich mit beiden Händen an die Sofakante.

»Wunderschön«, raunte er mit Blick auf ihre intimste Stelle. »Gott, du bist wunderschön. Zweifle nie daran.« Er beugte sich vor, küsste die Innenseite ihres Beines und folgte der zarten Haut bis zu ihrer Mitte.

Lucian leckte sie.

Julia schrie auf und bog ihren Rücken durch.

Verdammt, sie war schon feucht – feucht für ihn. Stöhnend blickte er zu ihr auf. »Gefällt dir das?«

»Ja«, stieß sie hervor. Und ihre verdammten kleinen Brustwarzen teilten ihr Haar, was das Heißeste war, das er je gesehen hatte. »Offensichtlich.«

Lucian lachte und knabberte an der Innenseite des anderen Schenkels. »Wie hört sich das an, Miss Hughes? Ich werde dich schmecken, und dann werde ich dich vögeln.«

25. Kapitel

Im Hinterkopf war Julia bewusst, dass sie einen riesigen Fehler begehen könnten. Aber das war das Spannende am Leben, wurde ihr irgendwann zwischen ihrer Tür und Lucians klar. Es war ein Fehler. Fehler passierten.

Sie tat dies hier nicht mit dem Gedanken, dass irgendwas dabei herauskäme, außer wahrscheinlich der sagenhafteste Sex, den sie je gehabt hatte. Keine Erwartungen. Darum ging es heute Nacht.

Und jetzt gerade war sie nur auf diesen absolut atemberaubenden Mann konzentriert, der vor ihr kniete, zwischen ihren Beinen. Was er vorschlug, klang himmlisch – wie etwas, von dem Julia nicht recht wusste, ob sie damit umgehen könnte, aber das würde sie verdammt noch mal herausfinden.

»Hört sich fantastisch an«, erwiderte sie und erkannte ihre eigene Stimme nicht wieder.

Sein Lächeln hätte ihr die Sachen vom Leib geschmolzen, wäre sie nicht bereits nackt. »Siehst du mir zu?«

Ihr Atem stockte. »Ich versuche es.«

»Dann streng dich lieber an.«

Julia bekam keine Chance zu antworten.

Lucian war durch damit, sie zu necken. Eben noch hatte er mit ihr gesprochen, und im nächsten Augenblick war sein Mund auf ihr. Ihr ganzer Körper erzitterte unter dem intimen Kuss. Heiße, feuchte Hitze flutete ihre Adern, als er diesen Laut ausstieß, der sie an einen Verhungernden erinnerte.

Was er tat, war so heiß und feucht, dass es sie schier zerschmetterte – die Art, wie er seine Lippen benutzte und sie mit seiner Zunge streichelte. Ihre Finger bohrten sich in den Stoff der Couch. Sie würde ihn noch zerreißen.

Und ihr Körper bewegte sich, reckte sich schamlos seiner Zunge entgegen. Primitive und verblüffende Empfindungen durchströmten sie, und ihr Körper spannte sich an.

»Lucian«, stöhnte sie und senkte den Kopf. Sie konnte nur seine Finger sehen, die sich in ihre Schenkel drückten, und seine Stirn.

Dann schloss er den Mund um den empfindsamsten Punkt und saugte und leckte, bis sie es nicht mehr aushielt. Sie schrie auf, da der Orgasmus sie dahinschmelzen ließ, sackte auf dem Sofa zurück und versuchte, ihre Beine zusammenzupressen, aber das ließ Lucian nicht zu. Er machte weiter, bis sie den Rücken nach vorne durchdrückte und erneut seinen Namen schrie. Erst dann hob er den Mund und küsste innen ihren Schenkel. »Ich liebe diese Laute, die du machst«, sagte er und streichelte ihre Beine. »Aber weißt du, was ich noch mehr liebe? Wie du an meinem Mund gekommen bist. Das habe ich unfassbar genossen.«

Zittrig atmete Julia aus. »O wow.«

Das schiefe Grinsen war wieder da, und er richtete sich auf, wobei seine Hände an ihren Seiten hinauf zu ihren Armen glitten. Seine schimmernden Lippen waren das Heißeste, was sie je gesehen hatte. »Ich bin noch nicht fertig mit dir.«

»Das will ich auch nicht hoffen.«

Er beugte sich vor, küsste sie, und sie schmeckte sich auf seinen Lippen und seiner Zunge. Die Kombination berauschte sie. Lucian hielt ihre Arme und zog sie nach oben. Unterdes küsste er sie weiter und der Stoff seiner Kleidung fühlte sich auf ihrer überempfindlichen Haut rau an.

»Ich möchte mit dir in mein Schlafzimmer gehen – in mein Bett«, sagte er und klang beinahe verwundert.

Sie strich mit den Händen über seinen Rücken. »Hört sich nach einem Plan an.«

Er wich ein wenig zurück, gerade so weit, dass sie sein Gesicht sah. »Ich hatte noch nie eine Frau in meinem Schlafzimmer. Hier, in diesem Zimmer, ja.« Sein Blick hatte etwas Suchendes. »Aber nie da.«

Ihr wurde wohlig warm, doch sie versuchte, nicht allzu viel in seine Worte hineinzudeuten. »Verstehe.«

Lucian nahm ihre Hand und führte sie um das Sofa herum. Vollkommen nackt fühlte sie sich unglaublich unsicher. Nicht mal während ihrer Ehe war sie unbekleidet durchs Haus gelaufen. Doch ein glühender Blick von Lucian, während er ein Holzkästchen vom Bücherregal holte, und was geschah? Sie wollte, dass er sie weiter anschaute. Wie er es tat, gab ihr das Gefühl, wirklich eine Göttin zu sein.

Er stieß die Tür auf und ließ Julias Hand los, als sie den kühleren Raum betraten. Über dem großen Bett ging eine Lampe an. Vor Julias Augen verschwamm das Zimmer, denn sie sah nur ihn.

Lucian beobachtete sie, während er das Kästchen öffnete, ein oder zwei kleine Folienpäckchen aufs Bett warf und das Behältnis auf eine Kommode stellte.

Die Augen auf sie gerichtet, griff er nach unten und streifte sich sein kohleverschmiertes T-Shirt ab. Sie hatte ihn schon mit freiem Oberkörper gesehen, doch es war jedes Mal wieder wie das erste Mal. Sein Körper war eindrucksvoll. Er öffnete den Knopf und den Reißverschluss seiner Hose, zog sie und die eng anliegenden dunkelblauen Boxershorts aus.

Julia konnte nur starren.

Jeder Millimeter von Lucian war atemberaubend. Von dem zerzausten goldbraunen Haar über die breiten Wangenknochen und wohlgeformten Lippen bis hin zu den definierten Brustmuskeln und dem wie gemeißelten Bauch. Und als Julias Blick tiefer wanderte, stellte sie fest, dass der Rest von ihm ebenso perfekt war. Er hatte diese Muskeln zu beiden Seiten seiner Hüften, diese Vertiefungen, die sie unbedingt berühren wollte. Eine Spur etwas dunkleren Haares führte zu … Gütiger Himmel.

Freude summte in ihren Adern, als sie erstmals richtig erblickte, was sie nur kurz auf dem Flur gesehen hatte. Er war … Gott, er war sagenhaft, und sie wusste nicht mal, wo sie anfangen sollte.

Lucian streckte ihr eine Hand entgegen.

Ihr Puls pochte an sämtlichen Stellen, während sie zu ihm ging und seine Hand ergriff. Er presste sie an sich, und die erste Berührung ihrer Körper, Brust an Brust, Hüfte an Hüfte, ohne irgendwas zwischen ihnen, löschte jeden Anflug eines vernünftigen Gedankens aus.

Lucians Fingerspitzen glitten über ihre Hüften und Seiten. Eine Hand fing ihr Haar ein und bündelte es. Er neigte ihren Kopf nach hinten. Als er sprach, war sein Mund direkt über ihrem. »Ist schon besser als Tee, stimmt's?«

Julia lachte und legte eine Hand in seinen Nacken. »Viel besser.«

»Habe ich ja gesagt.«

Dann waren seine Lippen auf ihren, kosteten und neckten, bevor seine Zunge über ihre Unterlippe strich. Er küsste sie, wie er es nicht zuvor getan hatte, verlangsamte den Kuss, bis sie sich ihm öffnete. Irgendwie, und sie hatte wirklich keine Ahnung, wie, hatte er sie bei dem Kuss auf das Bett bugsiert. Er bewegte sie weiter, eine Hand unter ihren Armen, hob sie ein Stück höher, ohne den Kuss zu unterbrechen.

Sobald er sie da hatte, wo er sie wollte – in der Mitte des Betts –, kniete er sich hin und schaute sie einfach nur an.

Julias Herz pochte so schnell, dass sie fürchtete, sie würde gleich einen Infarkt bekommen. »Was … was machst du?«

»Ich präge mir ein, wie du jetzt aussiehst, damit ich es später zeichnen kann«, antwortete er mit einer tiefen, rauen Stimme, bei der sich ihre Zehen krümmten.

»Was?«

Er fuhr mit den Fingern über ihre Wange und ihre Lippen. »Ich habe dich schon gezeichnet.«

»Hast du?« Sie war überrascht.

»Ja, habe ich.« Seine Finger wurden von seinem Mund ersetzt. Er zog eine Spur von Küssen über ihre Wange und ihren Hals.

Sie legte die Hand auf seine Schultern. »Darf ich es sehen?«

»Vielleicht.« Er ließ seine Lippen über ihr Schlüsselbein tanzen. »Aber jetzt habe ich eine klarere Vorstellung, wie ich dich zeichnen will.«

Bedachte sie, dass sie nackt in seinem Bett lag, war sie nicht mehr sicher, ob sie solch eine Zeichnung sehen wollte. Doch dann hörte sie auf zu denken, denn sein Mund bewegte sich flammend heiß zu ihren Brustspitzen.

Gott, er wusste wirklich, wie er seinen Mund einzusetzen hatte.

Sie biss sich auf die Unterlippe, als er eine Brustwarze in den Mund nahm, und klammerte sich fester an seine Schultern. Unwillkürlich bog sie sich ihm entgegen, da er an ihr saugte. Seine Hand war auf ihrer anderen Brust, und während er sie mit seinen Fingern und seiner Zunge verwöhnte, verlor sie sich bereits aufs Neue in ihm. Lust schoss durch ihren Körper und sie wiegte rastlos die Hüften an seiner harten Erektion.

Lucian ließ seine Hand von ihrer Brust zu ihrem Bauch wandern und ersetzte sie durch seinen wunderbaren Mund. Er sog die zweite Brustwarze in seinen Mund ein und drang gleichzeitig mit einem Finger tief in sie.

Ein hohes Stöhnen entfuhr ihr, und sie warf den Kopf in den Nacken. Ihr Körper reagierte ohne ihr Zutun.

»An diesen Lauten könnte ich mich berauschen«, sagte er und bewegte seinen Finger in ihr.

Schwer atmend hob sie die Lider. »Ich könnte mich an dir berauschen.«

Das teuflische Funkeln erschien in seinen Augen, als er das Kinn senkte und mit der Zunge über ihre Brust glitt. »Alles an dir macht mich süchtig.«

Sie strich mit einer Hand über seine Brust, verharrte auf den gespannten Muskeln. Wieder loderte ein Feuer in ihr auf. »Ich könnte dasselbe von dir sagen.«

Und es stimmte.

Alles an ihm machte süchtig. In diesem Moment fühlte sie sich wie besessen, jagte dem Orgasmus nach, von dem sie wusste, dass er ihn ihr geben konnte, dem Rausch, den er mit seinen Fingern und seinem Mund schuf. Ein Flattern setzte tief in ihr ein. Sie wollte mehr.

»Bitte.« Sie vergrub ihre Hand in sein Haar.

Er hob den Mund von ihrer Brust. Seine Finger waren noch in ihr, glitten rein und raus. »Bitte was?«

Er wollte, dass sie ihn bat, darum bettelte. »Ich will dich.«

Lucian drehte die Hand ein wenig und presste seine Handfläche gegen sie. »Du willst, dass ich was tue?«

Sie krallte die Finger in sein Haar und zog leicht, was ihm ein heiseres Lachen entlockte. »Ich will dich *in* mir.«

»Das wollte ich hören.«

Lucian schnappte sich eines der Päckchen von der Matratze. In Rekordzeit hatte er sich das Kondom übergerollt. Winzige Wonneschauer durchschossen ihre Nervenbahnen, während er sich auf sie schob. Er stützte sich auf, hielt eine Hand an ihrer Hüfte und drang wenige Zentimeter in sie ein. Beide hielten inne, atmeten schneller.

»Es ist … es ist lange her«, flüsterte sie.

»Ja?« Er küsste sie, lockte ihre Zunge in seinen Mund. »Auf die Gefahr hin, dass ich mich wie ein egoistischer Mistkerl anhöre, gestehe ich, dass ich froh darüber bin.«

Julia nahm ein Bein hoch und schlang es um seine Hüfte. Die Bewegung bewirkte, dass er tiefer in sie eintauchte, vollständig in ihr versank. Der Laut, den er von sich gab, als er seine Stirn an ihre lehnte, war ihr Verderben.

»Du bringst mich noch um«, sagte er stöhnend.

Der Druck seines Körpers in ihr raubte ihr den Atem. »Ich denke, damit wirst du fertig.«

»Weiß ich nicht.« Seine Lippen strichen über ihre, und sein starker Leib erzitterte. »Ich möchte es hinauszögern, aber ich glaube nicht, dass ich es kann.«

»Tu es nicht.« Sie legte eine Hand an seine Wange. »Ich will nicht mehr warten.«

Für einen kurzen Moment schloss er die Augen. »Gott sei Dank.«

Dann nahm er sie.

Lucians Lippen waren auf ihren, als er sich fast vollständig aus ihr zurückzog und wieder in sie hineinstieß. Julias Lustschrei wurde von seinem Kuss gedämpft. Er füllte sie aus und steigerte ihr Verlangen mit jedem Stoß.

Seine Hände waren überall, ebenso wie ihre. Sie grub die Finger in seinen straffen Hintern. Seine Hand umschloss ihre Brüste. Das stete

Wiegen seiner Hüften wurde schneller, während Julia immer wieder seinen Namen flüsterte, um mehr bettelte.

Und er gab ihr mehr.

Lucian erzählte ihr in heißen Worten, wie sehr er es liebte, sie zu fühlen, und seine Worte versengten sie. Ihre Bewegungen wurden hektischer. Kein Rhythmus mehr. Und keine Worte mehr. Nur noch Keuchen und Stöhnen, die Sprache zweier Körper. Julia reckte sich ihm entgegen, strebte ihm zu – strebte nach mehr und mehr.

Bald war sie kurz vor dem Punkt, von dem sie wusste, er würde wunderschön und mächtig sein. Lucian schien es zu spüren, denn er veränderte seine Position, drang immer wieder in sie und wiegte sich in ihr, um die Reibung zu intensivieren, bis sie alles verschlang. Seine Hüften stießen hart gegen ihre, und jede gezierte Kontrolle oder Verführung war vorbei.

Die Spannung steigerte sich ins Unermessliche, und dann ließ Lucian eine Hand zwischen ihren Körpern wandern und tat etwas Unglaubliches mit seinem Daumen. Der Höhepunkt überrollte Julia. Lustvolle Wellen rauschten über sie hinweg. Ihr war nur noch halb bewusst, was sein Körper mit ihrem anstellte.

»Julia …« Seine Stimme war ein heiseres Stöhnen dicht an ihren Lippen, als er mit seinen Hüften zuckte und tief in ihr erstarrte.

Es fühlte sich wie eine Ewigkeit an, bevor sich einer von ihnen bewegte. Langsam hob er seinen Oberkörper an und stützte sich mit den Armen auf. »Geht es dir gut?«

»Mehr als gut«, murmelte sie. »Das war …«

»Fantastisch? Der Beste, den du je hattest?«, schlug er hilfreich vor. »Du wirst nie mehr dieselbe sein? Du hast Jesus gesehen, oder?«

Lachend versetzte Julia ihm einen Klaps auf den Arm.

Er fing ihre Hand ein und führte sie an seinen Mund. »Es war fantastisch. Ich finde keine Worte dafür, und mir fehlen nie die Worte.« Er küsste jeden ihrer Fingerknöchel und senkte ihre Hand aufs Bett. »Bin gleich wieder da.«

Julia biss sich innen auf die Wange, als er sich aus ihr zurückzog. Sobald sein Gewicht und seine Wärme fort waren, drehte sie sich auf die Seite. Sie beobachtete, wie er zu einer geschlossenen Tür ging und bemerkte, dass sie in ein Bad führte. Wasser wurde aufgedreht, und

Julia zog die Knie an. Ihr Herz raste noch, und ihr Körper fühlte sich an, als wären sämtliche Knochen und alles Gewebe durch Federn und Kissenfüllung ersetzt worden.

Lucian kam zurück ins Zimmer geschlendert, offensichtlich selbstbewusst mit dem, was er hatte. Sie beschwerte sich nicht, sondern betrachtete ihn genüsslich. Sie wünschte sich, sie könnte zeichnen, denn es kribbelte buchstäblich in ihren Fingern, diesen Anblick festzuhalten.

Stille herrschte, während Lucian zum Bett zurückkehrte. Er schob die Decken zurück und legte sich auf den Rücken. Nun beschlich Julia Nervosität und verdrängte die wundervolle Trägheit. Was sollte sie tun? Bleiben? Gehen? Dieser Mann hatte keine Beziehungen oder auch nur mehr als einmal etwas mit ein und derselben Frau. Also wollte er vermutlich nicht, dass sie bei ihm schlief. Was auch klüger sein dürfte. Sie sollte nicht in seinem Bett schlafen.

Aus irgendeinem merkwürdigen Grund fühlte sich das ernsthafter an, als Sex mit ihm zu haben.

Sie müsste sich mal den Kopf untersuchen lassen, dachte sie, während sie sich aufsetzte.

»Wo willst du hin?«

Julia stockte. »Ich wollte wieder in mein Zimmer.«

»Äh, nein. Nein, willst du nicht.« Lucian schlang einen Arm um ihre Taille und zog Julia seitlich an sich.

Anscheinend ging sie nicht zurück in ihr Zimmer.

Zunächst war sie steif, unsicher, wie sie die Tatsache verstehen sollte, dass er sie nicht aus seinem Bett warf. Nach und nach entspannte sie sich, schmiegte ihre Wange an seine Brust und legte ihre Hand auf seinen Bauch.

»Weißt du was?«, fragte er nach einer Weile.

»Was?«

»Ich denke, ich brauche Nachschlag.« Er bedeckte ihre Hand mit seiner, und Julia grinste. »Und danach noch mehr. Wie ein verdammtes, unbegrenztes Julia-Büfett.«

26. Kapitel

Lucian schaute zur Zimmerdecke. Es war dunkel, und der warme Körper an seinem schlief friedlich.

Schritte. Verfluchte Schritte.

Er wusste, dass er die eben gehört hatte, denn er war nicht eingeschlafen. Nein, er lag da und beobachtete die schlafende Julia wie ein bescheuerter Perverser. Doch er konnte nicht anders. Ein Teil von ihm konnte nicht glauben, dass sie zu ihm gekommen war, sich ihm geöffnet, von ihrem Ex-Mann erzählt und nicht verängstigt reagiert hatte, als er zugab, Dinge getan zu haben, auf die er nicht unbedingt stolz war.

Er lauschte auf weitere Geräusche, doch bald schon sah er wieder Julia an. Tatsache war, dass er sich wohl nicht mal von der Stelle rühren würde, wenn da oben jemand den Hampelmann machte.

So hatte Lucian noch nie empfunden.

Verdammt. Er war wahrlich nicht in seinem Element, als er nach unten griff, einige Haarsträhnen von ihrer Wange hob und sie aus ihrem Gesicht strich.

Die Konturen ihres Gesichts bezauberten ihn. Die Ecken und Kanten fügten sich zu einer perfekten Form zusammen. Er war süchtig nach all den weichen Kurven, wollte sich jeden Zentimeter mit seinen Fingern und seinen Lippen einprägen. Und ihn faszinierte die unverstellte Freundlichkeit, die er in ihren Augen sah und aus ihren Worten heraushörte.

In seiner Welt war das etwas Rares.

Niemand war freundlich oder hilfsbereit, ohne eine Gegenleistung zu erwarten. Julia war beides und erwartete nichts.

Sie hatte ihren Ex geliebt – einen Mann, der sie offensichtlich nicht verdiente, und Lucian wollte …

Er brach diese Gedanken ab. Was zur Hölle dachte er denn? Und was genau tat er hier? Denn tief in seinem Innern wusste er, dass es heute Nacht nicht darum ging, eine Obsession loszuwerden oder sie sich aus dem Leib zu vögeln. Nichts dergleichen.

Also, was bedeutete das?

Lucian wusste es nicht. Er strich mit den Fingern über ihren nackten Arm. Sie regte sich, schmiegte sich an seine Seite, und er war sofort hart. Einfach so. Sie war nicht mal wach und verführte ihn, machte ihn scharf.

Er glitt mit den Fingern an ihrer Seite nach unten und über ihre Hüfte, obwohl er wusste, dass er sie schlafen lassen sollte. O Mann, er sollte wahrscheinlich selbst ein wenig schlafen, aber das tat er nicht.

Er drehte sich auf die Seite und grinste, als sie sich leise murmelnd auf den Bauch rollte. Er schob ihr Haar beiseite, hauchte einen Kuss in ihren Nacken und dann weitere auf ihre Wirbelsäule, hinunter bis zu ihrem Hintern, küssend und leckend.

Er spürte den Moment, in dem sie aufwachte. Ihr Körper versteifte sich für eine Sekunde, ehe er sich wieder entspannte. Lucian bewegte sich über sie, jeweils ein Knie neben ihr aufgestützt.

Sie zog ein Bein an und bewegte unruhig die Hüften, als er seine Hand weiter nach unten wandern ließ. »Mmm«, murmelte sie. »Was machst du?«

»Nachschlag«, antwortete er. »Ich möchte mehr.«

Und das bekam er. Julia lag auf dem Bauch, hatte den Hintern nach oben gereckt und drückte sich an ihn, als er ihre Hüften fasste. Er nahm sich seinen Nachschlag, und als er fertig war, sein Körper schweißbedeckt und ihrer zitternd unter den Nachbeben des Orgasmus, wollte er nochmals mehr.

Lucian *brauchte* mehr.

Julia drehte ihr Haar zu einem unordentlichen Knoten auf und schob eine große Spange hinein, um ihn festzustecken. »Bist du sicher, dass du das machen willst?«

Lucian sah sie nicht an, während er den Schlüsselbund durchging. »Ja.«

Das glaubte sie ihm nicht. Von dem Moment an, in dem er hineingekommen war, während sie mit Madeline arbeitete, und gesagt hatte, er wolle seiner Schwester einige Sachen von seiner Mutter holen, wirkte er wie ein vollkommen anderer Mensch.

Er war still und verschlossen, und Lucian war nie still – niemals – oder verschlossen, vor allem nicht letzte Nacht … oder heute Morgen, als er sie erneut weckte, diesmal mit seiner Hand zwischen ihren Beinen und seinem Mund auf ihren Brüsten.

Er kriegte Nachschlag.

Und danach noch mehr.

Deshalb nahm sie die seltsamen Schwingungen, die von ihm ausgingen, nicht persönlich. Genauso wenig erlaubte sie sich, sich auf das zu konzentrieren, was zwischen ihnen gewesen war. Sie bereute die letzte Nacht nicht. Ganz und gar nicht. Er hatte ziemlich klar gemacht, wer er war. Er brauchte ihr nicht zu sagen, dass dies eine Art One-Night-Stand sein würde. So viel konnte sie zwischen den Zeilen lesen. Es würde zu keiner Beziehung führen.

Es würde zu nichts führen.

Was jedoch nicht hieß … nun, es hieß nicht, dass ihr Lucian nichts bedeutete. Dass es ihr egal war, was er sich antat.

Zuerst dachte sie, es hätte mit Daniel zu tun, aber selbst nachdem dieser gegangen war und am Tag darauf war Lucian noch still.

Sie überlegte, wie sie damit umgehen sollte, während die Stunden verstrichen und er ihr half, seine Schwester wieder ins Bett zu bringen. Er war es gewesen, der dies hier vorgeschlagen hatte, und deshalb waren sie hier, standen in dem Flügel des Hauses, den Julia noch nie betreten hatte, während Livie bei Madeline saß.

Der linke Flügel sah genauso aus wie der rechte – lange Flure mit zahlreichen geschlossenen Türen und flackernden Wandleuchten. Nur war es hier dunkler. Es schien, als könne das helle Sonnenlicht nicht durch die Fenster dringen. Überdies fühlte sich die Luft kühler an als im Rest des Hauses. Da Devlin und Gabe auf dieser Seite wohnten, vermutete Julia, dass sie es gern kühler hatten und der Temperaturunterschied daher rührte. Der unvernünftige Teil ihres Verstands grübelte über die Geistergeschichten nach, die Lucian ihr erzählt hatte, als sie den dunklen, schmalen Flur hinuntersah.

Lucian blickte die Schlüssel an und fluchte.

Er tat ihr leid. Die Sachen seiner Mutter durchzusehen, musste schmerzlich für ihn sein, egal, wie viele Jahre vergangen waren. Sie biss sich auf die Unterlippe, blickte sich über die Schulter um und tippte rastlos mit dem Fuß auf. Lucian musste dies hier nicht tun. Sie wollte nicht, dass er es tat. Doch wahrscheinlich hatte er das Gefühl, es zu müssen. Dass es darum ging, seiner Schwester zu helfen, und er deshalb vor dem Zimmer seiner Mutter stand. Offensichtlich wurde es nicht oft betreten, denn er hatte eine gute halbe Stunde gebraucht, bis er die Schlüssel gefunden hatte, die Livie aufbewahrte.

»Hab ihn.« Lucian steckte den Schlüssel ins Schloss. Das Klicken hallte wie ein Donnergrollen, und mit einer Drehung seines Handgelenks hatte er die Tür einen Spalt geöffnet. Vanilleduft strömte ihnen entgegen.

Lucian rührte sich nicht, als Julia durch den etwa einen Schritt breiten Spalt linste. Im Zimmer war es dunkel, sodass sie nichts sehen konnte. Sie benetzte sich die Lippen und legte eine Hand auf Lucians Arm. Er drehte den Kopf zu ihr, und seine Augen schienen verschlossen.

Julia holte Luft und überlegte fieberhaft, wie sie ihn hiervon abhalten könnte. »Ich habe Hunger«, platzte sie heraus.

Er zog die Augenbrauen zusammen.

Alles klar. Das musste sie näher ausführen. »Ich habe heute Morgen nicht gefrühstückt. Jemand hat dafür gesorgt, dass ich zu spät dran war. Ich nenne keine Namen.«

Lucians Miene entspannte sich ein wenig.

»Deshalb habe ich Hunger. Meinst du, du kannst mir ein Sandwich machen?«

Er starrte sie an, als würde ihr eine dritte Brust an der Stirn wachsen. »Du bittest mich, dir ein Sandwich zu machen?«

Sie lächelte nickend. »Mit gegrilltem Käse. Die mag ich richtig gern und hatte schon ewig keines mehr.«

Er neigte den Kopf zur Seite. »Ein gegrilltes Käsesandwich?«

»Ja. Die Brotsorte ist mir egal. Ich mag das altmodische, ungesunde Zeug – Weißbrot, aber wenn ihr nur Vollkorn habt oder so, nehme ich das.« Sie fühlte, wie ihre Wangen heiß wurden, aber jetzt wollte sie wirklich ein Käsesandwich. »Kannst du mir eines machen?«

Immer noch starrte Lucian sie an.

»Ich würde es ja selbst machen, aber ich rühre in der Küche nichts an. Alles sieht aus, als wäre es mehr wert als mein Leben.« Sie grinste so breit, dass sie fürchtete, es würde ihr das Gesicht spalten. »Doch ich habe schrecklichen Hunger, und du wirst es nicht mögen, wenn du mich ausgehungert erlebst.«

»Warum nicht?«

»Dann werde ich äußerst mürrisch. Und zwar kurz vor fies«, erklärte sie ihm, was nicht gelogen war. »Wenn du ›hungrig‹ googelst, findest du ein Bild von mir mit zornigem Blick. Außerdem wird mir total schwindlig und schlecht, wenn ich nicht bald etwas esse.«

»Im Ernst?«

»Ja.« Das stimmte nicht so ganz. Wie auch ihre nächste Behauptung nicht. »Ich glaube, es liegt am niedrigen Blutzucker.«

»Meinst du?« Er zog eine Augenbraue hoch. »Müsstest du dann nicht etwas Süßes essen?«

Mist. »Habt ihr Süßigkeiten da? Die wären auch klasse. Süßigkeiten und gegrilltes Käsesandwich.«

Lucian senkte den Kopf und sah weg, während er sich mit einer Hand in den Nacken griff. Stille dehnte sich zwischen ihnen aus, und Julia dachte schon, er würde ablehnen, aber dann seufzte er. »Schließ ab, wenn du fertig bist.«

Julia blinzelte.

»Komm hinterher in die Küche, dann bekommst du dein Käsesandwich.« Er hielt ihr die Schlüssel hin. »Und etwas Süßes … gegen dein Blutzuckerproblem.«

Sie biss sich innen auf die Wange, als er die Schlüssel in ihre Hand fallen ließ. »Geht klar.«

Lucian hatte sich halb umgedreht, als er innehielt. Ein Moment verging, dann wandte er sich ihr ganz zu. Ohne ein Wort zu sagen, fing er ihr Gesicht mit beiden Händen ein und neigte seinen Kopf.

Ihr Atem stockte.

Sanft küsste er sie und strich mit den Daumen über ihre Wangen. Dies war eine neue Art Kuss, nicht hitzig wie die bisherigen. Er fühlte sich an … wie ein Dankeschön.

Dann schritt Lucian davon.

Julia schloss die Augen, atmete zittrig aus und hob die Fingerspitzen an ihre Lippen.

»Gütiger«, flüsterte sie und nahm die Hand herunter. Zeit, sich zu konzentrieren. Im Geiste klopfte sie sich auf die Schulter, schob die Tür weit auf und betrat das Zimmer, tastete die Wand ab, bis sie den Lichtschalter gefunden hatte. Sie kippte ihn, und Licht durchflutete den Raum.

»O wow.«

Das Zimmer wirkte bewohnt, als würde es noch genutzt. Die hübsche lavendelfarbene Tagesdecke war zurückgeschlagen, und darunter lag ein Berg von Kissen. Cremeweiße Möbel zierten den Raum – eine Chaiselongue und ein Sessel, ein ovaler Standspiegel und zwei Kommoden. Eine Brille lag auf dem Nachttisch neben dem Bett. Parfümflakons und Schmuckstücke waren auf einem verspiegelten Sekretär verteilt. Eine Tür links stand offen und führte in eine Ankleide.

Als Julia umherging, stellte sie fest, dass hier nicht ein Staubkorn zu finden war. Wüsste sie es nicht besser, hätte sie gedacht, dass jemand in diesem Zimmer wohnte.

Doch es war nur mehr ein Schnappschuss, der in der Zeit eingefroren war.

Kein Wunder, dass Lucian es schwierig fand herzukommen. Es war, als würde seine Mutter noch leben. Auf dem Bett lag sogar ein blauer Seidenmorgenmantel, als hätte seine Mutter ihn hingelegt, um ihn bei ihrer Rückkehr anzuziehen …

Julia runzelte die Stirn, während sie das Kleidungsstück betrachtete.

Warum sollte jemand ihn aufs Bett legen, wenn er nicht vorhatte, wiederzukommen und ihn überzuziehen? Das schien sehr seltsam.

Andererseits wusste sie nicht, ob Lucians Mutter ihn dort hingelegt hatte. Vielleicht war es Livie gewesen. Julia konnte es nicht wissen, dennoch wollte es ihr nicht aus dem Kopf, als sie die Schlüssel aufs Bett warf und sich an die Arbeit machte.

Es kam ihr bizarr vor, die Sachen der Frau durchzugehen, und ihr war, als könne jeden Moment jemand auftauchen und sie anschreien. Sie ignorierte das komische Kribbeln in ihrem Nacken, ging sorgfältig die Schubladen durch und suchte nach den Fotoalben und Tagebüchern, die Daniel erwähnt hatte. Die Perlen waren schnell gefunden. Sie lagen in einer Samtschatulle auf einer der Kommoden, und in der Ankleide entdeckte Julia einen Haufen superlanger Perlenketten. Sie packte sie in einen großen Bastkorb, der neben der Kommode gestanden hatte.

Von Tagebüchern oder Fotoalben war keine Spur zu sehen, jedenfalls nicht an den offensichtlichen Orten. Womit nur noch der Stapel Kartons hinten in der Ankleide blieb. Es waren große, quadratische Kartons, wie sie zum Verschicken von Designerhandtaschen oder Hüten benutzt wurden. Mehrere braune Gucci-Kartons standen übereinander neben einem Stapel weißer Kartons. Julia ging sie alle durch und wurde ziemlich neidisch angesichts diverser Handtaschen, für die sie ihren linken Arm hergegeben hätte.

Sie schob die Gucci-Kartons zur Seite und hätte es fast übersehen. Doch nun beugte sie sich vor und betrachtete den Fußboden. Dort war ein Bereich, mindestens drei Dielenbretter breit und einen knappen halben Meter lang, der eigenartig gefugt aussah. Sie strich mit den Fingern über die Bretter und fühlte, dass sie um einiges höher waren als der Rest. Sie rührten sich nicht, als Julia mit den Händen an ihnen zog. War etwas unter diesen Brettern versteckt oder waren sie lediglich aus irgendeinem Grund ausgetauscht worden? Sie blickte sich nach etwas um, mit dem sie die Bretter aufhebeln könnte, sah aber nichts außer Kleiderbügeln, und die dürften wenig nützen.

Sie prägte sich diese kleine Entdeckung ein und griff nach dem nächsten Karton, einem weißen. Sie sah hinein und fand, wonach sie suchte.

»Bingo«, flüsterte sie. Sie trug den Karton zum Bett und setzte sich hin. Dann hob sie den Deckel ab, um sich den Inhalt genauer anzusehen.

Sie hatte den Jackpot geknackt.

In dem Karton waren drei große schwarze Fotoalben. Aber warum wurden die in einem Karton aufbewahrt? Julia hatte keine Ahnung. Diese Familie war wirklich eigenartig. Julia legte die Alben in den Korb und entdeckte darunter ein abgegriffenes rotes Notizbuch mit Ledereinband und einem ebenfalls ledernen Verschlussriemen. Sie strich mit dem Finger über den Riemen und hob den kleinen Schlüssel an, der an dessen Ende baumelte. Er passte nicht zu dem Buch, also musste es sich lediglich um eine Art Anhänger handeln.

Julia zog an dem Riemen, erstarrte aber sogleich. Ein so eisiger Hauch fuhr ihr in den Nacken, dass sie eine Gänsehaut bekam. Ihr Atem stockte, während sich die kleinen Härchen auf ihrer Haut aufstellten. Sie drehte sich um, sah jedoch nichts als den leeren Raum hinter sich. Als sie sich im Zimmer umschaute, rechnete sie geradezu damit, den Geist von Lucians Mutter zu sehen, aber natürlich war da nichts.

Ihre Fantasie spielte verrückt. Die eisige Luft war gewiss nur das – Luft, die aus einem der vielen Lüftungsschlitze rauschte.

Sie blickte wieder auf das dicke Notizbuch und zog den Riemen fest. Dann stand sie auf, legte das Buch in den Korb und hob den Karton an. Sie wollte schnell wieder aus diesem Zimmer verschwinden, das sich wie eine lebendige Gedenkstätte anfühlte, und trug den Karton dahin zurück, wo sie ihn gefunden hatte. Dann schnappte sie sich den Korb, ging hinaus, schloss die Tür hinter sich und eilte den Flur hinunter.

Noch nie war Julia zwei Treppen so schnell heruntergeeilt wie jetzt. Leider brauchte sie trotzdem ewig, bis sie die Küche fand – sie hatte den falschen Flur genommen und war gleich zweimal in demselben verdammten Zimmer gelandet. Doch sie wusste, sie näherte sich der Küche, als sie geröstetes Brot und erwärmten Käse roch, woraufhin ihr Magen zu knurren begann.

Gott, sie war genial.

Sie hatte Lucian eine schmerzliche Erfahrung erspart und es geschafft, ein Käsesandwich zu bekommen. Dafür verdiente sie auf jeden Fall etwas Süßes.

Unwillkürlich wurde sie langsamer, als sie Devlins Stimme aus der Küche hörte. Ihr wurde flau, und sie blickte zu dem Korb, den sie in einer Hand hielt. Sie ahnte, dass Devlin wenig begeistert wäre, sollte er erfahren, dass Julia allein im Zimmer seiner Mutter gewesen war.

»Was zur Hölle machst du hier?«, fragte Devlin.

»Wonach sieht es denn aus?«, entgegnete Lucian.

»Es sieht tatsächlich aus, als würdest du ein Grillkäse-Sandwich machen.«

»Glückwunsch«, antwortete Lucian trocken. »Du kannst simple Beobachtungen machen und die Erkenntnis in Worte fassen.«

Julia grinste.

»Seit wann ernährst du dich wie ein Sechsjähriger mit Schnupfen?«

Ihr Grinsen erstarb. Was sollte das heißen? Erwachsene aßen dauernd Käsesandwiches. Zumindest taten sie das in ihrer Welt.

Lucians Seufzen brachte förmlich die Wände zum Wackeln. »Wolltest du irgendwas, Dev?«

»Sozusagen. Gestern hatte ich keine Gelegenheit mehr zu fragen, aber wie lief das Mittagessen mit unserem Cousin?«

»Es war fantastisch. Weißt du, ich dachte, wow, wir haben den guten Danny-Boy die ganze Zeit falsch eingeschätzt. Und dann kam mir die Idee, dass wir ihn vielleicht zum Dinner einladen sollten, jeden …«

»Vergiss, dass ich überhaupt gefragt habe«, unterbrach Devlin ihn.

Es entstand eine Pause, bis Lucian sagte: »Interessiert dich eigentlich, ob Maddie irgendwelche Fortschritte macht? Denn die Frage, die du wirklich hättest stellen sollen, wäre, wie *unsere* Schwester reagiert hat.«

O Gott.

Julia schaute sich auf dem Flur um. Sie stand dicht an der Wand und wagte nicht, sich zu bewegen. Die beiden sollten tunlichst nicht bemerken, dass sie zuhörte.

»Tut mir leid, aber ich habe andere Dinge im Kopf als den verlängerten Urlaub, den unsere Schwester sich genommen hat.«

»Verlängerter Urlaub?« Lucians Lachen klang harsch. »Du bist ein Arschloch.«

Dem stimmte Julia zu.

»Und diese anderen Dinge in deinem Kopf? Haben die mit der Ermittlung zum Tod unseres Vaters zu tun?«

Moment mal. Was?

Julia umklammerte den Korbgriff fester.

»Wie gesagt, Chief Lyon wird nicht mehr lange ein Problem sein.« Devlin klang, als würde ihn die Unterhaltung langweilen.

»Du hast ein verblüffendes Vertrauen in unsere Anwälte«, entgegnete Lucian.

Falls Devlin reagierte, hörte Julia nicht, was er sagte. Sie starrte in den Korb. Warum ermittelte die Polizei zum Tod ihres Vaters? Es war doch ein Selbstmord gewesen, oder nicht? Würde die Polizei ernsthaft in einem Selbstmord ermitteln, wenn sie nicht annahmen, dass es sich um etwas anderes handeln könnte? Wie beispielsweise Mord? Warum würde …

Devlin kam aus der Küche, und Julia sprang beinahe das Herz aus der Brust. Seine Augen hatten die gleiche Farbe wie Lucians, nur wirkten sie kalt wie ein Wintermorgen, als sie Julia fixierten.

»Guten Tag, Julia.«

Sie schluckte und rang sich ein strahlendes Lächeln ab. »Hallo, Devlin. Wie … wie geht's?«

»Gut.« Er sah zu dem Korb, aber nicht hinein. »Und dir?«

»Mir geht es gut.«

Devlin nickte und ging an ihr vorbei. Sie blickte ihm nach und sah ihn um die Ecke verschwinden. Er musste wissen, dass sie ihr Gespräch gehört hatte. Sie wandte sich wieder zur Küche und ging hinein.

Lucian stand am Herd. Ein Muskel in seiner Wange zuckte, als er das Gas abdrehte. Dann hob er das Sandwich mit einem Pfannenheber aus der Pfanne und legte es auf einen Teller.

»Hey«, sagte sie und trat auf die Kücheninsel zu. »Ich … ich habe die Sachen gefunden, die wir gesucht haben.«

»Das ist großartig.« Er nahm den Teller und trug ihn in ihre Richtung, wo sie mit dem Korb in der Hand stand. Er sah sie an. Seine

Augen waren nicht annähernd so kalt wie die seines Bruders, aber immer noch verschlossen. »Danke, dass du das für mich gemacht hast.«

»Kein Problem, und danke …«

»Ich weiß, dass du dieses Sandwich eigentlich nicht wolltest.« Er stellte den Teller auf die Insel. »Mir ist klar, was du getan hast. Also bedanke ich mich, und ich meine es ernst.«

Sie öffnete den Mund, doch was könnte sie sagen? Hierüber oder über das, was sie im Zimmer seiner Mutter gefunden hatte, wollte sie nicht mit ihm sprechen. Sie hatte Fragen. Viele.

Julia bekam keine Chance, auch nur eine einzige zu stellen.

Er drehte sich um und verließ die Küche ohne ein weiteres Wort, sodass sie allein mit dem Korb voller Sachen seiner Mutter zurückblieb. Ihr Blick fiel auf den Teller. Ihr war der Appetit vergangen, was ein Jammer war, denn es sah köstlich aus.

Als sie wieder in den Korb schaute, fröstelte sie. Und es hatte nichts mit der plötzlichen Kälte im Zimmer zu tun, sondern allein mit den Brüdern.

27. Kapitel

Lucians Turnschuhe donnerten auf dem Laufband, als Godsmacks »I Stand Alone« von Gabes Anruf unterbrochen wurde. Lucian hatte aus dem Blick verloren, wie lange er schon lief. Er wusste nur, dass dies das dritte Mal war, dass er den Song hörte, und er unten im Fitnessraum war, seit er Julia in der Küche zurückgelassen hatte.

Verdammt, sein Verstand wollte nicht still sein. Er dachte verflucht noch mal zu viel. Seine Schwester. Sein Cousin. Lawrence. Dev. Julia. Er versuchte, sich die ätzenden Gedanken aus seinem Kopf zu laufen.

Er tippte die Stopptaste, nahm das Handy aus der Halterung und zog die Ohrstöpsel heraus, während er sich bis zum Ende des Laufbands gleiten ließ.

»Wie ist Baton Rouge?«, meldete er sich und sprang vom Band.

»Ach, es ist anders«, antwortete Gabe, und Lucian runzelte die Stirn, denn die Stimme seines Bruders klang merkwürdig. »Wie war das Mittagessen gestern? Ich wollte angerufen haben, aber mir ist die Zeit davongelaufen.«

»Es war in Ordnung. Ich bin nicht sicher, ob Maddie reagiert hat oder nicht, doch ich denke, es war gut. Wahrscheinlich lasse ich Daniel wieder herkommen.« Er ging zu der Stelle, an der er vorhin ein Handtuch hingeworfen hatte, und hob es vom Boden auf. Gabe musste nicht wissen, dass Julia einige Dinge aus dem Zimmer ihrer Mutter geholt hatte. »Und was ist in Baton Rouge los?«

Gabe lachte, und nicht einmal das klang aufrichtig. »Verdammt, Mann … ich weiß gar nicht, wo ich anfangen soll. Jedenfalls werde ich noch einige Tage hierbleiben.«

Lucian wischte sich den Schweiß ab und schleuderte das Handtuch in den nahe stehenden Wäschekorb. Sein Unbehagen wuchs. »Rede mit mir.«

»Emma … sie hat einen schweren Autounfall gehabt«, sagte sein Bruder.

»Scheiße.« Er lehnte sich mit einer Hand an die Wand. »Ich kann kommen. In ein paar Stunden …«

»Nein, kannst du nicht. Du musst dich um Madeline und Julia kümmern. Die kannst du nicht bei Devlin lassen«, fiel Gabe ihm ins Wort. »Du musst da sein. Und ich muss hier sein.«

Sein Bruder hatte recht, dennoch gefiel Lucian nicht, wie sein Bruder klang. »Wie schlimm ist es, Gabe?«

Es verging eine Weile, ehe Gabe antwortete: »Sie ist im Koma. Sie glauben nicht, dass sie wieder aufwacht.«

»Mann, ich weiß nicht, was ich sagen soll.« Lucian lehnte die Stirn an seinen Oberarm. Egal, was Gabe sagte, er wusste, dass sein Bruder tiefe Gefühle für Emma gehegt hatte. »Deshalb haben ihre Eltern dich gebeten zu kommen, damit du …«

Damit Gabe sich verabschieden konnte.

Lucian brachte es nicht über die Lippen.

»Das und, ähm, noch etwas anderes. Ich weiß nicht mal, wie ich es sagen soll. Verdammt.« Gabe stöhnte, und Lucian sträubten sich die Nackenhaare. »Ich habe es noch gar nicht richtig begriffen.«

Lucian stemmte sich von der Wand weg und sah zu den Schulter- und Beinpressen. »Was ist los?«

Die ohrenbetäubende Stille verriet Lucian, dass Gabe drauf und dran war, eine Bombe platzen zu lassen – mit der sich alles verändern würde.

»Ich … ich habe ein Kind«, flüsterte Gabe heiser. »Ich habe einen *Sohn.*«

Nachdem sie Madeline ins Bett gebracht hatte, nahm Julia das Bild, das heute kurz nach dem Abendessen fertig geworden war. Es stellte eindeutig ein Kindergesicht dar – von einem hellhäutigen und hellhaarigen Kind. Julia legte es zu den anderen in die Ankleide.

Als sie wieder zu Madeline zurückkehrte, unterdrückte sie ein Gähnen, während sie die Bettdecke feststeckte. »Ich habe einige alte Fotoalben deiner Mutter gefunden«, sagte sie zu der stillen Frau. »Ich dachte, dass wir sie uns morgen ansehen könnten. Was denkst du?«

Madelines Blick wanderte zu ihr.

Fast wäre Julia umgekippt. Madeline sah sie direkt an, als Reaktion auf eine Frage. Das war nicht viel, aber … es war etwas, das nicht oft geschah. »Würde dir das gefallen? Ich habe mehrere Alben entdeckt. Die bringe ich morgen früh mit.« Sie holte tief Luft. »Ich habe auch einiges anderes gefunden.«

Die Frau starrte sie noch einen Moment lang an, drehte dann den Kopf weg und schloss die Augen.

Julia trat vom Bett zurück, überprüfte die Türen und verließ Madelines Zimmer. Vor ihrer Tür wartete Richard mit einem Silbertablett auf sie, von dem Bratengeruch aufstieg. Sie dankte ihm und nahm das Tablett entgegen. Sobald sie sich etwas Bequemeres angezogen hatte, sprich: Leggings und ein weites Shirt, machte sie sich über das Essen her. Das Hähnchengericht war wunderbar. Nach dem Abendessen stellte sie den Korb mit den Sachen der Mutter aufs Bett und begann, in den Alben zu blättern.

Die de Vincents waren niedliche Kinder gewesen. Julia konnte nicht umhin, bei den Fotos von Lucian zu verweilen. Schon als kleiner Junge hatte er dieses verwegene Grinsen und das Funkeln in den Augen gehabt. Sie klappte ein Album zu und blickte zur Uhr. Es war noch recht früh am Abend.

Julia knabberte an ihrem Finger und strich sich mit der anderen Hand übers Knie. War Lucian in seinem Zimmer? Erwartete er, dass sie …

Nein.

Darüber würde sie nicht nachdenken. Die letzte Nacht war fantastisch gewesen. Ja, sie war sogar ein wenig wund, denn es war wirklich sehr lange her gewesen. Beinahe, als wäre ihr wieder ein Jungfernhäutchen gewachsen.

Sie schwang ein Bein aus dem Bett und blickte zur Tür. Zu viele Fragen kreisten ihr durch den Kopf. Sie wollte wissen, worüber Lucian und Devlin vorhin geredet hatte, aber sie wollte auch … sie wollte sich vergewissern, dass mit Lucian alles in Ordnung war.

Seit der Begegnung in der Küche hatte sie ihn nicht mehr gesehen. Sie wusste nicht einmal, ob er im Haus war.

Der Drang, ihn zu trösten, war wahrscheinlich unfassbar blöd. Lucian wirkte nicht wie jemand, der getröstet werden wollte, und ihr war unklar, ob sie wirklich nur sichergehen wollte, dass es ihm gut ging.

Julia brannte für ihn.

Sie stand auf und ging rastlos im Zimmer auf und ab. Ihre Gedanken schweiften ab zu dem, was er letzte Nacht getan hatte. Wie er sie berührt hatte, wie er …

Wie auch immer …

Sie verdrängte die Gedanken an Lucian, setzte sich wieder aufs Bett und griff nach dem Notizbuch. Vorsichtig öffnete sie es und entdeckte, dass es sich um ein Tage- und Skizzenbuch handelte. Da waren Seiten, auf denen die Mutter über das geschrieben hatte, was sie den Tag über gemacht hatte, andere voller feiner, detaillierter Zeichnungen von Rosen bis hin zu Porträts von Leuten, die Julia noch nie gesehen hatte. Auf manchen Seiten war oben ein Datum eingetragen, auf anderen nicht. Doch beim Blättern kam Julia zu dem Schluss, dass sie dieses Buch direkt vor ihrem Tod geführt haben musste. Mehrere lose Blätter steckten zusammengefaltet zwischen den Seiten. Julia nahm eines heraus und kam sich erbärmlich vor, als sie es auseinanderfaltete.

Es war ein Computerausdruck, anscheinend von alten Textnachrichten oder irgendeiner Art Chat. Namen standen keine drauf, nur Textblasen.

Ich weiß, sie will nicht, dass wir uns wiedersehen, aber das ist mir egal. Ich liebe dich, und wir werden zusammen sein. Sie können uns nicht davon abhalten.

Sie werden es versuchen.

Wir müssen nur vorsichtiger sein.

Vielleicht sollten wir es ihnen erzählen.
Ihnen eine Chance geben, es zu akzeptieren.

Ist das dein Ernst? Sie würden uns umbringen. Wirklich.

Was in aller Welt war das? Nachrichten zwischen der Mutter und jemand anderem? Oder waren es zwei Unbekannte? Es bedurfte keines Forensikers, um zu begreifen, dass das nach einer Affäre aussah.

Ihr fiel die Notiz wieder ein, die sie in Madelines Zimmer unter den alten Büchern und Zeitschriften gefunden hatte.

Nach dem, was sie über den Vater der Brüder wusste, würde es sie nicht überraschen, wenn die Mutter einen anderen gehabt hätte. Ihr Mann schien ein richtiger Kotzbrocken gewesen zu sein.

Dennoch war Julia mulmig bei der Sache. Sie faltete das Blatt zusammen und steckte es zurück ins Tagebuch. Dann blätterte sie weiter durch die Seiten und verharrte bei einem Eintrag vom neunten Dezember. Der Abschnitt war kursiv geschrieben, und die blaue Tinte begann zu verblassen.

Manchmal denke ich, ich sollte es ihnen sagen, aber ich weiß nicht, was das bringen würde. Am Ende hassen sie mich wahrscheinlich - und sie würden Lawrence noch mehr hassen als ohnehin schon. Aber es ist nicht fair, wie Madeline und Lucian behandelt werden, und es ist nicht richtig, was sie glauben. Ich kenne die Wahrheit. Er kennt sie. Falls er versucht, sie auszuschließen, was er gewiss wird, tue ich es. Ich zeige ihnen sämtliche Beweise. Es wird meinen Jungen wehtun, aber ich lasse nicht zu, dass er ihnen das antut.

Julia hörte auf zu lesen und klappte das Buch zu. Sie rieb sich die Augen und sagte sich, dass sie kein Recht hatte, dies hier zu lesen. Sich einzureden, dass sie es tat, um nachzusehen, ob auch nichts zu

Aufwühlendes drinstand, war eine billige Ausrede. Sie war neugierig, und sie sollte wirklich aufhören …

Ein Klopfen an der Tür ließ sie zusammenzucken. Sie stand auf, doch ehe sie einen Schritt machen konnte, schwang die Tür auf, und ihr Bauch sackte auf höchst angenehme Weise etwas tiefer.

Lucian stand in der Tür, angezogen, als wäre er im Fitnesscenter gewesen, aber … auf dem Weg musste er ein Shirt verloren und eine Bar gefunden haben. Er hielt eine Whiskeyflasche in der Hand.

»Hey«, sagte sie und dehnte das Wort in die Länge, während sie hinter sich griff und das Tagebuch wegschob. »Kommst du frisch vom … Workout?«

»Ja.« Er kam ins Zimmer. »Vor ungefähr fünf oder sechs Stunden. Vielleicht mehr, weiß ich nicht.«

Sie wunderte sich, als sie sich umdrehte und beobachtete, wie er auf das Bett zusteuerte. Er ging ein bisschen komisch. »Hattest du dich verlaufen oder so?«

»Ist schwierig, sich im eigenen Haus zu verlaufen«, antwortete er, blickte sich um und trank einen Schluck aus der Flasche.

Natürlich. Sie hatten ihr eigenes Fitnesscenter. Wie auch nicht?

»Hast du dich verlaufen?«

Julia legte das Tagebuch in den Korb. »Wie verlaufen?«

Er wandte sich zu ihr um und senkte die Flasche. Sein Blick war etwas unfokussiert. »Auf dem Weg in mein Schlafzimmer?«

»Was?« Sie lachte hüstelnd.

»Du hättest zu mir finden sollen.« Er beugte sich vor, und sie roch seine strenge Fahne. »Stattdessen finde ich dich hier, wie du …« Er sah zum Bett. »Ich habe keine Ahnung, was du hier machst.«

»Tja, ich bin nicht zu dir gekommen, weil …« Sie verschränkte die Arme vor der Brust. »Weil ich zwischen den Zeilen gelesen habe.«

»Dann musst du besser lesen.«

Julia runzelte die Stirn.

»Denn es gibt keine Zeilen«, er hielt die Flasche hoch und zeigte mit einem Finger auf sie, »die ich geschrieben oder gesagt hätte und die darauf hindeuten, dass ich dich nicht wiedersehen will.«

Sie verengte die Augen, und dann setzte er sich auf ihre Bettkante – na ja, plumpste mehr darauf. Sie schoss nach vorn und packte die Flasche. »Bist du betrunken?«

Lucian schnaubte. »Ich habe keine Ahnung, wovon du sprichst.«

Sie zog eine Augenbraue hoch. »Du bist so dermaßen betrunken.« Sie versuchte, ihm die Flasche abzunehmen, aber er gab sie nicht her. »Hast du den ganzen Nachmittag getrunken?«

»Ich konnte nicht trinken und gleichzeitig trainieren.« Er verdrehte die Augen und hielt die Flasche weiter fest, als sie daran zog. »Ich meine, konnte ich früher sicher mal, als ich jünger war, aber heute nicht mehr.«

»Gut zu wissen, nehme ich an. Warum gibst du mir nicht die Flasche?«

Lucian zog kräftig genug, dass sie ein Stück näher kam. »Warum bist du nicht zu mir gekommen?« Er starrte sie mit seinen sagenhaften Augen an. »Wolltest du nicht?«

Julia wusste, dass er betrunken war, dennoch stockte ihr Atem. »Doch«, gestand sie.

»Und warum dann nicht?«

Sie verlor den Kampf um die Flasche. »Weil ich nicht wollte – ich weiß nicht. Ich weiß einfach nicht, was ich tue.«

Ein träges Grinsen trat auf seine Züge. »Tja, rate mal, Miss Hughes? Ich weiß auch nicht, was ich tue. Lass es uns gemeinsam nicht wissen.«

Trotz seines Zustandes lachte Julia. »Gib mir die Flasche, ja? Nur kurz.«

»Aber ich mag die Flasche.«

»Ich passe gut auf sie auf.«

Er presste die Lippen zusammen und senkte sein Kinn. »Versprochen?«

»Versprochen.«

»Na dann.« Er ließ los.

Kopfschüttelnd brachte sie die Flasche hinüber zu dem kleinen Küchentisch und stellte sie hin, hoffentlich weit genug weg und außer Reichweite.

»Komm zurück«, rief er. Er lag auf der Seite und reckte den Hals. »Komm wieder her.«

Sie rang mit einem Grinsen. »Ich bin hier.«

»Nein, bist du nicht.« Er ließ den Kopf auf die Schulter sinken. »Du bist ganz da drüben und beschützt meinen Whiskey.«

Julia lachte. »Würdest du dich besser fühlen, wenn ich mich neben dich setze?«

»Ja.« Nun rollte er sich auf den Rücken, hob die Arme über den Kopf und streckte sie, sodass sich all seine Muskeln wölbten und dehnten. »Ich würde mich sehr viel besser fühlen. Weißt du, warum?«

»Warum?« Sie trat auf ihn zu.

»Weil ich dich mag, Miss Hughes. Ich mag dich richtig.«

Ihr dummes kleines Herz vollführte einen Freudensprung. »Ich mag dich auch …« Julia quiekte, als er sich aufsetzte und einen Arm um ihre Taille schlang. Eben stand sie noch, im nächsten Moment lag sie auf dem Rücken neben ihm. »Ach du Schande, selbst betrunken bist du schnell.«

»Bin ich immer.« Er strich mit der Hand über ihren Bauch, bis kurz unterhalb ihres Nabels und hielt inne. »Hier mag ich dich am liebsten.«

Der betrunkene Lucian war … interessant.

Mit klopfendem Herzen drehte sie den Kopf zu ihm. Er sah sie an, und plötzlich wirkte er unglaublich jung.

»Ich denke, ich … mag dich *zu sehr*«, sagte er, und Julia rang nach Luft. »Jemand, und ich weiß nicht, wer, hat mal gesagt, dass die Worte eines betrunkenen Mannes die Gedanken des nüchternen sind. Was hältst du davon?«

»Ich denke, du hast eine Menge getrunken.«

Er lachte. »Ich denke, ich bin nur ehrlich. Also, was hast du hier gemacht?«

Sie legte sich auf die Seite, sodass sie zu ihm sah. »Ich bin die Fotoalben und so durchgegangen.«

»Oh, ganz spannender Kram. Jetzt bin ich erst recht froh, dass ich beschlossen habe, in dein Zimmer zu stürmen.« Er blickte zur Decke, und es verging ein Moment. »Hast du Dev und mich heute gehört?«

Julia dachte nicht mal daran zu lügen. »Ja.« Sie war unsicher, ob dies ein guter Zeitpunkt für ihre Fragen war, doch angetrunken waren Leute oft gesprächiger. »Gibt es einen Grund, weshalb über seinen Tod ermittelt wird?«

Er schnaubte kopfschüttelnd. »Keiner von uns hat ernsthaft geglaubt, dass er sich selbst umgebracht hat.«

Sie war verblüfft. »Nicht?«

Wieder schüttelte er den Kopf. »Wir könnten uns irren, aber Lawrence war … er hätte uns alle überlebt. Es gab keinen Abschiedsbrief, und da waren Kratzer an seinem Hals.« Er zog die Brauen zusammen. »Wer weiß? Und mir ist es völlig egal. Wie schrecklich ist das denn? Er war kein guter Mensch. Das habe ich schon früher gesagt und werde es noch eine Million Male sagen.«

Julia wusste nicht, wie sie reagieren sollte. Sie verstand, dass sein Vater ein schrecklicher Mensch gewesen war, doch sich nicht dafür zu interessieren, ob er ermordet worden war? »Aber letztlich war er dein Vater«, sagte sie vorsichtig.

Er warf den Kopf in den Nacken und lachte laut.

»Was?«, fragte sie.

»Weißt du es nicht?« Er blickte sie grinsend an. »Ich nenne Lawrence meinen Vater, weil er Maddie und mich großgezogen hat. In dem Sinne ist er unser Vater, aber tatsächlich ist er es nicht.«

Julia setzte sich auf und starrte ihn an. »Er ist nicht euer leiblicher Vater?«

»Nein.« Wieder lachte er. »Und das hat er uns auch nie vergessen lassen – Maddie und mich. Unsere Mutter hatte es mit einem anderen getrieben.«

Diese Nachricht. O mein Gott, sie hatte recht gehabt. Es war eine Affäre gewesen. »Weiß es sonst noch jemand? Ich meine, Gabe und Devlin vermutlich schon.«

»Ja«, antwortete er. »Richard und Livie auch. Genauso wie mein Freund Troy. Du hast ihn noch nicht kennengelernt. Er ist Detective, und du würdest ihn mögen. Jedenfalls hat Vater seine Firma und alles Geld seinen Erben hinterlassen, namentlich Dev und Gabe.«

Damit verstummte Lucian. Er sagte nichts mehr, blickte an die Decke und tippte mit den Fingern auf seine nackte Brust.

Julia zog ein Bein an und rückte näher. Verdammter Mist, sie konnte das alles nicht glauben. Seine Familie war wirklich … ein Wrack. Wie in einer Fernsehserie. Jedes Mal, wenn sie mit Lucian sprach, erfuhr sie etwas Neues, das sie alles überdenken ließ, was sie über seine Familie – und über ihn – wusste.

Gott, hatte sie ein Glück in puncto Familie gehabt.

»Hast du deshalb heute so viel getrunken?«, fragte sie.

»Wegen ihm?« Er lachte, was sich jedoch nicht amüsiert anhörte. »Nein, ich hatte nur gerade unerwartete Neuigkeiten von Gabe erhalten.«

Sie stockte, denn Gabe war in Baton Rouge. »Ist alles in Ordnung mit ihm?«

»Ja. Nein.« Er schloss die Augen und atmete langsam aus. »Er wird wieder. Er hat nur gerade … er hat gerade etwas sehr Beschissenes erfahren, Julia.«

Sie war ganz auf ihn konzentriert. »Von seiner Ex oder über sie?«

»Über sie. Sie hatte einen schlimmen Unfall. Man geht nicht davon aus, dass sie überlebt. Das wird ihn umbringen. Er … tja, er hat sie geliebt. Wie verrückt.« Lucians Brust hob und senkte sich unter seinen Atemzügen. »Und sie … sie hat ihm etwas Wichtiges verschwiegen. Gott, etwas Gigantisches.«

»Was?«

Zunächst dachte sie, er würde nicht antworten, doch dann tat es er. »Sie hat ein Kind. Und er ist ziemlich sicher, dass es seines ist.«

Julia schlug sich eine Hand vor den Mund. »O mein Gott, und er hat es nicht gewusst?«

»Nein.« Er hob eine Hand, wischte sich übers Gesicht und ließ sie auf seinen Bauch sinken. »Wie kann man jemanden von seinem Kind fernhalten? Wie kann man das machen?«

Darauf hatte Julia keine Antwort. Es war offensichtlich, wie sehr dieses Wissen Lucian verletzte. Ihm bedeuteten seine Geschwister viel. Der Mann, der ihn großgezogen hatte, mochte ihm nicht gezeigt haben, was Loyalität und Liebe waren, aber offensichtlich hat es ihre Mutter … oder es war ihm schlicht angeboren.

»Weiß ich nicht«, antwortete sie ruhig, und ihr war wirklich unbegreiflich, dass jemand das geheim hielt. Es musste eine größere Geschichte dahinterstecken.

Ein paar Momente vergingen, und Julia beugte sich hinüber. Sie bemerkte, dass sich seine Brust nun gleichmäßiger hob und senkte. War er …?

Lucian war eingeschlafen. Einfach so. Weggetreten und betrunken, und dennoch schaffte er es, wie ein schlafender Gott auszusehen. Sie strich mit einer Hand über seine Wange und lächelte, als er sich in ihre Hand schmiegte.

Oberflächlich hatten dieser Mann und diese Familie alles, aber Julia erkannte, dass in ihm, in ihnen allen, nichts war, wie es schien. Ihm konnte die Welt gehören, aber das bedeutete nicht, dass die Welt im Gegenzug freundlich zu ihm war.

Weil sie albern war und es gut sein konnte, dass sie immer weiter in seine Welt glitt, sich viel zu sehr einließ, küsste sie seine Stirn. Sie küsste seine Wange und rollte sich neben ihm zusammen, blieb bei ihm, weil sie wusste, dass er es brauchte.

Er brauchte sie.

28. Kapitel

Zwei Tage waren vergangen, seit er betrunken in Julias Zimmer gestolpert war. Der Kater am nächsten Tag war grausam gewesen, aber mitten in der Nacht aufzuwachen, immer noch halb besoffen, und Julia an seiner Seite zu sehen? Tja, das waren die verdammten Steeldrums in seinem Kopf wert gewesen.

Lucian konnte nicht fassen, dass sie ihn nicht mit einem saftigen Tritt aus ihrem Bett befördert hatte. Auch nicht, dass er ihr von Gabe erzählt hatte. Mist, er hätte den Mund halten sollen. Bisher hatte er nicht mal mit Dev darüber gesprochen. Es war Gabes Sache, doch Lucian … er hatte sich in Julias Zimmer wiedergefunden, und obwohl betrunken, war er nüchtern genug gewesen, um zu begreifen, dass er mit ihr reden wollte.

Dass er ihr hinreichend vertraute, um ihr von Gabe und dem großen Familiengeheimnis zu erzählen. Soweit er wusste, kannte nicht einmal Sabrina die Wahrheit. Zum Teufel, wenn Dev ihr nicht mal vom Tod ihres Vaters erzählt hatte, bezweifelte Lucian, dass die zwei über die Familiengeschichte sprachen.

Lucian bezweifelte ernsthaft, dass sie überhaupt viel redeten.

Anders als Julia und er.

Trotz dem, was mit Gabe und seiner Schwester los war, verliefen die Dinge im Haus beinahe normal. Lucian verbrachte einen Großteil des Tages damit, zu Julia zu gehen, wenn sie mit seiner Schwester arbeitete, und ihre freie Zeit für sich zu beanspruchen. Und nachts holte er sie entweder aus ihrem Zimmer in seines oder nahm ihren Wohnbereich in Beschlag.

Seit der ersten gemeinsamen Nacht hatten sie nicht mehr getrennt geschlafen, was absolut neu für ihn war. Eine Menge Dinge mit Julia waren ihm neu.

Lucian ertappte sich dabei, wie er an Elise dachte. Was hatte seine Urgroßmutter gesagt? Dass die de Vincents, wenn sie sich verliebten, es rasch, heftig und ohne jede Vernunft taten? Ihm kam der verrückteste Gedanke. Vielleicht hatte er sich geirrt. Vielleicht war es keine Lust.

Vielleicht war es mehr.

O je, höre ihn sich einer an! Ein Mädchen nahm sein Gelaber im Vollrausch hin, und er fragte sich, ob er große Gefühle hegte? An diesem Punkt sollte er sich wahrlich in die Eier boxen.

Was ihn nicht davon abhielt, nach ihr zu suchen.

Lucian fand Julia in ihrem Zimmer, wo sie im Schneidersitz auf dem Bett hockte und ihr Handy anstarrte. »Stalkst du mich auf Social Media? Falls ja, ich habe da keine Accounts.«

Leise lachend blickte sie auf und drehte das Handy um. »Nicht alles, was ich mache, dreht sich um dich.«

Er ging zum Bett und setzte sich neben sie. »Ehrlich gesagt gefällt mir nicht, wie das klingt.«

»Welch' Überraschung.«

Grinsend streckte Lucian sich vor ihr auf der Seite aus. »Was hast du gemacht?«

»Eigentlich nichts.« Sie hob eine Schulter. »Nur nach Nachrichten gesehen.«

»Isst du heute Abend mit uns?«

»Mit dir und …?«

»Gabe sollte eigentlich zurück sein, ist aber wohl erst spät oder morgen hier.« Das wusste er nur durch eine Textnachricht, die er heute bekommen hatte. Abgesehen davon war er nicht sicher, was vor sich ging.

Mitgefühl spiegelte sich auf Julias Zügen. »Ich wünschte, ich könnte irgendwas für ihn tun.«

»Ich auch«, antwortete er und umgriff ihre Hand. Jetzt gerade wollte er nicht an das denken, was Gabe umtrieb. Es käme noch die Zeit, all das zu verarbeiten, und höchstwahrscheinlich würde es ihrer aller Leben verändern. »Was denkst du?«

»Lucian …«

»Lass mich dir zuerst erzählen, was ich denke.« Er hob ihre Hand an seinen Mund, küsste die Innenfläche und schaute ihr in die Augen. »Ich denke, du solltest mit uns essen und danach etwas Zeit mit uns verbringen, statt dich hier in deinem Zimmer zu verkriechen.«

Sie versuchte nicht, ihre Hand wegzuziehen. »Ich halte das für keine gute Idee.«

»Warum nicht?« Er glitt mit der Zungenspitze über ihre Handfläche und war erfreut, als er sie nach Luft ringen hörte.

»Weil …« Sie senkte den Blick.

Er legte ihre Hände auf das Bett. »Weil was?«

»Ich finde es einfach nicht richtig.«

»Nun, Sachen, die Spaß machen, sind selten richtig.«

Sie seufzte. »Warum überrascht mich dieser Satz aus deinem Mund nicht?«

Lucian lachte und dann bewegte er sich. Geschmeidig schwang er sich auf die Knie und fasste nach Julias Schultern. Sie schrie auf, was in ein Lachen überging, da er sie rücklings aufs Bett bugsierte, wo er über ihr saß, die Knie seitlich von ihren Hüften.

»Das hat dich überrascht«, sagte er und küsste sie.

Julia löste sich von ihm und lachte. »Hat es.« Lose schlang sie die Arme um seinen Nacken.

»Ich denke, ich muss dir etwas erklären.« Er strich mit der Hand über ihre Wange und ihren Hals hinab.

»Ich kann es nicht erwarten, das zu hören«, erwiderte sie trocken.

Er grinste schief, während er seine Hand tiefer wandern ließ, bis zwischen ihre Brüste. »Wenn ich jemanden mehr als einmal vögeln will, habe ich beschlossen, dass ich diejenige nicht verstecke. Es mag grob klingen, ist aber wahr.«

Sie machte große Augen. »Wow. Versteckst du sonst die Frauen, mit denen du schläfst?«

»Wie du weißt, schlafe ich normalerweise nicht zweimal mit derselben Frau …«

»Was immer noch so schlimm klingt wie beim ersten Mal, als du es gesagt hast.«

Achselzuckend dirigierte er seine Hand nach unten zu ihrem

Bauch. »Doch ich verberge nie, dass ich mit ihnen zusammen gewesen bin. So wie ich auch nicht vorhabe zu verbergen, dass ich mit dir zusammen bin.« Er schaute ihr in die Augen. »Und das bin ich, Miss Hughes. Ich werde weiterhin mit dir zusammen sein.«

Sie biss sich auf die Unterlippe, als seine Finger mit dem dünnen Bund ihrer Hose spielten. »Ist das so?«

»Ja«, antwortete er und hielt den Augenkontakt, während er mit der Hand in ihre Hose und dann ihren Slip glitt. »Das heißt, dass ich Zeit mit dir außerhalb dieser Zimmer verbringen will. Es fühlt sich seltsam an, das zu wollen, gestehe ich.«

Sie wurde rot. »Wow, Lucian.«

Grinsend ließ er seine Finger tiefer wandern. So wie sie atmete, würde er eine Million Dollar darauf wetten, dass sie schon feucht für ihn war. »Ich möchte Zeit mit dir verbringen, während ich mit Leuten zusammen bin, die mir wichtig sind.«

Julia senkte die Lider, als sich ihre Brust unter ihrem schweren Atem hob und senkte. Lucian beugte sich über sie, bis sein Mund über ihrem war; gleichzeitig drang sein Zeigefinger in ihre feuchte Hitze. Sie warf den Kopf ein wenig nach hinten, während er mit dem Finger über ihre Schamlippen strich und sie langsam spreizte. Er liebte es, wie sie nach Atem rang.

»Und wenn du nicht zustimmst, werde ich denken, dass du mich nur im Bett und sonst nirgends willst.«

Sie krümmte die Finger in seinem Nacken. »Tja, so ausgedrückt, würde ich mir mies vorkommen, wenn ich nicht zustimme.«

»Solltest du auch.« Ihr Griff in seinem Nacken wurde fester, als er seinen Finger auf und ab bewegte und mit jedem Mal tiefer in sie stieß. »Gibt es einen Grund, warum du es nicht willst?«

Ihre Hüften zuckten unter ihm. »Ich … was ist, wenn dein Bruder mich nicht dort will?«

Lucian küsste ihren Mundwinkel. »Ich will dich dort.«

Sie rang nach Luft, während er seinen Finger in ihr bewegte. »Aber ich … ich habe das Gefühl, dass ich nicht …«

Langsam drang er mit dem Finger in sie hinein, und er liebte diesen kleinen Schrei so sehr, den sie ausstieß. Er könnte ihn glatt auffressen. »Welches Gefühl, Miss Hughes?«

Sie wiegte ihre Hüften im Takt seines Fingers und wurde noch atemloser, da er einen zweiten Finger hinzunahm. »Ich habe das Gefühl … dass ich nicht dazu passe.«

Lucian hielt inne – sein ganzer Körper erstarrte, und er schaute sie an. Empfand sie wirklich so? Mist. Warum erstaunte ihn das? Sie war nicht so aufgewachsen, hatte nicht so gelebt wie er und seine Brüder. Die meisten Leute würden das Gefühl haben, nicht reinzupassen. Er war ein Idiot, dass er darauf nicht gekommen war.

»Lucian«, hauchte sie und wiegte die Hüften an seiner Hand.

Er schüttelte kurz den Kopf und küsste sie – küsste sie, als könnte er all ihre Unsicherheit fortküssen. »Du passt rein«, sagte er. Dann krümmte er den Finger und drückte seinen Daumen auf ihre Klitoris. »Bezweifle das nie.«

Julia bog den Rücken vor, sowie er seinen Daumen kreisen ließ. Er richtete den Oberkörper auf, hielt sein Gewicht mit den Knien, damit er ihr Gesicht sehen konnte, wenn sie kam. Die andere Hand legte er an ihren Hals. Er fühlte ihren Puls unter seinem Daumen rasen. Sie öffnete den Mund, und der sanfte Schrei schwebte durch die Luft, als sich ihr Körper um seine Finger zusammenzog.

Gott.

Sie war wunderschön. Alles an ihr. Von der Röte ihrer Wangen bis hin zu der kleinen Falte zwischen ihren Augenbrauen, wenn die Anspannung fast zu viel für sie wurde.

Lucian stöhnte ihren Namen, wollte die letzten Momente zurückspulen und immer wieder ansehen.

Nach einer gefühlten Ewigkeit öffnete Julia flatternd die Augen. Ihre Blicke begegneten sich, und ein Teil von ihm war immer noch in ihr. »Okay«, murmelte sie mit einem wohlig erschöpften Lächeln. »Gut, ich hänge mit euch Jungs ab.«

Er begann zu lächeln.

»Aber zuerst …« Julia griff nach unten, fasste sein Handgelenk und zog seine Hand hervor, ehe sie sich aufsetzte. Sie schob sich auf ihn, zwang ihn auf den Rücken und ließ ihre Hände zu seinem Gürtel wandern. »Will ich noch etwas anderes.«

Lucian erkannte schnell, dass sie ihn meinte.

Und sie bekam ihn.

In ihren Händen, dann in ihrem Mund, auf Arten, von denen sie wahrscheinlich zuvor nichts gewusst hatte – und die er selbst eben erst entdeckte.

Mit einem Glas Wein in der einen Hand und die andere fest in Lucians, ließ Julia sich von ihm durchs Haus und einen ihr bisher unbekannten Flur entlangführen. Sie wollten sich zu Dev ins Fernsehzimmer setzen. Allerdings bezweifelte Julia, dass ihre Vorstellung von einem solchen Raum dieselbe war wie die der de Vincents.

Ihre Familie hatte früher ein Fernsehzimmer gehabt. Das hatte aus einem Fernseher und einer alten, abgewetzten Couch bestanden, die bereits vor Jahren auf den Sperrmüll gehört hätte. Und es hatte jede Menge Kram in dem Zimmer gelagert, den keiner benutzte.

Abrupt blieb Lucian vor einem großen Gemälde stehen. Ein Feld voller leuchtend oranger Mohnblüten und taufeuchtem grünen Gras war darauf dargestellt. »Was denkst du von diesem Bild? Maddie oder ich?«

Dieses Spiel machten sie schon den ganzen Abend, vor dem Dinner, während des Essens und jetzt auf dem Weg durch dieses Labyrinth von einem Haus. Ihre Aufgabe war zu erraten, welche Bilder seine Schwester gemalt hatte und welche er. Bislang war sie unglaublich schlecht darin, denn beide hatten einen sehr ähnlichen Stil.

Sie betrachtete das Bild und staunte abermals, wie realistisch es war. Aus der Ferne könnte man es leicht für eine Fotografie halten. So wie das Bild in Madelines Zimmer. »Deine Schwester.«

»Nein. Ich. Zahlen.«

Seufzend bezahlte Julia den Preis fürs Verlieren, der zu Spielbeginn festgelegt worden war. Sie reckte sich auf die Zehenspitzen und küsste ihn.

Er legte einen Arm um ihre Taille und drückte sie an sich. »Allmählich denke ich, dass du absichtlich falsch rätst.«

Sie lachte, wobei sie achtgab, den Wein nicht zu verschütten. »Verlieren macht mir nichts aus, aber ich tue es nicht absichtlich. Es ist so gut wie unmöglich, eure Arbeiten auseinanderzuhalten.«

»Hmm.« Er knabberte an ihrer Unterlippe und wich zurück. Dann zog er sie weiter. »Zu schade, dass du beim Essen alle richtig geraten hast. Ich hatte mich so darauf gefreut, dass du mich vor Dev küsst.«

Julia schnaubte. »Sicher hätte er es nicht einmal bemerkt.«

Er warf ihr einen Seitenblick zu. »Das hätte er bemerkt.«

Sie rümpfte die Nase. »Ihr seid richtig schräg. Schräg auf eine Weise, von der ich nicht weiß, ob ich über sie nachdenken will.«

»Eher schräg auf die Art, über die du garantiert nachgedacht hast«, scherzte er, und ihre Augen verengten sich, weil er natürlich recht hatte. »Wie war das Essen für dich?«

»Es war in Ordnung.« Und das stimmte. »Anfangs war ich … nervös, aber mir ging es gut.«

Das Dinner war normal gewesen. Nun, nicht das Personal, das ihnen Essen servierte oder Getränke nachschenkte. Das war nicht so normal. Eher wie ein Essen in einem vornehmen Restaurant. Aber Devlin war nett gewesen, auf seine kalte, distanzierte Art gesprächig. Lucian hatte sich größtenteils benommen. Ein- bis fünfmal war seine Hand unter dem Tisch auf ihrem Schenkel gelandet, aber es war nett gewesen und das Essen fantastisch.

Und obwohl sie immer noch das Gefühl hatte, nicht zu ihnen zu passen, lag das an ihr. Sie machten es ihr so angenehm wie möglich, doch sie kam sich vor wie Unkraut inmitten von Rosen. Die Tatsache, dass Lucian sogar ihre Sorge eingesehen hatte, dass er sie erahnte und ihr sagte, sie würde dazugehören, bewirkte – *ach*, es bewirkte, dass sie ihn knuddeln und andere Dinge mit ihm tun wollte.

Gott, sie wollte ihn wirklich hassen.

»Also, abgesehen von den Bildern hier und den Orten, die Gabe erwähnte, wo hängen deine Werke noch?«, fragte sie.

»Ich verkaufe vieles für wohltätige Zwecke.« Er zog sie weiter durch den Flur.

»Das ist nett von dir.«

»Ein enormer Steuervorteil.« Er grinste ihr zu, als sie stöhnte.

»Warum habe ich das Gefühl, dass es nicht der einzige Grund ist, weshalb du es tust, du aber willst, dass die Leute es denken?«

»Ich habe keine Ahnung, wie du darauf kommst, dass ich altruistische Züge habe.«

»Mich erstaunt, dass du weißt, was das Wort heißt«, konterte sie.

Lucian lachte. »Wären wir nicht Schritte von meinem Bruder entfernt, würde ich dir zeigen, wie wenig altruistisch ich bin.«

Sie wurde rot.

Er sah sie mit blitzenden Augen an. »Das würde dir gefallen, oder?« Wieder zog er sie an sich und neigte den Mund zu ihrem Ohr. »Ich zeige es dir später.«

Julia steckte in enormen Schwierigkeiten, was ihn betraf.

Gütiger Himmel.

Nach wenigen Schritten gelangte sie zu einer Holzflügeltür. »Hier waren die Küchen, bevor das Haus niederbrannte.« Er ließ ihre Hand los und schob die Tür auf. »Bis vor circa zwanzig Jahren war es nur ein weiterer nutzloser Raum.«

Julias Meinung nach verfügten sie über reichlich nutzlose Zimmer.

»Wie schön, dass ihr endlich kommt«, erklang Devs Stimme von drinnen. »Ich dachte schon, ihr versetzt mich.«

»Das würden wir nie tun.« Lucian hielt Julia die Tür auf.

Sie ging hinein, und, jap, dieses Fernsehzimmer hatte nichts mit dem aus ihrer Kindheit gemein. Zunächst einmal war es ungefähr so groß wie das halbe Erdgeschoss ihres Elternhauses und es war ein amtliches Fernsehzimmer.

In der Mitte stand ein riesiges Ecksofa gegenüber einem Fernseher so groß wie ein Hummer. Es gab einen Air-Hockey-Tisch, einen Billardtisch – einen dieser eleganten –, Video-Spiele, eine voll ausgestattete Bar – und, o mein Gott, es war lächerlich.

Dev hielt einen Billard-Queue in der Hand. »Spielst du, Julia?«

Sie lachte. »Nur, wenn ich mich dringend zur Idiotin machen will.«

Er neigte den Kopf. »Klug.«

Da sie unsicher war, ob es ein Kompliment sein sollte oder nicht, trank sie von ihrem Wein, während Lucian an ihr vorbeiging. »Ich spiele eine Runde mit dir.«

»Versprichst du, nicht zu schummeln?«

Grinsend ging Lucian zu dem Aufsteller und nahm sich einen Queue. »Aber, aber, Dev, wie kann man beim Pool schummeln?«

Sein Bruder schnaubte. »Falls es eine Möglichkeit gibt, findest du sie.«

Julia lachte und setzte sich auf einen der hohen Barhocker. »Das hört sich nicht ganz falsch an.«

»Ich mag sie.« Devlin brachte die Kugeln in Position. »Sie ist klug.«

Lucian gab sich entsetzt. »Du sollst auf meiner Seite sein, Miss Hughes.«

Sie sah ihn verwundert an und nippte wieder an ihrem Wein.

»Und zum Beweis, dass sie so klug ist, wie ich sage, schweigt sie.« Devlin hob das Dreieck hoch und blickte in Lucians Richtung. »Im Gegensatz zu manch anderen.«

Und so ging es die nächste Stunde weiter. Julia hatte den Eindruck, dass Lucian sämtliche Knöpfe bei seinem Bruder drückte, doch der blieb so ruhig wie ein Frühlingsmorgen und gänzlich unaufgeregt. Devlins Fähigkeit, praktisch jede Bemerkung von Lucian zu ignorieren, war wahrlich eindrucksvoll.

Was wohl auch erklärte, warum er das Spiel gewann.

Andererseits passte Lucian auch nicht richtig auf. Wenn er gerade nicht seinen Bruder nervte, war er auf Julia konzentriert. Sie erkannte es an jedem flüchtigen Streifen seiner Hand an ihrem Arm, wenn er vorbeiging. Und daran, dass er zu ihr kam, sobald Devlin dran war, dass er den Blickkontakt zu ihr hielt, wenn er seinen Stoß ausführte.

Je weiter der Abend fortschritt, umso leichter wurde es zu vergessen, wer sie waren – und wer sie und warum sie hier war. Es war leicht zu tun, als wäre dies … ihr Leben.

»Ich denke, er wird mich schlagen.« Lucian lehnte sich neben sie an die Bar, während Devlin um den Billardtisch herumschritt. Es war nur noch die Achterkugel übrig. »Ich brauche später eine Menge Trost.«

Julia verdrehte die Augen. »Ich denke, du brauchst sehr vieles.«

Interesse leuchtete in seinen Augen auf. »Nennst du mir einige Beispiele?«, fragte er, doch bevor sie antworten konnte, läutete sein Handy. Er stellte den Queue beiseite und griff in seine Hosentasche. »Merk dir, wo wir waren – hey, Troy, was gibt's?« Lucians Grinsen schwand. »Was?« Eine Pause folgte. »Das kann nicht dein Ernst sein.«

Julia verkrampfte sich und sie blickte hinüber zu Devlin. Er schien nichts mitzubekommen.

Lucian drehte sich um und nahm eine Fernbedienung von der Bar. Dann richtete er sie auf den Fernseher an der Wand über dem Air-Hockey-Tisch. Er ging an.

Rasch schaltete Lucian durch die Kanäle, bis er bei einem Nachrichtensender stoppte. »Ja, ich habe es jetzt. Ich melde mich.«

Julia sah zum Fernseher. Offensichtlich war das auf dem Split-Screen ein Lokalsender, Reporter saßen hinter einem Schreibtisch und eine Reporterin stand draußen auf einer dunklen Straße. Blaue und rote Lichter blinkten hinter einer hübschen dunkelhäutigen Frau, die ernst in die Kamera blickte.

Lucian drehte den Ton lauter, und Dev schaute hinüber zum Bildschirm.

»Der Unfall mit nur einem Fahrzeug ereignete sich um kurz nach 21 Uhr. Soweit wir erfahren konnten, schien der Fahrer aus gesundheitlichen Gründen die Kontrolle über das Fahrzeug verloren zu haben. Der Wagen kollidierte dann anscheinend mit einem Telefonmast und fing bei dem Aufprall Feuer. Es wird angenommen, dass Lyon bei dem Aufprall starb«, berichtete sie. »Ich wiederhole, es wurde bestätigt, dass es sich bei dem Fahrer um Chief JB Lyon handelte, einem dreiunddreißigjährigen Veteranen der …«

Chief Lyon? Den Namen hatte Julia schon gehört. Als Lucian und Devlin sich über den Tod ihres Vaters unterhielten. Er hatte eine Ermittlung eingeleitet, und Devlin hatte gesagt …

Ihr wurde eiskalt und sie drehte sich zu Lucian.

Devlin hatte gesagt, dass der Chief bald kein Problem mehr wäre, aber er konnte nicht gewusst haben …

Julias Blick folgte Lucians und sie trat näher zu ihm, was ihr erst bewusst wurde, als es geschehen war. Er starrte seinen Bruder an, die Lippen zusammengepresst und seine Züge verhärtet. Angesichts seiner Miene bildeten sich lauter winzige Knoten in ihrem Bauch. Er sah Devlin an, als … als hätte sein Bruder bereits gewusst, was mit dem Chief passiert war.

Als könnte Devlin es sogar erwartet haben.

Ein Schauer lief Julia über den Rücken, während sie beobachtete, wie Dev um den Billardtisch herumging. »Rechte Ecktasche.«

Devlins Mundwinkel bogen sich zu einem matten Lächeln, als er seinen nächsten Stoß vorbereitete und sich über den Tisch beugte. Er stieß. Die weiße Kugel flitzte über den Tisch, knallte gegen die Achterkugel und versenkte sie geradewegs in die rechte Ecktasche.

29. Kapitel

Lucian stellte den Fernseher aus und ließ die Fernbedienung auf die Bar fallen. Dann nahm er Julias Hand und führte sie auf den Flur.

Sie umklammerte seine Hand fester, als sie zum Zimmer zurücksah. »Lucian, ich glaube, meine Fantasie ist gerade hyperaktiv …«

»Es ist nichts«, unterbrach er sie, weil er nicht von ihr hören wollte, was er ebenfalls dachte.

Julia riss ihre Hand los. »Das ist etwas.« Sie senkte die Stimme. »Ich habe euch neulich in der Küche gehört. Weißt du, wie das klingt?«

Tat er. »Ich weiß, aber es ist nicht so, wie du denkst.«

»Was denkst du?«, fragte sie. »Offensichtlich denkst du etwas, sonst hättest du mich nicht aus dem Zimmer gezerrt.«

»Eigentlich habe ich dich hier rausgebracht, weil ich dich bitten möchte, oben auf mich zu warten.« Was nur teilweise der Wahrheit entsprach.

Sie sah ihn entgeistert an. »Du willst, dass ich nach oben gehe und auf dich warte?«

»Bitte?«

Sie verschränkte die Arme.

»Ich weiß nicht, was ich sagen soll, außer dass du, egal, was passiert, hier sicher bist.«

»Darum bin ich auch nicht in Sorge«, sagte sie und beäugte ihn prüfend. »Ich meine, ich deute ja nicht an, dass er irgendwie den Chief umgebracht hat und ich mich jetzt unsicher fühle. Es ist nur, dass das … so bizarr war. Ihr seid ja schon an gewöhnlichen Tagen bizarr, aber das – *das* war wirklich seltsam.«

Trotz des Themas zuckten seine Mundwinkel. »Wir sind … anders, ich weiß.« Er neigte den Kopf und küsste sie sanft. »Wartest du oben auf mich? Bitte. Ich brauche nicht lange. Danach reden wir.«

»Über?« Immer noch waren ihre Arme verschränkt.

Er legte eine Hand in ihren Nacken und lehnte seine Stirn gegen ihre. »Darüber, wie es mit uns weitergeht.«

Sie versteifte sich. »Was meinst du?«

Gott, er war sich selbst nicht recht sicher, aber er wollte über die Zukunft mit ihr sprechen, darüber, was sie taten. Und das hatte er in seinem ganzen Leben noch nie gewollt. »Ich möchte über uns reden – was wir tun.« Er lächelte matt und seine Hand glitt zu ihrer Wange. »Lauter gute Sachen. Na ja, ich hoffe, es sind lauter gute Sachen. Es sei denn, du stehst nur auf den Sex und sonst nichts. Dann wird es wohl eher schwierig.«

Julia wich zurück, wurde ein wenig rot und schien sehr überrascht. »Ich stehe … Mir geht es nicht nur um den Sex. Ich meine, der ist sagenhaft – im Sinne von Wow, aber ich stehe nicht nur …«

Dann küsste Lucian sie. Er hätte sich nicht stoppen können, selbst wenn er gewollt hätte, und als sie ihren Mund öffnete, intensivierte er den Kuss. »Ich bin bald oben, okay?«

»Okay«, flüsterte sie und sah zur Tür. »Auch wenn ich das Gefühl habe, dass du mich eben mit voller Absicht abgelenkt hast, aber ja.«

Er grinste und senkte den Kopf. »Ich möchte über uns reden. Das ist keine Ablenkungstaktik. Nur verdächtiges Timing.«

Julia lachte und löste die Arme. »Dann bis gleich.«

Lucian wartete, bis sie außer Sichtweite war, bevor er in das Zimmer zurückkehrte. Sein älterer Bruder saß an der Bar. Lucian ging direkt auf ihn zu und baute sich vor Dev auf. »Gibt es irgendwas, das du mir mitteilen möchtest?«

Dev lächelte spöttisch. »Es gibt dauernd irgendwas, das ich dir mitteilen möchte.«

»Du weißt, wovon ich spreche.« Lucian stützte die Unterarme auf die Bar. »Der Chief ist tot.«

»Ja, das kam eben in den Nachrichten. Autounfall?« Dev trank einen Schluck. »Was für eine Tragödie.«

Ein Muskel in Lucians Wange arbeitete. Er dachte ähnlich wie Julia. Es war zu absurd, dass Dev etwas mit dem Unfall des Chiefs zu tun haben könnte. Vor allem nachdem es hieß, dass dieser gesundheitliche Probleme gehabt haben sollte, was Troy auch am Telefon erwähnt hatte, aber ein Teil von Lucian war sich nicht ganz sicher.

»Du sagst Tragödie«, erwiderte er schließlich. »Ich sage, was für ein Zufall.«

»Was willst du andeuten, Lucian? Dass ich etwas mit seinen medizinischen Problemen und seinem Autounfall zu tun habe?« Er lachte und trank noch einen Schluck. »Ich bin begabt, doch das ist unmöglich.«

Tatsächlich war nichts unmöglich, wenn es um die de Vincents ging. Das wusste Dev ebenso gut wie Lucian.

»Denkst du ehrlich, dass ich damit zu tun habe?«, fragte Dev nach einer Weile.

Lucian sah seinen Bruder an. »Wir beide wissen, dass wir zu extremen Maßnahmen greifen, um unsere Familie zu schützen.«

»Wir beide wissen, dass du es schon getan hast.«

»Ja, und ich verberge es nicht.«

»Hmm.« Dev nickte und stellte sein Glas hin. »Übrigens scheinst du Miss Hughes richtig nahezukommen. Obwohl ich davon abgeraten hatte.«

»Und du wechselst das Thema, um etwas anzusprechen, worüber wir nicht reden müssen.«

»Ich halte das Thema für wichtig und wir sollten definitiv darüber reden.« Dev zog eine Augenbraue hoch. »Ich halte es nicht für weise.«

Lucian stemmte sich ab und schüttelte den Kopf. »Wenn du solch ein Problem damit hast, warum hast du sie überhaupt angeheuert? Warum wolltest du jemanden einstellen, der meine Aufmerksamkeit oder die von jemand anderem erregt?«

»Weil ich wusste, dass sie ihren Mund halten würde.«

Instinktiv schrillten seine Alarmglocken und er sah seinen Bruder an. »Was zur Hölle soll das heißen?«

»Ich nehme an, dass du dich mit ihr unterhalten und sie nicht bloß gevögelt hast«, bemerkte Dev, und Lucian ballte die Fäuste. »Du weißt, dass sie verheiratet war.«

»Was hat dies hier mit ihrem Ex zu tun?«

»Du brauchtest sie wirklich nicht zu überprüfen, Lucian. Ich hatte das bereits sehr gründlich getan, wie du weißt.« Er machte eine kurze Pause. »Und ich habe einige interessante Dinge über sie erfahren. Wer bei einem Ehemann bleibt, von dem er wie Dreck behandelt wird, ist fügsam und leicht zu kontrollieren.«

Lucian wollte nicht glauben, was er hörte. »Bist du deshalb mit Sabrina zusammen?«

Dev hob eine Schulter und lachte.

Wut schwelte in Lucian. »Kannst du jetzt verdammt noch mal ernst sein?«

»Es ist die Wahrheit. Warum regt dich das so auf? Dein Mädchen war …«

Lucian dachte nicht nach. Sein Arm bog sich nach hinten, und seine Faust rammte gegen das Kinn seines Bruders. Devs Kopf schnellte nach hinten und im nächsten Augenblick war er auf dem Boden, auf seinem Hintern.

Lucian knallte seine Hände auf das Holz, richtete sich auf und machte eine Hockwende über die Bar. Er landete neben Dev, als der sich aufrappeln wollte. Lucian war direkt über ihm. »Du weißt einen Scheiß über Julia. Einen Scheiß!«

»O Mann«, stieß Dev knurrend hervor und rieb sich das Kinn. »Was soll das?«

Lucian starrte seinen Bruder an und ihm war, als hätte er einen Fremden vor sich. Wie zum Teufel konnte er Julia wegen ihrer gescheiterten Ehe einstellen? Wie konnte er solche furchtbaren Mutmaßungen über sie anstellen – über irgendwen? Sein Bruder konnte kalt und gefühllos sein. Verdammt, es gab Momente, in denen Lucian sich fragte, ob Dev nur eine falsch feuernde Synapse von einem Soziopathen entfernt war, aber dies? Das ging zu weit.

Dev drehte seinen Kopf zur Seite und fluchte raunend.

Lucian stand auf und trat zurück. Als Dev ihn direkt ansah, wurde Lucians Inneres zu Eis. »Manchmal kenne ich dich gar nicht, Dev. Wirklich nicht.«

Julia ging in ihr Zimmer. Im Geiste sah sie immer noch Devs kaltes, beinahe selbstzufriedenes Lächeln vor sich, als in den Nachrichten vom Tod des Chiefs berichtet wurde. Sie kam sich paranoid vor, weil sie auch nur dachte, dass er etwas mit dem Tod des Mannes zu tun haben könnte. Das hier schien wie die groteske Handlung einer dieser Soaps, die ihre Mutter gerne sah.

Es war unglaublich, Dev zu verdächtigen, so etwas getan zu haben. Aber … aber diese Familie, diese Männer lebten wirklich in ihrer eigenen Welt.

Was wäre, wenn Devlin mit dem Tod des Chiefs zu tun hatte?

Was wäre, wenn ihr Vater ermordet worden war?

Was würde das ändern?

Die letzte Frage ließ sie innehalten, denn sie kannte die Antwort schon, und sie war nicht sicher, was das über sie aussagte. Es änderte nicht, was sie für Lucian zu empfinden begann.

Julia strich sich mit der Hand über den Kopf, während sie sich langsam umdrehte und ihr Puls sich beschleunigte. Sie war … nun, sie verliebte sich in Lucian, und er wollte, dass sie redeten. Sie hatte das Gefühl, dass sie vor einer wichtigen Richtungsentscheidung standen, und wenn sie erst sprachen, würde sich wahrhaftig alles ändern.

Aber die Brüder hatten eine dunkle Seite. Sie waren gefährlich. Vielleicht nicht für sie. Vielleicht nicht für diejenigen, die sie mochten, dennoch waren sie es.

Könnte sie das akzeptieren?

Hatte sie es bereits?

Darüber sollte sie ernsthaft nachdenken. Julia nahm das Armband ab, das sie trug, und warf es auf dem Weg ins Bad aufs Bett. Sie wollte in Lucians Zimmer gehen, nur vorher …

Sie stutzte, als sie zum Bett sah. Etwas fehlte. Das Tagebuch! Sie hatte es vorhin auf dem Bett liegen gelassen. Nun ging sie um das Bett herum, bückte sich und sah darunter. Es war nicht da. Weder auf dem Nachttisch, noch irgendwo sonst.

»Wie geht das denn?« Sie drehte sich stirnrunzelnd um. Wo konnte …

Die Schritte aus dem Stockwerk über ihr lenkten sie ab. Es konnte auf keinen Fall ihre Einbildung oder ein unsichtbarer Geist sein, der solchen Lärm machte. Und sie wusste, wo die Brüder waren. Sie konnten es nicht sein.

Blitzschnell lief sie aus dem Zimmer und nach oben. Sie hatte keine Ahnung, was sie zu sehen erwartet hatte, als sie Madelines Zimmertür aufwarf, aber was sie sah, hätte sie sich in einer Million Jahre nicht vorgestellt.

Da war ein unfertiges Bild auf der Staffelei – das noch nicht dagewesen war, als Julia abends das Zimmer verließ. Es war das Bild von einem Mann, der aussah wie der Senator ... oder der Vater.

Und auf dem Boden verteilt lagen alle Bilder, die Madeline gemalt hatte, seit die Staffelei in ihr Zimmer gebracht worden war. Sie waren neben- und übereinander aufgereiht und ...

»O mein Gott«, flüsterte Julia und erstarrte schlagartig.

Sie hatte es vorher nicht erkannt. Keiner von ihnen hatte es gesehen, doch die Bilder – die Bilder waren nur Bildteile, und erst zusammengefügt ergaben sie ein ganzes Kunstwerk. Die Gemälde waren ein Puzzle gewesen, hier ein halbes Gesicht, da die andere Hälfte, gemalt an einem anderen Tag. Keiner sah es, bis alles zusammengelegt war.

Bis *jemand* alles zusammengefügt hatte.

Benommen ging Julia zur Staffelei, wobei sie achtgab, nicht auf die Gemälde auf dem Boden vor den Verandatüren zu treten. Sie nahm das letzte Blatt und legte es an seinen offensichtlichen Platz: die obere linke Ecke.

Julia trat zurück, konnte kaum erfassen, was sie sah. Es war ein Familienporträt. Zwei dunkelhaarige Jungen standen Schulter an Schulter, ganz allein.

Jungen, die große Ähnlichkeit mit den Fotos in dem Album der Mutter hatten.

Und vorn standen ein blonder Junge und ein blondes Mädchen vor einer Frau, die ihre Mutter sein musste, und einem Mann, bei dem es sich fraglos um Lawrence handelte.

Das Mädchen und der Junge waren offensichtlich Madeline und Lucian.

Ein kalter Schauer lief Julia über den Rücken. Warum hatte Madeline sie so gemalt? Warum ...? Julia wurde noch kälter, und die kleinen Härchen an ihren Armen richteten sich auf.

Sie drehte sich zum Bett um. Dort lag Madeline mit geschlossenen Augen. »Hast du das gemacht?«

Keine Reaktion von Madeline, trotzdem trat Julia neben das Bett. »Madeline, ich weiß, dass dieses Bild nicht fertig war, als ich vorhin ging.«

Immer noch nichts.

Julia starrte sie an.

Etwas war los – hier lief irgendwas unglaublich Falsches ab. »Madeline, hast du diese Bilder zu einem großen ausgelegt?«, fragte sie streng und ballte die Fäuste. »Antworte mir!«

Madeline öffnete die Augen.

Julia rang nach Luft, denn Madeline sah nicht sie an. Nein. Ihr Blick fixierte …

Eine Tür knarrte hinter Julia, und warme Luft wehte das Haar an ihren Schultern auf. Die Zeit schien sich zu verlangsamen, doch gleichzeitig ging alles ganz schnell. Sie drehte sich um, und ihr wurde flau.

Daniel kam ins Zimmer, trat auf die Bilder, sodass das Pergament unter seinen Stiefeln knisterte. In seiner Hand – die von einem Handschuh verhüllt war – hielt er das fehlende Tagebuch.

Angespannt machte Julia einen Schritt rückwärts. »Was machst du …«

Beenden konnte sie die Frage nicht mehr. Schmerz explodierte seitlich an ihrem Kopf. Sterne leuchteten blendend grell vor ihren Augen auf, und dann war alles aus.

30. Kapitel

Lucian wollte Dev erneut schlagen.

Deshalb war das verdammte Zimmer zu verlassen das Klügste, was er seit geraumer Zeit getan hatte. Einzig das Wissen, dass er sich Julia näherte, hielt ihn halbwegs ruhig.

Verflucht, er musste es Julia erzählen. Auch wenn er nicht wollte, dass sie es erfuhr, hatte er das Gefühl, dass sie es wissen musste. Es fühlte sich zu falsch an, ihr das zu verheimlichen.

Und er könnte ihr ehrlich nicht verdenken, sollte sie noch heute Nacht ihre Sachen packen und verschwinden. In dem Fall würde er indes mehr tun, als Dev nur einen Kinnhaken zu verpassen.

Zuerst ging er in sein Zimmer und stellte fest, dass sie nicht da war. Er lief das kleine Stück über den Flur und stutzte, als er sah, dass ihre Zimmertür offen stand.

»Julia?«, rief er und blickte sich drinnen um. Die Badezimmertür war ebenfalls geöffnet, sollte sie sich also nicht in der Ankleide verstecken, war sie auch hier nicht. Womit nur noch ein möglicher Ort blieb, an dem sie sein könnte.

Maddies Zimmer.

Er lächelte versonnen, als er sich umdrehte und die Treppe hinaufeilte. Mit welcher Hingabe sie ihren Job machte und sich um seine Schwester kümmerte, war noch ein Grund, warum er sie lie…

»Ach du Scheiße«, murmelte er.

Mitten auf der Treppe blieb Lucian stehen. Er erlaubte sich nicht, diesen Gedanken zu beenden, auch wenn er wusste, wie er endete.

Es war noch ein Grund, warum er sie liebte.

Ihm wurde duselig, und er bekam fast weiche Knie, doch er lächelte, als er den Flur hinunter und um die Ecke bog.

»Miss Hughes, bist du …?« Er verstummte. Maddies Tür war auf, sodass er direkt hineinsehen konnte. »Was ist denn hier los?«

Seine Schwester war nicht in ihrem Bett.

Und sie war auch nicht auf dem Sessel vor der Staffelei.

Julia war nirgends zu sehen, und da waren …

Lucian schritt um das Bett herum und betrachtete die Bilder auf dem Boden. Er wusste, was er sah – verfluchter Mist, das ergab keinen Sinn, aber es blieb auch keine Zeit zu überlegen, was seine Schwester gemalt hatte, denn Maddie war fort.

Genauso wie Julia.

Ein surreales Gefühl überkam ihn. Als hätte er all dies schon mal erlebt. Verdammt, das hatte er. In der Nacht, in der seine Mutter starb.

Panisch drehte er sich um und erstarrte, als ihm etwas Rotes am Rand der cremeweißen Tagesdecke auffiel. Tropfen … Tropfen von *Blut*?

Ein Gewicht legte sich auf seine Brust, als sein Blick zu den offenen Verandatüren wanderte. Er rannte los, riss die Vorhänge beiseite und stürmte hinaus.

»Julia!«, rief er. »Maddie!«

Mist. Wo konnten sie sein? Seine Schwester konnte nicht weit …

Ein schriller Schrei endete in einem Wimmern. Er drehte sich wieder um, ging rückwärts, bis er an der Brüstung war. Sein Herz hämmerte. »Julia?«

Er lief wieder los. Das Geräusch war von oben gekommen – vom Dach.

»Komm nicht hier rauf, Lucian!«, schrie Julia von oben. »Bitte …« Noch ein scharfer Schrei ertönte.

Und ob er nach oben kam!

Er preschte die alten Holzstufen hinauf, die unter seinem Gewicht erbebten. Innerhalb von Sekunden war er auf dem Dach und schaute sich panisch in der Dunkelheit um. Im schwachen silbrigen Mondlicht hätte er sie hinter dem sich blähenden Pavillon fast nicht gesehen.

Er war maßlos erleichtert. »Julia, was ist …«

»Komm nicht näher.« Sie hielt beide Hände in die Höhe. »Bitte.«

Prompt bekam er höllische Angst. Im Mondschein sah er das Blut in ihrem Gesicht, und ihre Hände zitterten.

»An deiner Stelle würde ich auf sie hören.«

Lucian wurde langsamer, als Daniel hinter dem Baldachin vortrat. Beinahe hätte er seinen Cousin nicht erkannt, denn der war ganz in Schwarz gekleidet, wie das Mitglied eines bescheuerten Überfallkommandos. »Ich weiß nicht, was zum Geier hier los ist, aber falls du der Grund bist, weshalb sie blutet, bringe ich dich um.«

»Tust du das?« Daniel bewegte sich schnell – schneller als Lucian ihm jemals zugetraut hätte. Auf einmal war er hinter Julia, hatte einen Arm um ihre Taille geschlungen und seine Hand an ihrem Hals.

Daniel hatte ein Messer.

»Was soll der Scheiß?«, platzte Lucian heraus.

Julia kniff für einen Moment die Augen zu. »Es ist …«

»Sei still«, warnte Daniel sie und bewegte die Hand ein wenig. »Ein Wort, und du stirbst, gleich jetzt.«

Panik ergriff Lucian. Er hatte keine Ahnung, was hier los war oder wo seine Schwester steckte, doch im Augenblick war seine einzige Sorge, wie er Julia in Sicherheit bringen konnte.

»Lass sie los, Daniel.« Er hob seine Hände. »Bitte. Egal, was hier abgeht, sie hat damit nichts zu tun. Lass sie einfach gehen.«

Das Messer an Julias Hals zitterte. »Du hast recht. Es hat nichts mit ihr zu tun. Ist mehr so ein Ding von falschem Ort zur falschen Zeit. Sie hätte nicht oben sein sollen. Keiner von euch hätte oben sein sollen.«

Lucian sah Julia an. Eine falsche Bewegung und es wäre vorbei für sie – für sie beide. Er zwang sich, ruhig zu bleiben. »Du musst mir erklären, was los ist, Daniel.«

Der jüngere Mann war blass. »Keiner von euch hätte oben sein sollen. Dann hätte ich Zeit gehabt. Aber sie war da und hat die verfluchten Bilder aufgereiht.«

»Habe ich nicht … Ich habe die Bilder da nicht hingelegt«, sagte Julia und verzog das Gesicht. »Ich hatte Schritte gehört, da bin ich nachsehen gegangen. Sonst nichts.«

»Die Schritte? Das warst du?«, fragte Lucian. Ein Blitz zuckte über den Himmel. »Die ganze Zeit?«

»Was für ein Glück, dass die Kameras nicht funktionieren, was? Ich schätze, dafür muss ich den Geistern danken.« Daniel lachte, was jedoch angestrengt klang. »Gott, du hast keinen Schimmer. Was für ein beknackter Idiot du bist.«

Lucian ballte die Fäuste. »Vielleicht hilfst du mir zu verstehen. Lass Julia los und wir können reden. Wenn du sie gehen lässt, tue ich dir nichts. Wir reden nur.«

»Ja, klar. Hältst du mich für blöd? Ich weiß, dass du es immer hast, aber ich bin kein Idiot. O nein.« Er begann, Julia von dem Pavillon wegzuziehen. »Ich werde es richtigstellen. Ich kümmere mich um das hier, so wie ich mich um alles gekümmert habe, zehn verfluchte …«

Ein Geräusch gleich einem knallenden Sektkorken hallte über das Dach.

Daniel zuckte nach hinten und gleichzeitig schrie Julia. Etwas Rotes sprühte ihr seitlich aufs Gesicht, während Lucian schrie. Daniel sackte zu Boden, und das Messer landete klappernd auf dem Dach; gleichzeitig sank Julia nach vorn und auf die Knie.

Lucian überlegte nicht. Er stürzte nach vorn und zu Julia. Neben ihr kniend, umfing er ihr blutiges Gesicht. Eisige Furcht packte ihn. »Geht es dir gut? Julia, Baby, rede mit mir.«

»Alles gut.« Zittrig rang sie nach Atem und blickte mit großen Augen auf. »Das Blut – o mein Gott.« Sie begann, sich von Lucian zu befreien und wollte hinter sich sehen.

»Sieh nicht hin.« Lucian hielt sie zurück. Daniel lag flach auf dem Rücken, und sein halbes Gesicht war verschwunden. Lucian konzentrierte sich auf Julia, wischte ihr mit bloßen Händen Blut und Hirnmasse von der Wange. Seine Hände zitterten. »Hilfe, ich dachte … ich dachte, dass ich dich verliere … dass ich dich verloren habe.«

Julias Körper bebte so sehr, dass sie ihn beinahe zum Wanken brachte, als er sich über die Schulter umschaute und Dev mehrere Schritte vom Dachausgang entfernt stehen sah, eine Waffe in der Hand.

»Du kannst dir nicht vorstellen, wie lange ich das schon tun wollte.« Dev nahm die Waffe herunter. »Wie gut, dass ich euch alle schreien gehört habe.«

Lucian stieß ein hüstelndes Lachen aus. Verdammt, er hatte Dev eben verprügelt, und sein Bruder hatte Julia das Leben gerettet und … seinen Cousin umgebracht.

Lucian schwirrte der Kopf.

Plötzlich befreite Julia sich von Lucian und griff ihn vorn am Hemd. »Lucian, deine Schwester …«

Dev stieß einen Schrei aus, der in ein Keuchen mündete. Eine Sekunde später gaben seine Knie nach und er kippte nach vorn. Die Waffe glitt ihm aus der Hand, als er in sich zusammensackte und sich nicht mehr rührte.

Hinter ihm stand Maddie, reglos wie ein Geist in dem weißen Nachthemd, das Julia ihr abends angezogen hatte. »Du kannst dir nicht vorstellen, wie lange *ich* das schon machen wollte.«

31. Kapitel

Langsam nur richtete Lucian sich auf. »Maddie? Was hast du … was hast du getan?«

»Er wird leben. Vorerst.« Seine Schwester kniete sich hin und ließ fallen, was auch immer sie benutzt hatte, um Dev niederzuschlagen. Sie griff die Pistole. »Ist er tot? Ist Daniel tot?«

Als Lucian nicht antwortete, brüllte sie: »Weg da! Weg von ihm!«

Er griff hinter sich und fühlte Julias Hand, die sich um seine legte. Er zog sie nach oben und sie traten von Daniel weg.

»Verdammt!«, schrie Maddie heulend, als sie bei Daniel war. Sie kniete sich hin und legte eine Hand auf seine Brust. »Daniel. Babe.«

Lucian war total geschockt. »Maddie, du tust – du redest. Ich …«

»Du verstehst es nicht, ich weiß. Tut mir leid, ehrlich.« Sie nahm Daniels schlaffe Hand und küsste sie. »Ich wollte nicht, dass du irgendwas hiervon siehst. Das solltest du nicht. Es sollte nicht so ausgehen.«

Lucian begriff gar nichts. »Was sollte nicht so ausgehen? Was zur Hölle ist hier los, Maddie?«

Seine Schwester stand auf und lehnte seufzend den Kopf in den Nacken. »Ich hätte ahnen müssen, dass Daniel sich umbringen lässt. Hätte er doch nur … hätte er bloß die Nerven behalten, wie wir es über *Jahre* geschafft haben, es hätte funktioniert. Aber nein. In dem Moment, in dem er hier im Haus auftauchte, wusste ich, dass er alles versauen würde.«

»Du … du warst die ganze Zeit mit ihm zusammen?«, fragte Lucian, der sich vor Schock nicht rühren konnte.

»Ja«, antwortete sie und senkte den Kopf. Der Wind wehte ihr die langen blonden Strähnen um das Gesicht. »Alles war gut. Wir … wir waren endlich allein, und ich war glücklich, aber … uns ging einfach das Geld aus. Wir mussten etwas tun.«

Sein Schock wich Ekel, als ihm klar wurde, was seine Schwester getan hatte. »Was sagst du?«

Julias Hände drückten gegen Lucians Rücken. »Sie waren zusammen. Sie …«

»Wir haben uns geliebt!«, rief Maddie. »Ich weiß, dass ihr es alle für falsch haltet, aber das ist mir egal. Wir haben uns geliebt! Und wir wollten nie etwas anderes, als zusammen zu sein.«

Lucian wurde übel.

»Das ist alles.« Maddie schüttelte den Kopf. »Aber du kennst Daniel. Er ist manchmal so … so schwach. Er musste nichts weiter machen, als mir zu vertrauen, dass ich das regle, und dann wären wir wieder zusammen gewesen. Sonst musste er nichts tun. Und jetzt sieh ihn an.«

Das musste Lucian nicht. »Mein Gott, Maddie, was hast du getan?«

»Es ist nicht meine Schuld!«, brüllte sie. »Er hat es versaut, und ich wusste, dass er alles verderben würde, als er hier aufgetaucht ist. Ich wusste, dass es bloß eine Frage der Zeit ist, bis er es vermasselt und alles vorbei ist. Deshalb musste ich das regeln. Wir können es *immer noch* regeln.«

Bei dem Gedanken, dass seine Schwester bei ihrem Cousin gewesen war, die ganze Zeit mit ihm zusammengelebt hatte, drehte sich Lucian der Magen um. »Erzähl mir, was hier vor sich geht.«

Maddie blickte sich zu Dev um und atmete langsam aus. »Ich bin zurückgekommen, weil wir Geld brauchten, und ich wusste, wie wir es bekommen würden – nicht nur Daniel und ich, sondern auch du, Lucian. Ich wusste, was ich tun könnte, aber … aber es wäre nicht einfach, also musste ich …«

»Du musstest zehn Jahre wegbleiben? Während ich mich sorgte, was mit dir passiert war? Hast du eigentlich eine Ahnung …« Er bremste sich, ehe er die Fassung verlor. »Dann bist du wiedergekommen und hast diese Krankheit vorgetäuscht?« Seine Fäuste ballten und lockerten sich an seinen Seiten. »O Mann, das war … das ist so verkorkst, Maddie.«

»Lass mich bitte erklären, dann verstehst du es. Ja? Bitte!«, sagte seine Schwester flehend.

Niemals würde Lucian irgendwas hiervon verstehen, trotzdem nickte er, denn er musste es versuchen. Er musste wissen, was seine Schwester hierzu getrieben hatte und wie es sein konnte, dass er es absolut nicht hatte kommen sehen, während seine Brüder …

Während seine Brüder von Anfang an misstrauisch gewesen waren, als Maddie wieder aufkreuzte.

»Ich wollte damals nicht gehen, aber ich musste. Ich wollte nur mit Daniel zusammen sein und ich musste dich verlassen.«

»Weil ich nicht akzeptiert hätte, was du und Daniel gemacht habt?«

»Weil du ihn wahrscheinlich umgebracht hättest, wenn du dahintergekommen wärst«, sagte sie, und sie hatte verdammt recht. »Aber ich musste, weil …« Sie presste die Lippen zusammen, als sie über Dev stieg. Sie hielt die Waffe auf sie beide gerichtet, während sie über das Dach ging, bis sie vor der silbernen Vase stand, die Dev stets mit frischen Blumen bepflanzte. Für einen Moment sah sie die Blumen an. »Ich habe Mom geliebt. Das weißt du, oder?«

Das Entsetzen packte Lucian erneut.

»Aber sie hatte das mit Daniel und mir rausbekommen«, sagte Maddie leise. »Sie hat meine Nachrichten ausgedruckt und uns zusammen erwischt.«

»O Gott, nein«, flüsterte Julia und schlang die Arme um Lucians Taille.

»Wir waren hier oben, als sie mir sagte, sie wisse von Daniel und mir und wie falsch es sei. Mir war das bereits klar. Ich bin ja nicht dumm. Doch es änderte nichts an dem, was ich fühlte.« Schniefend wischte sie sich die Wangen ab. »Sie hat mir verboten, Daniel zu sehen, und gesagt, wenn ich nicht gehorche, würde sie es Daniels Vater erzählen, und ich … ich weiß nicht, was passiert ist. Wir haben uns gegenseitig angeschrien, und ich wollte nur, dass sie – dass sie aufhört und still ist, aber das war sie nicht, und da ist es einfach passiert.«

»Nein«, sagte Lucian. Ihm brach das Herz. »Nein, Maddie.«

Sie sah hinauf in den Himmel. »Ich habe sie geschubst, und sie … Mom hat das Gleichgewicht verloren. Es war ein Unfall, Lucian. Ich wollte das nicht. Es ist einfach passiert.«

Alles. Alles in Lucian erstarrte. Seine Mutter hatte sich nicht umgebracht? Es war Maddie gewesen? Die ganze Zeit … war *sie* es gewesen?

Julias Arme legten sich fester um ihn, als er schwankte. Der Boden unter seinen Füßen drohte nachzugeben; seine Welt geriet aus den Fugen.

»Ich musste verschwinden«, fuhr Maddie fort. »Da bin ich zu Daniel. Ich habe ihm erzählt, was passiert war, und er hat mich zu dem Haus seines Vaters am See gebracht. Dem, das immer leer steht. Dort bin ich mit ihm geblieben. Ich wollte nie wieder zurück. Ihr hättet nie die Wahrheit erfahren. Ich wollte fortbleiben, aber … aber uns ging das Geld aus, das er von seinem Vater geerbt hatte, und … wir brauchten etwas zum Überleben. Deshalb musste ich nach Hause kommen. Ich musste … Ich musste uns unsere Zukunft sichern.«

Lucian war wie betäubt. Hätte Julia ihn nicht gehalten, er wäre auf die Knie gesunken.

»Ich hatte einen Plan, weil ich die Wahrheit kannte. Ja, ich kannte die Wahrheit. Ich wollte zurückkommen und tun, als wäre ich krank. So hätte ich die Chance, Mutters Tagebuch zu finden.«

»Deshalb hat Daniel uns gebeten, ihre Sachen durchzusehen?«

»Das war eine Abweichung vom Plan.« Sie strich sich mit der Hand über den Kopf. »Daniel sollte überhaupt nicht hier sein – da nicht. Ich brauchte Zeit, um in ihrem Zimmer nach dem Tagebuch zu suchen, darin gab es einen Schlüssel, den ich gebraucht habe, um an die Papiere zu kommen.«

»Welche Papiere?«, fragte Lucian, der sich vage an einen Schlüssel an dem Notizbuch erinnerte, das Julia gefunden hatte.

»Der Beweis«, sagte Julia.

Wovon redeten sie?

Maddie nickte. »Der Beweis – die DNS-Tests, die Mom machen ließ, als wir klein waren. Sie *wusste* es, Lucian, das hat sie mir gesagt. Sie hat mir die Wahrheit gesagt und mich gebeten, es keinem zu erzählen. Und ich habe auf sie gehört. Ich habe das Geheimnis gewahrt, und am Ende hat sie doch alles verdorben!«

Sein Magen krampfte sich zusammen. »Was für Tests?«

Maddie zuckte zusammen, als ein Blitz in der Nähe einschlug. »Sie hat gewusst, dass wir, du und ich, die wahren Erben sind. Wir sind die einzigen Kinder von Lawrence.«

»Das … das kann nicht stimmen.« Lucian schüttelte den Kopf. Sein Magen rebellierte. »Es ist ausgeschlossen, dass …«

»Es stimmt, Lucian. Devlin und Gabe sind nicht von ihm. Wir waren es«, sagte sie. »Mom hat es mir erzählt. Sie hat mir erzählt, dass sie uns alle hat testen lassen. Sie hatte den Beweis. Er ist in einer Schatulle.«

»In der Ankleide«, flüsterte Julia. »Ach du Schande, die ist unter den Dielenbrettern.«

Maddie nickte. »Du hast Moms Tagebuch gelesen, nicht wahr? Ich werfe es dir nicht vor. Ich mag dich, Julia. Du bist … süß, aber ich wünschte, du hättest mir einfach das Tagebuch gebracht. Vielleicht wäre dann nichts von dem hier passiert. Vielleicht hättest du dann nach Hause fahren können.«

Lucian versteifte sich. »Du bist meine Schwester.« Er griff hinter sich und drückte seine Hand gegen Julias Hüfte. Vorsichtig schob er sie zurück, hielt sich zwischen dem Mädchen, das er nicht mehr kannte, und der Frau, in die er sich verliebt hatte. »Aber ich lasse nicht zu, dass du Julia verletzt.«

»Du hast keine Wahl.« Sie stieß ein heiseres Lachen aus. »Wir dürfen keine Zeugen haben.«

Ganz auf sie und die Waffe in ihrer blassen Hand konzentriert, bugsierte er Julia weiter aus dem Schussfeld seiner Schwester. Er musste dafür sorgen, dass sie weiterredete, bis er sich überlegt hatte, wie er dies hier beendete. »Warum bist du nicht einfach nach Hause gekommen und hast uns die Wahrheit gesagt? Wenn Lawrence wirklich unser Vater war, warum es nicht aussprechen? Warum all das durchziehen?«

»Was hätte es denn gebracht? Dev hätte sichergestellt, dass die Wahrheit nicht ans Licht kommt, und so lange unser Vater noch lebte? Er hätte es garantiert vertuscht, denn er wollte immer nur Dev und Gabe. Nie uns. Er musste verschwinden, bevor ich die Papiere finden konnte.«

Hatte sie mit Lawrence' Tod zu tun?

Plötzlich verspannte Julia sich hinter ihm. Und Lucian nahm aus dem Augenwinkel eine Bewegung wahr.

Gabe.

Er war zu Hause und auf dem Dach, näherte sich ihnen.

»Warum die Gemälde?«, fragte Lucian, damit sich Maddie weiter nur auf ihn konzentrierte.

Sie zuckte mit den Schultern. »Weiß ich nicht. Ich wollte eben, dass jemand die Wahrheit sieht. Das wollte ich einfach.«

Lucian schüttelte den Kopf. Gott, er kannte diese Person vor sich gar nicht. Sie war ein Geist – ein wahnsinniger Geist.

Gabe kam näher.

»Also hast du Lawrence umgebracht?«, fragte Lucian. Die Antwort war ihm bereits klar. Jetzt ergab es einen Sinn. Solange Lawrence lebte, spielte keine Rolle, wer die wahren Erben waren. Nach seinem Tod und mit dem Beweis, dass Lucian und Maddie seine leiblichen Kinder waren, konnte das Testament angefochten werden.

Ihr Plan war irrsinnig.

Und es war nicht bloß der Plan, der ihm bewies, dass er sie nie wirklich gekannt hatte. Es war ihre Beziehung zu ihrem Cousin. Und die Tatsache, dass sie ihre Mutter ermordet hatte, Unfall hin oder her.

Maddie lachte heiser. »Das war unser Vorhaben. Es war das einzige Mal, dass Daniel hier sein sollte. Wir wollten ihn töten und dann … dann hätte ich beweisen können, dass wir seine Kinder sind. Deshalb bin ich auf die Art zurückgekommen. Ich musste sicher sein, dass keiner mich verdächtigt.«

Sie hatte ihn genarrt, nicht hingegen ihre Brüder. Die nicht.

»Aber wir haben ihn nicht ermordet.« Wieder lachte sie und wischte sich über das Gesicht, als ihr frische Tränen über die Wangen liefen.

»Blödsinn«, sagte er.

»Du musst mir nicht glauben, Lucian, aber ich schwöre, wir waren das nicht. Hier ist ein Killer, und das bin in diesem Fall nicht ich.

Ich bin nicht die Einzige, doch ich werde es wieder tun müssen.« Sie hob die Waffe leicht an. »Wir können das hinkriegen, aber sie muss weg. Genauso wie Dev es musste.«

Sein Herzschlag setzte aus.

»Du und ich, wir können das hinkriegen.« Sie holte tief Luft. »Wir regeln das. So wie früher, weißt du noch? Als wir …«

Es ging alles sehr schnell.

Doch ihm blieb noch Zeit, seine Schwester zu warnen. Er hätte Gabe aufhalten können. All dies hätte anders enden können. Aber er sorgte dafür, dass Maddie sich nur auf ihn konzentrierte.

Und ein kleiner Teil von ihm starb in diesem Augenblick.

Gabe stürmte nach vorn, rammte seine Schulter in Maddies Seite. Eine Kugel wurde abgefeuert, flog ziellos in den Himmel. Sein Bruder und seine Schwester stürzten zur Seite, auf die Dachkante zu.

Lucian sprang los, rannte zu ihnen, als sie rückwärts fielen. Er erreichte sie im selben Moment, in dem ein weiterer Blitz den Himmel erhellte. Es war nur ein Sekundenbruchteil, doch mehr als genug Zeit, um sich nicht selbst zu belügen, nicht vorzugeben, unbewusst eine Wahl zu treffen, ob er seinen Zwilling oder seinen Bruder rettete.

Er packte Gabes ausgestreckten Arm, zog ihn zurück, während seine Schwester schrie. Der Laut ging im krachenden Donner unter und verstummte, als sie unten auf den Boden aufschlug.

32. Kapitel

Maddie hatte nicht gelogen.

Lucian fand die Schatulle unter den Dielen in der Ankleide. Der Schlüssel an dem Tagebuch öffnete sie, und in ihr lagen die Ergebnisse der Vaterschaftstests.

Die DNS bewies, dass Lucian und Maddie tatsächlich Lawrence' leibliche Kinder waren, Gabe und Dev jedoch nicht.

Es war für sie alle ein Schock.

Verdammt, alles war ein Schock, obwohl seine Brüder schon seit Maddies Rückkehr skeptisch gewesen waren. Lucian hätte auf sie hören sollen.

Die letzten vierundzwanzig Stunden waren wie in einem Rausch verflogen.

Sobald Dev zu sich gekommen war, hatten er und Gabe angefangen, sich um die Dinge zu kümmern, während Lucian zunächst Julia vom Dach in sein Zimmer brachte, sie wusch und sich vergewisserte, dass sie unverletzt war.

Bis auf ein paar blaue Flecken und die furchtbaren Bilder in ihrem Kopf, die sie wohl nie vergessen würde, war Julia es.

In der Zwischenzeit hatten seine Brüder Richard angerufen, und der Mann war trotz der nächtlichen Stunde gekommen und hatte getan, was zu tun war.

Seine Brüder hatten getan, was sie tun mussten.

Mit Richards Hilfe verschwanden sämtliche Beweise, dass ihre Schwester zurückgekehrt war. Alle ihre Spuren im Haus waren beseitigt worden. Und das Haus am See, in dem Maddie sich versteckt hatte, nun, das existierte nicht mehr.

Dann wurde Troy angerufen und die Geschichte dieser Nacht umgeschrieben. Die offizielle Version entsprach teils der Wahrheit, teils nicht. Daniel war eingebrochen und hatte Julia und Lucian bedroht. Dev hatte sie gerettet, aber erst, nachdem Daniel seine finanziellen Probleme gestanden hatte. Die Polizei erreichte das Anwesen. Sie alle wurden befragt. Julia, die Troy als Lucians Freundin vorgestellt wurde, bestätigte die Geschichte.

Mehr als eine Person, Troy eingeschlossen, mutmaßte laut, dass Daniel möglicherweise in Lawrence' verdächtiges Ableben verwickelt gewesen sein könnte, und niemand widersprach. Lucian wusste, dass die Polizei bei genaueren Nachforschungen Hinweise auf Daniels Geldprobleme finden würde, aber keine in Bezug auf Maddie.

Für die Außenwelt bliebe sie verschwunden, und niemand würde je erfahren, was sie getan hatte. Diese Last würden sie schultern.

Zudem glaubte Lucian ihre Behauptung nicht, sie habe nichts mit dem Tod ihres Vaters zu tun gehabt. Nicht, nachdem Maddie sich als Betrügerin und Mörderin entpuppt hatte, die bereit war, wieder zu töten.

Die Sonne stand hoch am Himmel, als die Polizei wegfuhr und Lucian endlich mit Julia allein war. Er konnte nicht mit ihr über das Geschehene reden, und sie schien es zu spüren. Selbst nach dem, was sie durchgemacht hatte, schenkte sie ihm mit ihrem Körper herrlichen Trost, und er nahm ihn – nahm alles, liebte sie langsam und aufmerksam. Er blieb bei ihr, bis sie in seinen Armen eingeschlafen war und er gehen musste, um sich mit seinen Brüdern einer letzten Sache anzunehmen.

Lucian hatte ihr die Decke über die Schultern gezogen, sie auf die Wange geküsst, war aus dem Bett gestiegen und hatte sich eine Jeans angezogen. Vollkommen erschöpft schnappte er sich die Mappe mit den Papieren und ging nach unten.

Dev und Gabe waren im Arbeitszimmer. Beide verstummten, als Lucian ins Zimmer trat, und keiner von ihnen blickte auf. Lucian schritt zum Kamin und zündete das Gasfeuer an. Flammen loderten auf.

»Ist dir kalt?«, fragte Gabe.

Er antwortete nicht gleich, sondern öffnete die Mappe und zog die Papiere heraus. »Dies sind die Ergebnisse der Vaterschaftstests. Ich werde sie los.«

»Das musst du nicht«, sagte Dev.

Nein, musste er nicht. »Diese Papiere ändern nichts. Lawrence war nicht mein Vater.« Er begann, die Blätter in die Flammen zu werfen. »Wird er nie sein.«

Dev fing seinen Arm ab. Ihre Blicke begegneten sich. »Du könntest *alles* haben.«

»Ich will es nicht«, sagte Lucian ernst. »Ich will nichts hiervon. Wollte ich nie. Daran hat sich nichts geändert.«

Eine Weile lang hielt Dev seinen Blick fest, dann legte er eine Hand in Lucians Nacken und lehnte seine Stirn an die seines Bruders. »Ich wollte nie recht behalten, was Maddie anging«, sagte er leise.

Lucian wurde die Kehle eng. »Weiß ich.«

Abermals verging eine Weile, bis Dev ihn losließ. Tief einzuatmen, half nicht besonders. Lucian warf die restlichen Papiere ins Feuer.

Alle drei beobachteten, wie die Beweise zu Asche verfielen.

Lucian fühlte sich so schwer wie seit Jahren nicht mehr, als er zur Couch ging und neben Gabe sank. Ein Glas Whiskey wurde ihm gereicht, das er in einem Zug zur Hälfte leerte.

Mit der Enthüllung darüber, was seine Schwester getan hatte, war alles erschüttert, was Lucian kannte und woran er glaubte. Ihre Mutter? Ihr verdammter Vater?

Warum ... warum hatte Lawrence ihn und Maddie so behandelt? Vielleicht, ganz vielleicht, hätte Maddies Schicksal anders geendet, wäre der Mann ihnen ein richtiger Vater gewesen.

Die Antwort würden sie nie erfahren.

Er würde nie wissen, ob Lawrence die Wahrheit gekannt hatte, und, falls er hatte, würde er nie erfahren, warum er so zu Maddie und ihm gewesen war.

Mann, damit war schwer fertigzuwerden. Er hatte keine Idee, wie er es sollte.

»Ich fasse nicht, dass dieser Arsch hier im Haus war, ohne dass wir eine Ahnung hatten«, durchbrach Gabe die Stille. »Echt nicht.«

Die Schritte? Der Schatten, den Julia gesehen hatte, als sie unter der Dusche stand? Manches davon war Maddie gewesen, manches Daniel. Wäre der Dreckskerl nicht schon tot, hätte Lucian dafür gesorgt, dass er es würde.

»Tut mir leid«, sagte Gabe. »Ich wollte nicht, dass sie über die Kante stürzt.«

»Weiß ich.« Lucian schloss die Augen. »Und ich hätte euch beide zurückreißen können. Doch ich habe nur nach dir gegriffen. Das ist die Wahrheit.«

»Bürde dir das nicht auf«, befahl Dev. »Und, Gabe, du hast getan, was du tun musstest. Haben wir alle.«

Hatten sie.

Wie schon zuvor.

Wie immer.

Was nichts einfacher machte.

»Vielleicht stimmt es«, sagte Lucian nach einiger Zeit.

»Was?« Gabe sah ihn an.

Ein verbittertes Lächeln umspielte seine Lippen. »Der Fluch – dieser ganze Mist. Ich meine, seht euch um. Seht euch an, was mit fast jeder Frau in unserer Familie passiert ist, mit den Frauen, die wir kennen. Dieses Haus – dieser Name *zerstört* sie.«

Gabe versteifte sich. »Lucian …«

»Erzähl mir nicht, dass du es nicht glaubst. Nach all dem?« Seine Hand legte sich fester um das Glas. »Nach dem, was dir passiert ist – was jetzt mit Emma passiert ist und mit *deinem Sohn*?«

Sein Bruder wandte den Blick ab.

»Unsere Schwester hat unsere Mutter umgebracht und sich dann zehn Jahre lang versteckt. Sie kam zurück und gab vor, weder gehen noch sprechen zu können. Ihr könnt mir nicht erzählen, dass der Scheiß normal ist.«

»Ist er nicht.« Dev setzte sich in den Sessel ihnen gegenüber. »So wenig wie eine Familie normal ist, die Leute für verflucht halten.«

Lucian schnaubte.

Wieder trat Stille ein, bis Gabe fragte: »Wie kommst du damit klar?«

»Weiß ich nicht.« Lucian rang sich ein Lächeln ab und blickte in sein Glas. »Frag mich das in fünf Jahren noch mal.«

»Was hast du wegen Julia vor?«

»Wenn er schlau ist, lässt er sie in den nächsten Flieger weg von hier steigen.« Dev schaute ins Feuer. »Wir brauchen sie nicht mehr.«

»Dich habe ich nicht gefragt«, sagte Gabe mit einer Strenge, die Lucian neu war. »Du magst sie. Das weiß ich.«

Das Glas in Lucians Hand war kurz vorm Zerbersten. Tatsache war, dass er Julia brauchte. Jetzt mehr denn je. Und er mochte sie. Sehr.

Er wusste, dass er sie liebte.

Und er wusste, was er zu tun hatte.

33. Kapitel

Julia drehte sich auf die Seite und verzog das Gesicht, als ein Schmerz durch ihre Rippen fuhr. Er war unangenehm, aber sie konnte sich glücklich schätzen, dass nichts gebrochen war.

Sie hatte überhaupt eine Menge Glück gehabt.

Mit geschlossenen Augen und schwerem Herzen ließ sie die Ereignisse der Nacht Revue passieren. Sie griff nach Lucian, doch das Bett neben ihr war leer. Stirnrunzelnd öffnete sie die Augen. Das Tageslicht wurde von den schweren Vorhängen weitestgehend abgeschirmt, doch fiel ein wenig auf das Parkett und das Fußende des Bettes.

Julia hielt sich die Bettdecke vor die Brust, wobei sie achtgab, nicht auf ihre empfindlichen Rippen zu drücken, und schaute sich in Lucians Schlafzimmer um. Ihr stockte der Atem, als sie ihn sah.

Lucian saß in einem Sessel gegenüber vom Bett, zur Hälfte im Schatten. Seine Beine waren gespreizt, und soweit sie sehen konnte, war er zurückgelehnt, einen Ellbogen auf die Armlehne gestützt und zwei Finger über seinen Lippen.

Er rührte sich nicht, war so regungslos, dass man ihn für eine Statue hätte halten können. Julia wurde mulmig und sie krallte die Finger in die Bettdecke.

»Lucian?« Es kam ihr wie eine blöde Frage vor, dennoch sprach Julia sie aus. »Bist du … in Ordnung?«

Lange Zeit antwortete er nicht. Julias Unbehagen wuchs wie hartnäckiges Unkraut, breitete sich von ihrem Bauch in ihren ganzen

Körper aus und drohte, sie zu ersticken. »Werde ich sein«, antwortete er matt. »Irgendwann.«

Sie benetzte ihre Lippen und verzog wieder das Gesicht, als sie an eine offene Wunde auf der Unterlippe stieß. »Das war eine blöde Frage, ich weiß, aber …«

»Sie ist nicht blöde.« Er machte eine Pause. »Hast du gut geschlafen?«

»Ja. Ich … ich glaube ja.« Nach allem, was geschehen war, war sie erledigt gewesen und in die Art Schlaf gefallen, bei der man hinterher nicht sicher war, was man geträumt und was wirklich erlebt hatte. »Habe ich lange geschlafen?«

»So lange wie nötig.«

Wieder stockte ihr Atem. Sie rückte an das Fußende, wobei sie weiter die Decke vor ihre Brust gepresst hielt. Lucian hatte jeden Millimeter ihres Körpers gesehen und mehr, dennoch fühlte sie sich seltsam verletzlich, brauchte einen Schutz. Sein Tonfall war – eigenartig. Alles an ihm war eigenartig.

Das Letzte, woran sie sich erinnerte, war, dass er sie in den Armen gehalten hatte. »Hast du geschlafen?«

»Nicht richtig.«

Sie stellte einen Fuß auf dem Boden ab, hielt aber inne und wünschte, er würde etwas sagen – egal was. Stattdessen saß er einfach da und beobachtete sie aus dem Schatten. Winzige Knoten bildeten sich in ihrem Bauch.

Julia konnte nicht einmal erahnen, was er durchmachte oder empfand. Seine Brüder mochten einen Verdacht gehabt haben, dass mit Madeline nicht alles war, wie es schien, doch Lucian hatte seine Zwillingsschwester stets verteidigt. Auch Julia war auf Maddies Schauspiel hereingefallen, doch das war etwas anderes.

Er hatte nicht nur entdeckt, dass seine Schwester eine Betrügerin war, sondern auch, dass sie seine Mutter umgebracht hatte. Damit nicht genug. Sein Leben lang hatte er geglaubt, der Mann, der sie aufzog, wäre nicht ihr Vater und würde sie deshalb so furchtbar behandeln. Und es erwies sich als unwahr.

Wie Lucian das verarbeitete, war Julia schleierhaft, und es war unwahrscheinlich, dass er jemals erfuhr, warum sein Vater sich ihm und

Madeline gegenüber so verhalten hatte. Keiner von ihnen wusste, wohin das Tagebuch der Mutter verschwunden war. Es war zusammen mit den Geistern der Vergangenheit verschollen.

Und er … er hatte zugesehen, wie seine Schwester starb.

Julia wusste, dass es ihm nicht gut ging. Das würde es eine ganze Weile nicht, und das war in Ordnung, weil sie für ihn da sein würde.

»Sag mir«, begann sie und suchte im Dunkeln seinen Blick, »sag mir, was ich für dich tun kann.«

Stille trat ein, bis er sagte: »Ich bin froh, dass du es ansprichst. Es gibt etwas, das du für mich tun kannst.«

»Alles«, antwortete sie sofort.

Endlich rührte Lucian sich. Er stand auf, und sie hob den Kopf, rechnete damit, dass er zu ihr kam. Tat er nicht. Lucian ging zu einem kleinen Tisch an der Wand neben der Tür zum Wohnzimmer. Dort hob er etwas hoch – eine Mappe. Er brachte sie zu ihr und hielt sie ihr entgegen.

Julia sah die Mappe an. »Was ist das?«

»Deine Zukunft«, antwortete er.

Ihre Zukunft? Benommen nahm sie die Mappe. Sobald sie in ihrer Hand lag, wich Lucian zurück und ging auf die Verandatüren zu. Julia legte die Mappe aufs Bett und öffnete sie. »Ich verstehe nicht …«

Ihre Worte verklangen, starben in der Stille zwischen ihnen, als sie die Unterlagen vor sich anstarrte. Zwei Schecks, einer über den Bonus, den Lucian ihr versprochen hatte. Noch nie hatte sie so viele Nullen hinter einer Zahl gesehen. Der andere Betrag musste ihr Gehalt sein, war jedoch weit höher als der vereinbarte.

Mit klopfendem Herzen schob sie die Schecks zur Seite und rang nach Luft. Ein Erste-Klasse-Ticket nach Harrisburg für morgen früh starrte ihr entgegen.

Sie blinzelte und schüttelte den Kopf. Eine unsinnige Geste, die Papiere verschwanden nicht. Sie waren da, und obwohl ihr Verstand sie anschrie, ihr sagte, was sie bedeuteten, wollte ihr Herz nicht hinhören, es nicht glauben.

Langsam blickte sie zu Lucian. »Was soll das?«

»Du weißt, was das ist.«

Julia zuckte zusammen, denn seine Stimme war eiskalt. Sie klappte die Mappe zu und hielt sie in der Hand, während sie aufstand. »Ja, ich weiß, was das ist. Ich bin nicht dumm. Was ich nicht verstehe, ist, warum.«

Er senkte den Kopf und fuhr sich mit einer Hand durchs Haar. »Du weißt, warum, Julia.«

Zitternd holte sie tief Luft, während ihr Bauch sich benahm, als würde der Boden unter ihren Füßen schwanken, obwohl sie vollkommen still dastand. »Du willst, dass ich gehe? Dass ich nach Hause fliege und …?«

»Wir haben etwas draufgelegt«, sagte er matt. Immer noch kehrte er ihr den Rücken zu. »Als Schmerzensgeld und …«

»Und damit ich den Mund halte?«

Die Muskeln an seinem Rücken spannten sich an. »Das habe ich nicht gesagt. Ich weiß, dass du keinem erzählen würdest, was du gesehen hast – was hier passiert ist. Du bist ein guter Mensch.«

Ihre Finger krallten sich in die Mappe, während der Druck auf ihrer Brust zunahm. »Ich bin ein guter Mensch, aber du zahlst mich aus …«

»Ich möchte nicht, dass du es so siehst«, sagte er in demselben verdammten Ton. Gefühllos. Matt. »Aber wenn, ist es deine Entscheidung.«

»Meine Entscheidung? Willst du mich verarschen? Nichts hiervon ist meine Entscheidung. Du triffst sie für mich.«

Lucian ließ seine Hand sinken.

Sie zwang sich, ruhig und gleichmäßig zu atmen, obwohl ihr nach Schreien zumute war. »Mir ist klar, dass du eine Menge durchgemacht hast, Lucian. Ich weiß, dass du Zeit brauchst, alles zu verarbeiten, aber mich wegzustoßen …«

»Ich stoße dich nicht weg, Julia.« Seine Hände ballten sich zu Fäusten. »Ich beende dies hier.«

Sie öffnete den Mund, fand jedoch keine Worte. Ihr brach das Herz. Zersplitterte wie ein trockener Zweig. »Ich …«

»Richard und Livie haben deine Sachen gepackt. Sie sind schon eingeladen«, unterbrach er sie. »Du kannst dir Zeit lassen, dich fertig zu machen. Wenn du es bist, bringt Richard dich für die Nacht in eines der Hotels in Flughafennähe.«

Julia stolperte einen Schritt rückwärts, als sie ihn anstarrte. Ein rauer, bitterer Kloß stieg ihr in die Kehle. Die Worte waren heraus, bevor Julia sie aufhalten konnte, und in dem Augenblick, in dem sie sie aussprach, wusste sie, dass sie wahr waren. »Ich liebe dich, Lucian. Ich habe mich in dich verliebt.«

Sein Rücken versteifte sich, doch er sagte nichts.

Er sagte kein einziges verfluchtes Wort.

Tränen machten ihre Sicht verschwommen. Sie sah weg – und ihr Blick fiel auf sein Bett, in dem sie sich erst vor wenigen Stunden geliebt hatten. Nun kam es ihr wie vor einer Ewigkeit vor, und er machte Schluss.

Wut regte sich unter dem Stacheldraht, der ihr Herz zuschnürte und sie innerlich zerschnitt. »Kannst du mich nicht mal ansehen, wenn du mir das sagst?«

Nichts.

Keine Reaktion.

Nun platzte die Wut aus ihr heraus. »Sieh mich an!«, schrie sie. »Sieh mich an und sag mir, dass ich verschwinden soll!«

Zunächst herrschte Stille, dann drehte Lucian sich langsam um. Seine wunderschönen meergrünen Augen richteten sich auf sie. »Ich will, dass du das Geld nimmst und gehst.«

»Das meinst du nicht ernst.«

Seine Züge verhärteten sich. »Du gehörst hier nicht hin, Julia.«

Als wäre sie geohrfeigt worden, wich sie zurück. Ihre Hand wanderte zu ihrem Mund. Tränen benetzten ihre Wimpern. Ihre Lippen bebten an ihrer Hand, während Zorn und Kummer in ihr wüteten. Sie wollte ihn anschreien, wusste aber, würde sie noch einen Moment länger bleiben, bräche sie zusammen. Ihr Schreien würde nur noch mehr Tränen weichen.

Er hatte ihr das Herz gebrochen, es so gründlich zerschmettert, dass sie sich wahrscheinlich nie ganz davon erholen würde. Doch ihren Stolz würde er nicht zerstören. Sie würde nicht hier stehen und betteln, ihn anflehen nach dem, was er gesagt hatte.

Julia tat, worum er sie gebeten hatte.

Sie verließ ihn.

Lucian hatte keine Ahnung, wie viel Zeit vergangen war, seit Julia das Zimmer verlassen hatte. Er hatte sich nicht bewegt, doch er wusste, dass es eine Weile gewesen war. Ihm wollte der betrogene Ausdruck nicht aus dem Kopf, den er in ihrem Gesicht gesehen hatte. Sobald er blinzelte, war er da. Sobald er die Augen öffnete, sah er ihr blasses, eingefallenes Gesicht, in dem die Blutergüsse einen herben Kontrast bildeten. Er sah die Tränen in ihren Augen.

Während sein Herz unregelmäßig schlug, hallten ihm der Schmerz und die Wut in ihrer Stimme durch seinen Schädel. Er wollte, dass sie wütend war, damit konnte er umgehen. Aber der Schmerz? Der traf ihn bis ins Mark.

Ihr sagen, dass sie gehen sollte, hatte er nicht gewollt.

Er hatte es gemusst.

Lucian wusste, dass er das Richtige getan hatte. Es war keine vom Whiskey befeuerte Entscheidung, auch wenn er eine Menge getrunken hatte. Obwohl sein Verstand nicht an Flüche glaubte, spielte der Grund für seine Entscheidung letztlich keine Rolle. Er war nicht gut für Julia. Weder er noch seine verkorkste Familie. Der Fluch mochte ein Haufen Bockmist oder real sein; so oder so würden er und seine Familie sie zerstören.

Sie alle hatten Blut an den Händen.

Und weil er sie liebte – ja, er liebte sie –, verdiente sie etwas Besseres als den Mist, der seine Familie und sein Erbe war.

Sein Trümmerhaufen von einem Leben war vergiftet.

Genau wie bei seinem Vater – verdammt, der Mann war sein Vater gewesen. Ihm wurde schlecht.

Benommen fand Lucian sich in ihrem Zimmer wieder. Er erinnerte sich nicht, hergekommen zu sein, aber er war hier. Das Bett war gemacht, und alle Sachen von Julia, die diesem Raum Leben eingehaucht hatten, waren fort.

Es war nur noch ein weiteres Zimmer, das abgeschlossen und vergessen würde. Noch ein kalter Raum, in dem Liebe hätte wachsen sollen und der auf irgendeine Weise unfruchtbar, krank und verzerrt geworden war.

Lucian schloss die Augen und torkelte rückwärts, bis er an die

Wand stieß. Er drückte die Handballen auf seine Augen. Seine Kehle brannte. Alles brannte.

Immer noch sah er Julia, ganz gleich wie fest er die Hände auf seine Augen presste. Er konnte sie noch hören, noch ihre Wärme und ihre Weichheit unter sich spüren. Wie viel Zeit auch vergehen mochte, er würde sie nicht abschütteln können.

Wollte es gar nicht versuchen.

»Mist«, murmelte er und nahm die Hände herunter. Dann blickte er sich im Zimmer um. Etwas oben auf dem Bett fiel ihm auf. Er ging zu den Kissen und fluchte leise, als er nach dem dünnen Stück Papier griff. Es zerfiel in kleine Teile.

Das war der Scheck.

Der Bonusscheck, den er ihr versprochen hatte, damit sie blieb.

Genug Geld, um ihr eine komfortable Zukunft zu sichern.

Sie hatte ihn zerrissen.

34. Kapitel

Alles war falsch.

Eine Sonnenbrille schirmte Julias Augen ab, als sie hinten in dem Wagen saß, in dem Richard sie fuhr. Die Bäume und Gebäude in der Ferne waren nichts als ein Farbschleier für sie.

Julia fühlte sich … taub. Als wäre ihr ganzer Körper, von innen und außen, in Lidocain getaucht worden. Sie erinnerte sich nicht mehr, wie sie sich angezogen oder wo sie Richard gefunden hatte. Auf jeden Fall hatte sie keine Zeit vergeudet. Sie musste raus aus dem Haus, ehe sie vollständig zusammenbrach. Sie erinnerte sich nicht einmal, wie sie Livie zum Abschied umarmt hatte. Die Frau hatte etwas zu ihr gesagt, aber Julia hatte es nicht gehört.

Alles, was sie hören konnte, war Lucian, der ihr zu gehen befahl.

Alles, worauf sie sich konzentrieren konnte, waren der Schmerz und die Wut, als sie den Scheck zerriss und auf dem Bett liegen ließ. Eines Tages würde sie vielleicht bereuen, dass sie das getan hatte, doch sie konnte das Geld nicht nehmen. Es fühlte sich schmutzig und falsch an. Anfangs war es benutzt worden, um sie hier zu halten, und nun wurde es genutzt, um sie fortzuschicken.

Alles war so falsch.

Schmerz durchfuhr sie, sodass sie nach Luft rang, als sie blind aus dem Fenster starrte.

Du gehörst hier nicht hin.

Keine fünf Wörter hätten mehr schmerzen können.

Sie liebte Lucian. So verrückt es war, sich in ihn zu verlieben, hatte sie es. Es war beängstigend gewesen, als ihr klar wurde, dass sie Gefühle für ihn entwickelte. Sie hatte gewusst, dass es riskant war. Ihre Leben waren so unterschiedlich, und sie hatte mit der Furcht gerungen, niemals reinzupassen, aber sie hatte ihm vertraut – darauf vertraut, dass er sie nie so empfinden ließe. Am Ende spielte es keine Rolle, wie viele Leute die Nase über sie rümpfen würden oder ihr das Gefühl gaben, in einem eleganten Kleid lächerlich auszusehen. Solange er an ihrer Seite war, hätte es sie nicht geschert.

Sie kniff die Augen zu, als neue Tränen in ihnen brannten. Die Taubheit verschwand, und was geschehen war, begann seine Wirkung zu entfalten.

Sie fuhren seit ungefähr dreißig Minuten, hatten erst die halbe Strecke zum Flughafen geschafft, und Julia hatte bisher nicht einmal angefangen zu verarbeiten, was sie in den letzten vierundzwanzig Stunden erlebt hatte.

Sie wusste, dass Lucian es auch nicht hatte.

Diese verfluchten Tränen stahlen sich aus ihren Augenwinkeln und liefen über ihre Wangen. Wie sollte sie hiernach weitermachen, als wäre nichts gewesen? Wie sollte Lucian weitermachen?

Ein Zittern jagte durch ihren Leib. Sie ging fort. Sie tat, worum Lucian sie gebeten hatte, obwohl es sich … falsch anfühlte. Und das nicht, weil es wehtat und dieser Schmerz erst der Anfang war, sondern weil sie das Gefühl hatte, sie würde aufgeben.

Dass sie ihn, obwohl er sie angewiesen hatte zu gehen, aufgab – ihm die Kontrolle überließ, indem sie kapitulierte.

Hatte sie das Richtige getan?

»Miss Hughes, darf ich etwas sagen?«

Richards Stimme riss sie aus ihren Gedanken. Sie löste ihren Blick vom Seitenfenster und schaute zu ihm nach vorn. Er hatte bisher noch gar nicht gesprochen. Oder sie hatte ihn nicht gehört.

Sie räusperte sich. »Natürlich.«

»Ich weiß nicht, ob Lucian Ihnen das je erzählt hat, aber als Kind war er der Prügelknabe.« Er blickte in den Rückspiegel. »Für seine Brüder und seine Schwester – vor allem seine Schwester. Er stellte sich zwischen Lawrence und Madeline. Kämpfte für sie.«

Julia wischte sich die Tränen ab und atmete zittrig aus. »Er …« Sie verstummte kopfschüttelnd. »Er hat so etwas erwähnt.«

»Hat er Ihnen erzählt, dass seine Brüder für ihn gekämpft haben? Das wäre nicht gelogen. Meistens taten sie es, aber nicht … nicht so, wie er es für sie machte. Sie wissen nicht, wie weit er für seine Familie gegangen ist. Selbst wenn Sie glauben, es zu wissen, tun Sie es nicht.«

Julia senkte die Hände auf ihren Schoß und krümmte ihre Finger. Sie wusste einiges von dem, was er für seine Brüder getan hatte, manches war unglaublich furchteinflößend gewesen, aber sie hatte akzeptiert, dass er es aus Loyalität und einem starken Beschützerinstinkt heraus tat, wie sie es für ihre Familie auch täte. War da noch mehr?

Bei Lucian – bei den de Vincents – gab es immer noch mehr.

Dies hier war falsch.

Etwas Starkes und Entschlossenes baute sich in ihr auf. Ihre Hände öffneten und schlossen sich rastlos.

Richard sah wieder in den Rückspiegel. »Er hat nie jemanden gehabt, der so für ihn kämpfte wie er für andere.«

Sie holte tief Luft.

»Ich muss das fragen. Werden Sie für ihn kämpfen, Julia?«

Lucian stand vor der geschlossenen Tür. Noch nie im Leben hatte er das Zimmer betreten. Als Kind nicht und auch nicht als Erwachsener. Doch nun stand er vor dem Schlafzimmer seines Vaters, in dem seine Mutter nie geschlafen hatte.

Er wusste nicht, warum er hergekommen war, doch nachdem er Julias Zimmer verlassen hatte, führte es ihn irgendwie her. Lucian griff nach dem Türknauf. Die Tür war unverschlossen und schwang sofort auf. Kühle Luft wehte ihm entgegen, als er eintrat.

Das Zimmer war karg, und das hatte nichts mit dem Tod seines Vaters zu tun. Niemand hatte angefangen, seinen Mist zu verpacken. Es war nur so, dass sein Vater, sein leiblicher, verdammter Vater, keine Verwendung für frivole, nutzlose Dinge gehabt hatte. Der Mann selbst war karg bis auf die Knochen gewesen, mit seiner Aufmerksamkeit wie mit seiner Liebe.

Lucian stand vor dem Bett – dem einzigen im Haus, an dem nichts von Gabes Holzarbeiten zu sehen war. Es war ordentlich gemacht, die Kissen obenauf waren sauber ausgerichtet. Rechts war eine Kommode. An der Wand hing ein Fernseher. Und in der Ecke stand ein Sessel. Das war alles.

Ein verflucht ausdrucksloses Leben.

Genau wie sein Vater gewesen war.

Wäre Lawrence ein besserer Vater gewesen, wäre Maddie vielleicht … wäre sie vielleicht nicht so geworden, wie sie wurde. Hätte ihr Vater sich nicht benommen, als würden sie ihn einen Dreck interessieren, hätte es vielleicht nicht solch ein Ende mit ihr genommen.

Lucian starb innerlich.

Er hatte seine Schwester verloren. Und er hatte Julia verloren.

Rasende Wut strömte ihm aus jeder Pore. Er dachte nicht nach, als er vortrat und nach dem Rand der Bettdecke griff. Er riss alles Bettzeug herunter und warf es auf den Boden.

Dann drehte er sich um und ging auf den Fernseher zu. Er packte den Bildschirm und zog. Die Muskeln in seinen Armen und seinem Rücken strafften sich, als er an dem Apparat zerrte. Zorn war eine mächtige Droge. Putz barst, als die Halterung nachgab und ausriss.

Lucian schmetterte den Fernseher auf den Boden und knirschte mit den Zähnen, als der Bildschirm in Scherben zersprang.

Als Nächstes flog der Sessel gegen die Wand. Das Loch, das er verursachte, war rein gar nichts gegen Lucians Raserei. Er stampfte hinüber zur Kommode, schnappte einen Holzkasten und schleuderte ihn gegen das Möbelstück. Ringe flogen durchs Zimmer, schlitterten über den Boden. Zigarren kullerten umher. Eine Uhr fiel auf das kahle Bett. Es war nicht die, die sein Vater immer getragen hatte. Diese hatte Lucians Mutter ihm einst zu Weihnachten geschenkt. Und sein Dreckskerl von einem Vater hatte sie nie getragen. Das verfluchte Schild war noch dran, über zehn Jahre später.

Er wandte sich zurück zur Kommode mit dem ordentlichen Bücherstapel und den Flakons mit Eau de Toilette darauf. Mit einer Armbewegung wischte er alles herunter. Das Poltern und Klirren von Glas konnte seine Rage nicht dämpfen.

Der überwältigende Pinienduft füllte den Raum, als er die Kommode packte und umwarf. Schubladen fielen heraus und zerbrachen auf dem Boden. Zitternd und atemlos trat Lucian zurück. Er wollte das Zimmer niederreißen, jedes Stück von seinem Vater vernichten.

»Lucian.«

Sämtliche Muskeln in seinem Leib blockierten und er schloss die Augen. Mist. Jetzt hörte er Julias Stimme. Hatte er seinen verdammten Verstand verloren? Verwundern würde es ihn nicht.

»Lucian«, erklang erneut Julias Stimme. *»Bitte.«*

Er erschauerte. Seine Hände krümmten und streckten sich abwechselnd an seinen Seiten, und langsam drehte er sich um.

Julia stand in der Tür. Ihr Haar fiel in weichen Wellen um ihr blasses gequältes Gesicht. Sie war es wirklich. Sie, aus Fleisch und Blut.

Lucians Brustkorb hob und senkte sich. Sie sollte nicht hier sein. Gott, sie sollte weit weg von ihm sein. Hatte er ihr nicht gesagt, dass sie gehen sollte?

Sie schluckte sichtbar, als sie einen Schritt vortrat und gleich wieder stehen blieb, weil er sich verkrampfte. »Was machst du?«

»Renovieren«, raunte er. »Gefällt es dir?«

Julia fuhr zusammen, und ihre wunderschönen warmen Augen glänzten. »Ach Lucian.«

»Nicht.« Er hob eine Hand. »Ich habe dir gesagt, du musst gehen. Warum bist du hier?«

Er erwartete, dass sie erneut zusammenzuckte, ihr wunderschönes Gesicht noch blasser wurde, aber das geschah nicht. Sie reckte ihr Kinn und straffte ihre Schultern, wie sie es schon hunderte Male getan hatte, gewöhnlich kurz bevor sie ihm die Meinung geigte.

»Ich bin hier«, sagte sie. »Ich bin hier, weil ich dich liebe.«

Es war Lucian, der zusammenzuckte. Er stolperte einen Schritt zurück. »Nicht.«

»Nein.« Ihre Stimme war wie ein Donnerschlag inmitten eines Sommergewitters. »Du hältst den Mund und hörst mir zu.«

Lucian blinzelte. Vor lauter Schreck blieb er ruhig.

»Ich kann mir nicht vorstellen, was du durchmachst und was du fühlst. Die letzten vierundzwanzig Stunden haben dein Leben vollkommen verändert – alles verändert, was du kanntest. Aber sie haben nicht geändert, wer du bist.«

Ein harsches Lachen entfuhr ihm. »Ich weiß genau, wer ich bin.«

»Das glaube ich nicht.« Sie trat noch einen Schritt vor. »Ich glaube, du weißt es gar nicht.«

Er biss die Zähne zusammen und sah zur Seite. »Du weißt nur die Hälfte von dem, was ich …«

»Ich weiß genug, um mir darüber im Klaren zu sein, dass du der Mann bist, den ich liebe«, unterbrach sie ihn. Ihre Worte waren wie ein Messer in seiner Brust. »Ich weiß, dass du außerordentlich loyal bist und andere beschützt. Ich weiß, dass du erstaunlich begabt und großzügig bist. Ich weiß, dass du klug bist und witzig. Ich weiß, dass ich dir nicht mal böse sein kann, wenn du mich höllisch nervst. Ich weiß …«

»Weißt du, dass ich schlecht für dich bin?«, fragte er heiser.

Sie schüttelte den Kopf. »Bist du nicht.«

»Baby, du verstehst das nicht. Dieses verdammte Haus, diese verdammte Familie werden dich zerstören, so wie sie jeden verderben.«

»Das stimmt nicht. Ich weiß, dass es nicht wahr ist«, beharrte sie. »Denn dich haben sie nicht zerstört. Dich haben sie nicht verdorben.«

Gott, diese Worte rissen ihm schier die Brust auf, so dringend wollte er sie glauben. Er wollte, dass sie wahr waren.

Julia blieb wenige Schritte vor ihm neben dem Haufen von Bettlaken und Decken stehen. »Du kannst wütend auf mich werden, mir sagen, dass ich gehen soll, aber ich werde es nicht tun.«

Sein Atem blieb ihm in der Kehle stecken.

Julia ballte die zierlichen Fäuste. »Ich akzeptiere, wer du bist – und ich weiß, dass du verkorkst bist. Ich weiß, dass deine ganze Familie kaputt ist, und ich akzeptiere all das Gebrochene. Mit deiner Wirklichkeit komme ich klar. Mit *dir* komme ich klar.«

Er erstarrte. Mist. Er war nicht mal sicher, ob er atmete. Ihre Worte durchbrachen den Nebel von Wut und Schmerz.

»Ich liebe dich«, fuhr sie fort und hielt seinen Blick. »Und weil ich dich liebe, werde ich dich nicht aufgeben – uns nicht. Ich werde um dich kämpfen. Also gewöhn dich dran. Ich bin dein. Du bist mein.«

Lucian knickte ein.

Er konnte nicht sagen, welcher Teil von dem, was sie sagte, es bewirkte. Vielleicht alles. Vielleicht war es die Tatsache, dass sie zurückgekommen war, dass sie hier vor ihm stand, um ihn kämpfte – um sie beide, nachdem es nie zuvor in seinem Leben jemand getan hatte.

Was auch der Grund sein mochte, er war unwichtig.

Julia war sein.

Und er gehörte ihr.

Lucian stürzte sich nach vorn, überwand den Abstand zwischen ihnen. Er legte die Hände an ihre Wangen und neigte den Kopf. »Gott, Julia, es tut mir leid. Ich liebe dich. Es tut mir so furchtbar leid. Ich weiß nicht, was ich mir gedacht habe. Ich weiß nicht, was ich tue.«

»Ist schon gut«, sagte sie und umfasste seine Schultern. »Ich liebe dich, Lucian. Deshalb bin ich hier. Deshalb werde ich bleiben. Wir bekommen das hin.«

»Ich verdiene dich nicht, aber, verflucht, ich liebe dich.« Seine Lippen senkten sich auf ihre. Er versuchte, sanft zu sein, es langsam anzugehen. Er wollte sich zurückhalten, aber er konnte nicht.

Worte, die er noch nie ausgesprochen hatte, sprudelten aus ihm heraus. Er sagte ihr, wie er sich gefühlt hatte, als er in dieses Zimmer kam, wie zerrissen er wegen seiner Schwester war. Er sprach über seine Angst, sie zu zerstören. All das tat er zwischen Küssen, während er den Knopf und Reißverschluss seiner Jeans öffnete. Er erzählte ihr, wie es ihn umgebracht hatte, sie fortzuschicken, während er die schwarze Stretchhose zwischen die Finger nahm, die sie trug, ihr die und ihren Slip abstreifte und ihr half, sich aus ihnen zu befreien. Immer wieder sagte er ihr, dass er sie liebte, während er sie im Schlafzimmer seines Vaters auf den Fußboden zog, ihre Beine spreizte und so tief und hart in sie hineinstieß, als wolle er sie beide zusammenschweißen.

Julia klammerte sich an ihn, als sie außer Kontrolle gerieten. Ihre Beine waren um seine Hüften geschlungen, eine Hand in seinem Haar, die andere an seinem Arm. Sie hielt sich an ihm fest, während sein Körper ihren eroberte, und sie nahm es entgegen – nahm ihn, flüsterte ihm Worte der Liebe und Vergebung in den Mund, die er nicht verdiente, aber gefälligst für den Rest seines Lebens ehren sollte.

Und das würde er. Er würde Julia verehren. Er würde sie anbeten wie ein Licht, das sie in seinem Leben war, und nichts – weder seine Familie noch er – würde jemals wieder zwischen sie kommen.

Dies waren sie beide.

Dies war für immer.

Seine Hand knallte neben ihr auf den Fußboden, als sie aufschrie und ihr Körper ihn erbebend umschloss. Sein Höhepunkt wogte durch ihn hindurch, sodass er jedes körperliche Bewusstsein verlor. Schweiß perlte von ihm. Das Geräusch ihrer feuchten Scham, ihres Liebesaktes, erfüllte das Zimmer. Ihre Münder pressten sich aufeinander, und er schmeckte das Salz ihrer Tränen – ihrer beider Tränen, denn, ja, es konnte sein, dass er weinte.

Es konnte sein, dass er hier und jetzt erlöst wurde.

Lucian kam heftig, rief atemlos ihren Namen. Sein Gewicht senkte sich auf sie. Er versuchte, es aufzuhalten, konnte aber nicht und verstand, dass es in Ordnung war, denn sie wurde mit ihm fertig.

Keuchend strich er mit seiner feuchten Stirn über ihre. Ihr Körper zuckte noch um ihn, und ihre Atmung ging schnell und flach. Eine Weile lang sagten sie nichts. Sie hielten einander nur, ihre Körper noch vereint, während ihre Herzen wieder langsamer schlugen.

Es war Julia, die das Schweigen brach. »Ich glaube, wir haben ein paar Dielen durchgebrochen.«

Er lachte heiser, als er aus ihr glitt und sich neben sie legte, sodass der Großteil seines Gewichts auf dem Fußboden lastete. »Habe ich dir wehgetan?«

»Nein«, flüsterte sie. »Aber ich denke nicht, dass ich mich sehr bald werde bewegen können.«

»Ich auch nicht.« Sein Blick wanderte über ihren Körper, über die nach oben geschobene Bluse, ihre entblößte Mitte und ihre glänzenden Schenkel. »Miss Hughes«, murmelte er und schaute ihr in die Augen. »Ich habe dich ramponiert.«

Ihre Wangen leuchteten in einem entzückenden Pink. »Du bist furchtbar.«

»Bin ich. Ja, bin ich wirklich.« Ernst legte er eine Hand an ihre Wange. »Es tut mir leid. Ich hätte dich nie wegschicken dürfen – diese Sachen sagen. Du gehörst hierher. Du hast immer zu mir gehört.«

»Hör auf. Ich weiß. Es ist gut.« Sie umfing sein Gesicht mit den Händen. »Es gibt nichts zu entschuldigen. Und es wird wieder alles besser für dich.«

»Es wird wieder besser für uns.« Er neigte seine Stirn erneut gegen ihre. Sie mussten von diesem Fußboden aufstehen und irgendwohin, wo es nicht von bösen Erinnerungen wimmelte. Aus dem Nichts kam ihm ein Gedanke und wurde prompt zu einem Entschluss.

Lucian hob den Kopf. »Wir ziehen um.«

Verwundert schaute sie ihn an. »Wie bitte?«

»Wir ziehen aus. Wir suchen uns etwas Neues – vielleicht in der Stadt. Das würde dir gefallen, glaube ich.« Er nickte. Nichts konnte sich richtiger anfühlen. »Wir bleiben nicht hier.«

»Hast du vor, mich zu fragen, ob ich mit dir zusammenziehen will?«, fragte sie eindeutig im Scherz.

»Du bist zurückgekommen. Irgendwie hängst du jetzt mit mir fest.« Er küsste sie auf die Nasenspitze. »Aber im Ernst. Ich will hier nicht bleiben. Nicht mehr. Wir lassen uns Zeit, bis wir das perfekte Heim gefunden haben, aber wir werden nicht hier leben.«

Sie streichelte über seinen Oberkörper. »Ich finde, das ist eine geniale Idee.«

War es. »Scheiß auf dieses Haus.«

Ein kleines Lächeln trat auf ihre Lippen. »Zum Teufel mit diesem Haus.«

»Ja«, murmelte er und blickte ihr suchend in die Augen.

Ihr Lächeln wurde breiter. »Ich meine, abgesehen vom Offensichtlichen, wäre es großartig, irgendwo zu wohnen, wo ich mir keine Sorgen machen muss, dass mich ein rachsüchtiger Geist die Treppe runterschubst oder das Haus um mich herum abbrennt, während ich schlafe. Also bin ich absolut dafür.«

»Wir passen auf, dass es im nächsten Haus nicht spukt.«

Julia lachte, schlang die Arme um ihn und drückte ihn an sich. Und dieses Lachen vertrieb ein Stück der Dunkelheit aus seiner Seele und seinem Herzen. Es war bloß ein Lachen, doch fühlte er sich ein wenig leichter, ein bisschen heller.

Lucian küsste sie, legte alles, was er für sie empfand, in diesen Kuss und tauchte die Hand in ihr Haar. Julia hatte recht. Genau wie er.

Es würde besser für ihn.

Und für sie beide würde es mehr als gut sein.

Solange sie zusammen waren.

35. Kapitel

Zwei Monate später

Wie jeden Morgen wachte Lucian vor Julia auf. Nun ja, mit Ausnahme jenes Wochenendes, als sie nach Hause geflogen war, um ihren Eltern zu sagen, dass sie in Louisiana bleiben würde, bei *ihm*.

Und wie jeden Morgen stützte er sich auf einen Ellbogen auf, um sie anzusehen. Er konnte immer noch nicht recht glauben, dass sie hier war, dass dies ihr Leben war und dass er liebte und geliebt wurde.

Ganz ehrlich, das hätte er nie erwartet. Er hätte sie nie erwartet.

Was wahrscheinlich auch der Grund war, weshalb er sie nach dem Aufwachen immer ansehen musste, fast als müsse er sich vergewissern, dass sie real und hier war.

Die letzten zwei Monate waren der Himmel auf Erden gewesen.

Und die Hölle.

Er hatte noch nicht mal angefangen, den ganzen Mist zu verarbeiten. Maddies Betrug und ihr Tod waren noch sehr frisch. Manchmal redeten Julia und er darüber. Nicht oft. Seine Brüder sprachen es nie an. Dasselbe galt für seinen Vater und die Wahrheit darüber, wer seine leiblichen Kinder waren. Es wurde nicht besprochen, denn was gab es da zu sagen oder zu grübeln?

Außerdem hatte Gabe sein eigenes Drama am Hals, und nach dem Geschrei gestern Abend zu urteilen und der komischen, höchst verdächtigen Stille, die auf das Knallen *einer* Tür gefolgt war, hatte sein Bruder reichlich Probleme.

Und Dev?

Wer wusste schon, was bei ihm los war? Er war noch distanzierter und gefühlloser als vorher, was Lucian nicht für möglich gehalten hätte.

Etwas veränderte sich in seinem ältesten Bruder.

Und nicht zum Gutes.

Aber darüber wollte Lucian jetzt nicht nachdenken. Heute war ein großer Tag. Sie beide sollten ihren Hintern aus dem Bett schwingen und loslegen, doch zuerst …

Sanftes Sonnenlicht kroch unter den Jalousien hindurch und fiel auf ihr Bett. Julia lag halb auf der Seite, halb auf dem Bauch, eine Hand unter dem Kissen und die andere lose geballt neben ihrer nackten Brust. Lucians Blick wanderte über die rosigen Spitzen, ihren Bauch und die Wölbung ihrer Hüfte bis hin zu ihrem wunderschön kurvigen Hintern. Seine Hand folgte seinem Blick, und er grinste, als Julia im Schlaf murmelte und sich ihm unbewusst entgegenbog, sowie er ihre Brust umfing.

Lucian küsste die glatte Haut ihrer Schulter und ließ seine Hand von ihren Brüsten über ihren weichen Bauch wandern. Er bewegte sich, hauchte heiße, feuchte Küsse über ihren Rücken, während er mit der Hand zwischen ihre Oberschenkel glitt und ihre Schamlippen liebkoste.

Julia stöhnte leise und spreizte die Beine, als er mit einem Finger tief in sie eindrang. »Guten Morgen«, murmelte sie. Sie streckte die Finger auf dem Bett, als er seine Handfläche herunterdrückte, direkt auf die Stelle, an der sie es gern hatte.

»Guten Morgen.« Er hob den Kopf und knabberte an der empfindlichen Haut an ihrem Hals.

Julia veränderte ihre Position ein wenig und schob ihre Hüften gegen ihn. »Hast du etwas für mich?«

»Immer doch.« Er grinste und umfasste mit einer Hand ihre Hüfte. Eine Sekunde später sank er tief in ihre Wärme. Ihr Stöhnen ging in seinem unter. Ihre Körper bewegten sich zusammen, und er ließ sich Zeit, brachte sie immer wieder bis kurz vor den Orgasmus, bis er es nicht mehr aushielt. Sie kam vor ihm, schrie auf und rieb ihren Hintern an ihm. Ihr Erbeben brachte ihn zum Höhepunkt, und er verlor sich in ihr – verlor sich und wollte nie gefunden werden.

Irgendwann lag Julia auf dem Rücken, einen Arm lose um seinen Hals gelegt, hob den Kopf und küsste ihn auf die Wange und auf den Mund, wo sie ein wenig verharrte. »Du bist mein Lieblingswecker.«

Lachend stützte er sich seitlich neben ihr auf. »Ich bin dein Lieblings-Alles.«

»Stimmt.« Sie drehte sich zu ihm. »Wie spät ist es?«

»Fast Zeit, dass ich in der Dusche auf die Knie gehe und sicherstelle, dass du den Rest des Tages nur an meine talentierte Zunge denkst.«

Sie grinste. »Du bist albern.«

»Das wirst du in zehn Minuten nicht mehr sagen.« Er strich ihr das Haar aus dem Gesicht. »Aber im Ernst, wir müssen aufstehen. Um elf müssen wir in der Stadt sein.«

»Und zum Flughafen«, erinnerte sie ihn. »Die Maschine meiner Eltern landet um drei.«

»Wir werden da sein.«

Julia neigte den Kopf nach hinten und grinste ihn an. »Ich hoffe, du bist bereit. Mom und Dad freuen sich, dich kennenzulernen.«

Er küsste ihre Wange. »Sie werden mich lieben.«

»Weil du unwiderstehlich bist?«

»Na ja, auch, aber das ist nicht der Grund.« Er küsste sie auf die Nase. »Sie werden mich lieben, weil ich ihre Tochter liebe.«

Sie kamen ein wenig verspätet aus dem Haus, was nicht weiter verwunderlich war, und fuhren in die Stadt, um einen Makler-Freund von Lucian zu treffen. Nicht dass Julia sich beschwerte. Sie hatte die Zeit in der Dusche sehr genossen.

Sie sah hinüber zu ihm, als er gelassen durch die wenig belebten Straßen des Garden District fuhr, und ihr stockte der Atem. Monate und unzählige Stunden mit ihm, aber es passierte immer noch. Genau wie ihr Herz manchmal anschwoll wie ein Ballon in ihrer Brust.

Er konzentrierte sich aufs Fahren, aber er hielt ihre Hand und strich langsam mit dem Daumen in ihrer Handfläche hin und her.

Seit sie das Anwesen verlassen hatten, war er still, und sie wusste, wo er in Gedanken war.

In den Wochen seit der Nacht auf dem Dach hatte Julia gelernt zu erkennen, wann er in der Vergangenheit festhing, sich in all die Dinge verbiss, die er nicht ändern konnte. Anfangs war es mehrmals täglich vorgekommen. Nun lagen ein paar Tage zwischen diesen Momenten, in denen ihr das Herz für ihn und all die Antworten blutete, die er nie bekäme.

Aber Lucian sah nach vorn, und sie half ihm und würde weiterhin für ihn da sein. Darum ging es auch heute.

Julia drückte seine Hand und er blickte zu ihr. Sein Mundwinkel bog sich nach oben. »Was?«, fragte er.

»Nichts.« Sie zog seine Hand auf ihren Schoß und hielt sie fest. Sie konnte es nicht erwarten, ihn ihren Eltern vorzustellen. Ihn schien es kein bisschen nervös zu machen, sie hingegen schon. Sie war nun mal Julia. Nach wie vor wurde sie wegen dämlicher Sachen nervös. Wie die Tatsache, dass sie sich für Schwesternstellen bewarb und sich wegen der Vorstellungsgespräche sorgte.

Lucian unterstützte ihren Plan, wieder zu arbeiten, und bot sogar an, ihr Vorstellungsgespräche bei einigen Praxen und Krankenhäusern zu vermitteln. Mit seinem Namen könnte er ihr einen Job garantieren, doch er musste ihr versprechen, sich rauszuhalten. Sie musste allein einen Job finden.

Aber sie hatte den kurzen Urlaub weidlich genossen.

Sie waren nicht die ganze Zeit auf dem Anwesen gewesen, sondern gereist. Lucian brachte sie an Orte, von denen sie nicht einmal geträumt hatte.

Manchmal konnte sie nicht glauben, dass dies ihr Leben war – dass dies sie war. Das geschah häufig.

»Wir sind da.« Der Wagen wurde langsamer und bog zwischen zwei hohen Steinsäulen ein. Das Tor war bereits für sie geöffnet.

Ihnen blieben noch ein paar Stunden, bevor sie ihre Eltern am Flughafen abholen musste, und etwas sehr Wichtiges musste vorher erledigt werden.

Julia sah hoffentlich ihr künftiges Zuhause zum ersten Mal.

Lucian war bereits öfter hier gewesen, hatte einige Änderungen und sonst was in Auftrag gegeben und dafür gesorgt, dass es »gut genug« war, von ihr angesehen zu werden. Es erfüllte seine Ansprüche, und nun waren sie hier in dem historischen, schönen Garden District.

Das Pflaster der Einfahrt erstreckte sich bis zu dem schönsten Haus, das Julia je gesehen hatte. In dem Moment, in dem der Wagen hielt, warf sie ihre Tür auf und stieg aus.

Mit großen Augen betrachtete sie die schmiedeeisernen Zäune, den Vorplatz und die glänzenden weißen Säulen. Der Eingangsbereich war nicht annähernd so groß und überwältigend wie der auf dem Anwesen. Von außen sah es trotzdem geräumig aus, und Julia gefielen die buschigen Farne, die von der Veranda im ersten Stock hingen.

Lucian kam hinter ihr her, als sie auf die Haustür zuging. Der Makler öffnete ihnen. Er hatte drinnen auf sie gewartet. Julia blickte über ihre Schulter. »Ich liebe es.«

Lucian lachte. »Du warst noch gar nicht drinnen.«

»Egal«, sagte sie. »Ich liebe es.« Sie blieb stehen und sah zum Makler. »Hauptsache, es spukt nicht.«

»Tja …« Lucian legte von hinten die Arme um sie. »Dies ist New Orleans. Da weiß man nie.«

»Sag das nicht.«

Er küsste ihre Wange. »Wie wäre es, wenn wir reingehen, bevor du dich entscheidest? Und wenn es dir nicht gefällt, suchen wir ein anderes. Wir finden etwas.«

Sie hatte sich im Grunde schon entschieden, sagte es aber nicht, als sie sich in Lucians Umarmung lehnte. Momentan dachte sie gar nicht an das Haus oder das, was mit seiner Familie geschehen war. Sie könnten in dieses Haus ziehen oder auf dem Anwesen bleiben. Sie könnten aus Louisiana fortgehen oder hierbleiben. Nichts davon spielte eine Rolle.

Als sie die Augen schloss und tief Luft holte, den süßen Duft der Blumen inhalierte, die auf dem Vorplatz blühten, war sie mehr als bereit zu gestehen, dass sie sich geirrt hatte, als ihre Ehe endete.

Julia hatte geglaubt, Liebe könnte nicht genug sein. Doch jetzt wusste sie: Mit dem richtigen Menschen, und Lucian de Vincent war eindeutig der Richtige für sie, *war* Liebe genug.

Danksagung

Ich möchte Kevan Lyon danken, dass sie immer da ist, um jede Romanidee zu unterstützen, die mir in den Sinn kommt, und unermüdlich mit mir zusammenarbeitet. Taryn Fagerness kann ich gar nicht genug dafür danken, meine Bücher in so viele Länder und an so viele Leser wie möglich zu bringen. Dank dir habe ich eine ganze Wand voller Bücher in so vielen verschiedenen Sprachen. Dank auch an meine Lektorin, Tessa Woodward, die beschloss, die de-Vincent-Brüder zum Leben zu erwecken, und an das wunderbare Team von HarperCollins/Avon.

Ein riesiges Dankeschön an Stephanie Brown, die mir geholfen hat, mein Leben in der Spur zu halten, und mich zum Lachen gebracht hat. Ohne Sarah Maas, Laura Kaye, Andrea Joan, Stacey Morgan, Lesa Rodrigues, Sophie Jordan, Cora Carmack, Jay Crownover und unzählige andere fantastische Freunde hätte ich inzwischen sicher längst den Verstand verloren. DANKE.

Nichts hiervon wäre möglich ohne euch, die Leser. Dank euch darf ich noch ein Buch schreiben, noch eine Welt zum Leben erwecken. Danke.

Teil 2
Juni 2019

Jennifer L. Armentrout
Golden Dynasty -
Brennender als Sehnsucht
€ 12,99, Klappenbroschur
ISBN 978-3-74570-011-4

Unfassbar reich, unglaublich mächtig – und sie füllen die Titelseiten der Boulevardpresse. Nikki Besson weiß nur zu gut, wie die Welt der de-Vincent-Brüder aussieht. Denn als Tochter der Haushälterin ist sie gemeinsam mit ihnen aufgewachsen. Aber nie hätte sie gedacht, dass sie einmal auf das Anwesen in Louisiana zurückkehren würde, um selbst für diesen skandalumwitterten Clan zu arbeiten. Dorthin, wo sie sich in Gabriel verliebt hat – den sie seit dieser verhängnisvollen, stürmischen Nacht von damals nie wiedersehen wollte ...

www.mira-taschenbuch.de